Stolen

Verwoben in Liebe

Weitere Titel von Emily Bold:

Unsterblich mein
Bd. 1

Unendlich dein
Bd. 2

Unvergänglich wir
Bd. 3

Silberschwingen
Bd. 1: Erbin des Lichts

Silberschwingen
Bd. 2: Rebellin der Nacht

Mehr über unsere Autoren und Illustratoren auf:
www.planet-verlag.de

Emily Bold

STOLEN

Verwoben in Liebe

PLANET!

Prolog

Bastian Tremblay sank auf die Knie. Er zitterte, denn das Wüten in ihm drängte danach, dem Mädchen zu folgen. Es fühlte sich an, als wäre er ein Wolf, der hinter dem blutenden Reh herwollte, in dessen Fleisch er seine Zähne gerade gegraben hatte.

»NEIN!«, knurrte er und grub die Fingernägel in den Boden. Sein Atem kam hart und gepresst. Die Leere in ihm verlangte nach mehr, als nur diesem Hauch von Abigails Weben. Dabei hatte er überhaupt nicht vorgehabt, sich diesen auch nur zu nähern. Er hatte nicht vorgehabt, sie in sich aufzunehmen.

Gequält sog Bastian den Atem in seine Lunge und schloss die Augen. Doch das Bild ihrer zitternden Lippen, ihrer angstvoll geweiteten Pupillen ließ sich nicht verdrängen. Er sah ganz deutlich, wie seine Berührung sie zeichnete. Dunklen Ranken gleich, hatten sich ihre Seelenweben an die Oberfläche gewagt, um sich ihm anzubieten. Hatten ihre Haut vom Nacken aus mit einem wabernden Netz überzogen und sie so zu einem Teil von ihm gemacht.

Es würde nie wieder sein wie vorher.

Bastian ballte die Fäuste so fest zusammen, dass seine Nägel halbmondförmige Abdrücke auf seiner Haut hinterließen.

Dann riss er zornig sein Hemd auf und betrachtete, was der Moment der Schwäche mit ihm anrichtete. Das Wüten tobte in ihm wie ein Orkan und sein Körper war über und über mit schwarz schillernden Weben übersät. Sie drängten sich unter seine Haut, als wollten sie aus ihm herausbrechen. Und Bastian wusste, dass es genau so war.

Er presste die Hand auf die Narbe an seinem Herzen, und zwang sich zur Ruhe.

Er musste die Kontrolle behalten.

Und er musste einen Weg finden, Abigail Woods' Weben zu nehmen, ohne dabei sich – oder sie – zu zerstören.

Letzte Chance

Zuvor

Das war meine letzte Chance! Immer wieder musste ich mir diese Worte vorsagen, um nicht laut zu protestieren, als das Taxi in die als *Privat* gekennzeichnete Einfahrt von Darkenhall einbog. Die Mauern aus gelbem Backstein ragten vor mir auf und ich beugte mich leicht nach vorne, um besser zu sehen.

Meine letzte Chance!

Eine Grille zerschellte auf der Windschutzscheibe und ich lehnte mich angewidert zurück in den Sitz.

Das unebene Kopfsteinpflaster knirschte unter den Reifen, als der Fahrer auf die Bremse trat. Ich sah ihn an, in der Hoffnung, er möge meine Gedanken lesen und mich schnell wieder von hier fortbringen.

»Wapping High Street, Darkenhall«, bestätigte er in nasal-indischer Tonlage und drückte sogleich am Taxameter herum. Hinter mir kramte Florence in ihrer Handtasche nach der Geldbörse. Mit einem Zittern in der Brust löste ich den Gurt und öffnete die Tür. Mein Blick glitt über das herrschaftliche Anwesen mit den weißen Sprossenfenstern und Mauervorsprüngen. Drei Stockwerke hoch, mit spitzem Dach aus grauen Schindeln, die im Licht der Mittagssonne silbern schimmerten. Gegenüber dem Eingang erstreckte sich eine parkähnliche Anlage und im Süden schimmerte die Themse durch das Blätterdach der Bäume.

»Ist das nicht toll!«, staunte Florence und wuchtete hinter mir unser Gepäck von der Rückbank des Taxis. »So eine schöne Anlage! Da *muss* ja ein besserer Mensch aus einem werden!«

Ich nahm ihr den Rucksack und meine Reisetasche ab, ohne etwas zu erwidern. Teure Autos standen aneinandergereiht in den Parkbuchten neben dem großen schmiedeeisernen Tor an der Einfahrt. Mir drängte sich der Gedanke auf, dass es einen hohen Preis kostete, ein besserer Mensch zu werden.

»Ich gehöre hierher wie das Haar in die Suppe«, murrte ich und schulterte meine Tasche. Sie war schwer, denn ich würde eine ganze Weile auf dieser Schule bleiben müssen, wie es aussah.

Darkenhall war meine letzte Chance!

»Nimm's nicht so schwer, Abby«, versuchte meine Pflegemutter Florence mich aufzumuntern. Sie rückte sich den türkisfarbenen Hut zurecht und straffte die Schultern. Wie immer hatte sie eine Hutkreation gewählt, die sie größer wirken ließ, denn ohne Kopfbedeckung reichte sie selbst mir nur bis zum Kinn. »Das ist eine wunderbare Schule!«

»Sicher …«, brummte ich emotionslos.

Florence' Züge wurden weicher. Sie drückte mich kurz und ich las die gleiche Unsicherheit, die ich empfand, auch in ihrem Blick. Dann hängte sie sich die Handtasche über den Unterarm und lächelte mich mitfühlend an.

»Es wird Zeit.« Sie sah die Eingangstreppe hinauf. »Du weißt, was für ein Glück es war, dich überhaupt hier unterzubringen«, erinnerte sie mich leise und ich spürte, dass sie sich wünschte, ich würde mehr Begeisterung zeigen. Schließlich hatte uns das Schicksal mit Darkenhall einen wirklich guten Dienst erwiesen – das waren zumindest Florence' Worte.

Und deshalb – oder war es, weil sie fürchtete, der Abschied könne sonst noch härter werden – trippelte sie mit kleinen Schritten und einem motivierten Lächeln auf den Lippen die breite Eingangstreppe hinauf.

Der Kopf des Geländers wurde von aus Stein gehauenen Drachenköpfen verziert. Übelst kitschig, wie ich fand, und ein echter Stilbruch zum modernen Wintergarten, der weiter hinten zum Wasser hin angebaut worden war. Aber Geld verlieh ja nicht immer auch Geschmack …

Neben dem zähnefletschenden Maul des Drachen wandte Florence sich zu mir um und wirkte nun doch so langsam ungeduldig. Ihre Lippen bewegten sich, aber ich verstand nicht, was sie sagte. Denken konnte ich es mir trotzdem.

»Dann ist es jetzt wohl so weit!«, murrte ich, wickelte einen Kaugummi aus dem Silberpapier und steckte ihn mir in den Mund. Ich griff meinen Rucksack und prüfte den Sitz meiner Schultertasche. Ich hatte alles, was ich brauchte. Es gab keinen Grund, noch länger zu warten. Und doch waren meine Beine wie angeklebt. Ich wollte da nicht rein!

Aber die Sonne brannte mir unbarmherzig in den Nacken und unter den Schulterriemen meines Rucksacks brach mir der Schweiß aus. Ich hatte keine Wahl. Ich strich mir die Haare aus dem Gesicht und machte gerade einen ersten Schritt in mein unwillkommenes neues Leben, als ich zu meiner Linken plötzlich laute Stimmen vernahm: »Ich will dich nie wieder sehen, du Arsch!«, kreischte ein Mädchen hinter einer Gruppe Jungs her.

»Das klang auf der Party am Freitag aber noch ganz anders!«, zog einer der jungen Männer sie auf. »Da konntest du nicht genug bekommen!«

Das Gelächter der Gruppe stieß mir übel auf und ich verspürte echtes Mitleid mit dem Mädchen.

»Was glotzt du so?«, schrie die mich an und mein Mitleid verflüchtigte sich.

»Das fängt ja gut an«, murmelte ich und schleppte meine Taschen zum Eingang. So viel also zum Thema *bessere Menschen* …

Ich sah der Gruppe wandelndem Testosteron hinterher und schwor mir direkt, diesen Kerlen aus dem Weg zu gehen. Ich sollte *allen* Problemen aus dem Weg gehen!

Immerhin war das meine letzte Chance.

Als ich schließlich durch die Tür trat, war von Florence nichts mehr zu sehen. »Mist«, stöhnte ich und versuchte mich zu orientieren. Ich strich mir die aubergine gefärbten Haare aus der Stirn und ließ meinen Blick durch die weitläufige Halle schweifen. Direkt vor mir führte eine gewundene und mit dunkelblauem Läufer bedeckte Treppe in die nächste Etage. Links und rechts der Eingangshalle zweigten lange Flure ab. Die Decke spannte sich hoch über meinem Kopf, die Dachbalken waren gut zu erkennen, und über jedem Türsturz waren irgendwelche lateinischen Inschriften eingemeißelt.

»Wo bin ich denn hier gelandet?«, flüsterte ich, denn die Stille war regelrecht erdrückend. Schnell, ehe sich der Gedanke festsetzte, dass mir das hier kein bisschen gefiel, fasste ich meine Taschen fester und folgte dem Wegweiser zum Direktorat in Richtung Nordbau.

Die Mittagssonne, die durch die Bogenfenster hereinfiel, malte helle Lichtbahnen auf den honigfarbenen Holzboden und meine Schritte hallten dumpf in der Stille wider, als ich dem schier endlosen Gang immer weiter folgte. Ich war erleichtert, als ich eine Nische mit einer gepolsterten Sitzbank gegenüber einer ebenfalls verschlossenen Tür erreichte. *Direktorat* stand auf einem Schild. So weit, so gut!

Ich sah mich etwas ratlos um. Sollte ich klopfen? Oder einfach hineingehen? Von Florence fehlte jede Spur. War sie schon ohne mich eingetreten?

»Gibt's hier nicht mal 'ne Vorzimmerdame, oder was?«, murmelte ich schlecht gelaunt und ließ meine Tasche vor der Bank auf den Boden fallen. Unsicher strich ich mir die Haare zurück. Ich hatte Schweißflecken unter den Achseln und verschränkte deshalb die Arme vor der Brust.

»Reingehen oder warten?«, wog ich ab und versuchte, die dunklen Flecken auf meinem Shirt zu verbergen. Ich trat näher an die Tür und lauschte.

»Es lässt sich nicht schönreden«, hörte ich die Stimme meiner Pflegemutter gedämpft durch das Holz. »Abigail hat Probleme.«

Na klar!

Ich machte eine Kaugummiblase und schaute den menschenleeren Gang entlang. Die Schweißflecken verloren an Bedeutung. Ich hatte andere Probleme …

So war das eben mit mir. Entweder machte ich Probleme oder ich hatte welche. Das war nichts Neues. Trotzdem tat es weh, das aus Florence' Mund zu hören.

»Sie hatte es nicht leicht und ich wünsche mir wirklich, dass sie es endlich schafft, irgendwo anzukommen.«

Ich rollte mit den Augen. Ich war schon oft irgendwo angekommen. Zu oft. Neue Schule, neue Pflegefamilie, neue Umgebung. Genau wie jetzt.

Seufzend riss ich mich von der Tür los und ließ mich auf die Bank fallen. Ich steckte mir einen meiner Kopfhörer ins Ohr, um nicht noch mehr von diesem Unsinn hören zu müssen.

Natürlich wusste ich, dass Florence sich wirklich um mich sorgte.

Von allen Pflegeeltern, mit denen ich zu tun hatte, war Florence wirklich die … die Beste. Ich glaube, sie mochte mich wirklich. Und ich mochte sie ja auch. Ich mochte ihr Atelier. Ihre Hüte. Und durch sie hatte ich meine Leidenschaft fürs Zeichnen wiederentdeckt. Als Kind hatte ich leidenschaftlich gerne gezeichnet. Ich war gut darin gewesen, hatte mich regelrecht in meinen Bildern verloren. In den Pflegefamilien hatte ich es dann aufgegeben. Ich hatte *mich* aufgegeben und beinahe vergessen, wie glücklich mich ein Stift und ein Blatt Papier immer gemacht hatten. Erst Florence hatte mich daran erinnert. Nicht, dass Florence zeichnete – ausgenommen die Entwürfe ihrer Hüte. Unfassbare Hüte. Nicht nach meinem Geschmack, aber der gesamte Dunstkreis rund ums Königshaus war besessen von ihren Kreationen. Jeder liebte Florence. Ich auch. Und trotzdem hatte ich es verkackt. Mal wieder.

Ich sollte Dankbarkeit empfinden, dass sie mich hierherbrachte. Sie hätte es sich auch viel leichter machen, und mich einfach wieder dem Jugendamt überantworten können. Stattessen hatte sie viel Geld investiert, um mich an dieser Schule unterzubringen. Ich stöhnte leise.

»Schule für problembehaftete Jugendliche!«, echote ich missmutig die Erklärung nach, die Florence mir gegeben hatte.

Dabei sollte ich ihr wirklich hoch anrechnen, dass sie diese Kosten und Mühen auf sich nahm. Doch ich konnte es nicht. Es fühlte sich für mich einfach nur an, als würde sie mich abschieben. Als würde sie mich fallen lassen, wie es immer alle getan hatten, sobald es schwierig geworden war.

Ich blies mir den Pony aus den plötzlich feuchten Augen und zog mit dem Kaugummi einen langen Faden, den ich mir um den Finger wickelte, ehe ich ihn weiterkaute.

Ich rang die doofen Gefühle in mir nieder und konzentrierte mich darauf, wie furchtbar es hier war. Das war allemal besser, als meine oder Florence' Taten zu analysieren. Oder unsere Absichten.

Ich lauschte der Musik in meinem Ohr, als könne sie meine Einsamkeit, meine Sehnsucht nach Geborgenheit, lindern. Florence wollte, dass ich irgendwo ankam. Dass ich ein Zuhause fand, wie sie mir erklärt hatte. Aber wie sollte ich das ausgerechnet hier tun? Darkenhall! Wie das schon klang …

Ich hatte absolut keine Lust, auf eine Friedhofsschule zu gehen, in der eine Grabesstille herrschte und das größte Problem meiner Mitschüler vermutlich darin bestand, mit einem goldenen Löffel im Mund geboren worden zu sein.

Ich stellte die Playlist mit meinen Lieblingsliedern an meinem Handy lauter und hob leicht den Arm, um mich zu vergewissern, dass ich zu den furchtbaren Flecken nicht auch noch übel roch, während ich die Gänge nach dem kleinsten Anzeichen von Leben absuchte. Die Mauern der Schule strahlten strenge Erhabenheit aus. Einschüchternd irgendwie.

Mir fiel das Wappen auf, das über der Eingangstür prangte. Ich kannte es, weil ich die Schule gegoogelt hatte. Es war das Familienwappen der Tremblays, die diese Schule seit Generationen leiteten. Ich hatte direkt ein Bild vor Augen. Knorrige alte Spießer, die meinten, mich zurück auf den rechten Weg führen zu können. Dabei brauchte ich überhaupt keinen Weg, denn ich wollte nirgendwohin. Ich wollte einfach nur bei Florence im Atelier sitzen und zeichnen.

Frustriert stand ich auf und streckte die Beine durch. Vom langen Sitzen war mir der Hintern eingeschlafen und ich machte einige dehnende Schritte. Die innere Unruhe fraß mich auf, aber vermutlich war diese Warterei schon Teil irgend so einer fragwürdigen Therapiemaßnahme …

Ich trat an eines der Bogenfenster und schaute hinaus.

Die Mädchen, die durch den Park zum gegenüberliegenden Gebäudeteil schlenderten, das eine spiegelverkehrte Kopie dieses Baus hier war, trugen teure Taschen, und die Sonnenbrillen in ihren Haaren dienten eher einem modischen Zweck als dem Schutz vor der Sonne. Von hier aus konnte ich das Bootshaus unten am Wasser sehen. Die Trauerweiden des Parks hingen weit über die Kaimauer, sodass es wirkte, als wollten sie das Wasser berühren. Auf der anderen Seite zur Straße hin befand sich das schmiedeeiserne Tor, das die Einfahrt zu dem von Mauern umgebenen Anwesen bildete. Es bewegte sich leicht im Wind. Ein Luftzug drang durch die alten Fenster und trotz der Wärme überzog eine Gänsehaut meine Arme. Unbehaglich wandte ich mich ab.

Ein Acrylglasständer mit Broschüren über die Schule seitlich der Sitzbank zog meinen Blick auf sich und ich nahm eines der farbig gedruckten Infohefte heraus. Das Papier fühlte sich wertig an, erlesen, so, wie die ganze Aufmachung der Broschüre auch. Nicht, dass ich etwas anderes erwartet hätte.

»Darkenhall«, las ich leise und schlug die erste Seite auf, obwohl die Inhalte sich kaum von der Webseite unterschieden, die ich mir angesehen hatte. »Die im Herzen Londons gelegene Privatschule stellt vor allem für schwierige Jugendliche oftmals die letzte Chance dar. Der Wohlstand unserer Gesellschaft macht es den Kindern nicht immer leicht. Mit viel Engagement, Geduld und ungewöhnlichen Therapieansätzen eröffnen wir diesen Schülern eine Perspektive. Glückliche Jugendliche und bessere Menschen sind unser Ziel.«

Ich nahm den Kaugummi aus dem Mund und drückte ihn in

den Prospekt mit den Bildern von fröhlich lachenden Teenagern. Man sah sie beim Rudern, beim Musizieren und aufmerksam in ihren Klassenzimmern.

Klar, die hatten es echt schwer! Mit ihren teuren Uhren, den angesagten Smartphones, den Sonnenbrillen … Wohlstand konnte ein Kind schon echt fertigmachen!

Ich schüttelte den Kopf und steckte den Prospekt zurück in den Ständer.

Als ich einen Schritt zurück machte, stieß ich gegen etwas. Oder besser gesagt, gegen jemanden.

»Huch!«, entfuhr es mir und ich hob entschuldigend die Hände. »Sorry!«

Ich war so in die Betrachtung der Zombie-Grins-Teenies in der Broschur vertieft gewesen, dass ich überhaupt nicht bemerkt hatte, dass ein Schüler den Flur entlanggekommen war.

»Pass doch auf, Bitch!«, maulte er mich an und schlurfte mit einer Sporttasche über der Schulter weiter.

Wie bitte?

Mein Mund ging auf, aber kein Laut kam heraus. Hatte der mich gerade ernsthaft *Bitch* genannt? Hier? In Darkenhall? Wo einem doch die Sonne aus dem Allerwertesten scheinen sollte?

Nicht, dass ich nicht ein klein wenig Befriedigung darüber empfand, dass hier doch nicht alles Gold war, was glänzte. Immerhin schlurfte dieser Typ und hatte zumindest auf den ersten Blick recht wenig mit den Grinsebacken aus dem Prospekt gemeinsam. Er trug zwar die dunkelblaue Schuluniform, aber die unordentliche Art, mit der er das tat, entsprach genau meiner Vorstellung davon, wie man so eine verdammte Unterdrückung jeglicher Individualität zu tragen hatte! Sein Haar war kurz geschnitten, als hätte jemand versucht, einen ordentlichen Jungen aus ihm zu machen, aber so strubbelig, wie es ihm vom Kopf abstand, zeigte sich auch hier ein rebellischer Geist.

»Bitch …«, wiederholte ich leise seinen Fluch und sank nachdenklich zurück auf die Bank. Die Psychologin vom Jugendamt hätte das sicher *unterschwellig ausgelebte Aggression* genannt. Oder vielleicht war es auch nicht ganz sooo unterschwellig. Um das beurteilen zu können, hätte ich in jedem Fall eine Brille auf meiner Nasenspitze gebraucht und ein mit dickem Leder eingebundenes Klemmbrett für Notizen.

Seufzend fischte ich den kleinen Bleistift aus der hinteren Hosentasche meiner Jeans und betrachtete skeptisch die stumpfe Mine. Ich zückte das winzige Klappmesser, das ich in einer ebenso kleinen Lederscheide immer zusammen mit dem Stift bei mir trug, und spitzte konzentriert das Grafit an. Ruhe überkam mich, als die hauchdünnen Holzspäne und schwarzer Grafitstaub auf den Boden rieselten. Ich roch das frische Holz regelrecht, und Vorfreude erfasste mich, wie jedes Mal, wenn ich diese Vorbereitungen traf. Um meine Spuren zu verwischen, schob ich die Späne mit dem Fuß unter die Bank. Dann öffnete ich den Rucksack und holte meinen kleinen Zeichenblock heraus. Er war kein ledergebundenes Klemmbrett, aber besser als jede Therapiesitzung.

Schon während ich das Deckblatt umschlug, überkam mich innere Ruhe.

Diese Schule war scheiße! Ein Abstellgleis für die verzogenen Rotzgören neureicher Eltern, die die Chance auf ein gutes College für ihre Kinder noch nicht aufgegeben hatten. Vermutlich allesamt Typen, von denen ich mich besser fernhalten sollte. Ich lehnte mich leicht nach vorne, um dem Jungen mit der unterschwelligen oder vielleicht doch nicht ganz so unterschwellig ausgelebten Aggression aus dem Schutz meiner mir ins Gesicht hängenden Haare heraus hinterherzublicken. Mein Stift berührte das Papier und ich fing an zu zeichnen. Schnelle Striche, knappe Bewegungen.

Am Ende des Flurs blieb der Typ schließlich stehen und lehnte sich an die Wand, um irgendwas in sein Handy zu tippen. Dabei stellte er den Fuß an die altehrwürdige Mauer, die Sporttasche lässig über der Schulter. Ihm gegenüber befand sich eine weitere Tür, aber von meinem Platz aus konnte ich nicht lesen, was auf dem Schild stand. Es war auch nicht wichtig. Wichtig war nur, den rebellischen Geist des Jungen einzufangen, damit ich wusste, ich war hier nicht allein. Die Schule hatte den Ruf, mit jedem Kind fertigzuwerden. Jeden noch so unzähmbaren Geist zu bändigen. Und davor hatte ich Angst. Ich wollte nicht gezähmt werden. Ich wollte einfach nur ich sein. Und dieser Pisser dort …

Ich rollte mit den Augen – jaja, ich merkte es selbst! Nun war *ich* leicht unterschwellig aggressiv, aber immerhin hatte der Arsch mich Bitch genannt!

Mein Stift flog förmlich übers Papier und mit jedem Quantum Grafit, das sich von der Mine abrieb und das auf dem Papier zurückblieb, wusste ich, dass nicht alle hier gezähmt waren.

Als mein Mitschüler schließlich durch die Tür trat, hätte ich am liebsten protestiert, denn er verschwand darin, ohne sich auch nur noch einmal zu mir umzudrehen. Er ging hinein, und ich war wieder allein. Wieder die Einzige in diesem Flur, die … Probleme hatte, wie Florence so schön sagte.

Gelächter aus Richtung der Halle ließ mich den Kopf drehen. Schnell legte ich das Deckblatt über meine Zeichnung, als müsste ich meine Erkenntnis beschützen.

»Es wäre keine Party, wenn ich Loser wie dich einladen würde!«, rief einer der Jungen. Er war nicht allein, sondern umringt von mindestens drei weiteren Schülern, aber nur er fiel mir ins Auge. Er war groß und blond. Trug das Haar etwas zu lang für meinen Geschmack, aber die arrogante Art, wie er es sich aus der Stirn strich, gefiel mir. »Vergiss es, Gwynedd! Deine Alten müssten glatt ihre Jacht vor Monaco verhökern, um mich zu bestechen, dich einzuladen!«

Seine Begleiter lachten. Alle, bis auf einen.

»Fick dich, Tristan!« Er war stark übergewichtig und hatte rotes Haar. Trotzdem schlug er sich mit der Hand selbstbewusst auf die Brust. »Irgendwann kommst du schon und brauchst was von mir. Das tun alle!«

Der Blonde lachte abfällig und hob in einer hilflosen Geste die Hände. »Selbst wenn ich wollte, Gwynedd – ich kann dich nicht einladen. Die Schließzeiten … du verstehst. Sorry!«

Man hörte genau, dass es ihm kein bisschen leidtat. Zu diesem Schluss kam wohl auch Gwynedd, denn er streckte dem Blonden den Mittelfinger entgegen und stampfte davon. Der Blonde drehte sich lachend um, genau in meine Richtung.

Ich hätte den Blick senken sollen, denn Typen wie er waren ganz sicher nicht gut für meine *letzte Chance* …

Aber ich konnte nicht. Dummerweise war ich regelrecht angezogen von der Arroganz meines Mitschülers.

Unsere Blicke trafen sich, und er klopfte seinen Kumpels zum Abschied auf die Schultern.

»Frischfleisch«, hörte ich ihn raunen, ehe er in meine Richtung abbog.

So ein Arsch! Schon jetzt war er mir unsympathisch. Die marinefarbene Schuluniform saß bei ihm wie angegossen. Er sah aus wie geleckt. Schon aus der Ferne war das eisige Blau seiner Augen nicht zu übersehen und wenn überhaupt möglich, betonte die silberne Krawatte deren arrogantes Strahlen noch. Er musterte mich interessiert. Vermutlich, weil ich nicht dem typischen Klientel der Schule entsprach – die Tasche zu meinen Füßen war aus dem Sportgeschäft, nicht von Gucci. Vielleicht auch nur, weil er mich für »Frischfleisch« hielt.

Schnell senkte ich den Blick, um zu verhindern, dass er mich ansprach.

»Einer von den Zombies …«, murrte ich und legte schützend die Hände auf meinen Block.

Willkommen in Darkenhall

Ich senkte den Kopf, um den Zombie nicht zu ermutigen, mich anzusprechen, aber offenbar war es nicht seine Stärke, Körpersprache zu deuten. Oder es interessierte ihn einfach nicht, was andere dachten.

Seine beinahe federnden Schritte erstarben direkt vor mir und er räusperte sich.

Seufzend blickte ich auf. Das Letzte, was ich jetzt gebrauchen konnte, war banaler Small Talk mit einem selbstverliebten Lackaffen, aber irgendwie wollte ich auch nicht gleich am ersten Tag zu einem meiner neuen Mitschüler unhöflich sein.

»Hey!«, presste ich deshalb halbherzig heraus.

Er war tatsächlich direkt vor mir stehen geblieben und musterte mich jetzt, als wäre ich ein unbekanntes Insekt.

»Du musst Abigail Woods sein. Ich bin Tristan.« Seine Stimme klang arrogant, und ich hatte das Gefühl, als checkte er mich ab. Ob er die Schweißflecken unter meinen Armen bemerkte? Ich spürte, wie mir das Blut in die Wangen stieg.

Und ich hasste es!

»Ging wohl ein Rundschreiben raus, oder wie?«

Es gefiel mir gar nicht, dass er meinen Namen kannte. Hatten die hier noch nie was von Datenschutz gehört?

Doch anstatt sich von meiner schroffen Erwiderung abschrecken zu lassen, grinste dieser Zombie auch noch. Dabei offenbarte er perfekte Zähne.

»Nicht ganz«, bekannte er und deutete mit einem Kopfnicken in Richtung Direktorat. »Aber wenn jemand Neues dazukommt, dann erfährt man das schon.«

»Mega.« Die Ironie troff regelrecht aus meiner Stimme. »Dann weißt du ja schon alles.« Ich senkte den Blick und trommelte unruhig mit den Fingern auf meinen Block. Konnte er nicht einfach weitergehen? Und seine blauen Augen mitnehmen? Zombie-Tristan brauchte einen Moment, um meine, wie ich hoffte, deutliche Körpersprache zu verarbeiten. Schließlich nickte er wortlos und setzte seinen Weg fort. Nach wenigen Schritten wandte er sich noch mal zu mir um.

»Wir sehen uns!«, rief er und als ich aufsah, zwinkerte er mir verführerisch zu.

»Kann ich wohl kaum verhindern«, murmelte ich und ärgerte mich dabei über mich selbst, denn das Grinsen dieses Primaten ließ mich fast vergessen, wie schrecklich hier alles war. Er eingeschlossen!

Ich seufzte und steckte gerade meinen Block ein, als die Tür vor mir aufging und Florence zusammen mit einer großen blonden Frau auf mich zukam.

»Das ist Abigail«, stellte Florence mich vor und sah mich dabei beinahe flehentlich an. Ich sollte mich offenbar von meiner besten Seite zeigen, darum griff ich höflich die mir angebotene Hand und nickte der Fremden zu.

»Mein Name ist Margaret-Maud Tremblay. Ich bin die Schulleiterin hier in Darkenhall. Es ist schön, dich kennenzulernen, Abigail.«

»Ebenfalls«, presste ich heraus und ging unter ihrem festen Händedruck beinahe in die Knie. Diese Frau hatte einen stechenden Blick und eine etwas zu lange Nase, was die Strenge in ihren Zügen unterstrich. Ihr dunkelblondes Haar trug sie am Hinterkopf aufgesteckt und sie hatte eine Brille auf dem Kopf, die sie just in diesem Moment herunternahm und aufsetzte.

»Sehr schön, sehr schön«, überbrückte sie die Stille, während sie eine Faltmappe unter ihrem Arm zum Vorschein brachte und mir überreichte. Das goldene Armband an ihrem Handgelenk war vermutlich genug wert, um die Ladenmiete für Florence' Hutgeschäft für ein Jahr bezahlen zu können. Es klimperte, als ich ihr die Mappe abnahm.

»Dies sind alle Informationen, die du brauchst, Abigail«, erklärte sie. »Der Schulhausplan, die Wohnraumaufteilung, der Regelkatalog und die Trainingstermine im Anti-Aggressions-Raum, die ich dir auf Seite drei eingetragen habe. Diese Termine sind verpflichtend. Außerdem noch ein Hinweis zu den Schließungszeiten der Tore.« Sie sah mich an. »Die Schließungszeiten sind strikt einzuhalten!«

Ich nickte brav, was Florence auch zu erwarten schien. Sie legte mir fürsorglich die Hand auf die Schulter und beugte sich zu mir herüber. »Das machst du schon«, beteuerte sie leise, während ihre Hutkrempe meine Wange streifte.

»Klar«, versicherte ich den beiden. Allerdings bereitete mir der gefühlt tausend Seiten umfassende Regelkatalog Kopfschmerzen. Ich hasste Regeln!

»Dann ist jetzt die Zeit gekommen, dir dein Zimmer zu zeigen«, schloss Margaret-Maud ihre Erklärungen ab und machte eine Handbewegung, die sagte, ich solle vorausgehen. »Bitte hier entlang.«

Florence hob meine Reisetasche an, aber Mrs Tremblay schüttelte den Kopf. »Bedaure. Wir haben die Erfahrung gemacht, dass der Abschied unnötig erschwert wird, wenn wir ihn hinauszögern.«

»Ich möchte doch gerne sehen, wie Abby für den Rest des Schuljahres wohnen wird«, warf Florence ein.

Margaret-Maud schüttelte den Kopf. »Seien Sie versichert, dass es Abigail an nichts fehlen wird.« Sie nahm meiner Pflegemutter die Tasche aus der Hand und lächelte sie freundlich, aber entschieden, an. »Nehmen Sie nun Abschied. Abigail wird es mit Sicherheit kaum erwarten können, sich hier alles genau anzusehen.«

Wenn sie sich da mal nicht täuschte!

Ich zwang mich zu einem Lächeln, als Florence etwas verunsichert durch Mrs Tremblays Ansage die Arme um mich legte.

»Es wird dir gefallen«, versicherte sie mir mit belegter Stimme.

»Bestimmt«, log ich. Etwas anderes blieb mir ja auch nicht übrig.

»Es ist allemal besser als das Jugendgefängnis.« Ich wusste nicht, wem Florence damit mehr Mut machen wollte. Mir, oder sich selbst.

»Ich komm schon klar«, versicherte ich ihr und versuchte vergeblich, den Kloß in meinem Hals hinunterzuschlucken. Ich ließ es nicht oft zu, dass mich jemand umarmte. War nicht gerade ein Fan von übertriebener Zärtlichkeit, aber gerade jetzt wollte ich nicht, dass Florence mich losließ. Sie rieb meinen Rücken und drückte dabei mein Gesicht in ihre Dauerwelle, die weich wie eine Wolke unter ihrem Hut hervorschaute. Der Duft ihres Haarsprays kitzelte in meiner Nase, aber ich wusste, ich würde ihn vermissen, wenn sie fort war.

»Versuch, keine Dummheiten zu machen, Abby«, schluchzte sie und umfasste mein Gesicht. Sie sah mir in die Augen und ich las tiefe Zuneigung darin. »Ich will wirklich nicht, dass man dich mir wegnimmt, hörst du? Aber du musst mir helfen. Du musst jetzt das

Richtige tun.« Sie streichelte meine Wange, dabei rannen die Tränen doch über ihre. »Ich hab dich lieb, Abigail. Vergiss das nicht.«

»Schon okay.« Warum tat das Schlucken nur so verdammt weh? Warum fühlte ich mich, als würde ich in Stücke gerissen? Und warum zum Teufel brachte ich es nicht über mich, ihr zu sagen, dass ich sie ebenfalls lieb hatte? Warum presste ich nur so ein nichtssagendes *schon okay* heraus, wo ich bei dem Gedanken, hier allein zurückzubleiben, doch regelrecht in Panik verfiel?

Ich trat zurück, griff mir meinen Rucksack und rieb meine plötzlich eiskalten Arme.

»Wenn das erledigt ist, dann kann es für dich ja nun losgehen«, sagte Margaret-Maud fröhlich und reichte mir meine Reisetasche.

Na klar! Wenn das erledigt war …

Ich schüttelte unmerklich den Kopf über so viel fehlendes Feingefühl – und das bei einer Schulleiterin – und biss auf meine Lippe, um das Zittern zu verbergen.

»Bis bald, Abby«, schluchzte Florence und winkte.

»Bis bald«, flüsterte ich und folgte Margaret-Maud den Gang entlang in mein neues Leben. Ein glückliches Leben, wenn ich dem Hochglanzprospekt glauben durfte.

Das Wüten in ihm

Bastian Tremblay stand am Fenster des Trainingsraums. Des Anti-Aggressions-Raums, wie die Schule die vier Wände nannte. Der Schweiß lief ihm den Rücken hinab und seine Fäuste pulsierten noch von den harten Trainingsschlägen in den Boxsack. Auf dem Schulhof unter ihm fuhr gerade ein Taxi durch das Tor davon. Doch das interessierte ihn nicht. Sein Blick hing vielmehr gebannt an dem Mädchen mit den lilafarbenen Haaren, das ziemlich verloren in der Auffahrt stand. Sie war von etwas umgeben, das Bastian nur zu vertraut war, von dem sie selbst aber keine Ahnung hatte.

Trotz der Schmerzen in den Fingern ballte Bastian erneut die Fäuste, denn das Wüten in ihm schwoll seit Tagen an. Er spürte es wie ein Brüllen in seinem Blut, wie ein Fieber in seinen Gedanken. Es würde immer stärker werden, bis es ihn vollends beherrschte – wenn *er* es nicht beherrschte. Von einer tiefen inneren Wut getrieben, riss er die Kette aus dem Halsausschnitt seines Shirts und umschloss fest den Ring, den er daran trug.

Sein Atem kam hart und gepresst. Das Mädchen würde hierherkommen. Bald. Er würde mit ihr hier in diesem Raum trainieren, und …

Bastian stieß ein Keuchen aus, denn das Wüten in ihm verursachte ihm Schmerzen. Er ballte die Faust fester um den Ring, bis das Metall hart in sein Fleisch schnitt. Er bekam keine Luft. Wie so oft, wenn er den Hunger in sich zu lange ignoriert hatte, wurde ihm die Brust eng. Er öffnete das Fenster und stemmte sich mit beiden Händen auf den Sims. Das Mädchen war weg. Hineingegangen. Sie war jetzt hier, wie all die anderen. Und doch ... war etwas an ihr, das ...

Wieder riss das Verlangen in ihm mit aller Macht eine Wunde in seine Selbstbeherrschung und Bastian stieß ein gefährliches Knurren aus. Er blickte auf seine Hände, auf die Finger, die sich in den Stein krallten, während die dunklen Weben wie Tattoos unter seiner Haut schimmerten. Sie pulsierten über seine Unterarme wie anschwellende Adern.

Bastian atmete tief durch.

»Nicht jetzt!«, befahl er sich selbst leise und steckte die Kette mit dem Ring zurück unter sein Shirt. Dann drückte er den Rücken durch und rieb seine Hände aneinander, bis die verräterischen Weben wieder verschwunden waren.

»Ich kann das kontrollieren!«, versicherte er sich selbst, und tatsächlich nahm seine Haut wieder ihre normale, gesunde Farbe an. Zwei tiefe Atemzüge später hatte er sich wieder im Griff. Sein Puls ging gleichmäßiger und die Schmerzen in seiner Brust waren abgeklungen. Er hob die Hand, um das Fenster zu schließen, als er seinen Bruder hinter einer blonden Schülerin her durch den Park joggen sah.

Als Tristan das Mädchen erreicht hatte, tippte er ihr auf die Schulter und sie wandte sich überrascht, aber erfreut zu ihm um.

Bastians Miene verhärtete sich. Er hörte nicht, was die beiden miteinander sprachen, aber das musste er auch gar nicht. Was er sah, sprach eine deutliche Sprache.

Tristan war geschickt, das musste er neidlos zugeben. Er nahm sich, wonach es ihn verzehrte. Und er nahm es sich, wann immer und wo immer er gerade wollte.

Bastian stieß einen Fluch aus und kniff die Augen zu schmalen Schlitzen zusammen. Ihm gefiel nicht, dass Tristan das Mädchen kichernd hinter sich her in den Schutz der Bäume zog, sodass man sie vom Weg aus nicht mehr sehen konnte. Ihm gefiel noch weniger, wie Tristan das Gesicht des Mädchens umfasste und seine Lippen auf ihre legte. Doch was ihm am wenigsten gefiel, war das nachtschwarze Pulsieren auf Tristans Händen, der Strom an Weben, der anwuchs, je länger der Kuss andauerte.

»Verflucht noch mal!«, brummte er und Tristan löste sich von dem Mädchen, als hätte er ihn gehört.

Beinahe schien es so, denn sein Bruder drehte den Kopf und blickte in seine Richtung. Er grinste, ehe er aus der Deckung der Bäume trat, als hätte er nicht gerade das Wüten in sich mit diesem Kuss gestillt. Mitten am Tag. Mitten auf dem Schulgelände.

Bastian wusste, dass Tristan seine Missbilligung nicht entgangen sein konnte. Doch als eine Gruppe Schüler aus dem Wintergarten kam und Tristan umringte, war es schon, als wäre das alles nicht wirklich passiert. Tristan und seine Kumpels foppten wie immer Gwynedd und verschwanden schon im nächsten Moment durch den Haupteingang.

Wieder begehrte das Wüten in Bastian auf, doch diesmal hatte er sich besser unter Kontrolle. Er hatte gelernt, sich zu beherrschen. Denn anders als sein Bruder trug er nicht nur das Wüten in sich, sondern dazu noch eine große Verantwortung. Er hatte lernen müssen, sein Erbe bewusst einzusetzen – im Gegensatz zu Tristan, der alles mit einer Leichtigkeit hinnehmen konnte. Er hatte verstanden, dass ihre Fähigkeit, die Seelenweben anderer Menschen in sich aufzunehmen, eine Verantwortung in sich barg. Und dieser Verantwortung war er sich mehr als bewusst. Trotzdem war er nun mal, was er war. Genau wie Tristan. Und als er nun Geräusche aus der Umkleide vor dem Anti-Aggressions-Raum wahrnahm, erweckte dies das Wüten in ihm erneut zum Leben. Brüllend und mit einem Hunger, den er kaum beherrschen konnte, verlangten die Weben in ihm nach mehr.

»Hi, Ben.« Er versuchte, seine Stimme normal klingen zu lassen, als er sich zu dem Jungen umdrehte, der mit seinen siebzehn Jahren nur ein Jahr jünger war als er selbst.

Bens Weben würden seinen Hunger stillen, seinen Schmerz lindern. Und er rechtfertigte dies mit der Tatsache, dass dem Teenager ebenfalls geholfen würde. Es war richtig, es so zu machen, wie er es tat. Richtig und gut.

»Die Lehrer sagen, du brauchst noch ein paar Trainingseinheiten hier«, setzte Bastian an.

»Die können mich mal«, fauchte Ben und warf ihm einen zornigen Blick zu. »Ich lass mich von denen nicht so verbiegen wie du!«

»Niemand verbiegt hier jemanden.«

Ben lachte. »Dann bist du hier falsch, Mann. Du bist nicht wie die anderen. Ich hab dich noch nie ausflippen sehen.«

Bastian wartete, bis Ben seine Boxhandschuhe angelegt hatte. »Sei froh«, murmelte er und für einen kurzen Moment war er sich darüber im Klaren, dass die Ähnlichkeit zwischen ihm selbst und Tristan größer war, als ihm lieb war. Sie konnten beide nicht aus ihrer Haut. Und waren beide getrieben von der gleichen Bestimmung. Er sah Ben in die widerspenstigen Augen, in deren Tiefen noch weit mehr lag als nur Wut. »Und du irrst dich. Ich bin hier nicht falsch. Ich bin hier genau richtig.« Er trat hinter Ben und zeigte ihm, wie er die richtige Position am Boxsack einnahm. Dabei berührte er dessen Schulter und das Wüten in ihm schwoll an.

Es tat ihm nicht leid, was gleich geschehen würde. Der Junge vor ihm hatte Probleme. Er würde Dinge tun, von denen nur Bastian etwas wusste. Böse Dinge. Dinge, die verhindert werden mussten. Und nur er konnte dies verhindern. Er half Ben. Ihm, und sich selbst.

Bastian Tremblay atmete tief ein und die Weben unter seiner Haut pulsierten in freudiger Erwartung.

Tapetenleim

Ein Dreibettzimmer! Ich konnte noch immer nur den Kopf darüber schütteln. Das hier war doch eine teure Privatschule. Und dann gab es nur Dreibettzimmer? Wie sollte das dazu beitragen, einen besseren Menschen aus einem zu machen? Es gab auf diesem Planeten vermutlich nicht einen einzigen Teenager, den ein Dreibettzimmer glücklich machte! Und waren glückliche Menschen nicht auch bessere Menschen? So weit hatte man hier wohl noch nicht gedacht.

Ich blieb stehen und betrachtete den Hausplan. Hielt ich ihn richtig herum? Ich befand mich in einem Flur, von dem in jede Richtung ein weiterer Gang abzweigte. Direkt vor mir befand sich eine gläserne Vitrine mit Pokalen, Medaillen und farbigen Fotografien der Rudermannschaft von Darkenhall. Ich ging näher heran und betrachtete die Bilder: Die Sportler trugen helle Shorts und meerblaue Trikots mit dem Wappen der Tremblays auf der Brust. Ihr Siegeswille war selbst durch die Kameralinse zu fühlen. Ich hatte für Mannschaftssport nicht so viel übrig. Darum trat ich zurück und widmete mich wieder meinem Plan. Wo genau musste ich hin? Ich drehte mich einmal um mich selbst, als das Schlagen einer Glocke durch das Gebäude hallte. Vor und hinter mir wurden zeitgleich Türen geöffnet. Es sah aus, als spuckten die Räume ihre Schüler aus, die in ihrer einheitlichen Schuluniform vollkommen austauschbar wirkten. Ich wich an die Seite, um meinen Mitschülern Platz zu machen, die allesamt recht zielstrebig in die Richtung strömten, aus der ich gerade kam. Sie alle hatten eines gemeinsam. Den arroganten Ausdruck in ihren Gesichtern. Vermutlich waren das alles Söhne und Töchter der Londoner Oberschicht. Nicht einer schenkte mir Beachtung, doch das war gar nicht mal so schlecht.

Um Unauffälligkeit bemüht, lehnte ich mich an die Wand und beobachtete meine neuen Mitschüler. Fast alle schienen in meinem Alter zu sein. Ich schätzte sie auf etwa siebzehn.

Wie überall bildeten einige von ihnen Cliquen und Grüppchen, wohingegen andere eher Einzelgänger zu sein schienen. Ich fragte mich, wie meine Zimmergenossinnen wohl waren. Hoffentlich keine blonden Barbies mit hüftlangen Extensions, falschen Wimpern und aufgespritzten Lippen, wie die beiden, die gerade an mir vorbeikamen. Ich rollte unauffällig mit den Augen. Auf solche Tussen hatte ich überhaupt keine Lust. Überhaupt hatte ich die Erfahrung gemacht, dass sich andere Mädchen mit mir eher schwertaten. Irgendwie … schreckte ich sie ab. Nicht, dass ich es darauf anlegte, es ergab sich nur irgendwie immer so. Und da sich mein Taschengeldbudget von ihrem vermutlich um Welten unterschied, rechnete ich auch nicht damit, dass meine Mitschülerinnen und ich die dicksten Freundinnen werden würden.

Hätte nicht irgendjemand, den Florence dank ihrer Hutkreationen kannte, in Darkenhall ein gutes Wort für mich eingelegt, wäre ich ja überhaupt nicht hier.

Ich klammerte mich an meinen Hausplan und wartete, bis sich die Gänge wieder etwas geleert hatten. Abgesehen von einigen neugierigen Blicken ließ man mich in Ruhe. Bestimmt hätte mir jemand den Weg zur Kantine gezeigt, wenn ich gefragt hätte, aber so weit war ich noch nicht. Es fühlte sich komisch und fremd an, an dieser

Schule zu sein. Und obwohl ich an sich nicht schüchtern war, spürte ich eine unterschwellige Angst in mir lauern. Mit diesen Rich-Kids konnte ich nicht mithalten.

Florence dachte, ich könnte hier ankommen … dabei fühlte es sich eher so an, als würde ich aus einem fahrenden Wagen geschleudert. Ankommen und glücklich sein, wie sollte das gehen, wenn man dabei die Windschutzscheibe durchschlug und gegen die Wand eines marineblau tapezierten Dreibettzimmers krachte?

Um mich zu beruhigen, vertiefte ich mich erneut in die Betrachtung des Plans. Ich musste geradeaus, wenn ich zur Kantine wollte. Und das wollte ich. Ich brauchte unbedingt einen Schokoriegel, um meine Laune zu verbessern. Ich folgte also dem Plan und versuchte mir dabei den Weg einzuprägen, damit ich mir beim nächsten Mal nicht wieder so verloren vorkommen würde.

»Von meinem Zimmer aus die Treppe runter, dann links an dem Schrein für die Rudermannschaft vorbei und immer geradeaus … und dort vorne noch um die Ecke …«, murmelte ich vor mich hin. Die Fenster in diesem Flügel des Gebäudes blickten nach Süden und man hatte eine unvergleichliche Aussicht auf die Themse, bis zum anderen Ufer hinüber, wo sich die *Kings Stairs Gardens* befanden. Trotzdem fragte ich mich, ob die Nähe zum Wasser bei schlechtem Wetter nicht unheimlich und dunkel sein würde. Wie ein nasses, kaltes Grab.

»Ich brauch jetzt was Süßes!«, fluchte ich leise, schob das Kribbeln in meinen Knochen auf mangelnde Energie, und beschleunigte meinen Schritt. Diese alten Mauern waren wie dafür gemacht, die Fantasie mit einem durchgehen zu lassen.

Ich bog um die Ecke und atmete erleichtert auf. Die Kantine. Ich hatte sie gefunden. Ich faltete den Plan zusammen und steckte ihn zu meinem Bleistift und der Lederscheide mit dem winzigen Spitzmesser in die Hosentasche. Dann trat ich durch die Tür. Der Speisesaal befand sich in dem modernen Wintergarten, den ich schon bei meiner Ankunft gesehen hatte. Er war hell und warm und die Aussicht auf die Themse war hier noch um einiges beeindruckender. Man konnte die schillernde Fassade des weit in den Himmel reichenden dreieckigen Shard-Gebäudes erkennen und den südlichen Turm der Tower Bridge.

Zugegebenermaßen war ich beeindruckt.

Es war inzwischen nach vier und nur wenige Tische waren besetzt. Ganz vorne saßen einige Jungs in Rudertrikots auf der Tischplatte und feierten sich selbst. Sie hoben nicht mal die Köpfe, als ich den Raum betrat. Ich war froh darum, denn ich machte sofort einen blonden Schopf mit zu langem Haar inmitten der Typen aus.

Direkt neben dem Eingang ging plötzlich lautstark ein Handgemenge los.

»Gib her! Da ist mein Referat drauf!«, schrie ein Schüler und fischte nach dem Arm des rothaarigen Dicken, den ich heute schon mal gesehen hatte. Vermutlich musste er seine Männlichkeit nach der Abfuhr unter Beweis stellen, indem er sich an jemand körperlich Schmächtigerem abreagierte.

Er hielt einen USB-Stick hoch, ließ ihn in die Tasche seines Sakkos fallen und klopfte sich dann zufrieden auf die Brust. »Du meinst, da ist *mein* Referat drauf«, höhnte er und versetzte dem Schmächtigeren einen Stoß, sodass dem die Brille fast von der Nase flog.

Ich ballte die Fäuste und ging weiter. Was mich anging, war ich von dem Schulkonzept noch nicht wirklich überzeugt. *Glücklich* war wohl ein dehnbarer Begriff …

Weiter vorne waren ebenfalls einige Tische besetzt und links von mir erstarb bei meinem Eintreten ein Gespräch zwischen einer Gruppe Mädchen. Models, verbesserte ich mich im Geiste. Hager, langbeinig und so viel Make-up im Gesicht, dass sie beinahe aussahen wie eineiige Fünflinge.

Sie glotzten mich an und ich tat so, als bemerkte ich sie gar nicht. Während ich mich fragte, was sie verbrochen hatten, um hier zu landen, folgte ich dem Gang, der die Tischreihen in der Mitte teilte, bis nach vorne durch und nahm mir ein Tablett. An der Essensausgabe musste ich warten. Ich ließ die Hauptspeisen links liegen und entschied mich für einen Obstsalat und einen Schokopudding, schließlich litt ich ganz eindeutig an Unterzuckerung. Nur das erklärte meine überreizten Nerven. Ein neongelbes Schild wies darauf hin, dass »Nur ein Süßgetränk / Pudding pro Tag!« erlaubt war.

Klar, nicht, dass die Mädels dort drüben nachher nicht mehr in die neueste Kollektion von Victoria Beckhams Size-Zero-Jeans passen würden.

Gerade fragte ich mich, wie viele Wattebäusche die Mädels wohl stattdessen am Tag aßen, als ein Schatten über mein Tablett fiel.

»Abigail Woods«, sprach mich der Junge an, der sich mir vor dem Direktorat als Tristan vorgestellt hatte. Wieder strich er sich breit grinsend die Haare aus der Stirn. Er lehnte so lässig am Tresen, als wäre er ebenfalls im Angebot. »Hast du dich schon eingelebt?«

»Eingelebt?« Ich schüttelte innerlich den Kopf über diese Frage. »Ich bin gerade mal seit zwei Stunden hier!«, erinnerte ich ihn.

»Ja klar!« Er lachte und schob sein Tablett weiter. »Ich meine … hast du dein Zimmer schon bezogen? Das … Bett schon getestet?«

Ich nahm meinen streng rationierten Pudding entgegen und hob das Tablett an. Seinen süffisanten Ton überging ich, ebenso seine zweideutige Anspielung. »Ist ein Dreibettzimmer«, antwortete ich nüchtern. »Wen muss man bestechen, um ein Einzelzimmer zu bekommen?«

Das amüsierte Funkeln in seinen Augen ließ mich vermuten, etwas Falsches gesagt zu haben.

»Was hast du denn so vor, im Bett … dass dir keiner dabei zusehen soll?«

Wieder stieg mir das Blut in die Wangen und ich umklammerte mein Tablett fester. Zu allem Überfluss nahm er sich ebenfalls einen Pudding.

»Nichts! Ich bin nur gern für mich«, presste ich heraus und beeilte mich, weiterzukommen, aber er blieb mir auf den Fersen.

»Ist halt kein Hotel«, stellte er mit einem Zwinkern fest. »Wo man die Honeymoonsuite buchen kann und Schokolade aufs Kopfkissen gelegt bekommt.«

»Ach nicht? Verdammt!« Ich machte ein entrüstetes Gesicht. »Dann bin ich hier ja vollkommen falsch.«

Tristan wirkte amüsiert. Er schlenderte an mir vorbei zu einem der langen Tische. Von seinen Teamkollegen war nichts mehr zu sehen. Er stieg von hinten über die Bank und stellte das Tablett vor sich ab. »Genau wie ich«, scherzte er und tunkte den Löffel in den Pudding.

Ich nahm mir Besteck aus dem Besteckkasten und zögerte. Von allen Schülern hier in der Kantine schien er der arroganteste. Und doch war er der Einzige, der mich angesprochen hatte.

Ausgerechnet er! Er war so schleimig, dass man auf seiner Schleimspur hätte ausrutschen können. Aber der Abschied von Florence hatte mich härter getroffen als gedacht, und so war ich, was meine Gesellschaft anging, momentan nicht besonders wählerisch.

Schnell, ehe ich es mir noch anders überlegte, trat ich an seinen Tisch und setzte mich ihm gegenüber.

»HEY!«, scholl ein Ruf durch den Raum und ich fuhr herum. »Die Mädchen sitzen auf der anderen Seite!«

»Was?« Ich folgte dem Fingerzeig des übergewichtigen Rotschopfs in Richtung der Mädchenclique.

»Halt die Füße still, Gwynedd!«, warnte Tristan den Dicken, der vor einem überquellenden Tablett mit Speisen saß.

»Sie soll sich da rüber setzen!«, protestierte er vehement.

»Was will der denn?«, fragte ich irritiert und sah Tristan stirnrunzelnd an.

»Eigentlich sitzen Jungen und Mädchen in der Kantine getrennt«, gab der unbeeindruckt zu, bedeutete mir aber sitzen zu bleiben.

»Ich kann mich ja –«

»Nein. Setz dich einfach wieder«, meinte Tristan und funkelte den Dicken an. »Und du, Gwynedd, kümmere dich um deine Angelegenheiten.«

»Die Regeln gelten für ALLE!«, begehrte der wiederum auf und donnerte beide Fäuste auf den Tisch. Inzwischen sah jeder im Raum zu uns herüber.

»Heute nicht!«, gab Tristan knapp zurück und wandte sich erneut mir zu. »Vergiss ihn. Der hat nichts zu melden.«

Ich legte den Kopf schief. »Und du schon, oder wie?«

Er zwinkerte. »Zumindest mehr als der.«

»Na, da bin ich ja beruhigt«, antwortete ich skeptisch und kostete den Pudding. Er schmeckte zwar nach Schokolade, aber ihm fehlte jede Süße. »Verflucht, was ist denn das für ein Zeug? Schmeckt ja wie Tapetenleim!«

»Ist es auch. Sie mischen nur braune Farbe rein, damit es nicht so offensichtlich ist«, vertraute Tristan mir mit gesenkter Stimme an und ich musste mich zusammenreißen, um nicht über seinen Spruch zu lachen.

Mir gefiel, wie sich sein Gesichtsausdruck änderte, wenn er lächelte. Er wirkte dann bei Weitem nicht mehr so überheblich.

»Steht das in den Einführungsunterlagen?«, spielte ich mit und kratzte mich nachdenklich am Kinn. »Denn bisher hatte ich noch nicht die Zeit, die alle durchzusehen.«

Tristan nickte ernst. Eine Strähne hing ihm ins Auge, und es kribbelte mich in den Fingern, sie ihm hinters Ohr zu streichen. »Steht im Kleingedruckten auf Seite siebenundfünfzig. Alle Speisen, die in Darkenhall serviert werden, bestehen zu hundert Prozent aus natürlichem Bio-Tapetenleim oder Pressspan. Vollkommen frei von Zucker, Geschmack und Gluten. Und dabei absolut vegan. Echt erlesenes Zeug.«

»Ach wirklich! Bekommt man deshalb nur einen? Weil einem sonst der Magen verklebt?« Ich tat beeindruckt und löffelte meinen fragwürdigen Pudding weiter. In Kombination mit dem Obstsalat war er genießbar. »Und die Würstchen? Dort drüben gab's Würstchen«, hakte ich nach.

Tristan nickte bedeutungsschwer. »Reiner Pressspan – mit Tapetenleim.«

Ich verbarg mein Kichern, indem ich so tat, als ob ich husten musste, und schluckte schnell hinunter. »Wenn das so ist, dann bezahlt meine Pflegemutter deutlich zu viel für diese Schule!«

Tristans Lächeln wurde schwächer. »Deine Pflegemutter? Du lebst in einer Pflegefamilie?«

Der Pudding in meinem Mund verwandelte sich zu einem Klumpen und ich hatte Mühe, ihn hinunterzuschlucken. Warum hatte ich das denn gesagt? War ich bescheuert? Gingen meine Familienverhältnisse diesen protzigen Angeber irgendwas an?

Als hätte er meine Gedanken gelesen, hob er die Hände und ruderte zurück. »Sorry. Blöde Frage. Geht mich ja auch nichts an.«

Ich hätte mich ohrfeigen können! Gerade war die Stimmung noch so gut gewesen und durch meine unbedachten Worte hatte ich es mal wieder geschafft, alles zu ruinieren. Ich stellte meine beiden leeren Schälchen ineinander und schleckte den Löffel ab, ehe ich Tristan wieder ansah. »Schon okay. Meine Eltern … sind …« Ich stockte und stand auf. »Vergiss es einfach. Ich rede nicht gern darüber.«

»Abigail, warte«, rief Tristan und beeilte sich, ebenfalls aufzustehen. Mit zwei großen Schritten hatte er mich eingeholt und mir das Tablett abgenommen. »Hey, sorry. Das war doof. Ich wollte nicht …«

Ich zwang mich, nicht einfach davonzurennen. Ich fühlte mich, als würde ich in Dunkelheit stürzen, als würde mich die Schwärze wie erstickender Nebel jagen und umhüllen. Das Atmen tat mir weh und der giftige Nebel brannte hinter meinen Lidern. »Ist okay«, winkte ich ab und wartete, bis er die beiden Tabletts in den dafür vorgesehenen Metallwagen geschoben hatte. »Ich muss jetzt los. Tasche auspacken, Schuluniform anprobieren, Regelkatalog studieren und so«, erklärte ich fahrig, während ich mir mit den Fingern durch meine lila Haarsträhnen kämmte.

Ich musste schleunigst hier weg. Wenn ich eines in meinem bisherigen Leben gelernt hatte, dann, dass es ein Fehler war, Schwäche zu zeigen. Besonders vor Menschen, die jede Schwäche mit Geld aus der Welt schaffen konnten.

Ich wollte nicht wissen, was bei Tristan in der Familie oder im Leben schiefgelaufen war, dass seine Eltern ihn nach Darkenhall geschickt hatten. Aber was bei mir schiefief, das wusste ich. Und ich wollte jetzt nicht daran denken. Jetzt nicht – und überhaupt niemals.

»Na dann.« Tristan schob die Unterlippe vor. »Wir sehen uns.«

Ich nickte, denn meine Stimme würde verraten, dass ich kurz davor stand, in Tränen auszubrechen. Schnell drehte ich mich um und krachte frontal in eine der Barbie-Fünflinge.

»Pass doch auf, du Freak!«, mokierte sie sich, ohne mich anzuschauen. Ihre ganze Aufmerksamkeit ruhte auf Tristan. »Hey, Tristan!«, flötete sie und nickte in Richtung der übrigen vier Mädchen. »Lust, euren Trainingserfolg zu feiern?«, fragte sie und legte kokett die Hand an seine Krawatte.

Ich stöhnte. Hätte ich nicht eben ohnehin schon gehen wollen, hätte mich diese Nummer definitiv die Flucht ergreifen lassen.

»Na dann«, flüsterte ich und rieb mir den Arm, mit dem ich gegen Blondie geknallt war. Entschlossen trat ich einige Schritte zurück.

»Hey, Abigail«, rief Tristan mir zum Leidwesen seiner neuen Begleiterin hinterher. »Wir sehen uns.«

Natürlich. So wie ich das sah, war das schwer zu vermeiden. Mein künstliches Grinsen fühlte sich an, als würde mir ein Zahn gezogen, denn obwohl Tristan mir nachsah, wanderte seine Hand im Rücken der Blondine tiefer, bis auf ihren Po.

Ich hörte sie kichern und beschleunigte meinen Schritt.

Es war ja nicht so, als würde mir das etwas ausmachen. Es war nicht so, als … bräuchte ich jemanden, um mich hier nicht allein zu fühlen. Und ganz sicher war es nicht so, dass dieser blonde, selbstverliebte, arrogante Typ dieser Jemand wäre!

Ich spürte, wie Verzweiflung in mir aufstieg. Ich kannte dieses Gefühl. Diese … Angst vor dem Alleinsein. Und wie immer musste ich tief durchatmen, um sie zu beherrschen. Ich biss die Zähne zusammen und versuchte, sie in etwas zu verwandeln, mit dem ich umgehen konnte.

Ich ballte die Fäuste, dann blies ich mir die Haare aus der Stirn und stapfte auf den dicken Rothaarigen zu. Wut war so viel besser als Angst. Die Dunkelheit, die sich in mir ausbreitete, war mir vertraut. Sie ließ meinen Puls in die Höhe schnellen und meinen Atem heiß durch meine Lunge strömen.

Als ich aufsah, lächelte ich.

Auf Gwynedds Tablett türmte sich das Essen und zudem ein silberner Flachmann mit eingravierten Initialen, der garantiert keinen Apfelsaft enthielt. Ich erfasste das alles auf einen Blick. Auch seine Verwirrung, weil ich direkt vor ihm stehen blieb, war schwer zu übersehen.

Ich setzte mich auf die Tischkante und schob dabei sein Tablett etwas von mir weg. Der Ausschnitt meiner Bluse befand sich auf seiner Augenhöhe, aber ich tat so, als würde ich nicht merken, wie er mich anstarrte.

»Hey, ich …« Ich wickelte mir eine Strähne meines Haars um den Finger. »Ich bin Abby. Ist mein erster Tag und ich wollte nichts falsch machen«, erklärte ich reumütig und blickte ihm tief in die Augen.

Ich registrierte, dass Tristan sich zu mir umdrehte. Wenn die Dunkelheit mich lenkte, mich antrieb, dann entging mir kaum etwas, das um mich herum geschah.

Mir entging nicht, dass er die Stirn runzelte, als ich Gwynedds Schulter berührte. Dass dem daraufhin der Schweiß ausbrach, entging vermutlich niemandem.

Gwynedd drückte die Brust raus und kam mir etwas mit dem Oberkörper entgegen. Er stellte den Flachmann ab.

»Die Regeln gelten für alle!«, wiederholte er seinen Vorwurf von zuvor und kniff die Augen missgünstig zusammen. »Auch für die Neuen!« Er bleckte die Zähne. »*Besonders* für die Neuen.«

Ich verzichtete, ihn darauf hinzuweisen, dass der Flachmann garantiert ebenfalls ein Verstoß gegen die Regeln war, auf die er so pochte.

»Sicher, das ist mir klar. Ich … hatte gehofft … wir könnten … noch mal ganz von vorne anfangen. Und das mit der Sitzordnung … vergessen.«

Gott, wie ich es hasste, diesem Widerling in den Arsch zu kriechen. Und doch setzte ich noch einen drauf und nahm meine Unterlippe zwischen die Zähne. Ich kam mir vor wie eine schlechte Schauspielerin, aber wenn ich Gwynedd richtig einschätzte, hatte man ihm zeit seines Lebens schon so oft Zucker in den Arsch geblasen, dass er ohnehin nicht auf die Idee kam, ich könnte ihm etwas vormachen.

Er straffte die Schultern und legte seine wulstigen Finger auf meinen Oberschenkel.

»Du bist niedlich. Nur deshalb …«, er betatschte mein Knie, »… nur deshalb höre ich dir überhaupt zu. Aber du bist … leider TPTD. Also …« Er nahm seinen Flachmann und gönnte sich einen Schluck, ehe er mit verächtlich zusammengekniffenen Augen zu Tristan hinübersah. »Es gibt hier Kandidaten, die keine Ansprüche stellen. Halte dich an die!«

Ich hatte keine Ahnung, was TPTD war, aber die abfällige Art, wie er es sagte, war unschwer zu deuten. Ich zwang mich zu einem Lächeln, stand auf und strich ihm noch einmal übers Hemd.

»Wie schade«, trällerte ich ganz im Barbie-Stil der Blondinen von Tisch eins, und hielt mich an Tristans Lieblingssatz. »Wir sehen uns …«

Ich hopste von seinem Tisch und schlenderte in Richtung Ausgang. Die Dunkelheit in mir drehte sich in schnellen Spiralen, fast wie ein Tornado. Ich liebte dieses Gefühl. Es machte mich stark. Und unverwundbar. Zufrieden mit meinem Erfolg schloss ich fest die Faust um meine Beute.

Am Tisch des Jungen, mit dem Gwynedd zuvor die Auseinandersetzung gehabt hatte, verharrte ich kurz.

»Ich glaube, das gehört dir«, flüsterte ich und legte den USB-Stick auf sein Tablett. Ohne ihn noch einmal anzusehen, wandte ich mich ab und trat durch die Schwingtür hinaus in den Flur. Erst jetzt, wo ich allein war, ließ ich das Lachen aus meiner Brust aufsteigen, presste mir die Hände aufs Herz und genoss den Moment. Diesen Moment, wenn man nicht erwischt worden war.

Trauerzug

Ein halbes Jahr zuvor

Der Regen fiel in Fäden, aus dichten Wolken, die den Himmel verdunkelten. Margaret-Maud öffnete ihren Regenschirm, ehe sie aus dem Auto stieg und sich in den Zug der Trauergäste einreihte. Der Fußweg auf den Kirchhof war mit Pfützen übersät und Feuchtigkeit drang ihr in die Pumps. Es waren viele Menschen gekommen, um Zac Moran und seiner Frau Natalie zu kondolieren. Hunderte Regenschirme drängten sich dicht an dicht vor dem Eingang des eindrucksvollen Mausoleums, das Moran für seine Tochter hatte errichten lassen. Der weiße Marmor glänzte im Regen, als vier dunkel gekleidete Sargträger mit einem weiß strahlenden Kindersarg auf den Schultern die Menge der Trauergäste teilten wie Moses das Meer. Zac Moran folgte mit ausdrucksloser Miene direkt dahinter. An seinem Arm, gebrochen und weinend, seine Frau Natalie, deren heiseres Schluchzen ihre Qual deutlich zeigte. Sie stolperte am Eingang des von Engelstatuen gesäumten Mausoleums, und Zac stützte sie sanft, während er ihr etwas ins Ohr murmelte. Er rieb beruhigend ihren Rücken, doch sie riss sich los und taumelte hinter dem Sarg ihres Kindes her. Zac warf einen kurzen Blick über die Schulter. Auch er sah gebrochen aus. Leblos. So kalt und tot wie sein Kind. Er blickte vermutlich in viele mitfühlende Gesichter. Viele trauernde Gesichter. Doch Trost spenden würde ihm das nicht, das wusste Margaret-Maud. Sie wartete, wie alle anderen auch, bis die Stimme des Geistlichen, der die Bestattung durchführte, über die Lautsprecherboxen aus dem Inneren zu vernehmen war. Mitarbeiter eines Sicherheitsdienstes standen mit dem Rücken zum Mausoleum und hielten die Trauergäste auf Abstand. Die Familie wollte trotz ihres hohen Bekanntheitsgrades unter sich bleiben.

Margaret-Maud fröstelte. Die Worte des Bedauerns über den tragischen Verlust eines viel zu jungen Lebens schnürten ihr die Kehle zu. Sie schluckte, aber das brachte kaum Linderung. Der Drang zu husten war groß, doch sie wollte die andächtige Stille nicht stören, darum räusperte sie sich unauffällig in den Ärmel ihres schwarzen Mantels.

»Ein Leben ... viel zu früh von uns genommen ... hinterlässt eine Lücke, die niemals wieder gefüllt werden kann«, hörte sie die Predigt und roch dabei Rauch, den es doch nur in ihrem Kopf gab. Mit einem Mal war sie froh um die vielen Regenschirme, die sie vor Blicken schützten. Wieder schluckte sie, doch heißer Rauch brannte erneut in ihrer Kehle, als sie sich in Erinnerungen verlor. Sie hörte die zornige Stimme ihres Vaters, sah den Gürtel auf ihre hinter dem Weihnachtsbaum kauernde Schwester niedersaußen und hörte sich selbst schreien, als sie, um sich schützend vor ihre Schwester zu werfen, den Tisch mit dem Adventskranz darauf umstieß. Sie hielt den Atem an, wie damals, als die Flammen sich über das Geschenkpapier, den Teppich und den Christbaum ausbreiteten und den Raum sogleich mit heißem giftigem Rauch füllten.

»... Trost in dem Wissen finden, dass Gott nun seine Hand ...«

Margaret-Maud blinzelte und ihre Hand glitt wie von selbst an die vernarbte Haut ihres linken Unterarms unter ihrem Mantel.

»Man findet keinen Trost«, widersprach sie leise dem Geistlichen und hob entschlossen den Blick. Sie machte einen Schritt zurück. Dann noch einen. Die Reihen der Schirme vor ihr, wo sie eben noch gestanden hatte, rückten zusammen, als wäre sie nie da gewesen. Sie wandte den Kopf zur Seite und stellte fest, dass sie nicht die Einzige war, die sich zurückzog. Sie nickte in Richtung der ihr wohlbekannten Gesichter. Sie waren heute nicht hier, um der Familie Moran Trost zu spenden, um ihre Anteilnahme auszudrücken oder weil sie dem Kind nahestanden, das im hauseigenen Swimmingpool der Morans ertrunken war. Sie waren hier, weil Zac Moran ihnen helfen konnte.

Margaret-Maud nickte ihren Freunden zu, noch immer das Brennen auf ihrer Haut spürend. Sie alle hatten eines gemeinsam. Etwas, das sie nun auch mit dem Tech-Milliardär und Visionär Zac Moran verband.

Zac konnte ihnen helfen. Und wenn er das tat, konnte er sich selbst helfen. Denn Trost war nur ein Wort. Ein Wort, ohne Bedeutung.

Panzer und Werwölfe

Heute

»Danke, aber ich bleibe lieber hier«, lehnte ich die Einladung meiner beiden Zimmergenossinnen Jasmin und Esme ab, mit ihnen ins Fernsehzimmer zu gehen. Die beiden waren siebzehn, genau wie ich. Ansonsten waren sie, abgesehen von ihrem ständigen Getuschel und Gekicher recht unaufdringlich. Sie redeten permanent über einen Modeblog, von dem ich noch nie gehört hatte, aber ich würde vermutlich mit ihnen klarkommen.

»Sicher?«, hakte Esme nach. Sie war im Gegensatz zur sommersprossigen Jasmin sehr schlank und trug einen modernen Longbob. Ihre dichten Wimpern waren garantiert nicht echt. Ihr Lächeln vermutlich schon.

»Bin sicher«, bestätigte ich. Nicht, dass ich scharf darauf war, hierzubleiben, aber ich sollte mir die doofen Regeln doch zumindest einmal durchlesen. Für Florence, sagte ich mir.

Doch als die Tür hinter den beiden zufiel, war es um meine Motivation doch ziemlich schlecht bestellt. Ich nahm die Mappe mit den Unterlagen zur Hand, setzte mich auf die gepolsterte Fensternische und blickte in die Nacht. Von hier aus konnte ich das Bootshaus am Ufer ausmachen. Ein dunkler, verwaschener Schatten in dieser beinahe mondlosen Nacht. Mein Blick glitt weiter über die lebendige Oberfläche der Themse. Ein Schiff zog gerade vorüber und die Bugwellen brachen am steinigen Kiesufer.

Ich fragte mich, was Florence wohl gerade machte. Saß sie ebenfalls am Fenster? War sie über eine ihrer Skizzen gebeugt? Den Stift zwischen den Zähnen, einen neuen Hut kreierend? Oder hatte sie den Kater auf dem Schoß und löste ein Kreuzworträtsel, wie sie es gerne tat? War sie froh, mich los zu sein? Atmete sie vielleicht gerade erleichtert durch? Oder fühlte auch sie diese Leere in ihrer Brust, die sich wie dunkle Wolken über einen legte?

Wenn ich die Augen schloss, hörte ich den Kater auf Florence' Schoß leise schnurren, während das Kreuzworträtselheft bei jedem Buchstaben, den sie einsetzte, raschelte.

Ich seufzte und drängte den Gedanken an zu Hause zurück. »Ich hätte es nicht vermasseln sollen«, gab ich mir selbst die Schuld an meiner Misere und schlug die Begrüßungsmappe auf. Den Schulhausplan hatte ich ja schon herausgetrennt und so lag nun Seite drei obenauf. Es war der Zettel mit den Terminen zum Anti-Aggressionstraining. Die Schulleiterin hatte mir für morgen nach dem Unterricht eine Stunde eingetragen. »Leichte Sportkleidung erforderlich«, las ich wenig begeistert, denn ich konnte mir direkt vorstellen, wie ätzend das werden würde. Ein schwitzender Vin-Diesel-Verschnitt, der mich mit einer Trillerpfeife bewaffnet so lange auspowern würde, bis ich kotzen müsste. Oder noch schlimmer, ein Psychologe, der mir dumme Fragen stellen und versuchen würde, meine Probleme zu analysieren. Vermutlich fragte er die Regeln ab, während ich Liegestützen machen musste …

Ich blätterte um. Die Schließungszeiten des Eingangstors. Das erinnerte doch sehr an eine Jugendstrafanstalt. Dabei war ich es gewohnt, hinzugehen, wo ich wollte. Und wann ich wollte. In einigen der Pflegefamilien, mit denen es nicht geklappt hatte, hatte sich niemand darum gekümmert, wo ich mich aufhielt. Niedergeschlagen sah ich aus dem Fenster. Die bunten Lichter Londons spiegelten sich auf dem Fluss, aber der aufkommende Nebel war dabei, die Stadt zu verschlingen. Nächtelang war ich durch die Straßen gezogen. Auf der Suche nach … Ärger.

Ich stand auf und schlüpfte in meinen Sweater. Ich zog mir die Kapuze über den Kopf und atmete tief den Duft des Weichspülers ein. Als ich die Augen schloss, schwappte die Erinnerung über mich hinweg.

Der Wind fegte kalt über den Hyde Park und trug das Lachen der Kinder an mein Ohr. Das alljährliche Winter Wonderland lockte unzählige Besucher an. Die Sonne schien, trotzdem roch es nach Schnee. Auf der eigens gegossenen Eisfläche liefen Familien zusammen Schlittschuh und die Wagen der Achterbahn ratterten lautstark über den Köpfen der Besucher hinweg. Glückliches Lachen hing in der Luft.

Ich zog mir die Kapuze über den Kopf und drehte mich mit dem Rücken gegen den Wind. Dann steckte ich mir die nächste karamellisierte Mandel in den Mund. Die Süße auf meiner Zunge und das Knacken, als ich daraufbiss, waren reinster Genuss.

»Neue Runde, neues Glück!«, lockte einer der Schausteller durch einen blechern klingenden Lautsprecher Besucher zu seiner Bude, während das lustige Glockengebimmel des Kinderkarussells neben mir langsam verklang. Die Runde war vorüber, die wartenden Eltern nahmen ihre leicht schwindelig gedrehten Sprösslinge in Empfang. Ich musste schmunzeln, als ein kleines blondes Mädchen mit wildem Lockenkopf und begeistertem Strahlen in den Augen vom Rücken eines Karussell-Pferdes rutschte und zu seiner Mutter rannte. Es trug einen dicken Schal und hatte rote Fäustlinge an einer Schnur um den Hals baumeln.

Sie sah so glücklich aus, dass es mir einen tiefen Stich versetzte.

»Noch eine Runde«, flehte die Kleine, aber ihre Mutter schüttelte bedauernd den Kopf. »Einmal reicht, Mäuschen. Das ist nicht gerade billig.«

»Oh, bitte, Mama. Nur noch eine Runde!«

»Beim nächsten Mal wieder, okay?« Die Mutter kniete sich hin und zog der Kleinen die Handschuhe an.

Ich knüllte die Papiertüte mit den Mandeln zusammen und steckte sie mir in die Sweater-Tasche. Mit einem Mal war mir kalt und statt des Lachens trug der Wind nun die Schreie der Fahrgäste aus dem Freefalltower an mein Ohr. Anstatt des fröhlichen Jahrmarktbetriebs hörte ich nur noch die schaurigen Klänge der Geisterbahn hinter mir. Ich drehte mich um und sah der gruseligen Werwolfgestalt ins Antlitz. Dunkle Schatten streckten ihre Klauen nach mir aus und ich trat einen Schritt zurück.

Ich wollte das nicht sehen. Schnell wandte ich mich der hell beleuchteten Losbude zu. Ein Junge mit wütend zusammengekniffenem Mund und zornigen Augen stampfte dort mit dem Fuß auf und schleuderte den riesigen Teddy, den er eben gewonnen hatte, beleidigt auf den Boden. »Ich will den Mega-Panzer!«, schrie er und schlug nach der Hand seiner Mutter. »Mega-Panzer! Mega-Panzer!«, wiederholte er lautstark seine Forderung. »Den scheiß Bären will ich nicht! Ich will den Panzer! Sofort!«

»Warum drehst du nicht noch eine Runde auf dem Karussell?«, versuchte die Mutter ihn zu beschwichtigen, während sie den Losbudenbetreiber flehend ansah.

»Beschissenes Kinderkarussell! Beschissene Losbude! Alles scheiße hier!«, schrie der Junge und griff in seine Jackentasche. Er warf seiner Mutter die Fahrkarten vor die Füße und stampfte erneut auf.

Ich rieb mir die Schläfen und atmete tief durch. Ich spürte die Unruhe in mir, noch ehe ich mich in Bewegung setzte. Die Mutter des Jungen bückte sich nach den Fahrkarten und steckte sie achtlos in ihre Handtasche. Mein Blick glitt hinüber zu dem Mädchen mit dem blonden Lockenkopf. Sie hielt die Hand ihrer Mutter und ließ sich mit hängenden Schultern weiterführen. Ihr Blick hing sehnsüchtig an dem sich längst wieder drehenden Karussell. Neue Runde, neues Glück für die, die es sich leisten konnten. So war das hier …

Ich näherte mich der Losbude und mit jedem weiteren Schritt wurde das Dröhnen in meinen Ohren lauter. Mein Puls beschleunigte sich und etwas Großes, Starkes und Dunkles erwachte in mir. Schnell und geübt nutzte ich das Gedränge auf dem Jahrmarkt, um gegen die Tasche der unglückseligen Mutter des Jungen zu stolpern. Blitzschnell glitt meine Hand hinein. Ich spürte ihr Portemonnaie, ihre Sonnenbrille und ein Seidenhalstuch. Doch ich suchte nach etwas anderem. Als sich meine Finger um den runden Fahrkartenchip schlossen, war kaum ein Augenblick vergangen und ich zog, so unauffällig wie möglich, meine Hand zurück.

»Verzeihung!«, murmelte ich und senkte den Blick. Eine lila Haarsträhne verbarg mein Gesicht und ich drehte schnell ab und verschwand in der Menge. Die ersten Schneeflocken schwebten wie Zuckerwatte zu Boden. Ich blinzelte, als sich eine Flocke in meinen Wimpern verfing.

Ich sah mich um. Die Besucher des Jahrmarkts bemerkten den Schnee nicht einmal, der sich zart wie Puder auf die Buden der Schausteller legte und die Haare der Menschen benetzte. Ich glaubte nicht, dass er liegen blieb, und so streckte ich die Hand aus, um einen Eiskristall zu fangen, während ich meinen Weg durch die Menge ganz bewusst wählte. Die Flocke schmolz so schnell, wie das Glück nach einer Karussellfahrt endete. Fröstelnd sah ich meinem dampfen-

dem Atem nach und ließ die Hand wieder sinken. Es war Zeit zu gehen, doch vorher …

»Hier bitte.« Ich ging vor dem blonden Lockenkopf in die Knie und drückte ihr den Chip in die behandschuhte Hand. »Den hab ich übrig, wenn du magst …«

Das Leuchten in ihren Augen schlug wie eine Faust die Dunkelheit in mir zurück und erfüllte mich mit purem Glück. »Mama!«, rief sie und machte einen kleinen Hopser, ganz so, als könne sie ihr Glück noch gar nicht fassen. »Das Mädchen hier …«

Ich stand schnell auf, steckte die Hände in die Taschen und tauchte in der Menge unter. Verborgen unter meiner Kapuze, gesichtslos in der Menge. Ich atmete tief den wohligen Duft des Weichspülers ein und umklammerte meine Tüte mit Mandeln. Ich liebte den Jahrmarkt im Hyde Park. Und ich liebte das harte Pulsieren meines Herzschlags, wenn ich die Dunkelheit in mir zuließ!

Die Zimmertür ging auf und Jasmin und Esme kamen herein.

»Schon zurück?«, fragte ich und hatte Mühe, mich aus meiner Erinnerung zu lösen. Wie lange war ich hier in meine Gedanken versunken gesessen?

Ich strich mir die Haare auf den Rücken. Dabei fiel mir die Begrüßungsmappe auf meinem Schoß auf. Über die Schließungszeiten war ich nicht hinausgekommen.

»Es ist Schlafenszeit. Um zehn werden alle Lichter gelöscht«, klärte mich Jasmin auf, und schnappte sich ihren Schlafanzug und einen Kosmetikbeutel. »Übrigens, du warst heute Abend Gesprächsthema Nummer eins«, rief sie mir zu, während sie ihr Handtuch vom Haken nahm.

»Ich? Wie das?«

Esme schlug sich die Hand vor den Mund und kicherte verschämt. »Man hat dich mit Tristan gesehen.«

»Ja und?« Stand ich irgendwie auf der Leitung?

Jasmins sommersprossige Wangen röteten sich leicht. »Es wird gemunkelt, dass …« Sie machte große Augen und schob sich die Brille auf der Nase zurecht, sagte aber kein Wort mehr.

»Dass was?«

Es war Esme, die antwortete: »Er meint es nicht ernst, das solltest du wissen.«

»Bitte?«

Jasmins Kopf war so rot wie ihr Handtuch. »Tristan schleppt *jedes* Mädchen ab!«

Ich schluckte und hob abwehrend die Hände. »Ihr versteht da was falsch!«, verteidigte ich mich. »Ich … habe nicht vor, mich *abschleppen* zu lassen. Schon gar nicht von so einem Lackaffen wie Tristan.«

Ich konnte nicht sagen, ob ich meine beiden Mitbewohnerinnen damit überzeugen konnte, denn sie steckten die Köpfe zusammen und machten sich kichernd auf den Weg zu den Sanitärräumen. Die waren laut Hausplan am Ende des Flurs.

Ich atmete tief durch und strich mir ungläubig die Haare aus der Stirn. »Ich lass mich doch nicht abschleppen!«, ermahnte ich mich selbst. »Das hier ist meine letzte Chance! Da brauch ich wirklich keinen Trouble mit irgendwelchen pickeligen Mitschülern!«

Ich fluchte im Geiste, denn dummerweise hatte Tristan nicht einen einzigen Pickel. Er sah verdammt gut aus, erinnerte ich mich und rieb mir unruhig die Hände. Ärgermäßig gut.

»Reiß dich zusammen, Abby!«, ermahnte ich mich. »Schlechte Entscheidungen hast du echt schon genug getroffen!«

Ich legte die Mappe mit den Unterlagen auf meinen Nachttisch und stand auf. Die Dunkelheit vor dem Fenster erschreckte mich plötzlich und ich fühlte mich allein. Ich versuchte, den Gedanken an Florence zurückzuholen, aber der Moment war verstrichen. Kurz überlegte ich, ihr eine Nachricht zu schicken, verwarf den Gedanken aber wieder. Es war albern, schon am ersten Abend einen auf Heimweh zu machen.

»Ich krieg das hin!«, brummte ich leise und suchte meinen Pyjama heraus. »Auch mit der bescheuerten Schlafenszeit!« Daran würde ich mich erst noch gewöhnen müssen. Ebenso wie an die Vorstellung einer Gemeinschaftsdusche.

Auf dem Weg zum Waschraum kamen mir die meisten Mitschülerinnen schon schwatzend entgegen. Anders als tagsüber, wo jeder die gleiche Schuluniform trug, erhaschte ich bei der Nachtwäsche meiner Mitschüler einen ersten Blick auf ihre Persönlichkeit. Vom goldschimmernden Seidenpyjama über ein blumiges Nachthemd, bis hin zu einem flauschigen Bademantel mit Familienwappen, unter dem sich alles Mögliche verbergen konnte, war alles dabei. Ich war erleichtert, als ich feststellte, dass ich wohl so spät dran war, dass ich den Waschraum für mich hatte. An einer Wand reihten sich acht Waschbecken aneinander, während an der anderen Seite drei Toiletten und drei Duschen mit Duschvorhang installiert waren.

»Na prima!« Ich stellte meinen Kulturbeutel am Waschbeckenrand ab und lugte hinter einen der grasgrünen Duschvorhänge. Lange blonde Haare kringelten sich im Abfluss. Ich rümpfte die Nase und kehrte ans Waschbecken zurück. Mein Spiegelbild schaute mir mutlos entgegen und ich streckte mir selbst die Zunge heraus. »Besser als Jugendgefängnis!«, versuchte ich mich mit einem ironischen Zwinkern selbst zu motivieren.

Ich strich mir die Kapuze vom Kopf und nahm die Bürste zur Hand. Mit langsamen Strichen kämmte ich mir die gut schulterlangen Haare durch und flocht sie zu einem lockeren Zopf. Dann entfernte ich die Wimperntusche und den Eyeliner und mit jedem Wattepad, das ich verbrauchte, fühlte ich mich verletzlicher. Wie ein Ritter, der seine Rüstung ablegte …

Gedankenversunken putzte ich meine Zähne, wusch mich und schlüpfte in meinen Schlafanzug. Ein grauer Snoopy-Shorty mit Spaghetti-Top. Als ich jetzt einen letzten Blick in den Spiegel warf, erkannte ich mich kaum wieder. Und ich mochte nicht, was ich sah. Ich fand, ich sah jünger aus als siebzehn, denn meine Oberweite war nicht gerade rekordverdächtig und meine Beine waren schlaksig dünn. Selbst mit zwei Portionen Pudding am Tag würde ich noch in Size Zero passen.

»Geh ins Bett!«, befahl ich mir leise und griff nach meinem Beutel. Kaum hatte ich den Flur betreten und mich auf den Weg in mein Zimmer gemacht, erlosch das Licht.

»Echt jetzt?«

Die Glocke läutete zehn und mit einem Seufzen tastete ich mich im Dunkeln weiter voran.

»Ich hasse diese Schule!«, murrte ich und kurz flackerte das Bild von Tristan vor meinem geistigen Auge auf. »Na gut, vielleicht hasse ich diese Schule nicht …«, verbesserte ich mich. »Aber toll ist sie auch nicht!«

Künstlerin

Möglichst unauffällig versuchte ich im Strom meiner Mitschüler in Richtung meines Klassenzimmers mitzuschwimmen. Ich ließ mich treiben, ohne nach links oder rechts zu schauen. Meine Glieder waren nach dieser ersten schlaflosen Nacht in Darkenhall schwer wie Blei. Es fühlte sich an, als würde ich eine Erkältung ausbrüten.

Ich hatte keine Ahnung, was mich heute alles erwarten würde. Das Einzige, das ich mir eingeprägt hatte, war Mathe in den ersten beiden Stunden in Raum 207.

Und der befand sich nun direkt vor mir. Ich knabberte an meiner Unterlippe herum und strich den Faltenrock meiner Schuluniform glatt. Die weiße Bluse kratzte am Hals und die dunkelblauen Overknee-Socken waren überhaupt nicht mein Fall. Ich fand, ich sah scheiße aus. Genau wie alle anderen auch.

Etwas unsicher trat ich ins Klassenzimmer. Am Pult vor der Tafel stand ein Lehrer, unschwer daran zu erkennen, dass er eine Tweedjacke zu einer braunen Cordhose trug. Als er aufsah, trafen sich unsere Blicke und er kam mir entgegen.

»Ah … Abigail«, grüßte er mich freundlich. »Willkommen in Darkenhall. Ich bin Konstantin Cross. Ich habe ja schon viel von dir gehört.«

»Aha!« Was sollte ich auch darauf sagen? Ich hatte schließlich noch nie von ihm gehört.

Er nickte und deutete auf die leeren Tischreihen. »Such dir einen Platz aus. Es gibt keine feste Sitzordnung.«

»Okay … dann …« Ich entfernte mich einen Schritt von der Tafel. Cross folgte jeder meiner Bewegungen mit den Augen und so setzte ich mich kurzerhand in die zweite Reihe, auch wenn es mich viel eher in die hinterste gezogen hätte.

»Es freut mich, dass es uns gelungen ist, dir einen Schulplatz hier zu ermöglichen«, sagte Cross und folgte mir. Er setzte sich auf die Tischkante und musterte mich eindringlich. »Bei deiner Vorgeschichte bist du hier genau richtig …«

»Guten Morgen, Mr Cross.« Eine Mitschülerin nahm den Platz neben mir ein.

»Guten Morgen, Annabelle.« Er schaute nur kurz auf, aber die Störung schien ihm nicht zu gefallen.

»Ich hätte eine Frage zu der Aufgabe von gestern«, nutzte Annabelle die Gelegenheit, und zog ihr Heft aus der Tasche. »Bei der Primfaktorzerlegung dieser Zahl muss man doch –«

»Dazu kommen wir gleich«, unterbrach Cross sie und sah mich mit stechendem Blick an. »Und wir … reden ein andermal.« Dann stand er auf und trollte sich hinter sein Pult, wo er geschäftig in einem Mathebuch blätterte.

Primfaktorzerlegung also. Das hatte ich schon mal im Unterricht durchgenommen. Dürfte keine allzu große Herausforderung darstellen. Das war für den Einstieg ganz gut, so konnte ich mir vielleicht nebenbei einen ersten Eindruck von meinen Mitschülern machen.

Ich rollte mit den Augen. Einen Eindruck von dem Mitschüler, der gerade hereinkam, brauchte ich mir nicht mehr machen. Den hatte ich schon.

Er schleppt jede ab!, ging mir Jasmins Warnung durch den Kopf.

Tristan war mit einem anderen Jungen ins Gespräch vertieft, beendete es aber, als mich sein Blick streifte. Er klopfte dem anderen auf die Schulter und grinste mich an.

»Oh, hi Abigail.« Er kam auf mich zu und setzte sich schräg vor mich. »Na, *jetzt* schon eingelebt? Kannst du nun endlich sagen, wie … das Bett so ist? Befriedigend?« Weder holte er ein Heft noch ein Buch aus seiner Tasche. Er saß nur da und musterte mich.

»Ich glaube nicht, dass ich mich hier je einleben werde!«, wich ich seinen zweideutigen Fragen aus und fuhr mir leicht verunsichert durchs Haar.

Sein Lächeln wurde breiter und er beugte sich mitfühlend zu mir rüber. »So schlimm?«

»Die schalten einfach das Licht aus!«, beschwerte ich mich. »Ich musste im Dunkeln durch den eisigen Flur tappen!«

Verdammt, diese Augen … Konnte er nicht woanders hinsehen?

Tristan lachte leise. »Ich glaube, das steht in den Einführungsunterlagen?«

»Sehr witzig!« Ich verschränkte die Arme vor der Brust. »Erklär mir mal, wie man sich fünftausend Regeln in einem Tag einprägen soll. Wie lange bist du schon hier?«, fragte ich. »Und tu nicht so, als würdest du die Regeln kennen. Du hast mich auf die falsche Seite der Kantine gelockt!«

»Es ist ein Unterschied, ob man die Regeln nicht kennt oder ob man beschließt, sich nicht daran zu halten«, stellte er lachend fest.

Sein Lachen gefiel mir. Ich mochte, wie sich sein Gesicht dabei veränderte. Es wurde offener, und es war ansteckend.

Obwohl ich es nicht wollte, musste ich kichern. »Oh, sorry! Da hast du natürlich recht.« Ich zwinkerte ihm zu. »Du bist also ein echter Rebell. Anarchie ist bestimmt dein zweiter Vorname.«

»Nicht ganz. Gilbert Laurence sind meine weiteren Vornamen.«

Ich prustete. »Was? Tristan Gilbert Laurence? Nicht dein Ernst! Was haben deine Eltern denn gegen dich?«, kicherte ich.

Auch Tristan grinste.

»Du machst dich nicht ernsthaft über mich lustig«, fragte er und tat beleidigt.

»Nein, gar nicht. Ich bin nur froh, dass wir das Gespräch nicht schon gestern geführt haben.«

»Warum?«

»Ach, ich mache mich einfach nicht gerne schon am ersten Tag unbeliebt.«

Tristans Lachen ließ die Köpfe unserer Mitschüler sich nach uns umdrehen. »Ich warte damit auch immer gerne bis zum zweiten Tag.«

Verdammt! Sein Lachen war irritierend. Ich lachte nicht oft. Und schon gar nicht mit Jungs. Es fühlte sich fremd an. Und viel besser, als gut für mich war.

Tristan schleppt jede ab!, klang es mir in den Ohren und ich war beinahe froh, als Mr Cross die Tür schloss und die Glocke den Beginn der Unterrichtsstunde einläutete.

Die Betonung lag auf *beinahe* …

Meine Mitschüler nahmen ihre Plätze ein und auch Tristan setzte sich auf und drehte sich Richtung Tafel.

»Guten Morgen, zusammen«, wandte Cross sich an die Klasse. »Beginnen wir im Buch auf Seite 89. Mit dem Fundamentalsatz der Arithmetik.«

Fundamentalsatz? Was war das noch gleich? Oh Gott, und ich dachte, ich könnte hier die nächsten Tage etwas chillen!

Schnell nahm ich eines der leeren Hefte aus meinem Rucksack und schlug im Buch die entsprechende Seite auf.

Erleichtert stellte ich fest, dass ich das, was sich so kompliziert anhörte, wirklich schon durchgenommen hatte. Ich löste die gestellten Aufgaben viel schneller als meine Mitschüler, deren Köpfe noch immer tief über ihre Aufgaben gebeugt waren. Weil ich keine Lust hatte, irgendwelche Zusatzaufgaben aufgebrummt zu bekommen, nur weil ich schneller war, blätterte ich die Heftseite um und zückte meinen Zeichenstift. Mr Cross bot ein gutes Motiv, wie er in sein Buch vertieft hinter dem Pult saß und die Stirn in Falten gelegt hatte, doch ein anderes Motiv reizte mich viel mehr. Ich schielte zu Tristan hinüber und wie von selbst senkte sich mein Stift aufs Papier. Die Linie seines Kinns war gerade, aber nicht markant. Ganz anders als seine Augen. Die waren von einem strahlenden Blau, an das ich mich nur zu gut erinnerte, von klarer und eindringlicher Schönheit. Von meinem Platz aus betrachtet, warfen seine Wimpern dichte Schatten auf seine Wangen. Er hatte eine gerade Nase und weiche Lippen. Es war ein durch und durch arrogantes Gesicht, das ich gezeichnet hatte. Klassisch schön. Ich ertappte mich bei einem verträumten Seufzen, als ich es betrachtete.

»Verdammt!«, murrte ich und steckte mir den Bleistift zwischen die Lippen.

»Stimmt etwas nicht?«, riss mich Cross aus meiner Betrachtung. Ich hatte gar nicht gemerkt, dass er aufgestanden war und nun neben mir aufragte.

»Bitte?«, fragte ich, spuckte den Stift aus und blätterte hektisch auf die Seite mit den Matheaufgaben.

»Ob etwas nicht stimmt?«, wiederholte er.

»Nein, nein. Alles bestens. Alles gut!«, versicherte ich ihm.

»Schön, dann …« Er zog mein Heft unter meinen Händen hervor und betrachtete die von mir gelösten Aufgaben. »… dann lass uns doch mal sehen, ob du mit dem Schulstoff hier zurechtkommst.«

Ich ballte die Hände zu Fäusten und betete, er möge nicht umblätt…

»Verdammt!«, entfuhr es mir, als sich meine schlimmsten Befürchtungen bewahrheiteten.

»Was haben wir denn da?«, fragte Cross und betrachtete meine Zeichnung. Alle Augen waren auf ihn gerichtet.

»Unsere neue Mitschülerin Abigail Woods verfügt über einige Talente, wie mir scheint«, erläuterte er der Klasse, ohne meine Zeichnung herzuzeigen. Trotzdem hatte der ein oder andere einen Blick erhaschen können.

Das Blut schoss mir in die Wangen. Ich umklammerte meinen Bleistift so fest, dass sich die Spitze in meine Handfläche bohrte. Warum tat sich kein Loch auf und verschluckte mich?

»Sie hat Tristan gemalt«, hörte ich das Getuschel. Das Gekicher meiner Mitschüler war unerträglich, aber am schlimmsten war Tristans selbstgefälliges Grinsen!

»Eine echte Künstlerin, unsere Abigail«, lobte Cross und trieb damit den brennenden Pfeil der Scham noch tiefer in mein Fleisch.

Die Klasse lachte schallend.

»Mr Cross!«, kam mir Tristan plötzlich überraschend zu Hilfe und streckte die Hand nach meinem Heft aus. »Vielleicht machen wir einfach mit dem Unterricht weiter?«, schlug er mit recht befehlsgewohnter Stimme vor.

Cross' Miene verfinsterte sich. »Mr Tremblay«, erzürnte er sich. »Wie so oft bleibt mir nur, Sie daran zu erinnern, wer hier der Schüler und wer der Lehrer ist.« Er funkelte Tristan böse an, aber ich bekam davon kaum etwas mit. Ich war zu überrascht von dem Namen, mit dem er Tristan angesprochen hatte. Hatte er Tremblay gesagt? Tremblay wie … die Schulleitung? Tristan Gilbert Laurence Tremblay? Konnte das sein?

Ich spähte zu Tristan hinüber und suchte vergeblich nach Ähnlichkeiten mit Margaret-Maud.

»Fahren Sie doch einfach mit dem Unterricht fort«, erklärte Tristan energisch und griff nach meinem Heft. Er entriss es Cross nicht direkt, aber nahm es ihm dennoch entschieden ab. »Und vergessen diesen … Zwischenfall.«

Es war nicht zu übersehen, dass Cross sich furchtbar ärgerte. Die Falten auf seiner Stirn hatten sich tief eingegraben und seine Lippen waren blutleer, so fest kniff er sie aufeinander.

»Aber sicher doch!«, knurrte er und trat hinter sein Pult. Er schlüpfte aus seiner Tweedjacke und schob sich die Hemdsärmel über die Ellbogen. »Dann würde ich vorschlagen, dass sämtliche Aufgaben der Seiten 89 und 90 bis zur nächsten Mathestunde erledigt werden.«

Ein Stöhnen und unzufriedenes Murren ging durch die Klasse.

»Und wem das nicht gefällt, der kann sich ja bei Mr Tremblay und unserer Zeichenkünstlerin dafür bedanken«, fügte Cross an.

»Du weißt wirklich, wie man sich bei seinen neuen Mitschülern unbeliebt macht!«, sprach mich Tristan auf dem Weg zum Sportunterricht an, dabei hatte ich mich extra beeilt, um vor allen anderen das Klassenzimmer zu verlassen.

»Ich?« Ich blieb stehen und sah ihn entgeistert an. »Du hast doch Cross gereizt!«, fuhr ich ihn an und stemmte die Hände in die Hüften. »Außerdem hättest du mir sagen müssen, dass du ein Tremblay bist!«

Tristan wirkte nicht im Mindesten getroffen. »Warum? Was ändert das? Ich hätte dich in jedem Fall verteidigt. Egal, wer ich bin.«

»Das kann man leicht behaupten, wenn einem die Schule gehört und die Direktorin die eigene Mutter ist!«

Nun machte alles Sinn. Wie entspannt er den Zwischenfall in der Kantine genommen hatte, wie selbstsicher er auftrat … selbst den Lehrern gegenüber.

Ich fühlte mich furchtbar verraten. Und es war viel leichter, meiner Wut auf ihn freien Lauf zu lassen, als zuzulassen, dass ich mich wegen der Zeichnung schämte. Diese bescheuerte Zeichnung! Warum hatte ich ihn überhaupt gemalt?!

»Margaret-Maud ist nicht meine Mutter. Sie ist meine Stiefmutter«, verbesserte er mich sachlich, und obwohl ich das durchaus interessant fand, verschränkte ich stumm die Arme vor der Brust.

»Du bist sauer«, stellte er unnötigerweise fest.

»Blitzmerker!« Ich schüttelte den Kopf über ihn. »Du hast mich angelogen!«

»Na komm!« Tristan streckte beschwichtigend eine Hand nach mir aus. »Wir haben kaum geredet. Und du hast nicht gefragt, wer ich bin. Denkst du, es ist leicht, hier auf der Schule ein Tremblay zu sein?«

»Oh, es ist bestimmt leichter, als *kein* Tremblay zu sein!«, fauchte ich und wich vor ihm zurück. »Schläfst du auch in einem Dreibettzimmer? Oder hältst dich an die fünftausend Regeln? Ich denke nicht, denn wenn du willst, dass ein Mädchen auf der Jungenseite sitzt, dann ist das ja schließlich okay, richtig?«

Tristan neigte den Kopf und rieb sich den Nacken. »Hör zu, Abigail. Wir … reden nachher. Ich muss zum Rudern und du hast Sportunterricht. Wir sollten jetzt los.«

»Ohhh!« Ich tat schockiert. »Gibt es sonst Ärger?« Ich schlug mir gespielt erschrocken die Hand vor den Mund. »Das sollten wir wirklich vermeiden! Schließlich ist das eine Schule, die sich dafür rühmt, jedem noch so rebellischen Geist kleinzukriegen, ist es nicht so?« Ich wollte im Grunde nicht mit ihm streiten, immerhin war er der Einzige in Darkenhall, zu dem ich so was wie eine Verbindung hatte. Aber die Zeichnung war mir so peinlich, dass ich nicht wusste, wie ich ihm hätte anders begegnen sollen. Und es schmerzte mich, dass er mir verschwiegen hatte, wer er war.

Niedergeschlagen drehte ich mich um und stapfte davon.

Falls ich erwartet hatte, dass er mir folgte oder meinen Abgang irgendwie kommentieren würde, täuschte ich mich. Vermutlich hatte ein Junge wie Tristan Tremblay es einfach nicht nötig, sich anmeckern zu lassen. Vermutlich war er es nicht gewohnt, dass man anders als mit purer Begeisterung auf die Tatsache reagierte, dass er ein versnobter Tremblay war.

»Shit!«, fluchte ich und bereute meinen Gefühlsausbruch sofort. Ich gab mich lieber cool, als könnte mir nichts etwas anhaben. So hatte ich das schließlich immer gemacht, wenn es kritisch wurde. So hatte ich mich davor geschützt, wenn mich wieder und wieder Pflegeeltern zurück zum Amt geschickt hatten. Wenn sie mir sagten, dass sie mich mochten, aber einfach nicht klarkamen mit meinen … Problemen …

»Reiß dich zusammen!«, ermahnte ich mich, denn ich spürte noch immer Tristans Blick in meinem Rücken. Konnte er nicht einfach gehen? Musste er nicht zum Rudern? Warum glotzte er mir nach?

Ich zwang mich, weiterzugehen. »Nur nicht stolpern!«, beschwor ich mich.

Ich war Abigail Woods! Ich zeigte keine Schwäche! Trotzdem

zitterten meine Knie, als ich die Umkleidekabine seitlich der Turnhalle erreichte.

»Hey, Abigail!« Ich ignorierte seinen Ruf und ging stur weiter. »Die Mädchenumkleiden sind rechts!«, rief er mir mit einem Glucksen in der Stimme hinterher.

Na klar! Ich ballte die Fäuste, wechselte die Richtung und bog in den entsprechenden Flur ab, Tristans leises Lachen im Ohr.

Verpasste Termine

Ich wickelte den Kaugummi um meinen Finger und zog einen langen Faden, ehe ich ihn wieder in den Mund steckte und weiterkaute. Der Wind fuhr mir kalt unter den Rock der Schuluniform. Ich wollte es nicht zugeben, aber ich war dummerweise nicht zufällig hier am Flussufer.

Meine Wut auf Tristan hatte sich während des Sportunterrichts etwas gelegt und ich war gekommen, um mich zu entschuldigen. Vielleicht hatte er recht und ich hatte überreagiert. Wir waren ja keine Freunde in dem Sinne. Wir lernten uns gerade erst oberflächlich kennen. Er wusste so gut wie nichts über mich … und ich eben nur wenig über ihn – und das, was ich wusste, hätte mich eigentlich von ihm fernhalten sollen.

Er schleppt jede ab!, hämmerte es in meinem Kopf, aber ich gab nichts drauf. Tristan war ch nicht mein Typ. Er war niedlich, aber definitiv zu selbstverliebt, als dass ich mich auf ihn einlassen würde. Und da ich deshalb nicht Gefahr lief, mich abschleppen zu lassen, wollte ich unseren Streit von vorhin lieber aus der Welt schaffen.

Ich wischte mir die Strähnen aus der Stirn und ließ meinen Blick über das Bootshaus und das Flussufer schweifen. Ich hatte mich nach dem Sport extra mit Umziehen beeilt, in der Hoffnung, ihn nach dem Training abfangen zu können.

Nicht, dass ich ihm nachlief. Ich … wollte nur keinen Streit so kurz nach meiner Ankunft hier in Darkenhall.

Florence wäre es wichtig, dass ich versuchen würde, mich zu integrieren. Genau. Ich tat das für Florence!

Einige Mitschüler in Rudertrikots lungerten am Kiesstrand herum, dabei waren keine Boote mehr im Wasser.

Ich konnte Tristan nicht unter ihnen ausmachen und komischerweise ließ das meine Stimmung sinken. Ich verkniff mir einen Fluch und ging näher auf das Bootshaus zu. Ich spähte durch das angelehnte Tor hinein, aber auch hier war, abgesehen von einigen Seilwinden und einer Wand voll mit Rudergigs, nichts zu sehen. Dort war niemand.

»Na super!« Ich stieg frustriert die Stufen neben der Bootsrutsche hinauf, zurück zur Schule, und warf einen letzten Blick auf den Kiesstreifen am Ufer. Die Sonne versilberte den Strand und von hier oben hatte ich eine gute Sicht auf die Tower Bridge im Westen. Ich nahm meinen Rucksack ab und ließ ihn gegen die niedrige Kaimauer fallen. Dann setzte ich mich auf die oberste Stufe und schloss die Augen, um die Sonne einen Moment zu genießen. Ich hoffte, die Jungs unten am Wasser würden meine Körpersprache richtig deuten und nicht auf die doofe Idee kommen, mich bei ihrer Rückkehr anzuquatschen. Der Stress, den ich mit der einen Person hatte, die mich gestern angesprochen hatte, reichte bei Weitem!

Die Wärme auf meiner Haut tat gut. Besonders, da ich den Eindruck nicht losgeworden war, dass mir die alten Mauern von Darkenhall kalt unter die Haut drangen.

Die Jungs schlenderten den sich nähernden Stimmen nach zu urteilen, zurück aufs Schulgelände. Ihre halbstarken Sprüche waren nicht auszuhalten und ich steckte mir die Kopfhörer ins Ohr. Fast blind startete ich meine Playlist und überließ mich den schnellen Rockklängen. Ich blinzelte und schielte unauffällig den Ruderern hinterher, die eben an mir vorbei in Richtung Wintergarten gingen. Ich hatte mich nicht getäuscht. Tristan war nicht unter ihnen.

Ratlos öffnete ich die Augen wieder. Sollte ich noch länger warten? Oder machte ich mich dadurch lächerlich?

»Idiot!«, murrte ich und zückte meinen Stift. Ich ließ meinen Blick über die in der Sonne schillernde Wasseroberfläche wandern, während ich meinen Zeichenblock aus dem Rucksack nahm. Es war wirklich hübsch hier und wie von selbst entstand die Landschaft auf dem Blatt. Die Felsen am Ufer der Themse, von schäumender Gischt umspült, die Schiffe, die irgendwann im Kanal und dann im Meer landen würden, die Strömung, welche die Oberfläche zum Leben erweckte.

Ich war so versunken in meine Zeichnung, dass ich die Bewegung hinter mir erst wahrnahm, als ein Schatten sich über das Papier legte.

»Abigail?« Ich ließ den Stift sinken und sah auf. Eisblaue Augen begegneten meinen. Er hob unschuldig die Hände. »Keine Sorge, ich stalke dich nicht«, verteidigte er sich, bevor ich etwas sagen konnte, und deutete auf das einzelne Ruderblatt, das vergessen unten an der Kaimauer lehnte.

»Schon gut, ich …« Ich fummelte mir den Kopfhörer aus der Ohrmuschel und strich mir die Haare glatt. »Um genau zu sein …« Ich spürte, wie mir das Blut in die Wangen stieg. »… bin ich hier der Stalker.« Ich reckte das Kinn und gab mich selbstbewusst. »Ich hatte gehofft, dich … zu treffen.«

»Wirklich?« Das selbstgefällige Grinsen, das ich so überhaupt nicht mochte, kehrte auf Tristans Gesicht zurück und ich fragte mich ernsthaft, ob ich dabei war, den Verstand zu verlieren. Was tat ich bloß?

Ich fühlte mich unwohl, wann immer dieser Kerl mich ansah, und trotzdem …

»Ich will nicht, dass … dass wir ein Problem miteinander haben. Nicht gleich am Anfang«, presste ich verlegen heraus.

Er lachte. »Ach ja, richtig … du hast ja gesagt, du machst dich nicht gleich am ersten Tag unbeliebt.«

Ich stöhnte innerlich. Mit diesem Kerl konnte man kein ernstes Gespräch führen.

»Ich mache mich generell nicht gerne unbeliebt … es passiert immer einfach so«, gab ich schulterzuckend zu und klappte meinen Block zu. Dann sah ich ihm in die Augen. »Das ist dir sicher noch nie passiert, oder? Ich habe den Eindruck, alle hier wollen mit dir befreundet sein. Selbst Gwynedd.«

Tristan winkte ab. »Hör mir mit dem auf, Abigail!«, stöhnte er und fuhr sich mit den Fingern durchs Haar. Ich folgte dieser Bewegung mit den Augen. Sein Haar war feucht und glänzte in der Sonne. Genau wie seine Haut. Erst jetzt fiel mir auf, wie eng das Rudertrikot seinen Oberkörper umspannte.

»Abby«, verbesserte ich ihn zu meiner eigenen Überraschung. »Ich hasse meinen Namen. Alle nennen mich Abby.« Unter gesenkten Lidern sah ich ihn an und es wunderte mich kein bisschen, dass ich ihn gemalt hatte. Er sah einfach gut aus. Er hatte breite Schultern, was ihn älter wirken ließ als meine übrigen Mitschüler und die Strenge, die sich in seiner Haltung und seinem Gesicht zeigte, machte ihn interessant. Es war eine Mischung aus Arroganz und Selbstbewusstsein. Doch jetzt glaubte ich darin auch noch Stärke zu erkennen. Er hatte es nicht nötig, einen auf dicke Hose zu machen. Dass er es trotzdem tat, hatte einen leicht ironisch humorigen Touch.

»Abby klingt süß«, stellte er fest, und dieses Funkeln, das ich bei ihm schon mehrfach gesehen hatte, trat in seine Augen. »Kurze Namen kann man gut zwischen zwei heißen Küssen stöhnen.«

Ich hustete vor Schreck.

»Was?«, entfuhr es mir und sein Lachen zeigte, dass er mit genau dieser Reaktion gerechnet hatte.

Er kam näher und reichte mir eine Hand, um mich hochzuziehen. Ein raubtierhaftes Lächeln hob seine Mundwinkel. »Wer weiß? Du hast mich doch gerade schon wieder gezeichnet. Vielleicht bist du also genau deswegen hier …«, schlug er vor.

»Ich habe gezeichnet! Aber nicht dich!« Empört, dass er das annahm, kniff ich die Augen zusammen. »Wie selbstverliebt muss man sein, um zu denken, dass …«

»… dass du mich zeichnen könntest?« Er zwinkerte. »So abwegig ist das nicht, und du weißt das. Jeder in Cross' Kurs weiß das.«

»Du brauchst dir darauf nichts einbilden. Mir war langweilig. Das war schon alles!«

»Wenn dir das nächste Mal langweilig ist, dann …« Tristans Stimme wurde leiser. Er umrundete mich und seine Fingerspitzen strichen leicht über meine Schulter, ehe er langsam die Stufen zum Ufer hinabstieg. »Dann lass es mich wissen. Es gibt schönere Arten, sich die Zeit zu vertreiben, als … als seine Sehnsüchte auf ein Blatt Papier zu kritzeln.«

Oh, dieser Arsch!

»Was weißt du schon?«, fuhr ich ihn an, folgte ihm aber die Treppe hinunter. »Denkst du, du bist der einzige Kerl, den ich zeichne? Du bist noch nicht mal der Erste, den ich gezeichnet habe, seit ich hier bin!« Ich riss das Deckblatt des Blocks zurück und reckte ihm die Zeichnung des Jungen aus dem Direktoratsflur entgegen. »Du bist nichts Besonderes für mich!«, erklärte ich ihm schroff.

»Du würdest anders darüber denken, wenn du mich küssen würdest ... Abby.«

Die Art, wie er atemlos meinen Namen wisperte ... Es klang tatsächlich, als hätte er mich gerade geküsst. Für ihn war das nur ein Spiel. Ein Witz vielleicht, aber mir ging das nahe. Es würde jedem unter die Haut gehen, der sein ganzes Leben lang allein gewesen war. Der Zuneigung nicht wirklich kannte.

»Das wird nicht passieren!«

»Natürlich nicht.« Er hob unschuldig die Hände und wartete, bis ich zu ihm aufgeschlossen hatte. »Ist ja nicht so, als würde ich es darauf anlegen.«

»Ach nein? Da habe ich aber anderes gehört.«

Sein Grinsen machte mich wahnsinnig. »Und?«, hakte er nach. »Hat dir die Vorstellung gefallen?« Ich spürte seinen Atem an meinem Ohr. »In der Klasse tuscheln sie eh schon über uns. Wir würden also –«

»Ich hasse es, dass das jetzt jeder glaubt!«, erinnerte ich ihn. »Du täuschst dich, wenn du denkst, ich wäre irgendwie in dich verknallt! Gar nicht!«

Tristan machte ein gespielt betroffenes Gesicht, griff sich das vergessene Ruder und warf einen Blick auf die protzige Armbanduhr an seinem Handgelenk. »Schon okay«, gab er sich gönnerhaft. »Das ist dann wohl eine ziemlich eindeutige Abfuhr.« Er legte den Kopf schief und grinste leicht. »Tut furchtbar weh, das kannst du mir glauben.«

»Das glaube ich dir auf keinen Fall.«

»Das ist okay. Ich glaube dir ja auch nicht«, lachte er, schwang sich das Ruder über die Schulter und wir gingen ein paar Meter nebeneinander in friedlichem Schweigen am Ufer entlang. Friedlich nur, weil keiner von uns etwas sagte, aber sein Blick war dennoch eine Herausforderung.

»Du bist aber nicht mehr böse, weil ich dir nicht gesagt habe, wer ich bin, oder?«, fragte er und kickte einen Kiesel mit der Fußspitze ins Wasser.

»Glaub nicht.« Ich sah ihm ins Gesicht. Er hatte das flirty Grinsen abgestellt und sah mich jetzt ernster an. »Außer, du hättest mich nur angesprochen, weil du mich für deine Familie und die Schule ausspionieren wolltest.« Ich runzelte die Stirn. »Hast du mich ausgehorcht? Versucht zu ergründen, wie ich so ticke? Ob ich in diese Schule passe?«

»Quatsch!«

»Aber du wusstest sofort, wer ich bin.«

»Okay, ich hab zufällig deine Akte gesehen. Hab sie aber echt nicht gelesen. Nur dein Foto … fand ich süß.«

»Da bist du aber ziemlich allein mit deiner Meinung!«, fuhr ich meine Schutzmauern hoch und suchte etwas Abstand. Menschen wie Tristan wussten genau, wie sie bekamen, was sie wollten. Ich durfte nicht den Fehler begehen, mich sicher zu fühlen. Oder willkommen. Ich sah ihm nach, wie er das Ruder im Bootshaus in die vorgesehene Halterung steckte und das Tor verriegelte.

Das Läuten der Glocke zum Essen kam mir deshalb gerade recht, denn so musste ich nichts weiter darauf sagen. Was sollte ich schon antworten? Süß? Ich wollte nicht süß sein. Ich war nicht hässlich, das wusste ich selbst, aber ich malte mir nicht ohne Grund jeden Morgen dicken schwarzen Kajal um die Augen. Ich wollte nicht weich oder schwach oder *süß* wirken. Ich war ein Problemfall – so hatten die vom Jugendamt das immer ausgedrückt. Ich brauchte keine Komplikationen wie Tristan, der mir allein mit seinem Gerede vom Küssen unter die Haut ging. Ich musste hoffen, auf dieser Schule keinen Ärger zu bekommen. Dass ich mich eingliederte in den ganzen Ablauf hier, mit Essenszeiten, Schlafenszeiten, Anti-Aggressionstraining und …

»Shit!«, entfuhr es mir und ich erstarrte mitten in der Bewegung. »Shit! Shit! Shit!«

»Was ist los?« Tristan runzelte die Stirn.

»Das Training!«, rief ich und riss mein Handy aus der Tasche. Das Display zeigte, was das Leuten der Glocke zum Essen schon angedeutet hatte: »Ich hab meinen scheiß Termin verpasst!«

Tristan fasste nach meinen Schultern und hielt mich sanft fest. Eine merkwürdige Wärme drang mir durch die Bluse und ich trat einen Schritt zurück.

»Hey, beruhig dich mal. Das ist nicht schlimm.«, versuchte er mich zu beschwichtigen. Er wandte sich um und schaute zur Schule hinauf.

»Nicht schlimm?« Ich sah das definitiv anders. »Na klar, für dich ist das nicht schlimm! Für mich schon.«

»Lass dir doch einfach einen neuen Termin geben«, schlug er vor und versuchte, mich mit seinem umwerfenden Lächeln aufzumuntern. »Du bist doch nicht die Erste, die mal was vergisst.«

»Diese kack Schule ist meine letzte Chance!«, entfuhr es mir und ich wischte mir fahrig die lila schimmernden Haare aus dem Gesicht. Panisch stürmte ich die Stufen hinauf. Ich durfte das nicht vermasseln.

»Wegen dir schicken die mich noch in den Knast, nur weil … weil …«

»Weil?« Tristan horchte auf.

»Vergiss es! Ich muss los!« Ich riss meinen Rucksack vom Boden hoch und rannte durch den Park zurück in Richtung Schule.

»Abby!« Ich hörte ihn über meine schnellen Schritte kaum. »Hör zu, ich bringe das in Ordnung, okay?«, versicherte er mir, als er mich eingeholt hatte. Er fasste entschlossen nach meiner Hand und die Wärme, die ich schon zuvor gespürt hatte, fuhr mir durch die Finger bis unter die Haut. »Wenn du mal aufhören würdest, ständig *Shit* oder *Scheiße* zu sagen, dann merkt niemand, dass du das Training hast ausfallen lassen. Bastian wird es schon verkraften, mal etwas länger zu warten.«

»Bastian? Wer ist –«

Er schüttelte den Kopf, als hätte er schon zu viel gesagt. »Vergiss es einfach. Ich nehme das auf meine Kappe und sorge dafür, dass du einen neuen Termin bekommst. Das macht gar nichts.«

Ich sah ihn unsicher an. Konnte ich ihm vertrauen? Würde ein Typ wie er mir nur nicht mehr Ärger bereiten? Ich hatte keine Ahnung, was ich denken sollte.

»Bist du sicher?«, fragte ich und malte mit dem Schuh Kreise in den Kies. Ihm zu glauben wäre so einfach. Einfacher, als die Zeit zurückzudrehen, denn den Termin hatte ich definitiv versäumt.

»Ich verspreche es. Vertrau mir.« Er klang sehr überzeugend. »Komm mit«, bat er mich und deutete auf das große Tor. »Wir gehen jetzt in der Stadt einen Burger essen und du holst das einfach morgen nach.« Er zwinkerte mir zu. »Manchmal ist es nämlich ganz hilfreich, ein Tremblay zu sein!«

Das Kommando

Margaret-Maud saß an ihrem Schreibtisch und kniff die Lippen zusammen. Sie drehte ihren Diamantring immer wieder genervt um ihren Finger, während sie Konstantin Cross' aufgebrachten Worten lauschte.

»So wie jetzt kann es nicht weitergehen«, erklärte er und tigerte vor ihrem Schreibtisch auf und ab. »Zac Moran hat sich uns erst vor einem halben Jahr angeschlossen. Und reißt schon jetzt alles an sich.«

Margaret-Maud seufzte. »Ich verstehe dich nicht, Konstantin«, gestand sie. »Endlich geht etwas voran. Nach all den Jahren, in denen wir gegen Windmühlen gekämpft haben.«

Cross schnaubte und riss seinen Kamm aus der Hemdtasche. »*Endlich geht etwas voran*«, äffte er ihre Worte nach. »Du scheinst vergessen zu haben, dass ihr alle ohne mich überhaupt nicht zueinandergefunden hättet. Ihr tut gerade so, als wären wir vorher auf der Stelle getreten. Dabei haben wir sehr wohl Fortschritte gemacht. Auch ohne Moran.«

Margaret-Maud hielt in der Bewegung inne und sah Cross streng an. »Wir haben abgestimmt und waren uns einig, ihn dazuzuholen. Und das war gut so, denn ohne Zac hätten wir das Mädchen nie in den Polizeiakten gefunden. Es grenzt an ein Wunder, dass sie jetzt hier ist. Das musst du doch zugeben, Konstantin.«

Mit dem Kamm strich sich Cross über die Haare. Dann steckte

er ihn schnaubend wieder ein und trat ans Fenster. Ohne Margaret-Maud anzusehen, fuhr er fort. »Es ist ein Leichtes, Menschen aufzuspüren, wenn man Server und Rechner in jeder Behörde im ganzen Land verwaltet«, murrte er.

»Richtig. Und nur aus diesem Grund haben wir uns doch entschieden, Zac zu uns einzuladen. Ein Mann mit unbegrenzten finanziellen Mitteln, und seinem Know-how – wir werden unserem Ziel dank ihm deutlich näher kommen als je zuvor.«

Ihre Worte schienen Konstantin milder zu stimmen, denn er senkte seine Stimme. »Ich hoffe es. Jeder Tag, der vergeht, ohne …« Plötzlich straffte er die Schultern und deutete aus dem Fenster. »Zum Teufel«, entfuhr es ihm. »Dieses Mädchen macht nur Ärger.« Er wandte sich zu Margaret-Maud um und schüttelte den Kopf. »Ich weiß nicht, ob es gut ist, dass sie so viel Zeit mit Tristan verbringt. Es ist ihre erste Woche und sie verstößt schon jetzt gegen die Regeln.«

Neugierig erhob sich Margaret-Maud und stellte sich neben Konstantin, um zu sehen, wovon er sprach. Als sie beobachtete, dass Abigail Woods in ebendiesem Moment mit Tristan vor dem Schultor zum Stehen kam, schmunzelte sie. »Es wird Zeit, dass wir mit ihr arbeiten.« Sie berührte Cross sanft am Arm. »Hab vertrauen. Alles entwickelt sich in die richtige Richtung. Du wirst sehen.«

»Solange ich die Richtung vorgebe, ist mir das recht. Aber ich stehe nicht unter Morans Kommando.«

Bastian

Das mit den Regeln wurde so langsam zum Problem.

»Das Tor ist ja schon zu!«, entfuhr es mir, als ich eine ganze Weile später an Tristans Seite die Wapping High Street zurückspazierte.

»Es schließt um neun.« Er grinste. »Steht in der Einführungsmappe.«

»Sehr witzig!«, fuhr ich ihn an, auch wenn ich nicht wirklich bereute, dass wir zu spät waren. Wir hatten im Starbucks an der Tower Bridge einen Kaffee getrunken und uns super verstanden, auf dem Heimweg noch einen köstlichen Burger verdrückt und dieses leise Herzklopfen in Tristans Nähe war auch nicht zu verachten. Trotzdem wollte ich mir lieber nicht ausmalen, was unser Ausflug für Konsequenzen haben würde. Ich schüttelte den Kopf über mich selbst. So war es immer mit mir. Ich hatte den Plan, keinen Ärger zu machen – und dann kam irgendwas dazwischen. Da konnte ich doch nichts dafür!

»Und was mache ich jetzt?«

Tristan lachte, auch wenn ich das in der Dunkelheit nicht sehen konnte. Der Mond beschien sanft den Weg und das Tor schimmerte metallen in seinem Licht.

»Den Schlüssel verwenden«, schlug er vor und trat ans Tor. »Ich sag ja, manchmal ist es ganz nützlich, ein Tremblay zu sein.«

Mein Blick fiel auf das Wappen über dem Tor und ich nickte.

Bestimmt war es nützlich, überhaupt Familie zu haben, ging es mir durch den Kopf.

Tristan verbeugte sich vor mir, als das Tor aufschwang, und ich trat ein. Das Anwesen lag wie eine Festung vor mir und die Schatten der Drachen an der Eingangstreppe wirkten lebendig. Ich zuckte zusammen, als Tristan meine Hand berührte.

»Na komm, Abby«, flüsterte er und sein Daumen streichelte meinen Handrücken. Die Wärme, die sich dabei in mir ausbreitete, machte mir Angst und ich entzog ihm meine Hand.

»Ich muss jetzt reingehen, sonst stehe ich wieder im Dunkeln.«

»Dann … trennen sich jetzt unsere Wege.«

Verdammt, er hatte da so einen Ton in der Stimme, der meine Knie ganz weich werden ließ. Es war nicht verwunderlich, warum er keine Schwierigkeiten hatte, jede abzuschleppen.

»Kommst du nicht mit rein?«, hörte ich mich selbst fragen, denn er schloss gerade die Eingangstür auf.

»Nein.« Er deutete auf den gepflasterten Weg, der das Schulhaus durch den Park mit dem anderen Gebäudeteil verband. Es war eine Kopie der Schule, nur mit einigen modernen Anbauten mit viel Glas. Über dem dritten Stock leuchtete es hell und ich konnte große Fenster und eine Dachterrasse ausmachen.

»Oh«, entfuhr es mir und ich blickte zwischen der Schule und dem anderen Bau hin und her.

»Das Zuhause der Tremblays. Ganz ohne Dreibettzimmer«, scherzte er und hielt mir die Tür auf. Ich wusste, er würde mich küssen, wenn ich nicht aufpasste. Mein Herz hämmerte, als ich den Fuß in den Türspalt schob. Die Drachen schienen uns zu beobachten.

»Muss ja furchtbar einsam sein, so ganz ohne Mitbewohner«, versuchte ich das Gespräch irgendwie am Laufen zu halten.

Tristan lachte. »Ich wohne mit meinem Bruder zusammen. Aber das zählt wohl nicht, oder?«

»Schlaft ihr in einem Doppelzimmer?«

Er lachte. »Nein.«

»Dann hast du recht, es zählt nicht.« Ich schmunzelte und öffnete die Tür ein Stück weiter.

Er verstand meinen Rückzug offenbar richtig, denn er hob die Augenbrauen und neigte bedauernd den Kopf. »Wie du meinst. Ich geh dann mal – in mein einsames Bett. Ehe ich etwas tue, das laut Regelbuch nicht gestattet ist.«

Ich machte große Augen. »Was ist denn nicht gestattet?«, fragte ich, aber er schüttelte den Kopf.

»Du solltest sie einfach mal durchlesen«, schlug er vor und wandte sich ab.

»Als hältst du so viel von Regeln«, gab ich zurück und sein Lachen zeigte, dass er mich gehört hatte, auch wenn die Dunkelheit ihn schon verschluckt hatte. Ich blieb noch einen Moment stehen, und sah ihm nach. Es war verrückt, aber in Tristans Nähe hatte ich sogar vergessen, dass ich nicht freiwillig hier war. Vielleicht konnte Darkenhall tatsächlich die Wende in meinem Leben bringen. Vielleicht konnte ich wirklich einmal irgendwo ankommen? Ich streichelte dem Drachen am Geländer den schuppigen Hals.

»Vielleicht wird jetzt alles besser«, flüsterte ich in die Nacht und legte die Hand auf die schwere Türklinke.

Ein leises Platschen in der Ferne ließ mich innehalten. Ich drehte mich noch einmal um und kniff die Augen zusammen. War dort unten am Wasser Licht? Das Platschen war in der Ferne auszumachen und ich versuchte, die Quelle dieses Geräuschs zu ergründen. Langsam stieg ich die Eingangstreppe wieder hinunter.

Ich wusste, ich sollte längst nicht mehr hier draußen sein. Bald war Schlafenszeit und das Licht würde gelöscht werden. Vermutlich würde ich Ärger bekommen, wenn ich mich dann nicht in meinem Zimmer befand. Ich wusste das, aber da war etwas in mir, das mich dies alles vergessen ließ. Mein Puls beschleunigte sich, mein Herz klopfte hart, als ich die letzte Stufe hinabgestiegen war.

Da war tatsächlich ein schwaches Leuchten. Es kam vom Flussufer. Und es zog mich magisch an.

⌘

Bastians Herz schlug im Takt zu seinen langen und regelmäßigen Ruderzügen. Er drückte die Füße fest gegen das Stemmbrett, schob sich auf dem Rollsitz nach hinten und zog mit einer kraftvollen Bewegung die Skulls durchs Wasser. Beim Einatmen beugte er die Knie, zog sich nach vorne und tauchte, ohne die Oberfläche aufzuwühlen, das Blatt wieder ein. Die Bewegungen begannen von Neuem und sein Atem floss gleichmäßig, wie das Wasser unter ihm. Die Nachtluft drängte sich kalt an seinen Körper und trocknete seinen Schweiß. Er würde frieren, sobald er aus dem Gig stieg. Ohne das Spiel seiner Muskeln würde er schnell auskühlen. Doch das machte ihm nichts aus. Ebenso wenig wie die Dunkelheit. Die Lichter der Stadt verhinderten, dass es auf dem Fluss jemals richtig dunkel wurde, und der blasse Streifen Mondlicht, der sich auf der Themse spiegelte, reichte ihm aus, sich zurechtzufinden. Gerade, wie an einer Schnur, glitt das Ruderboot, auch Gig genannt, durchs Wasser und sandte pfeilförmig sanfte Wellen aus, auf denen sich das Licht brach. Wie ein silberner Vorhang, der ihn verfolgte.

Die Bewegung war anstrengend und Bastian spürte das Blut in seinen Adern rauschen. Seine Brust hob und senkte sich unter seinen Atemzügen und er spannte die Muskeln an Armen und Beinen an, ehe er bei der Vorwärtsbewegung die Arme locker zum V aufgleiten ließ. Jeder Alltagsgedanke löste sich dabei in Luft auf. Jede Sorge geriet in den Hintergrund und es blieb nichts zurück, außer dieser stetigen Bewegung. Ein Ablauf, der ihm so vertraut war, dass sein Körper ganz instinktiv das Richtige tat. Strecken, beugen, eintauchen, durchziehen, vor, zurück.

Bastian genoss die Stille, die Einsamkeit und die Kühle auf seiner Haut. Nur allzu oft hatte er das Gefühl zu verbrennen, immer dann, wenn er das Wüten in sich spürte, das sein Erbe war. Immer dann, wenn er tat, was getan werden musste. Dann loderte ein Feuer in ihm, dessen Hitze ihm auch nach all den Jahren harten Trainings noch immer den Atem raubte. Dessen Hitze ihn jedes Mal aufs Neue zu verschlingen drohte.

Bastians Bewegungen wurden langsamer. Er hatte den Anleger am Bootshaus von Darkenhall beinahe erreicht. Er lockerte den Griff um die Skulls und ließ das Gig länger ausgleiten. Nun, wo keine Bewegung mehr das Schlagen seines Herzens übertönte, spürte er das Wüten wieder wie einen Hammer in seiner Brust und sein schneller Atem brannte ihm im Hals. Er ließ die Schultern kreisen und lenkte mit kleinen Bewegungen das Gig ans Ufer.

⌘

Ich hielt den Atem an. Eine einzelne Laterne im Bootshaus beschien das Ufer und die hohe Kaimauer. Der halbrunde Lichtkegel vergoldete das Wasser an dieser Stelle und es schien, als würde es damit in einen Wettstreit mit dem silbrig schimmernden Mondlicht treten, das auf den leisen Wellen tanzte. Der schwarze Schatten, der mit anmutigen Bewegungen diese Wellen durchschnitt, kam immer näher. Ich hörte das Wasser sacht gegen das Boot schwappen, lauschte gespannt auf das kaum vernehmbare Eintauchen des Blatts.

Möglichst unauffällig drückte ich mich an die Ecke des Bootshauses. Das moosige Holz unter meinen Fingern fühlte sich klamm an und ich zog die Schultern etwas höher, um mich vor dem kühlen Wind zu schützen.

Ich hätte in mein Zimmer gehen sollen, doch ich war gebannt vom Anblick des Ruderers. Er schien vollkommen eins zu sein mit seinen Bewegungen, vollkommen eins zu sein mit der Nacht und dem silbernen Mondlicht, das ihn umgab wie ein himmlisches Leuchten.

Das Boot kam näher und ich hörte seinen angestrengten Atem. Ich fühlte mich ihm unerklärlich nahe, obwohl uns gute zehn Meter voneinander trennten. Trotzdem war mir, als fühlte ich den Schweiß in seinem Nacken, die Kälte auf seinen Armen, als er die Ruder wieder und wieder ins Wasser eintauchte. Ich machte eine Faust, denn es fühlte sich an, als wären es meine Hände, die um die Skulls verkrampften. Als wären es meine Beine, die vor Anstrengung zitterten.

Beinahe wäre mir ein Keuchen entwichen, so verbunden fühlte ich mich mit diesem Jungen, der eben den Steg erreichte. Er sah älter aus als meine Mitschüler. Aber vielleicht glaubte ich das nur, weil sein Rücken breiter war im Vergleich zu den anderen Jungs. Und er war groß. Seine Arme, muskulös definiert, genau wie seine Oberschenkel, die sich anspannten, als er behände aus dem Boot stieg. Die Leichtigkeit, mit der er nun das gut sieben Meter lange Gig aus dem Wasser hob, war beeindruckend, und ich duckte mich dichter in mein Versteck. Mein Herz schlug so schnell, dass ich glaubte, es würde das Ufer zum Zittern bringen, und tatsächlich hielt der Ruderer kurz in der Bewegung inne, als spürte er, nicht allein zu sein.

Nur für einen kurzen Moment drehte er sein Gesicht ins Licht. Doch dieser Moment reichte aus, mir die Knie weich werden zu lassen. Wie von selbst tasteten meine Finger in der Jacke meiner Schuluniform nach dem Zeichenstift. Das Bedürfnis, ihn auf Papier zu bannen, war riesig, doch ich gab ihm nicht nach. Ich wollte nicht eine Sekunde verpassen. Stattdessen saugte ich seinen Anblick regelrecht auf. Seine dunklen Augen unter dichten Brauen, sein dunkles Haar, das ihm feucht im Nacken schimmerte. Seine Lippen waren voll, aber vor Anstrengung zusammengekniffen, was seinem markanten Kinn noch mehr Härte verlieh. Er packte sich das Gig auf die Schulter, als wöge es nichts, und nahm mit der anderen Hand die Laterne. Dann kam er direkt auf mich zu und ich schnappte nach Luft, als er nur wenige Zentimeter an mir vorbei aufs Bootshaus zuging. Nur wenige Schritte trennten uns, als er plötzlich stehen blieb. Er verharrte vollkommen reglos. Er wandte den Kopf in meine Richtung, atmete tief durch, sodass ich sah, wie seine Brust sich hob. Ich glaubte, seinen Atem zu spüren, ebenso wie seinen Blick. Sein Mundwinkel hob sich, als … würde er sich über etwas amüsieren.

Ein Zittern durchrieselte meinen Körper, so schön war dieser Junge. Nicht so klassisch schön wie Tristan, sondern … irgendwie wild. Die Luft war wie elektrisiert und beinahe wünschte ich, er würde mich bemerken. Doch das tat er nicht. Stattdessen wandte er sich ab und mit einem letzten Blick in meine Richtung ging er weiter. Ich wartete, bis er im Bootshaus verschwunden war, dann rannte ich die Stufen hinauf, zurück zum Haus.

»Heilige Scheiße, wer ist denn das?«, flüsterte ich mit wild klopfendem Herzen, als ich die drachengesäumten Stufen hinaufhastete. Ich wusste nicht, ob ich mir wünschte, ihm noch einmal zu begegnen, denn es war ganz klar, dass er irgendetwas mit mir machte, was vollkommen neu und überwältigend war.

Ich schlich ins Haus. Die Lichter waren längst gelöscht, aber das bemerkte ich kaum, denn in meinen Gedanken leuchtete noch immer strahlend hell das Licht, das ich in den dunklen Augen des Fremden gesehen hatte.

Brüder

Bastian hatte sich ein Handtuch um den Nacken gelegt und strubbelte sich jetzt damit über den Kopf. Der Spiegel war beschlagen und so verließ er ohne einen weiteren Blick hinein das Badezimmer. Er hatte ein Badetuch um die Hüften gebunden und hinterließ dennoch nasse Fußabdrücke auf dem Marmor. Laute Musik aus dem Erdgeschoss ließ im gesamten Haus die Kronleuchter zittern.

Bastian streckte die Hand nach dem Schatten des Treppengeländers aus. Im nächsten Moment war er unten und trat ins Licht.

»Muss das so laut sein?«, rief er in die Küche, wo Tristan gerade eine Flasche Wein öffnete.

Sein Bruder hob kurz den Kopf, drehte dann aber ungerührt den Flaschenöffner weiter in den Korken.

Bastian stöhnte. Er brauchte gar nicht erst versuchen, die Smarthomeanlage bei dieser Lautstärke mittels Stimmsteuerung dazu zu bewegen, leiser zu machen. Darum tauchte er in den nächsten Schatten und schaltete die Anlage im Wohnzimmer ab. Einen Schattensprung später war er zurück in der Küche.

Gerade goss Tristan sich ein Glas Wein ein. Bastian trat hinter seinen Bruder und nahm ihm das Glas ab. Er ließ die dunkelrote Flüssigkeit im Glas kreisen, um sie atmen zu lassen. Dann nippte er und ließ den Wein auf seiner Zunge zergehen. »Ein 1787er Château Lafite?« Er hob die Augenbrauen und musterte Tristan fragend. »Gibt es einen bestimmten Grund, einen der teuersten Weine aus Vaters Weinkeller zu holen?«

Tristan lachte. »Er ist alt. Ich denke, er muss mal weg.«

»Ganz im Gegensatz zu dir. Du bist nicht alt genug, Alkohol zu trinken.«

»Spiel nicht den großen Bruder, wegen dem einen Jahr, das du älter bist!«, murrte Tristan, aber sein Schmunzeln verriet ihn. Das hatte er schon so oft gehört – und nie interessiert. Er nahm ein zweites Kristallglas aus der Vitrine und goss sich erneut ein. Im Gegensatz zu Bastian nippte er nicht daran, sondern stürzte das halbe Glas auf einmal hinunter.

»Also?«, hakte Bastian nach und verkniff sich einen Kommentar. Einen Wein, bei dem die Flasche gute 100.000 Pfund kostete, kippte man nicht wie eine Cola hinunter. Er umrundete die großzügige Kücheninsel und nahm die Flasche an sich. Bedächtig steckte er den Korken zurück in den Hals und räumte die Flasche in den Klimaschrank. »Was genau feierst du mit diesem edlen Tropfen?«

Tristan strich sich die blonden Haare aus der Stirn und grinste ihn über den Glasrand hinweg an. »Wir haben ein neues Mädchen an der Schule.«

»Ich weiß. Margaret-Maud hat mir ihre Akte gegeben.« Bastian lehnte sich an die Arbeitsplatte und wischte sich einen Wassertropfen vom Hals, der aus seinem noch feuchten Haar rann. »Sie hat ihr erstes Training verpasst.«

Zu Hause musste er sich nicht beherrschen und so reichte allein der Gedanke an die Weben, die er während des Trainings in sich aufnahm, das Wüten in ihm zu wecken. Die Weben in ihm pulsierten an die Oberfläche und zeichneten dunkle Muster unter seine Haut. Sie flossen wie schwarze Flüsse über seinen ganzen Körper.

Tristan musterte die nackte Brust seines Bruders. Ihm entgingen die Ranken nicht, die wie Spinnennetze dessen Oberkörper umschlossen. Einzig die Stelle, an der der Ring an der Kette um dessen Hals baumelte, blieb frei von Weben.

»Das war wohl meine Schuld«, gestand Tristan ohne Reue und blickte sich suchend nach der Weinflasche um. Als er sie im Klimaschrank entdeckte, zuckte er ergeben die Schultern und stellte sein leeres Glas in die Spüle. Die Haushälterin würde sich später darum kümmern.

»Du musst mich die Schüler lesen lassen«, versuchte Bastian seine Aufmerksamkeit wieder auf das eigentliche Thema zu lenken. »Ich muss wissen, zu was die Schüler fähig sind. Du weißt selbst, dass manche von ihnen schlimme Dinge tun werden, wenn ich mich nicht um sie kümmere. Und die Lehrer bekommen Probleme, wenn ich die Schüler nicht vorher von der Last ihrer Weben befreie. Viel Ärger, den die Jugendlichen machen, kommt davon, dass ihre Seelen von dunklen Weben erstickt werden. Ohne den Schmerz, der auf ihnen lastet, können sie aufblühen, beteiligen sich wieder am Unterricht und fügen sich in die Gesellschaft ein. Das ist unabdingbar für Darkenhall.«

Tristan winkte ab. »Brauchst du mir nicht sagen. Ich weiß, dass es hier Leute gibt, in deren Seelenweben sogar Mord angelegt ist. Aber die Kleine ist anders.«

»Ihre Akte ist nicht gerade dünn. So anders kann sie also nicht sein.« Bastian verkniff sich die Erinnerung an den Moment, in dem er die Neue aus dem Taxi hatte steigen sehen. Auch er hatte geglaubt zu fühlen, dass sie anders war. Besonders. Und seit diesem Moment verzehrte er sich nach den Weben, die sie umgaben.

Er rieb sich den feuchten Nacken und warf das Handtuch über

eine Stuhllehne. Selbst heute beim Rudern hatten ihn die Erinnerungen an ihre Weben verfolgt. Am Steg hatte er geglaubt, sie ganz in der Nähe zu spüren. Und obwohl er noch nie die Hand nach ihren Weben ausgestreckt hatte, nie von ihr gekostet hatte, ihr Schmerz ihm vollkommen fremd war, hatte er sie in diesem Moment gespürt.

Ein Knurren entstieg seiner Kehle und die dunklen Muster unter seiner Haut traten deutlicher hervor. Die Erinnerung allein reichte aus, das Wüten in ihm zu verstärken. Bastian nahm einen großen Schluck Wein.

Tristan grinste.

Natürlich grinste er. Bastian ballte die Fäuste. Sein Bruder wusste genau, wie er sich fühlte. Sie teilten das Verlangen nach Seelenweben, doch im Gegensatz zu ihm selbst, verwehrte sich Tristan diese nicht. Nein, sein Bruder nahm sich Seelenweben, wann immer ihm danach war. Ein verstohlener Kuss unter Bäumen, eine Berührung hier … Wohingegen er selbst nur die Weben nahm, die eine Gefahr für andere darstellten, selbst wenn diese Gefahr erst in einigen Jahren wirklich zur Bedrohung werden würde. Er musste die Menschen erst lesen, eintauchen in ihr Seelentor, ehe er erkannte, was sie in sich trugen. Ehe er erkannte, welche Weben er nehmen musste. Das konnte nur er.

»Ich habe dich gestern im Park mit einer Schülerin gesehen«, griff er den ursprünglichen Gedanken wieder auf, um sich von der Neuen und ihren verführerisch fremden Weben abzulenken. »Kannst du dich denn gar nicht beherrschen?«

Tristan zuckte mit den Schultern und bevor Bastian noch etwas sagen konnte, streckte der eine Hand in die Schatten und war fort. Im nächsten Moment ging dröhnend die Musik wieder an.

Bastian schnaubte. Dann folgte er ihm mit einem knappen Schattensprung. Tristan hatte sich der Länge nach auf die Ledercouch geschmissen und bereits die Fernbedienung für den riesigen Fernseher in der Hand. Nachrichten flackerten stumm über den Bildschirm, während aus den Boxen Musik scholl.

Er sah auf, als Bastian aus dem Schatten trat.

»Ich dachte, das Gespräch wäre vorbei.«

»Wohl kaum.« Bastian nahm ihm die Fernbedienung ab und warf sie auf den Glastisch. »Ich konnte euch sehen. Jeder hätte euch sehen können!«

Tristan raufte sich genervt die Haare und setzte sich auf. »Ich war vorsichtig! Das Ganze war eine kurze Nummer. Ein kleiner Kuss.« Er zuckte mit den Schultern, nicht in der Lage, ein Grinsen zu verkneifen. »Sie küsst gut. Und ihr geht es jetzt besser. Wie den Schülern nach dem Anti-Aggressionstraining.«

Dem konnte Bastian kaum etwas entgegensetzen. Die Seelenweben, die sie den Schülern nahmen, waren eine Last für die Seelen dieser Jugendlichen. Schmerz, Trauer und Angst waren die Ursache für deren auffälliges Verhalten, das sie erst nach Darkenhall führte. Das Training bot ihm die beste Gelegenheit zu tun, was seine Aufgabe war, und niemand wunderte sich darüber, dass seine Mitschüler sich nach der Stunde Sport ausgeglichener und ruhiger verhielten.

»Ich habe die Weben an deinen Händen gesehen. Und an ihren Wangen, ihrem Hals …«

»Du Spanner!«, foppte Tristan ihn lachend und feuerte ein Kissen in seine Richtung.

Bastian fing es mit Leichtigkeit auf. »Such dir in Zukunft einfach bessere Orte für deine … *kurzen Nummern.*«

Tristan hob unschuldig die Hände. »Oh, sorry, aber falls dir entgangen ist … du bist derjenige, der extra einen Trainingsraum für diese Nümmerchen hat.«

»Prima, dann bring mir die Neue bitte morgen genau dorthin. Solange ich sie mir nicht angesehen habe, stellt sie eine Unruhequelle für die Schule dar.«

Bastian ließ das Kissen auf den Sessel fallen und streckte schon eine Hand nach dem Schatten aus, als Tristan sagte: »Und wenn *ich* mich ausnahmsweise um die Kleine kümmere?« Diesmal war es seine Haut, die unter dem Wüten der Weben dunkel schillerte.

Bastian betrachtete seinen Bruder einen Moment irritiert. »Du … willst nicht ernsthaft derjenige sein, der erstmals das Seelentor öffnet?«, fragte Bastian ungläubig. »Du weißt, wie unberechenbar die Seelenweben sind, wenn sie das erste Mal entfesselt werden. Nur ein Ringhüter kann das kontrollieren.«

»Ich will es versuchen. Abby ist nicht wie die anderen. Ihre Weben sind so unfassbar dicht, ich –«

Mit zwei schnellen Schritten war Bastian bei ihm. Er baute sich vor ihm auf. »Ich hoffe, du machst gerade einen Witz! Du weißt, dass du nicht in der Lage bist, die Fülle an Weben aufzunehmen, die diese Menschen zu Beginn mit sich herumtragen!« Er umfasste die Kette mit dem Ring und hielt ihn Tristan vor die Nase. »Du weißt, welche Kraft es mich kostet, die Weben zu kontrollieren. Sie würden dich zerstören!«

»Ich bin nicht so schwach, wie du denkst!«

»Ich halte dich nicht für schwach! Aber du bist kein Ringhüter!«

»Und was, wenn ich dennoch der Stärkere von uns beiden bin?«, rief Tristan. »Ich sehe doch, wie du kämpfst! Selbst jetzt, wo wir nur von Abby sprechen! Du nimmst dir nur Weben, wenn du sie zwingend brauchst! Und dann … dann wütet es in dir, bis du kaum noch durch die Schatten springen kannst!«

»Weil das für mich kein Spiel ist!«, donnerte Bastian und funkelte seinen Bruder böse an. »Das sind Menschenseelen! Und du bist nicht in der Lage, damit verantwortungsvoll umzugehen!«

»Du spinnst doch!«

Bastian wandte sich ab. Er streckte die Hand in Richtung der Schatten, die das flackernde Fernsehlicht auf den Boden warf. »Ich will davon nichts mehr hören! Bring diese Neue zu mir!«

Mit einem Schnauben verkrümelte sich Tristan durch einen Schatten in die Küche. Der Klimaschrank klirrte. Bastian musste ihm nicht folgen, um zu ahnen, dass sein Bruder die Flasche leeren würde.

Kleine Bitte

»Wo warst du denn gestern so lange?«, flüsterte Jasmin beim Frühstück schräg über den Tisch. Auch Esme sah mich unter ihren dichten künstlichen Wimpern mit großen Augen an. »Wir haben uns Sorgen gemacht.«

»Ihr habt euch Sorgen gemacht?« Mein schlechtes Gewissen meldete sich zu Wort. Ich hörte auf, mir Butter aufs Brot zu streichen und sah meine Mitbewohnerinnen ungläubig an.

Esme nickte. »Du solltest im Dunkeln nicht mehr herumlaufen.«

»Esme hat Angst im Dunkeln«, fiel Jasmin ihr ins Wort, ehe sie sich ein Stück Kuchen mit clotted cream in den Mund schob.

»Gar nicht!«, protestierte die und funkelte Jasmin böse an.

»Natürlich hast du Angst im Dunkeln. Das ist doch nichts Schlimmes.«

»Die Dunkelheit macht mir nichts aus!«, stritt Esme weiterhin ab. »Ich … denke dann nur oft daran, dass …« Sie biss sich in die Unterlippe und schob dann ruckartig ihren Stuhl zurück. »Ich hole mir noch Milch«, erklärte sie und floh regelrecht vom Tisch.

Jasmin schüttelte leicht den Kopf und sah Esme hinterher. Dann beugte sie sich näher zu mir und sah mich ernst an. »Manchmal schreit sie nachts plötzlich. Dann muss man schnell das Licht anmachen«, flüsterte sie. »Esme wurde bei einem nächtlichen Verkehrsunfall im Auto eingeklemmt. Seitdem …«

Jasmin setzte sich aufrecht hin, denn Esme kam mit einer neu gefüllten Tasse Milch zurück. Auch ich bestrich weiter mein Brot, auch wenn ich nicht anders konnte, als Esme aus dem Augenwinkel zu beobachten.

Unter ihrer gepflegten und bis ins kleinste Detail perfektionierte Erscheinung vermutete man auf den ersten Blick gar keine Probleme oder Sorgen. Aber offenbar hatte jeder hier sein Päckchen zu tragen.

»Hattest du genug Zeit, mein ganzes Leben auszubreiten, oder soll ich besser noch mal gehen, damit ihr mehr Zeit zum Tratschen habt?«, murrte Esme Jasmin an und ich fühlte mich wie ein Eindringling, der ihre Geheimnisse stahl. Ich hatte nicht darum gebeten, eingeweiht zu werden.

Jasmin rollte mit den Augen. »Esme ist empfindlich«, raunte sie mir vertrauensvoll zu und zog ihre Freundin am Arm wieder neben sich auf die Bank.

»Bin ich nicht!« Esme stieß Jasmin den Ellbogen in die Seite und lächelte leicht. »Ich … rede nur einfach nicht gerne über … mich.«

»Wer tut das schon«, stimmte ich ihr zu und beeilte mich, mein Brot mit Käse zu belegen. Meine Mitschüler ringsum hatten ihr Frühstück schon fast beendet.

»Dann willst du uns nicht sagen, warum du hier bist?«, fragte Jasmin neugierig, und schob ihr Tablett von sich, während sie einen Klecks Sahne vom Finger schleckte.

»Nicht wirklich«, scherzte ich und biss ins Brot, was mir einen guten Vorwand lieferte, die Aussage zu verweigern.

»Sollen wir raten?«, fragte Esme und das Lächeln kehrte auf ihre Züge zurück. Sie schien froh, dass nicht länger sie im Mittelpunkt stand.

Ich zuckte mit den Schultern.

»Na schön. Ich schätze, du …« Jasmin nahm ihr Handy heraus und checkte ihren Blog, während sie mich wie nebenbei musterte. »… du bist eine Nymphomanin und … deine Eltern haben Angst, dass du frühzeitig schwanger wirst.«

»Was?« Ich verschluckte mich an meinem Brot und hustete Krümel über den Tisch.

Esme kreischte und wich meinen vorgekauten Essensresten kichernd aus, indem sie ihren leeren Teller wie einen Schild vor sich hob.

»Eine Nymphomanin ist, wenn man –«

»Ich *weiß*, was eine Nymphomanin ist!«, sagte ich streng und wischte mir die Krumen vom Kinn. »Aber wie kommst du denn darauf, dass ich …?«

Jasmin kicherte. »Na, du hast Tristan schon am ersten Tag verzaubert.« Sie zwinkerte verschmitzt. »Und du wärst bei Weitem nicht die Einzige hier mit diesem Problem.« Sie rollte vielsagend mit den Augen und neigte den Kopf leicht in Richtung der blonden Barbie-Fünflinge.

Auch Esme kicherte hinter vorgehaltener Hand. »Aber was immer es ist, Abby, hier in Darkenhall wird einem wirklich geholfen. Das Training mit Bastian ist …«

Sie klang so überzeugt, dass ich ins Grübeln kam. Während ich die letzten Bissen meines Frühstücks aß, dachte ich über ihre Worte nach.

»Oh ja, Bastian hat es echt drauf!«, schwärmte auch Jasmin.

Natürlich war es toll, dass es ihnen hier gut ging, aber gerade dieses Gottvertrauen und sich in fremde Hände zu begeben, war mir irgendwie zu viel. Ich glaubte fest daran, dass man selbst für sein Glück oder Unglück oder für sein Schicksal verantwortlich war. Ich wollte mich niemandem anvertrauen. Wollte mich nicht analysieren lassen.

Der Käse schmeckte mit einem mal sauer und ich beeilte mich, ihn hinunterzuwürgen.

Vielleicht war ich nur neidisch auf die beiden, weil sie ihr Leben augenscheinlich wieder in den Griff bekommen hatten. Vielleicht … gönnte ich es ihnen nicht, denn mir war noch nie etwas Gutes widerfahren. Außer Florence vielleicht.

Der Gedanke an sie, an das Atelier und den Kater verschlechterten meine Laune sofort. Ich konnte mir nicht vorstellen, wie Darkenhall mir je helfen sollte. Ich wollte nur weg von hier. Das traf sich gut, denn es gongte zum Unterrichtsbeginn und in Begleitung meiner zwei neuen BFFs trat ich wenig später ins Klassenzimmer. Verschämt mied ich Mr Cross' Blick und entschied mich heute für die hinterste Sitzreihe. Esme und Jasmin schlossen sich mir an.

»Ah, guten Morgen, Abigail.« Meine Flucht in die letzte Reihe rettete mich nicht vor Cross, denn kaum hatte ich meinen Rucksack abgestellt, da winkte er mich zu sich ans Pult.

»Oh, oh«, machte Esme bedeutungsschwanger und ich rollte mit den Augen, ehe ich seiner Aufforderung Folge leistete. »Ich wollte nur anmerken, dass der Zeichenunterricht am Nachmittag stattfindet. Nicht, dass es hier wieder zu Verwechslungen kommt«, erklärte er und sein Mundwinkel zuckte, als hätte er einen Witz gemacht.

Ich kniff die Lippen zusammen, um zu verhindern, dass ich die Sache noch schlimmer machte, als sie ohnehin schon war. Um einem Gespräch auszuweichen, strich ich umständlich meinen Rock glatt, aber Cross entließ mich nicht. Er nahm einen Kamm aus der Brusttasche seines Jacketts und strich damit über den Haarkranz, der seine Halbglatze umlief.

Ich seufzte und sah ihn an.

Darauf schien er gewartet zu haben. »Unser Start hier war nicht gerade gut, Abigail«, setzte er an und schüttelte leicht den Kopf, als könne er kaum glauben, dass das so war. »Es ist mir wichtig, das aus der Welt zu schaffen.« Er sah ernsthaft geknickt aus. »Die Schule ist deine letzte Chance, wenn ich das richtig sehe.« Er sprach leise, damit niemand über das Gemurmel in der Klasse hinweg hörte, was wir sprachen. »Du … kannst dir keine Fehler erlauben, richtig?«

»Wohl nicht«, presste ich hervor und schob trotzig das Kinn vor. Ich spürte die Unruhe in mir wachsen. Worauf wollte er hinaus?

»Ich wäre im Grunde verpflichtet, dein Fehlverhalten von gestern zu dokumentieren.«

»Fehlverhalten?«, platzte es aus mir heraus. »Ich hatte meine Aufgaben erledigt und mich leise beschäftigt, ohne den Unterricht zu stören!«

Cross nickte, als würde er meine Ansicht teilen. »Natürlich. Darum geht es auch gar nicht.« Er senkte die Stimme und stützte die Arme auf seinem Pult ab. Dabei ließ er mich nicht aus den Augen. »Ich meine den kleinen Ausflug in die Stadt.« Er machte eine Pause, um seinen Worten Gewicht zu verleihen. »Und deine Rückkehr nach der offiziellen Schließzeit!«

Shit!

»Woher wissen Sie …?« Ich drehte leicht den Kopf, um nach Tristan zu suchen, aber der Platz, den er letzte Stunde eingenommen hatte, war leer. Von ihm war keine Hilfe zu erwarten.

»Ich müsste das melden, und das könnte dir große Probleme bereiten«, sagte Cross bedauernd, lächelte mich aber aufmunternd an. »Da du neu bist, kann ich jedoch ein Auge zudrücken. Allerdings sollten wir uns umgehend um deine … Probleme kümmern.«

Ich schluckte. Wusste er, dass ich den Termin beim Anti-Aggressionstraining hatte ausfallen lassen?

»Es tut mir leid, ich wollte wirklich nicht –«

»Sag mir nur eines, Abigail: Willst du deine letzte Chance nicht nutzen?«

»Doch. Ich …« Ich setzte einen flehenden Blick auf. »Ich wollte wirklich keinen Ärger machen.«

»Natürlich nicht. So etwas … passiert schon mal.«

Seine Worte klangen beschwichtigend, aber ich fühlte mich kein bisschen erleichtert.

Cross kratzte seinen Haarkranz, ehe er seinen Blick über die Klasse schweifen ließ. »Weißt du, Abigail … ich denke, das bekommen wir hin.«

»Das wäre … super!«, flüsterte ich dankbar. Florence würde ausflippen, würde sie mitbekommen, dass ich in der kurzen Zeit, in der ich auf der Schule war, schon aneckte. Ich zwang mich zu einem unterwürfigen Lächeln.

»Fein. Dann … komm nach dem Unterricht in mein Büro. Arbeiten wir deine Probleme auf, damit du dich besser einleben kannst.«

»Meine … Probleme?«

Sein Lächeln wirkte irgendwie schal. »Keine Sorge. Das sind Dinge, die wir unter vier Augen besprechen.« Er richtete sich so plötzlich auf, dass ich erschrocken nach Luft schnappte. »Und nun nehmen alle ihre Hefte heraus und wir widmen uns der Wurzelberechnung.« Er trat an die Tafel und griff nach der Kreide. Unser Gespräch schien beendet.

Ich sah ihm zu, wie er einige Zahlen anschrieb, ehe ich mich aus meiner Starre löste und um Unauffälligkeit bemüht in die letzte Reihe schlich. Die Fragezeichen in den Gesichtern von Esme und

Jasmin leuchteten mir neugierig entgegen, und kaum dass ich saß, beugte Esme sich zu mir herüber.

»Was wollte er denn?«, flüsterte sie.

Ich zuckte mit den Schultern. »Meine Probleme angehen«, gab ich etwas ratlos zu und schlug mein Heft auf.

»Ach so!« Esme winkte ab und Jasmin verlor das Interesse. Offensichtlich war das nicht gerade spannend. Zumindest nicht für andere. Ich hingegen bekam vom Unterricht kaum etwas mit, denn ich grübelte den ganzen Tag darüber nach, was Cross wohl plante, um meine Probleme anzugehen. Um was ging es dabei? Wie lief so was ab? Und musste ich mich überhaupt darauf einlassen? Gingen ihn meine Probleme wirklich etwas an?

Oder setzte ich Florence' Vormundschaft aufs Spiel, wenn ich mich querstellte?

Ich ballte die Hände zu Fäusten und schwor mir, was auch immer geschehen würde, diesmal auf jeden Fall die richtige Entscheidung zu treffen!

Das redete ich mir auch am Spätnachmittag noch ein, als ich mich ziemlich unsicher auf den Weg in Cross' Büro machte.

Ich klopfte und wartete, aber nichts geschah. Ich trat näher an die Tür, denn ich vernahm ein Murmeln aus dem Raum. Vielleicht hatte er gerade noch ein Gespräch mit einem anderen Schüler? Ich lauschte konzentriert, aber jetzt war es still. Vielleicht telefonierte er? Ich wartete eine Weile, dann klopfte ich erneut. Wieder antwortete niemand.

»Was soll denn das?«, murrte ich und klopfte dieses Mal lauter. Dann trat ich mit einem unguten Gefühl unaufgefordert ein.

Cross und Margaret-Maud Tremblay standen hinter einem Schreibtisch, die Köpfe zu einem vertrauten Gespräch gesenkt. Sie schienen mich nicht gehört zu haben, so vertieft waren sie in ihre Unterhaltung.

»… haben heute von Zac noch weitere Informationen erhalten«, hörte ich die Direktorin flüstern. »… er hat ihre Abstammung zurückverfolgen können, bis zu …«

Cross rieb sich die Hände. »Dann müssen wir endlich …«, flüsterte er, den Teil danach verstand ich nicht. »… habhaft werden.«

Es erschien mir falsch, das Gespräch mitanzuhören, also räusperte ich mich, um mich bemerkbar zu machen. »Mr Cross?«, wagte ich mich vor und die beiden fuhren erschrocken auseinander.

»Abigail!« Cross wirkte überrumpelt, während Margaret-Maud äußerst gefasst schien. Sie umrundete den Schreibtisch, während Cross seinen Haarkranz mit dem kurzen Hornkamm in Ordnung brachte, den er danach zurück in seine Brusttasche steckte. »Richtig, wir … waren verabredet.«

Die Schulleiterin lächelte mich knapp an. Sie hielt sich wie immer kerzengerade, als sie zu mir an die Tür trat.

»Bitte, komm herein«, bat sie und deutete auf den Stuhl vor dem Schreibtisch.

»Ich wollte nicht stören«, beeilte ich mich zu sagen. »Ich kann auch später wiederkommen«, schlug ich vor. *Oder nie* … ergänzte ich in Gedanken.

»Nein, nein. Du störst nicht.« Cross zog eine Akte aus einem Aktenschrank seitlich des Arbeitsplatzes, und sortierte darin noch einige Zettel um. »Bitte, setz dich doch.«

Stumm kam ich seiner Aufforderung nach, ohne ihn aus den Augen zu lassen. Margaret-Maud stand noch immer hinter mir. Ich presste mir meine Tasche an die Brust und wartete, bis er die Ordnung auf seinem Schreibtisch wiederhergestellt hatte. Er hob den

Blick und nickte der Direktorin zu. »Wir verfahren also weiter wie geplant«, sagte er an sie gewandt. Dann schloss sich die Tür hinter mir und Cross ließ sich ebenfalls auf seinen Stuhl sinken. Er zog die Akte heran und sah mich an.

»Da wären wir also«, setzte er ziemlich umständlich an und ich ahnte, dass mich dieses Gespräch vermutlich meinen restlichen Nachmittag kosten würde.

»Warum wollten Sie mich denn sprechen, Mr Cross?«, versuchte ich das Ganze zu beschleunigen. Ich wollte heute unbedingt noch zeichnen, denn gestern war es mir nicht gelungen, das Gesicht des Ruderers zufriedenstellend zu Papier zu bringen.

Cross lehnte sich in seinem Stuhl zurück und schlug die gelbe Akte auf. »Ganz schön viele Regelbrüche hast du vorzuweisen«, begann er, ohne mich anzusehen. »Und alle haben eines gemeinsam.«

Nun sah er mich an, aber ich wusste nicht, was er von mir hören wollte. Also schwieg ich.

»Du hast eine Dame auf einem Jahrmarkt bestohlen, bist in das Lehrerzimmer deiner Schule eingebrochen, um Prüfungsergebnisse zu stehlen, hast ein Auto geknackt …«

Ich kniff fest die Lippen zusammen. Was er vorlas stimmte, aber …

»Du schüttelst den Kopf«, bemerkte er. »Stimmt das etwa nicht?«

»Doch, aber … aber das war nicht so, wie –«

»In Darkenhall ist man nicht an Ausreden interessiert«, unterbrach er mich in verständnisvollem Ton. »Das hier ist nur die Spitze des Eisbergs. Ich könnte Hunderte Fälle aufzählen, in denen du … dir Dinge *angeeignet* hast, die dir nicht gehören!«

Ich krampfte die Finger um meine Tasche. Niemand würde je verstehen, was ich tat!

»Kurz gesagt, du bist eine Diebin!« Er klang dabei nicht einmal erschüttert.

»Bin ich nicht!«, widersprach ich dennoch und konnte nicht verhindern, dass mir die Tränen kamen. Ich strich mir die Haare aus dem Gesicht und wischte dabei unauffällig über meine Augen. Der brauchte gerade noch sehen, wie sehr mich seine Worte verletzten!

»Ach nein?«

»Ich habe mich nie bereichert. Ich stehle nichts! Ich … borge es nur.«

»Willst du mir bitte erklären, wie man sich Prüfungsergebnisse *borgen* kann?«

Ich stöhnte. Das war jetzt echt ein doofes Beispiel. »Das war nicht für mich!«, rechtfertigte ich mich. »Da war so ein Mädchen in meiner Klasse, die …« Ich schloss resigniert die Augen. Es war sinnlos weiterzureden. Er würde mir ja ohnehin nicht glauben, dass ich nur einer Mitschülerin helfen wollte, das Klassenziel zu erreichen. Sie hatte mich nicht darum gebeten, aber ich wusste, wie knapp es für sie geworden wäre. Aber warum sollte Cross mir auch glauben, wo es weder die Lehrer an meiner alten Schule noch die Polizei getan hatten. Selbst Florence hatte mich skeptisch beäugt und sich jedes weitere Wort gespart. Ich war schließlich eine Diebin. So stand es in jeder meiner Akten …

»Weißt du, Abigail, im Grunde interessiert mich das alles nicht«, fuhr Cross geduldig fort und warf dem Foto an der Tischkante einen zärtlichen Blick zu. »Du bist schließlich hier, um noch einmal neu anzufangen, richtig?«

Ich nickte und wieder kribbelten meine Nackenhärchen.

»Wenn es an dieser Schule jedoch auch nicht klappt, dann … wanderst du direkt in den Jugendstrafvollzug, ist das richtig?«

»Ja«, flüsterte ich frustriert. Mein Herzschlag beschleunigte sich, und ich fühlte, wie mich die Angst packte. Ich leckte nervös über meine Lippen und zwang mich, ruhig zu atmen.

»Ich würde mir wirklich wünschen, dass das hier für dich gut läuft.«

Worauf wollte er hinaus?

»Die Schulleitung und ich, wir fänden es schade, wenn … dein etwas holpriger Einstieg in Darkenhall dir in die Quere käme.«

»Ich habe doch schon gesagt, dass es mir leidtut. Ich war nicht allein, und mir war nicht klar, wie spät es schon war«, verteidigte ich mich.

»Du warst mit Tristan Tremblay unterwegs. Ich sah euch zusammen … er interessiert sich für dich.«

»Das ist Quatsch! Er … ist hinter jeder her!«

Wieder kämmte Cross seinen Haarkranz und blickte auf das Foto. »Die Liebe ist etwas Wunderbares«, schwärmte er und lächelte mich an. »Du musst dich nicht schämen. Er sieht gut aus. Es ist kein Wunder, dass sich die Mädchen reihenweise in ihn verlieben.«

»Ich bin nicht verliebt. Ich bin erst seit zwei Tagen hier!«

Cross nickte. »Zwei Tage und schon ein Regelverstoß.«

Ich biss die Zähne zusammen. Offenbar machte ich es mit jedem Wort nur schlimmer.

»Sie sagten, Sie wollten an meinen Problemen arbeiten«, erinnerte ich ihn und unterdrückte meine aufkeimende Panik.

Cross' Blick fixierte mich und er lehnte sich leicht über den Tisch nach vorne. »In der Tat. Das möchte ich.« Er stand auf und kam um den Tisch herum. »Dann kommen wir mal zur Sache«, flüsterte er und kam näher.

Keine Wahl

»Sie wollen, dass ich etwas stehle?«, versuchte ich ungläubig das eben Gehörte zusammenzufassen.

»So, wie du das sagst, klingt es natürlich vollkommen falsch«, beschwichtigte Cross mich. »Aber du bist nun mal eine Diebin.«

Das war doch ein Witz!

»Sie sind mein Lehrer!«, erinnerte ich ihn. »Soll das vielleicht ein Test sein? Irgendein Psychospielchen?« Ich drehte mich in meinem Stuhl um und suchte den Raum nach Kameras ab. Wurde ich beobachtet? War das eine Prüfung, die ich zu bestehen hatte?

Cross lachte und strich sich den Haarkranz glatt. »Selbstverständlich möchte ich nicht, dass du gegen das Gesetz verstößt. Es geht vielmehr darum, deine Triebe, deine Verfehlungen bewusst zu erleben und zu analysieren.«

Ich muss ihn wohl skeptisch angesehen haben, denn er lächelte wieder aufmunternd.

»Wir wollen mit dir an deinen Problemen arbeiten, Abigail. Darum setzen wir dich Situationen aus, in denen du dich für den falschen Weg entschieden hast. Und diesmal sollst du bewusst falsch abbiegen, und im Nachgang erörtern wir dann, wie es dazu kam.«

Das war doch verrückt! »Ich weiß, wie es zu meinen … Fehlentscheidungen kam«, erklärte ich. »Ich wollte nie jemandem etwas Böses tun, aber –«

Cross hob die Hand und unterbrach mich damit. »Natürlich nicht. Die wenigsten Kinder, die hierherkommen, wollen das. Dennoch sitzt du jetzt vor mir, und es ist für alle Schüler verpflichtend, an unserem Programm zur Problembewältigung teilzunehmen.

»Wie soll es meine Probleme lösen, wenn ich etwas stehle?« Ich kniff die Augen skeptisch zusammen. Das alles gefiel mir nicht. »Wenn ich ein Mörder wäre, würde die Schule dann von mir verlangen, dass ich noch mal jemanden umbringe?«

Cross schmunzelte. »Mörder landen direkt im Gefängnis. Nicht hier in Darkenhall.« Er sah mich freundlich an. »Nicht jeder bekommt eine zweite Chance, Abigail. Du bist dabei, deine zu verspielen, wenn du nicht kooperierst.«

Er nahm eine handgezeichnete Skizze aus der Akte und hielt sie mir hin. »In Rücksprache mit der Schulleitung, wurde entschieden, dass du im Rahmen deiner Problembewältigung diesen Ring stehlen sollst.«

»Das mache ich nicht!«, weigerte ich mich.

»Keine Sorge, Abigail. Der Ring befindet sich im Besitz der Familie Tremblay. Dein Kontakt zu Tristan dürfte es dir leicht machen, an das Schmuckstück zu gelangen, und Margaret-Maud ist natürlich eingeweiht. Der Ring geht anschließend an die Familie zurück. Es geht nicht um den Diebstahl an sich, sondern um das, was dabei in dir vorgeht.« Er legte die Skizze vor mich auf den Tisch und deutete mit dem Finger darauf. »Dennoch sollst du die Aufgabe ernst nehmen. Du sollst den Ring ausfindig machen und dir unbemerkt aneignen. Denk nicht zu viel darüber nach. Handle, wie du es immer tust. Und dann besprechen wir das im Nachgang.«

Ich konnte noch immer nicht glauben, was ich hörte. Ich musste unbedingt Esme und Jasmin fragen, ob Cross das wirklich ernst meinte.

»Hast du dir den Ring gut eingeprägt?«, fragte Cross und sah mich eindringlich an. »Und hast du die Aufgabenstellung verstanden?«

»Ich … denke schon«, stammelte ich, überfordert von der Situation. »Aber … ich weiß nicht, ob … ich das machen möchte.«

Ich spürte das Adrenalin schon durch meine Adern fließen, wenn ich nur daran dachte, die Aufgabe zu erfüllen. Andererseits hatte ich auch Angst. Was, wenn es mir nicht gefallen würde, mich von Cross analysieren zu lassen? Was, wenn er herausfand, dass … die Dunkelheit in mir … mir gefiel … mir das Liebste an mir war?

Kopfschüttelnd wich ich zur Tür zurück. Meine Gedanken machten mir Angst.

»Ich sollte jetzt gehen!«, erklärte ich, entschlossen, mir meine Gefühle nicht anmerken zu lassen.

Cross lächelte. »Überleg es dir, Abigail. Nur, wer sich integriert, kann Teil der Schulgemeinschaft sein. Du weißt, wie die Alternative aussieht. Es würde deinen Eltern sicher nicht gefallen, dich im Jugendgefängnis zu sehen.«

»Was?« Seine Worte rissen erbarmungslos eine alte Wunde mit aller Kraft auf. »Meine Eltern?«, flüsterte ich und stoppte meinen Rückzug. »Meine Eltern sind nicht mehr am Leben«, klärte ich ihn tonlos auf. Meine Kehle wurde eng und ich schluckte vergeblich. »Damit können Sie mir nicht drohen«, flüsterte ich.

Cross schüttelte den Kopf. »Vielleicht ist das so. Vielleicht auch nicht.« Er zuckte mit den Schultern, als wäre der Tod meiner Eltern irgendwie verhandelbar. »Aber niemand möchte dir drohen. Jeder in Darkenhall will dir Gutes. Doch wir können dir nur helfen, wenn du dir helfen lässt. Du … musst gemeinsam mit uns daran arbeiten. Uns vertrauen.« Er hielt mir die Tür auf und lächelte mich aufmunternd an. »Du wirst dich schon richtig entscheiden, nicht wahr?«

Als er beiseitetrat, taumelte ich beinahe an ihm vorbei, so kraftlos fühlte ich mich plötzlich. Bei jedem Schritt schlug mir mein Rucksack gegen die Beine, mein Herz hämmerte wie wild und ich konnte überhaupt nicht glauben, was gerade passiert war. Ich bog um die Ecke, ließ meine Tasche fallen und blieb stehen. Schwer atmend lehnte ich mich gegen die Wand und wartete, bis sich mein Puls langsam wieder beruhigte.

Wie sollte es meine Probleme lösen, etwas zu stehlen? Ahnte Cross überhaupt, was allein der Gedanke daran in mir entfesselte?

Ich konnte kaum atmen und so presste ich mir die Faust aufs Herz, in der Hoffnung, meine Lage dadurch irgendwie zu verbessern. Ich legte den Kopf in den Nacken und sog ganz behutsam Luft in meine viel zu enge Kehle. Was sollte ich nur tun? Ich wollte der Dunkelheit in mir nicht nachgeben, aber hatte ich überhaupt eine Wahl?

»Abigail? Ist alles okay?«, riss mich eine besorgte Stimme aus meiner Verzweiflung und als ich die Augen aufschlug, sah ich mich Margaret-Maud gegenüber. Sie hielt sich vollkommen gerade, als hätte sie einen Stock im Hintern und nur ihr leicht geneigter Kopf deutete so etwas wie Mitgefühl an. »Fehlt dir etwas?«

»Nein«, wehrte ich ab, bückte mich nach meinem Rucksack, um erneut zu fliehen, und blickte den Gang entlang. Ich betete, sie möge mir meine Selbstzweifel nicht ansehen. »Alles bestens. Ich … bin schon weg«, murmelte ich und versuchte, mich mit einem möglichst überzeugenden Lächeln an ihr vorbeizuquetschen. Offenbar bekam ich das halbwegs hin, denn die Schulleiterin nickte wohlwollend.

Wie von selbst glitt mein Blick hinab an ihre zarten Finger. Sie trug einen Ring, doch der hatte keine Ähnlichkeit mit Cross' Skizze.

»Sehr schön«, murmelte sie. »Denn wir sind alle sehr gespannt, wie … du dich in Darkenhall entwickelst. Wir sind sehr glücklich, dich hier zu haben. Du kannst uns vertrauen, dass wir nur das Beste für dich im Sinn haben.« Sie machte einen Schritt zurück, sodass ich leicht an ihr vorbeigehen konnte.

Froh darüber, schob ich mir den Rucksack auf die Schulter und setzte meinen Weg fort. Ich ging die Stufen hinunter, durchquerte die große Eingangshalle und trat hinaus in den Hof. Meine Beine zitterten, als ich die Stufen hinab und zu einer der im Halbkreis unter einer alten Eiche aufgestellten Bänke im Park ging. Dort sank ich mit zitternden Knien auf die Bank und versuchte zu verstehen, was los war. Ich steckte mir einen Kaugummi in den Mund, um durch den scharfen Minzgeschmack das bittere Unbehagen zu vertreiben, das mir vom Magen in die Kehle hinaufbrannte. Die Unruhe in meinem Innersten ließ mich zittern. Sie war erwacht, als ich Margaret-Mauds Finger betrachtet hatte. Ich spürte dieses verbotene Kribbeln, das Adrenalin, weil ich nur daran dachte, wie es wäre, ihr den goldenen Ehering vom Finger zu ziehen, ohne dass sie es auch nur bemerken würde. Ich wusste, es wäre kaum eine Herausforderung, denn wenn ich das richtig verstanden hatte, war Margaret-Maud eingeweiht und ich hätte keine Konsequenzen zu befürchten.

»Ihre Ringe interessieren mich nicht!«, fluchte ich und zückte meinen Zeichenstift. Ich riss eine Seite aus meinem Heft, spitzte die Miene an und schon flogen meine Finger übers Papier. Ich dachte nicht nach, sondern ließ mich treiben. Wie von selbst brach die Idee aus mir heraus. Schnell nahm ein Ring auf dem Papier Gestalt an. Es war nicht Margaret-Mauds, mit einem protzigen Edelstein versehener Ehering, der dort wie von selbst entstand, sondern die schwache Erinnerung an die Skizze, die Cross mir gezeigt hatte. Ein breiter Ring, aus … Gold vielleicht? Die Farbe war auf der schwarz-weißen Zeichnung nicht zu erkennen gewesen. Mit harten Kanten, so als wäre er ungeschliffen. Ohne besondere Verzierung, einzig die merkwürdigen Symbole, die eingeprägt waren, schmückten seine breite Oberfläche. Ich konnte nicht sagen, was das für Symbole waren. Alt hatten sie gewirkt, und obwohl ich recht gut darin war, Erinnerungslücken durch Improvisation zu einem gelungenen Bild zu schließen, stockte bei den Details mein Stift. Ich konnte nicht einfach irgendwelche Symbole an die Stelle derer setzen, die ich kaum wahrgenommen hatte.

»Verdammt«, murrte ich unzufrieden und leckte das Grafit an, um eine weiche Schattierung hinzuzufügen. Dann steckte ich den Stift und mein Spitzmesser wieder weg und betrachtete mein Werk. Es war unvollendet, und nicht gerade hübsch, aber das lag nicht an meinem Können, sondern an dem Ring selbst. Er war grob. Beinahe derb. Wirkte alt und nicht so, als wäre er für eine Frau geschmiedet worden. Kein Schmuckstück im eigentlichen Sinne.

»Wenn ich schon was stehlen soll, warum dann nicht was Hübsches?«, wisperte ich und strich mit dem Finger über den Ring. Das Grafit verwischte und ich schloss die Augen vor der nun unscharfen Zeichnung. »Ich mach das nicht!«, flüsterte ich, wickelte den Kaugummi um meinen Finger und zog einen langen Faden. »Das ist doch bestimmt irgend so ein Test, bei dem ich garantiert nur verlieren kann.« Vermutlich ging es genau darum. Sobald ich den Ring stehlen würde, würde ich in den Jugendknast wandern.

»Ich sollte das echt nicht machen«, versuchte ich mich selbst zu überzeugen.

Aber warum spürte ich dann dieses Drängen in mir? Diese … Spannung? Diese verfluchte Vorfreude?

»Ich mach das NICHT!«, beschwor ich mich und ballte meine Hand neben meiner Zeichnung zu einer Faust. Das Blut rann mir wie Feuer durch die Adern und mein Herz raste. »Ich weiß doch nicht mal, wo dieser Scheißring überhaupt ist!«

Ich warte

»Wo warst du denn gestern? Du warst gar nicht im Unterricht«, fragte ich Tristan, als er sich bei der Essensausgabe in der Kantine hinter mir anstellte.

»Hast du mich vermisst?« Sein Ton klang wie gewohnt neckend, aber seine Augen waren rot gerändert und ich fragte mich, ob es ihm gut ging. War er krank?

»Vermisst?« Ich versuchte mir meine Sorge nicht anmerken zu lassen. »Du träumst wohl!« Ich schob mein Tablett weiter und betrachtete die Auswahl hinter der Theke.

»Na, dir ist zumindest aufgefallen, dass ich nicht da war«, gab er nicht so schnell auf.

Ich rollte mit den Augen. »Die Suppe bitte«, bestellte ich mein Essen. »Und ich habe deine Abwesenheit nur bemerkt, weil ich dadurch einen super Blick auf diesen niedlichen Kerl in der ersten Reihe hatte.« Ich verkniff mir ein Grinsen und strich mir unschuldig die Haare aus der Stirn. »Wie war noch gleich sein Name?«

Tristan lachte laut. »Meinst du den kleinen Blonden mit den dicken Brillengläsern? Das ist Colin. Ich stelle dich ihm gerne vor.«

»Unbedingt!«, nickte ich ernst und nahm die Schüssel mit der dampfenden Suppe entgegen. »Ich kann es kaum erwarten.« Dann schnappte ich mir mein Tablett und ging auf die Seite der Kantine, die den Mädchen vorbehalten war. Ich setzte mich zu Jasmin und

Esme, die sich beide für das Hühnchen-Curry entschieden hatten. Sie redeten über das britische Parlament und das Unterhaus, weil wir das gerade im Unterricht durchnahmen. Ich hatte nicht gut aufgepasst, also hielt ich mich raus und ließ meinen Blick schweifen. Wie von selbst heftete er sich auf Tristan, der doch tatsächlich neben Colin Platz nahm.

»Nicht sein Ernst!«, fluchte ich leise und funkelte ihn über den Mittelgang hinweg warnend an. Sein Lächeln zeigte, wie wenig ernst er mich nahm.

Dummerweise verstand ich kein Wort, das er zu Colin sagte. Er würde es doch nicht wagen, irgendwelchen Quatsch zu erzählen, oder?

Colin drehte sich zu mir um und nickte, als Tristan etwas zu ihm sagte.

»Verdammt!«, knurrte ich und stand auf. Ich spürte Esmes Blick auf mir, als ich meine Suppe ignorierend zur anderen Seite der Kantine ging.

»EY!«, rief jemand hinter mir und ich musste mich nicht umdrehen, um zu wissen, wer es war. »Du darfst hier nicht rüber!«, rief Gwynedd.

Alle Köpfe wandten sich in meine Richtung und ich biss die Zähne zusammen. Mit hochrotem Kopf trat ich auf Tristan zu und funkelte ihn böse an. »Kommst du mal kurz?!«, fauchte ich und packte dabei entschlossen seinen Arm. Ich zerrte ihn hinter mir her, am schimpfenden Gwynedd vorbei, aus der Kantine.

»Was soll das?«, fuhr ich ihn an und pustete mir die Haare aus den Augen.

Tristan grinste nur. »Ich dachte, du wolltest, dass ich mal bei Colin für dich vorfühle …« Er machte ein absolut unschuldiges

Gesicht, das ich ihm fast abgekauft hätte, wenn da nicht das leichte Zucken seiner Mundwinkel gewesen wäre.

»Du weißt genau, dass das ein Scherz war!«

»Dann hast du mich also vielleicht doch ein klein wenig vermisst?«

»Nein!«, brummte ich, und hasste es, wie ertappt ich mich fühlte. »Ich hatte überhaupt keine Zeit für so einen Unsinn!« Ich strich mir den doofen Schuluniformrock glatt. »Mr Cross will an meinen Problemen arbeiten, und ...« Ich war mir unsicher, ob ich Tristan von meiner Aufgabe erzählen durfte oder ob das dann die Versuchsbedingungen zerstörte, also schwieg ich und knüllte stattdessen den Stoff meines Rocks zwischen den Händen zusammen. »Ich ... war ... echt beschäftigt«, murmelte ich ausweichend.

Keine Ahnung, wie er es fände, dass unser Lehrer von mir verlangte, einen Ring seiner Familie zu stehlen. Auch wenn es nur zu Testzwecken diente.

»So beschäftigt damit, Colin anzuhimmeln?«, foppte Tristan mich.

»Blödmann!« Ich trat nach ihm, aber er wich lachend aus. »Oh, oh, oh!« Er hob warnend den Finger. »Da merkt man deutlich, dass du dein Anti-Aggressionstraining noch nicht absolviert hast! So ein Übermaß an Wut!«, scherzte er.

»Apropos. Du wolltest mir doch einen neuen Termin besorgen.«

Tristan rieb sich den Nacken, als wäre ihm das unangenehm. »Du sollst dich morgen im Trainingsraum blicken lassen«, erklärte er widerwillig und musterte mich. »Dann ... kommst du hier auch besser klar.«

»Ach, echt? Wie das? Was läuft denn da? Gehirnwäsche am Boxsack, oder was?« Ich fröstelte, darum schlang ich mir die Arme um den Oberkörper.

»Mach dir mal keine Gedanken«, antwortete Tristan und stupste mich sacht gegen die Schulter. »Mein Bruder tut dir schon nichts.« Dass er mir dabei nicht ins Gesicht sah, entging mir nicht.

»Dein Bruder?« In meinem Kopf hatte ich einen älteren Sportlehrer vor mir gesehen, der sich in zu engen Trainingshosen für ein Abbild von Arnold Schwarzenegger hielt.

Tristan nickte. »Bastian. Er ist … gut in dem, was er macht.«

»Und was genau macht er?«

Tristan schüttelte den Kopf. »Er bringt dich zum Schwitzen. Aber es tut nicht weh, versprochen.«

»Na, wunderbar!«

Tristan deutete zurück in die Kantine. »Deine Suppe wird kalt, wenn wir nicht bald wieder reingehen.«

»Vergiss die Suppe!«, murrte ich, denn mir war ohnehin der Appetit vergangen. Ich würde keinen Bissen runterbringen, solange ich keine Entscheidung getroffen hatte, was die fragwürdigen Therapien hier in Darkenhall anging. Schwitzen im Trainingsraum und einen Ring für den Mathelehrer stehlen … wie sollte mir das helfen?

»Na komm schon, Abby«, versuchte Tristan es sanft und zupfte an einer meiner lila Strähnen, was meine trüben Gedanken wirklich etwas vertrieb. »Wer seine Tapetenleim-Suppe nicht aufisst, darf nicht hinter der Schule rumhängen.«

»Was?« Unwillkürlich musste ich lachen.

Tristan zwinkerte. »Hast du den Regelkatalog noch immer nicht gelesen?«

»Nein, hab ich nicht. Aber ich glaub auch nicht, dass da steht, dass nur Leute hinter der Schule *abhängen* dürfen, die ihre Suppe gegessen haben!«

»Doch, doch. Genau das steht da.«

Ich verkniff mir ein Schmunzeln. »Na, dann ist es ja gut, dass ich dort überhaupt nicht hinwill.«

»Vielleicht würdest du hinwollen, wenn du wüsstest, was hinter der Schule so läuft«, überlegte Tristan laut und grinste mich an. Mit diesem gefährlichen Funkeln in den Augen. Verdammt, ich hing an seinen Lippen, als er weitersprach. »Dort trifft man sich heimlich zum Knutschen.«

Ich verschluckte mich fast, überspielte meine Verlegenheit aber. »Ach, und du denkst, Colin und ich ... wir sind schon so weit?«

Tristan lachte laut. »Oh, an Colin hatte ich dabei nicht gedacht«, gab er zu und rieb sich den Nacken. »Schon deshalb nicht, weil es laut dem Regelbuch verboten ist, Jungs zu küssen, die Colin heißen.«

Sein Humor war echt fies. Ich konnte einfach nicht anders, als seine schlagfertige Art witzig zu finden. »Es gibt also eine Regel, die besagt, Colins dürfen nicht hinter der Schule geküsst werden?«

Tristan zuckte gespielt ratlos mit den Schultern. »Auch vor oder in der Schule nicht«, ergänzte er. »Aber hey, ich hab die Regeln nicht gemacht.«

Ich schüttelte den Kopf, damit mir die Haare ins Gesicht fielen. Ich wollte nicht, dass er sah, wie ich lächelte. »Tja, was soll ich da noch sagen? Schade für Colin, aber wenn es so in den Regeln steht ...«

»Tut es«, versicherte er mir und wich zurück, denn eine Gruppe Mädchen kam schwatzend aus der Kantine. Sie schmachteten Tristan allesamt an und ihr Kichern hinter vorgehaltener Hand war unschwer falsch zu deuten.

Tristan war definitiv angesagt. Vermutlich hatte er mit jeder von ihnen schon hinter der Schule Zeit verbracht. Und vermutlich tuschelten sie darüber, was er von einer wie mir wollte.

Und im Grunde fragte ich mich das auch. Von daher war ich beinahe froh um die Unterbrechung, denn Tristans Nähe und seine flirty Art verursachten ein leichtes Kribbeln in meinem Magen. Ein Kribbeln, das ich schlecht als Hunger abtun konnte.

»Ich sollte zurück zu meiner Suppe«, flüsterte ich und sah ihn von unten herauf an. Auch sein Lächeln war echt fies.

»Genau. Und wenn du aufgegessen hast … vielleicht treffen wir uns ja dann später doch noch hinter der Schule.«

»Ich knutsche keine Jungs in meiner ersten Woche an einer neuen Schule«, warnte ich ihn. »Egal, ob sie Colin heißen oder sonstwie.«

»*Sonstwie* ist ja auch echt ein scheiß Name«, neckte er mich und hielt mir die Tür auf. Er schob mich zurück in die Kantine und zwinkerte mir zu, ehe er wieder zu seinem Platz ging. »Aber es ist toll zu sehen, dass du Prinzipien hast. Das macht es interessant. Wir sehen uns.«

Als ich schließlich meinen Suppenlöffel aufnahm, waren Esme und Jasmin längst fertig mit Essen und tippten auf ihren Handys herum. Als ich mich setzte, sahen sie auf und ihre Neugier war nicht zu übersehen.

»Was hattest du denn mit Tristan zu besprechen?«, fragte Jasmin unverblümt. Ich seufzte. Was sollte ich denn dazu sagen? Dass ich ihn niedlich fand? Ausgerechnet den arroganten Stiefsohn der Schulleitung? Dass es mir im Magen kribbelte, wenn er Scherze machte, die irgendwie zweideutig waren? Dass ich ganz vergaß, wie furchtbar ich die Schule fand, wenn er in der Nähe war? Das alles war so sehr Klischee, dass ich mich fast für mich selbst schämte! Aschenputtel und der Prinz … WÜRG! Außerdem gab es da nicht nur Aschenputtel und den nervigen Prinzen. Nein, in mein Gefühlschaos spielte noch ein anderer Junge hinein. Ein Junge, den ich nicht einmal richtig gesehen hatte, und der mir dennoch nicht mehr aus dem Kopf ging. Ich ließ den Löffel sinken. Meine Hormone spielten vollkommen verrückt. An dieser Schule gab es eindeutig zu viel Testosteron. Ich spürte regelrecht, wie jeder weitere Tag hier mein Herz in Gefahr brachte.

Aber das alles ging meine Zimmergenossinnen nichts an. Das alles war ohnehin nur Unsinn! Unsinn, den sich mein Gehirn vermutlich ausdachte, um mich von meinen wahren Problemen abzulenken. Von der dämlichen Arbeit an meinen Problemen, von Florence' Enttäuschung, sollte ich mich weigern, und … und der Sache mit meinen Eltern.

Ich seufzte. Den Gedanken daran hatte ich viele Jahre verdrängt und erst Mr Cross hatte dieses Thema mit aller Wucht zurückgebracht. Warum hatte er die Tatsache, dass meine Eltern tot waren, infrage gestellt? Niemand wusste genau, was damals passiert war. Nicht einmal die Polizei. Warum also …

»Erde an Abby?«, hakte Jasmin nach und ich sah mich den ungeduldigen Gesichtern meiner Zimmergenossinnen gegenüber.

»Was war denn jetzt mit Tristan?«

»Ach, nichts Besonderes. Ich … wollte nur wissen, warum er gestern nicht im Unterricht war.«

Esme winkte ab und beugte sich verschwörerisch in meine Richtung. »Ich hab gehört, dass Tristan gelegentlich … etwas viel trinkt. Dann lässt er oft den Unterricht am nächsten Tag ausfallen. Alkohol scheint er nicht abgeneigt zu sein – seine Partys sind legendär!«

»Partys?« Ich konnte mir nicht vorstellen, dass Tristan nach unserem Abschied noch eine wilde Party geschmissen hatte. Aber das behielt ich lieber für mich. So nett Esme und Jasmin waren, mussten sie doch nicht alles über mich wissen.

»Isst du die Suppe noch?«, fragte mich eine Mitschülerin, die über ihrer Schuluniform eine Küchenschürze trug, und unterbrach damit glücklicherweise das Gespräch. »Die Kantine schließt gleich. Wir müssen das Geschirr einsammeln«, erklärte sie.

»Was? Oh … ja, nein. Nimm ruhig mit«, stotterte ich und schaute auf die Uhr über der Essensausgabe. »Wir … müssen … eh gehen.«

Ich sah ihr nach und fragte leise: »Muss jeder mal Küchendienst machen, oder ist das eine Strafarbeit?«

Esme lachte. »Du solltest echt mal die Regeln lesen«, kicherte sie und wir standen auf. »Kommst du mit in den Park? Wir wollen ein paar Fotos für Insta machen.«

Ich verkniff mir ein Augenrollen. »Sorry«, log ich und deutete in Richtung von Mr Cross' Büro. »Ich … muss noch … an meinen Problemen arbeiten«, gestand ich und unterdrückte die Röte, die dabei in meine Wangen steigen wollte. Es kam mir komisch vor, mit den beiden darüber zu reden.

Jasmin nickte ernst. »Ja, super. Das ist echt wichtig. Hat mir total geholfen.«

»Wobei denn?«, fragte ich neugierig, denn obwohl sie mir von Esmes Unfall erzählt hatte, wusste ich über ihre Macke noch gar nichts.

Jasmin zwinkerte. »Wenn du jetzt denkst, dass *ich* eine Nymphomanin bin, dann liegst du falsch.«

Ich verkniff mir noch immer das Lachen, als ich den Flur entlang auf Cross' Büro zuging. Es war neu für mich, über so einen Unsinn zu lachen. Oder mich überhaupt mit jemandem groß zu unterhalten. Und dieses neue Gefühl … ich hatte den Eindruck, es machte mich verletzlich. Was, wenn sie mich nicht mehr mögen würden, wenn sie wüssten … was mein Problem war? Wenn sie mit einer Diebin, wie Cross mich bezeichnet hatte, nichts zu tun haben wollten?

Ich war so in Gedanken versunken, dass ich kaum merkte, wie ich anklopfte und in Cross' Büro trat. Er saß hinter seinem Schreibtisch und hielt ein gerahmtes Foto in der Hand, während er murmelte. »… endlich zu mir zurückkehren …«

Sprach er mit dem Bild? Wenn ja, dann war ich ganz bestimmt nicht die Einzige in diesem Raum mit Problemen.

»Wenn ich diesen ganzen Psychoquatsch mitmache«, unterbrach ich ihn entschieden. »Dann will ich zumindest wissen, was dieser Spruch über meine Eltern zu bedeuten hatte!« Dieses Mal würde ich mich nicht von ihm einschüchtern lassen.

Cross sah mich an. Er stellte langsam das Bild an den Rand des Tisches und nahm den Kamm aus seiner Hemdtasche. Dann striegelte er seinen Haarkranz, ehe er sich räusperte.

»Ich schlage vor, wir reden über deine Eltern, wenn ich erkennen kann, dass du dich uns anvertraust und mitarbeitest«, gab er unbeeindruckt zurück.

Ich drückte die Brust raus und straffte die Schultern. »Und ich rühre keinen Finger, wenn Sie mir nicht sagen, was Sie über meine Eltern zu wissen glauben.«

Cross legte die Hand auf meine Akte. »Niemand kommt an diese Schule, ohne dass wir uns intensiv mit ihr oder ihm beschäftigen. Wir wissen einiges über dich und deine Familie. Dein Vater war Schmied. Goldschmied. Und womöglich hängt damit mehr zusammen, als du ahnst. Womöglich auch … der Unfall.«

Was?

Mein Herz tat weh, so fest klopfte es mit einem Mal in meiner

Brust. »Warum sollte sein Beruf etwas mit dem Unfall zu tun haben? Das ist doch Quatsch!«

Jeder Atemzug tat mir weh und das Schlucken noch viel mehr. Ich verschränkte die Arme vor der Brust, um das Zittern meiner Hände zu verbergen.

»Arbeite mit mir zusammen, Abigail. Besorg mir den Ring der Tremblays – dann reden wir über alles, was ich im Rahmen meiner Recherche zu deiner Person herausgefunden habe«, versicherte mir Cross. »Wir wollen alles aufarbeiten, das dich quält. Jede deiner Fragen beantworten. Also bring mir den Ring.«

Ich kniff die Augen zusammen, um zu verhindern, dass mir eine Träne entwich. Es fühlte sich an wie damals, als mich zwei Polizisten aus dem Unterricht geholt hatten. Als sie mich aus der ersten Klasse holten, um mich mit aufs Präsidium zu nehmen, wo Mitarbeiter vom Jugendamt schon darauf warteten, mir mitzuteilen, dass meine Eltern umgekommen waren. Ein Unfall …

Ich schluckte hart, aber meine Kehle blieb wie zugeschnürt.

»Abigail!« Cross' Stimme war ungeduldig. »Was sagst du? Willst du dir von uns helfen lassen?«

»Bitte?«, presste ich kaum hörbar hervor.

»Willst du nicht endlich den richtigen Weg einschlagen? Willst du nicht endlich alles aufarbeiten, was dir passiert ist?«

»Doch.« Ich hörte mich selbst kaum, weil mir das Blut in den Ohren rauschte, und etwas Dunkles in mir drängte nach oben. Ich sah Cross ins Gesicht. Er sah zufrieden aus. Zufrieden und ungeduldig.

»Dann bring mir den Ring.«

Hinter der Schule

Ich fühlte mich mies. Ich war wütend, verzweifelt und jeder Knochen tat mir weh, ohne dass ich hätte sagen können, warum. Ich stürmte in mein Zimmer, riss mir die Schuluniform vom Leib und schlüpfte in meine Jeans und meinen dunklen Hoodie. Ich musste unbedingt die Hilflosigkeit ablegen, die ich verspürte.

»So ein Shit!«, fluchte ich, packte meinen Zeichenstift, meinen kleinen Block und floh mit dem Kopfhörer im Ohr aus dem Zimmer, ehe Esme oder Jasmin hier auftauchen würden und Fragen stellten. Ich hastete durch die Halle nach draußen und überlegte kurz, den Weg hinter die Schule einzuschlagen, entschied mich dann aber für die andere Richtung. Ich war nicht in der Stimmung auf Tristan zu treffen.

»Ich bin keine besonders gute Diebin!«, fluchte ich kopfschüttelnd. »Ich werde doch ständig erwischt!« Das hatte mich ja schließlich erst hierhergebracht. Meine Schritte wurden langsamer. Ich floh nicht mehr vor mir selbst. Ich konnte ja ohnehin vor meinen Gedanken nicht davonlaufen. Und das, was mir Sorge bereitete, war nun einmal meine eigene Schwäche für … für die kriminelle Energie in mir? War es das? Konnte man das so sagen? Ich hatte das Bootshaus am Ufer der Themse erreicht und setzte mich auf den kurzen Steg. Dort schlüpfte ich aus meinen Schuhen und krempelte die Jeans bis über beide Knie. Dann tauchte ich die Beine ins Wasser. Es war kälter als gedacht und ich atmete laut ein. Ich krümmte die Zehen unter Wasser und bewegte langsam, im Takt der Musik, die Beine vor und zurück, um mich an die Temperatur zu gewöhnen.

Es dauerte einen Moment, dann setzte die Entspannung ein. Das kühle Nass beruhigte meine aufgewühlten Nerven und ich schloss die Augen, um die Wärme der Sonne auf meinem Gesicht zu genießen. Mein Atem beruhigte sich mit jedem tiefem Zug und ich versuchte, an nichts mehr zu denken. Nicht an Cross, nicht an meine Eltern oder diesen bekloppten Ring. Nicht an die Absicht, ihn zu stehlen und nicht einmal an Florence und ihren Wunsch, ich möge es diesmal nicht verkacken. Ich dachte nur an das rote Leuchten der Sonne hinter meinen geschlossenen Lidern und die Kälte an meinen Füßen. Das Wasser schwappte mir bis übers Knie und ich merkte, wie sich meine Jeans vollsog. Es war mir egal. Wieder atmete ich tief ein und das Bild dunkler geheimnisvoller Augen erwachte in meiner Erinnerung. Der Song endete und ich hörte das Wasser gegen den Steg schwappen. Es klang wie das Eintauchen des Ruders von neulich Nacht.

Wie von selbst umschlossen meine Finger meinen Zeichenstift und ich schlug den Block auf. Als ich die Augen öffnete, sah ich nicht das leere Blatt vor mir, sondern den Ruderer.

Ich setzte den Stift an, doch schon der erste Strich misslang.

»Fuck!«

Ich blätterte auf die nächste Seite und … zögerte. Was war los mit mir? Ich wollte diese Augen zeichnen. Wollte zu Papier bringen, was ich empfunden hatte, doch … doch auch diesmal war ich mit den wenigen ersten Strichen auf dem Papier schon nicht zufrieden. Das war mir zuvor noch nie passiert. Ich schüttelte den Kopf und ließ den Block sinken. Meine Erinnerungen mussten mich täuschen.

Konzentriert nahm ich die kleine Lederscheide mit dem Spitzmesser aus meiner Hosentasche und zog es leicht über den Stift. Der Grafitstaub rieselte zu Boden und ich strich fast zärtlich mit dem Finger über die angestaubte Klinge, ehe ich es wieder einsteckte. Vielleicht hatte ich doch den Kopf nicht frei, um zu zeichnen. Vielleicht belasteten mich …

»Was … ist denn da los?« Ich runzelte die Stirn und kniff die Augen zusammen. Dann stellte ich die Musik ab. Der Junge, der gerade zum Bootshaus schlurfte, kam mir bekannt vor. Schnell, um mich zu vergewissern, blätterte ich zurück zur ersten Seite in meinem Block. Meine Fingerspitze berührte die Zeichnung. Ich hatte mich nicht getäuscht. Aber ich fragte mich, was geschehen war. Die Ungezähmtheit, die mir von dieser ersten Seite entgegensprang, war aus dem Gesicht des Jungen vor mir vollkommen verschwunden. Die kurzen Haare waren ordentlich gekämmt. Die Schuluniform saß diesmal besser und es war unvorstellbar, dass diesem Jungen das Wort *Bitch* über die Lippen gekommen war. Er grinste zwar überheblich und tippte auf seinem bestimmt recht teuren Handy herum, aber ansonsten schien er kein Wässerchen mehr trüben zu können.

Wie von selbst blätterte ich weiter zur nächsten leeren Seite und begann zu zeichnen. Der Unterschied zwischen damals und heute war in jedem einzelnen meiner Striche fühlbar. Die Linien, die ich zu Papier brachte, waren geradlinig und brav. Nicht wild und schnell hingemalt. Ihnen fehlte der Esprit, genau wie dem Jungen. Als er aus meinem Blickfeld verschwand, starrte ich enttäuscht auf meine Zeichnung. Sie war gelungen, aber was sie zeigte, war ein seelenloser Teenager. Wo war der rebellische Geist geblieben, der diesen Jungen ausmachte? Wo …?

Eine ganze Weile betrachtete ich nachdenklich mein Werk. Dann strich ich mir die Haare aus der Stirn und schlug den Block zu. Hatte ich mir das womöglich nur eingebildet? War die Wildheit in dessen Wesen nur meinem Wunsch entsprungen, hier in Darkenhall nicht allein zu sein? Jemanden zu wissen, der mir ähnlich war? Hatte ich das geträumt, weil ich mich schlichtweg einsam gefühlt hatte?

Ich stand auf und steckte den kurzen Bleistiftstummel zurück in die Hosentasche.

Meine Laune war am Tiefpunkt. Ich … fühlte mich furchtbar allein! Cross' Aufgabenstellung machte mir Angst und ob ich wollte, oder nicht, ich sehnte mich zum ersten Mal im Leben nach Gesellschaft, um … um verflucht, ich wusste ja selbst nicht, warum das so war. Aber es war allemal besser, als diese furchtbare Einsamkeit, die sich kalt wie Eis um mein Herz schloss. Mich überkam der Wunsch, Florence anzurufen. Ihre Stimme zu hören. Ich hatte das Gefühl, als bräuchte ich jemanden, der mir sagte, dass ich das schon durchstehen würde. Ich konnte ihr texten. Oder ich konnte es lassen. Ich *würde* es lassen. Was, wenn sie beschäftigt war. Wenn meine Nachricht sie nur beunruhigen würde? Ich seufzte, klemmte mir den Block unter den Arm und ging langsam die Stufen hinauf, zurück auf den Schulhof. Ich wusste, wohin es mich zog, auch wenn ich es mir nicht eingestehen wollte.

»Ich küsse schon niemanden hinter der Schule!«, redete ich mir selbst ein und durchquerte zielstrebig den Park. Ich war gerade auf Höhe der Eingangstreppe angekommen, als Esme und Jasmin aus dem Schulhaus traten.

»Hey, Abby!«, rief Esme und kam winkend auf mich zu. Sie hielt ihr Handy in der Hand und wischte noch im Gehen auf dem Display herum. »Hast du das gesehen? Jasmins Kommentar unter einem Modepost wurde aufgegriffen und nun gibt es dazu eine Follower-Trend-Challenge auf dem Blog!«

Wow! Ich verstand nur Bahnhof.

»Ist das nicht irre?«, strahlte auch Jasmin und ihre Sommersprossen glühten vor Freude regelrecht. Sie streckte mir ihr Handy vor die Nase.

Irre hätte ich die beiden auch bezeichnet, aber das war es wohl nicht, was sie hören wollten. Also nickte ich mit gespielter Begeisterung und machte große Augen, in der Hoffnung, man würde mir mein Desinteresse nicht zu deutlich anmerken. »Das ist ja …!« Himmel, es war schwerer als gedacht, Freunde zu haben. Es war echte Arbeit, sie nicht zu enttäuschen.

»So OMG!«, jubelte Esme weiter und ich musste unwillkürlich lachen. Wir hatten echt nichts gemeinsam. Trotzdem mochte ich die zwei.

»Wirklich OMG!«, ahmte ich sie nach, denn so redete ich normalerweise nicht.

»OMG?«, ertönte eine mir wohlbekannte Stimme hinter mir. »Was ist OMG?«

Ich drehte mich um und blickte in strahlend blaue Augen. Sofort schoss mir das Blut in die Wangen. Tristan Tremblay hatte mich OMG sagen hören! Das war eine Katastrophe. Und seinem schiefen Grinsen nach sah er das genauso.

»Nichts!«, presste ich heraus und sah mich Hilfe suchend nach meinen Zimmergenossinnen um, doch die waren wie versteinert. Mit offen stehenden Mündern starrten sie Tristan an. Von denen war also keine Hilfe zu erwarten. Auch Tristan schien zu bemerken, dass er bei den beiden ordentlich Eindruck machte, denn er fuhr sich lässig durchs Haar und zwinkerte ihnen überheblich zu.

»OMG?«, wiederholte er spöttisch. »Habt ihr etwa schon von meiner Party am Freitag gehört?«

»Nein, wie war die denn?«, wagte Jasmin sich vor und trat doch tatsächlich einen Schritt auf Tristan zu. Sie schob sich die Sonnenbrille auf die Nase und sah ihn interessiert an.

Der lachte. »Ich meine, die am *kommenden* Freitag«, stellte er klar und sein Blick wanderte in meine Richtung. Es war, als verstünden wir uns ohne Worte.

»Oh, du machst also eine Party am Freitag?«, hakte Esme nervös nach. Auf ihrem Hals hatten sich rote Flecken gebildet und ihre Stimme überschlug sich fast, da rammte ihr Jasmin den Ellbogen in die Seite.

»Trist macht doch jeden Freitag eine Party!«, erinnerte sie ihre Freundin streng.

Trist? Ich presste die Lippen zusammen, um nicht zu lachen, als ich das amüsierte Funkeln in Tristans Augen sah.

Wir brauchten wirklich keine Worte.

»Ja. Also am Freitag, wie immer«, bestätigte er. Dann fasste er mich sanft am Ellbogen und deutete zur Seite. »Ich ... würde mich freuen, wenn ihr ... kommt«, ergänzte er und machte dabei ein leicht gezwungenes Gesicht. »Aber jetzt ... muss ich kurz mit Abby ...« Wieder nickte er zur Seite und ich machte schnaubend einen Schritt in die angezeigte Richtung.

»Bin gleich wieder da«, versicherte ich und packte Tristan am Arm, um ihn in den Park und um die Eiche herum von den Mädels wegzuziehen. Dort ließ ich ihn los und versuchte viel lässiger zu wirken, als ich war. »Was ist denn?«

Sein Lächeln war so brandheiß, dass ich Angst hatte, der Baum könne in Flammen aufgehen.

»OMG?« Er legte ungläubig und bis über beide Ohren grinsend den Kopf schief.

Ich hielt den Block schützend vor meine Brust und verschränkte darüber noch die Arme. Und dennoch fühlte ich mich ihm vollkommen ausgeliefert. »Schon klar, das war lustig«, stimmte ich ihm ironisch zu. »Kannst du jetzt aufhören, dich über mich lustig zu machen, *Trist*?«

Obwohl das Lächeln nicht aus seinem Gesicht verschwand, nickte er. »Klar. Wenn du versprichst, zu meiner Party zu kommen.«

Verdammt, warum beschleunigte sich denn jetzt mein Puls?

»Zu der, die jeden Freitag stattfindet?«, hakte ich betont gleichgültig nach, obwohl meine Finger vermutlich feuchte Abdrücke auf meinem Block hinterlassen würden.

»Zu genau der.«

Ich wich seinem eindringlichen Blick aus und vergrößerte den Abstand zwischen uns etwas. »Nimm doch die Gästeliste vom letzten Freitag«, schlug ich vor. »Dann ersparst du es dir, verzweifelt über den Schulhof zu rennen und Mädels anzuquatschen.«

Tristan lachte. »Wirke ich verzweifelt?«, hauchte er und verringerte den Abstand wieder. »Kann sein«, gestand er und hob die Hand, als wollte er mich berühren. »Kommst du also?«

Ich hatte Probleme zu atmen. Natürlich wollte ich auf seine Party! Ich wusste aber auch, dass Florence das überhaupt nicht gefallen würde.

»*Dieser Junge schleppt jede ab*!«, hallte mir die Warnung im Ohr. So eine Party war gefährlich. Sehr gefährlich! Ich warf einen Blick über die Schulter, wo Esme und Jasmin nicht gerade unauffällig zu mir herüberspähten. Esme hatte die Hände gegeneinandergepresst, als wolle sie mich anflehen, zuzusagen. Und Jasmin reckte mir einen Daumen nach oben entgegen.

Tristan, der meinem Blick gefolgt war, grinste. »Also? Kommt *ihr*?«

Ich schnaubte. »OMG!«, seufzte ich gespielt theatralisch. »Tristan Tremblay hat uns eingeladen! Na, da werden wir wohl kommen müssen!«

Wieder lachte er, aber es erreichte nicht seine Augen. Die brannten sich drängend in meine. »Komm zur Party, und *OMG* wird eine vollkommen neue Bedeutung für dich bekommen, das verspreche ich dir«, raunte er und hob die Hand an mein Haar. Er berührte eine Strähne, ohne den Blick von mir zu nehmen. Kurz glaubte ich Unsicherheit in seinen Augen flackern zu sehen, ehe er die intensive Verbindung löste und zurücktrat.

»Apropos OMG«, plapperte ich drauflos, um irgendetwas zu sagen, das mich dieses Kribbeln in meinem Bauch vergessen lassen würde. »Was bedeutet TPTD?«

Tristan runzelte die Stirn. »TPTD?«, hakte er nach, aber ich sah, dass er wusste, was das hieß. »Warum fragst du?«

Ich zuckte mit den Schultern. »Gwynedd hat gesagt, ich wäre TPTD. Ich würde gerne wissen, was er meint.«

»Vergiss Gwynedd«, murrte er und seine Miene verfinsterte sich. »Der hat doch keine Ahnung!«

»Sag schon, was das bedeutet«, forderte ich, denn Tristan hatte sich bereits abgewandt und kehrte zu Esme und Jasmin zurück, die beide so aussahen, als fielen sie gleich in Ohnmacht.

»Tristan!«, rief ich ihm nach, aber er schüttelte nur den Kopf.

»Vergiss es einfach, okay? Der ist den Ärger nicht wert.«

Verlockend

»Du sollst dich doch von diesem Mädchen fernhalten«, mahnte Bastian und funkelte Tristan böse an. Er nahm den Gig von der Halterung an der Wand und hob ihn auf seine Schulter.

Tristan folgte seinem Beispiel mit dem eigenen Gig. Bastian ging durch das Tor des Bootshauses voran. Er wusste, sein Bruder würde ihm folgen. Die dreißig Kilo auf seiner Schulter waren ihm vertraut und er hatte keine Probleme damit, das fast sieben Meter lange Ruderboot zu händeln.

»Wie stellst du dir das vor?«, fragte Tristan hinter ihm zynisch. »Wir haben Kurse zusammen, sehen uns im Unterricht.«

»Ich habe euch gestern im Schulhof gesehen«, fiel Bastian ihm ins Wort. »Du warst auf Mädelsrunde, nehme ich an.«

»Warum sagst du das so abfällig?«

Bastian schnaubte. »Du weißt sehr gut, wie ich darüber denke, dass du –«

»Ja, ja, schon klar. Nur *du* bist der Seelenwebenexperte! Das hatten wir schon. Sei unbesorgt, das bisschen, das ich mir bei einem flüchtigen Kuss hole, reicht gerade, um mich meine Kraft und die Kontrolle behalten zu lassen.«

»Tu nicht so, als hättest du alles unter Kontrolle. Ich habe doch gesehen, wie du Abby anschaust. Du kannst es kaum erwarten, ihre Weben zu nehmen.«

»Als wäre ich da der Einzige.« Tristan ließ sein Gig zu Wasser und fuhr sich durchs Haar. »Deine körperliche Reaktion war unmissverständlich.«

Bastian brummte. Es ärgerte ihn, dass Tristan das gesehen hatte. »Sie leidet. Und sie trägt eine große Last mit sich, die gewaltig ist. Darum reagiere ich so. Und darum bin ich auch so besorgt.« Wie schon sein Bruder ließ er nun sein Gig zu Wasser und stieg ein. Mit dem Ruder stieß er sich vom Steg ab und wartete, bis Tristan sich neben ihm platziert hatte. »Ihre Weben sind mächtig. Zu mächtig für dich.«

Bastians Finger kribbelten und er wusste, dass das Wüten in ihm beim Gedanken an die neue Schülerin erwachte. Es war, als verströme sie einen Duft, der ihn betörte. Sie war regelrecht verlockend.

Tristan verzog missmutig das Gesicht und tauchte das Blatt ins Wasser. Mit einem Blick gab er ihm zu verstehen, dass er bereit war.

»Halt dich von ihr fern«, wiederholte Bastian und nickte seinem Bruder zu. Dann schossen die beiden Gigs nach vorne und das Gespräch verstummte. Hart kam der Atem aus Bastians Brust. Seine Muskeln spannten sich an, als er das Ruder durchzog und mit seinem Sitz nach vorne rutschte. Er keuchte vor Anstrengung und schob sich zurück. Dabei hob er die Ruder aus dem Wasser und tauchte sie in einer fließenden Bewegung wieder ein, bereit für den nächsten kräftigen Zug. Tristans Gig schob sich vor seinen und gewann an Vorsprung. Bastian lachte und fasste die Ruder fester. Er liebte den Kampf gegen seinen Bruder, und auch wenn der im Moment in Führung lag, so war doch noch lange nichts verloren.

Das Ufer war hier von tiefhängenden Weiden gesäumt, die ihre Schatten auf die Oberfläche warfen. Bastian steuerte nach rechts und als er in den Schatten eintauchte, verschluckte ihn die Nacht.

»Fuck!« Tristan presste verärgert die Lippen aufeinander, als Bastian ein ganzes Stück vor ihm wieder aus dem nächtlichen Schatten schoss. Dann zog er die Ruder hart durch und wandte ebenfalls seine Kräfte an.

Bastian, der sich den Moment genommen hatte, zu sehen, was sein Bruder tat, grinste gut gelaunt. Jetzt ging das eigentliche Rennen los. Er durchquerte die Strömung, um den Schatten am anderen Ufer zu erreichen. Ohne zu zögern tauchte er hinein, denn er vernahm schon Tristans Ruderschläge hinter sich. Der Schattensprung, der ihn verschluckte und an anderer Stelle wieder ausspuckte, riss wie eisiger Wind an ihm und nahm ihm zugleich den Atem. Je weiter er sprang, je größer die Distanz in den Schatten, umso anstrengender war es. Sein Herz pumpte hart in seiner Brust und die Weben in seinem Blut stießen ihn voran. Er war schnell, trotzdem blieb Tristan an ihm dran. Wann immer er die Schatten verließ und sein Ruder ins Wasser tauchte, spürte er ihn nur knapp hinter sich. Dass Tristan die Energie und Kraft hatte, an ihm dranzubleiben, wunderte ihn nicht. Sein Bruder gönnte sich jeden Tag neue Weben. Er hielt das Level konstant hoch. Ganz im Gegensatz zu ihm selbst. Bastian spürte, wie mit jedem Schattensprung seine Kräfte schwanden. Der Ring an seiner Brust schien zum Leben zu erwachen. Heiß wie Lava brannte er auf seiner Haut und Bastian wusste, er konnte nicht mehr viele Sprünge machen, ohne die Kontrolle über sich und das Wüten in sich zu verlieren. Die Sprünge raubten ihm Kraft. Kraft, die andere Seelenweben ihm liefern würden. Doch genau die versagte er sich, so gut er konnte. Er haderte mit seinem Erbe, denn die Macht von Seelenweben war gefährlich. Die Narbe unter seinem Herzen erinnerte ihn jeden Tag daran. Er dachte an Skye und ihr bedauernswertes Schicksal. Ja, die Weben waren gefährlich.

Er keuchte hart, als er diesmal aus dem Schatten tauchte, und stieß seine Ruder so fest ins Wasser, dass die Gischt spritzte. Den nächsten Schatten ließ er bewusst aus und legte stattdessen seine ganze Kraft in die Ruderzüge. Pfeilschnell glitt sein Gig durchs Wasser, aber Tristan, der auch diesen Schatten mitnahm, ging weit in Führung.

»Verdammt«, brummte Bastian. Der Schweiß lief ihm den Rücken hinunter und seine Muskeln zitterten vor Anstrengung, als er die Distanz zu verringern versuchte. Sie näherten sich der Tower Bridge und die Schatten der Industrieanlagen am Hafen boten genug Sprungpunkte. Jeder seiner Atemzüge brannte in seiner Brust und er war froh, als sich eine Wolke vor den Mond schob und sämtliche Schatten von der nächtlichen Schwärze verschluckt wurden.

»Damn!«, hörte er Tristan rufen, den der plötzlich schwindende Schatten regelrecht ausspuckte.

Der Moment der Orientierungslosigkeit reichte, um zu ihm aufzuschließen.

»Genug?«, keuchte Bastian und hob die Ruder aus dem Wasser. Er ließ sich neben den Gig seines Bruders gleiten und löste die Hände von den Rudern. Langsam schob er sich auf dem Sitz nach hinten und lockerte seine Oberschenkelmuskeln, indem er sie abklopfte.

Ein Blick zur Seite zeigte, dass Tristan das Gleiche machte.

Er nickte und blies sich die Haare aus der Stirn. »Ja. Reicht für heute.« Er deutete hinter sich auf den Hafenkran, dessen Schatten ihm zuletzt den Sprung ermöglicht hatten. »Was war denn los? Warum hast du den nicht mitgenommen?«, fragte er, ohne sein Grinsen zu verbergen. »Nicht, dass ich mich über den Sieg beschweren will.«

Bastian zuckte mit den Schultern. »Ich war nicht … in Form«, gestand er.

Tristan runzelte die Stirn. »Spürst du das Wüten?« Er klang besorgt.

Bastian wich seinem neugierigen Blick aus. »Nicht mehr als üblich. Ich wollte zuletzt nicht zu viele Weben in mir aufnehmen, ehe ich mich der Neuen gewidmet habe«, erklärte er. »Wie du sagst, spürt man schon aus der Ferne, dass ihre Weben mächtig sind. Ich muss in der Lage sein, diese Kraft zu bändigen, wenn sie zum Anti-Aggressionstraining kommt.«

»Und wann genau wird das sein?« Tristan ließ die Schultern kreisen und griff wieder nach den Rudern. »Ich dachte, ihr hattet längst einen Termin.«

Bastian kniff verärgert die Lippen zusammen. »Cross hat den letzten Termin verschoben, weil er ein Klassenprojekt mit ihr nachbesprechen wollte.«

Tristan stutzte. »Welches Klassenprojekt?«

Kopfschüttelnd tauchte Bastian die Ruderblätter wieder ins Wasser. »Du solltest öfter am Unterricht teilnehmen«, schlug er vor.

Er zog die Ruder durch und fuhr eine Kurve, ehe er sich nun gegen die Strömung in Bewegung setzte.

»Quatsch!«, rief Tristan ihm hinterher. »Aber im Ernst.« Er schloss zu ihm auf und sie ruderten synchron nebeneinanderher. »Kümmere dich um sie, denn ich …«

Bastian wusste genau, was Tristan sagen wollte. Er sollte ihr die größte Last der Seelenweben abnehmen, damit sein Bruder sich an den übrigen Weben gütlich tun konnte. Doch was ihn sonst nicht weiter störte, gefiel ihm in diesem Fall gar nicht. Er wusste nicht, was es war, aber etwas an den Weben dieses Mädchens war anders.

Besonders. Und … das Wüten in seiner Brust dehnte sich aus, heizte den Ring auf und nahm ihm den Atem. Diese Weben … sie lockten ihn. Er wollte sie nicht teilen!

»Du wirst auf deiner Party schon Ersatz finden!«, fuhr er Tristan an und steigerte seine Rudergeschwindigkeit.

»Da du gerade davon sprichst«, rief Tristan ihm hinterher, während er auf einen der zurückkehrenden Schatten zuhielt. Die Wolke vor dem Mond war weitergezogen und Tristan verschwunden, ehe er seinen Satz beendet hatte. Knapp vor Bastian tauchte er wieder auf und sah ihm mit einem Augenzwinkern entgegen. »Ich hab Abby für morgen Abend eingeladen. Also … wäre cool, wenn du dich ihr vorher widmen könntest.«

Ohne eine Antwort abzuwarten, verschwand Tristan im nächsten Schatten. Bastian blieb schwer atmend zurück. Er nahm Tempo heraus und ließ das Gig ausgleiten, ehe er einen weiteren Zug machte. Tristan war weit vor ihm, aber das war ihm egal. Das hier war kein Rennen mehr. Das hier … war ein Problem. Oder konnte eines werden.

Bastian blickte besorgt auf seine Hände. Die dunklen Weben pulsierten unter seiner Haut, als wollten sie aus ihm herausbrechen. Das Wüten rumorte in seiner Brust wie ein Donnergrollen und er wusste überhaupt nicht, was er tun sollte. Um diese Macht in sich unter Kontrolle zu bringen, und weiterhin durch die Schatten gehen zu können, brauchte er dringend Seelenweben. Damit hielt er das Wüten und den Ring unter Kontrolle. Doch wenn er Abbys Weben richtig einschätzte, dann lag eine solche Kraft in ihnen, dass er sie nicht würde beherrschen können, wenn schon andere Weben seinen Hunger zuvor gestillt hatten.

Es war, als würde er einen Orkan in ein Marmeladenglas sperren wollen. Damit überhaupt eine Chance bestand, musste das Glas zumindest leer sein. Und er war so gut wie leer. Und das bereitete ihm körperliche Qualen.

Nicht einmal die Anstrengung beim Rudern reichte aus, ihn davon abzulenken. Er biss die Zähne zusammen und atmete tief ein. Dann zwang er das Wüten zurück unter die Oberfläche. Wieder und wieder atmete er tief ein und aus, bis seine Haut eine normale Farbe angenommen hatte. Bis das Brüllen in seinem Ohr nur noch ein leises Knurren war. Erst dann ruderte er mit gleichmäßig kräftigen Zügen zurück zum Bootshaus.

Er konnte sein erstes Treffen mit ihr nicht länger aufschieben. Alles in ihm schrie nach ihren Weben.

Anderweitig verplant

Bastian stand am Fenster des Trainingsraums. Er hatte die Fäuste geballt, um das Wüten in seinem Blut unter Kontrolle zu halten. Allein der Gedanke an das bevorstehende Training mit Abigail Woods weckte seinen Hunger. Er drehte sich um und boxte einmal mit ganzer Kraft in den von der Decke baumelnden Boxsack. Die Ketten klirrten und das Leder schluckte mit einem satten Klatschen seinen Hieb.

Er hatte Abigails Akte gründlich studiert. Wusste vermutlich mehr über dieses Mädchen als sie selbst. Von all den Problemen in den Pflegefamilien, von ihrem Hang zum Stehlen, vom rätselhaften Unfalltod ihrer Eltern. Abigail Woods hatte definitiv kein leichtes Leben gehabt. Im Vergleich zu anderen Kindern hier, die schon unter der Last der Seelenweben zusammenbrachen, nur weil ihre Eltern sich mehr ums Geschäft als um sie kümmerten, oder weil die Eltern zu tief ins Glas schauten.

Nein, Abigail Woods trug eine *echte* Seelenlast. So wie einige wenige andere an dieser Schule auch. Kinder, in deren Seelen er sah, dass sie Böses in sich trugen. In deren Seelen er die zukünftigen Taten sah, die sie bereit waren zu begehen. Taten, die verhindert werden mussten. Taten, die er verhindern musste, indem er ihnen die Last nahm, die ihre Seelen erstickte. Nur er konnte ihr helfen. Und er würde es tun. Er würde all die Qualen von ihr nehmen, und dabei …

Wie von selbst krallten sich seine Hände so fest in das Leder des Boxsacks, dass seine Fingerknöchel weiß hervortraten.

Laute Geräusche aus der Umkleide ließen ihn zusammenzucken. Er räusperte sich, löste seinen Griff und vergewisserte sich, dass sich sein innerer Aufruhr nicht auf seiner Haut widerspiegelte.

Er war bereit. Das Training mit Abigail Woods konnte beginnen. »Kann's losgehen?«, fragte er laut und blickte zur Umkleide.

⌘

»Was ziehst du heute Abend an?«, fragte Jasmin und wischte dabei über ihr Handydisplay. »Ich such schon den ganzen Tag nach was Passendem, aber jedes Mal, wenn ich einen geilen Look finde, fehlt mir irgendein wichtiges It-Piece«, jammerte sie, ohne von ihrem Handy aufzublicken. »Ich brauch was, was meine Problemzonen kaschiert.«

»Vorsicht, Stolperstein«, warnte ich sie, denn der Weg in Richtung Tower war recht uneben gepflastert.

Jasmin sah kurz auf, umrundete die Stelle und durchsuchte dann weiter ihre Blogs.

»Da ist man einmal auf Tristan Tremblays Party eingeladen und hat nichts Passendes zum Anziehen. Echt übel!«

Ich lachte. »Du tust gerade so, als wärst du scharf auf Tristan«, wunderte ich mich, denn Jasmin war mir bis dahin immer recht zurückhaltend erschienen.

Auch die leichte Röte, die jetzt ihre Wangen überzog, zeigte, dass sie nicht gerade eine Femme fatale war.

»Sie will vermutlich rausfinden, was an dem Gerücht dran ist, dass Tristan zu küssen sich anfühlt, als würde man sterben und im Himmel wieder aufwachen«, kicherte Esme.

Ich rollte mit den Augen. »Also echt!«, schnaubte ich. »Ihr spinnt doch.«

Jasmin ließ ihr Handy sinken und sah mich an.

»Wir spinnen nicht!«, verteidigte sie sich. »Jedes Mädchen, das schon das Vergnügen hatte, kommt aus dem Schwärmen nicht mehr raus.«

»Finde den Fehler!«, mahnte ich. »Du hast mir doch selbst gesagt, er küsst jede! Willst du eine von denen sein?«

»Ich weiß, wie bescheuert das ist, Abby. Aber man fragt sich schon, was mit einem nicht stimmt, wenn man seit zwei Jahren auf diese Schule geht, und Tristan Tremblay einen noch nicht einmal angesprochen hat.«

Esme nickte. »Fühlt sich nicht gut an – wenn er doch sonst nicht wählerisch ist.«

Klang irgendwie logisch und doch ziemlich selbstzerstörerisch. Und ich musste dummerweise zugeben, dass mir Tristans Aufmerksamkeit ebenfalls schmeichelte. Auch wenn sie offenbar nichts zu bedeuten hatte.

»Also, was ziehst du an?«, hakte Jasmin noch mal nach, als wir den Tower von London erreichten.

Ich zuckte mit den Schultern. »Hab ich mir noch nicht überlegt. Eine Jeans. Und … ein Shirt.«

Meine Antwort brachte Jasmin zum Stolpern, ganz ohne Stolperstein. »Du spinnst! Du kannst doch nicht in Jeans zu einer Tremblay-Veranstaltung gehen!«

»Nicht?«

»NEIN!«, reifen beide wie aus einem Mund.

»Alle anderen werden ihre Designerkleider ausführen. Ohne Gucci und Co kommst du da nicht rein.«

Ich runzelte die Stirn. »Also erstens hab ich keine Designerklamotten und zweitens hat Tristan mich eingeladen, als ich eine Jeans trug. Er wird also kaum tot umfallen, wenn er mich so sieht.«

»Ich glaube, ich zieh meinen Jumpsuit von Alexander McQueen an«, überlegte Esme laut, was Jasmin einen zustimmenden Freudenschrei entlockte.

»Oh, ja! In dem siehst du super aus! Ich könnte dir das Armani-Fußkettchen dazu leihen, wenn du magst.«

Ich rollte mit den Augen. Es fühlte sich merkwürdig an, mit den beiden über Mode zu reden. Und sahen wir der Wahrheit ins Gesicht: Etwas anderes als eine Jeans blieb mir für die Party gar nicht übrig. Nicht, dass ich so oberflächlich war, mich nach Designerkleidung und teurem Schmuck zu sehnen, aber inmitten all dieser Snobs in Darkenhall kam ich mir so ganz ohne Chichi doch recht jämmerlich vor.

»Können wir mal das Thema wechseln?«, fragte ich deshalb und deutete auf das Arbeitsblatt von Mr Cross. Wir sollten für den Unterricht den Maßstab vom Tower mithilfe der Karte, die Cross uns gegeben hatte, die echten Abmessungen berechnen. »Dieser Mist hier macht sich nicht von allein.«

Esme nickte. »Stimmt. Aber ich hab keine Ahnung, wie das gehen soll.«

»Ich weiß!« Jasmin klatschte in die Hände. »Wir messen die Länge des Fußwegs hier vorne ab und vergleichen sie mit den Zentimetern auf der Karte.«

»Du willst den gesamten Weg ausmessen?« Esme schüttelte ungläubig den Kopf und stemmte die Hände in die Hüften. »Vergiss es! Wir messen das mit Google Maps aus oder schauen mal, ob wir bei Wikipedia was zu den Grundflächen finden, und machen uns dann einen schönen Nachmittag in der Stadt.« Sie zwinkerte in meine Richtung. »Und vielleicht finden wir in der Regent Street für unser Aschenputtel noch ein Outfit!«

⌘

»Sie ist *wo*?«, donnerte Bastian und hämmerte seine Faust in den Boxsack. Das Wüten in ihm wurde lauter. Erfüllt mit ungläubigem Zorn starrte er Cross an.

Der wagte es kaum, weiter in den Trainingsraum zu treten, so, als überlege er, Reißaus zu nehmen.

»Ich habe die Klasse in Gruppen aufgeteilt und für eine mathematische Praxisaufgabe ins Zentrum geschickt«, wiederholte er nervös. Er zog den Kamm aus seiner Brusttasche und drehte ihn fahrig zwischen den Fingern. »Mir ist dabei entfallen, dass Abigails Anti-Aggressionstraining noch aussteht.«

Bastian schluckte. »Dieses Mädchen ist nun seit über einer Woche an der Schule. Ohne Training! Das –«

»Ich weiß, ich weiß«, unterbrach Cross ihn. »Mir wäre das vermutlich auch nicht entfallen, wenn Abigail sich auffällig verhalten würde. Sie ist viel ruhiger, als manch andere Kinder und auch Margaret-Maud meinte, dass sie vielleicht keine –«

»Mr Cross!«, knurrte Bastian warnend. »Die Teilnahme am Training ist wichtiger Bestandteil der Arbeit. Sie wissen sehr gut, dass eine Lehrkraft nie so einen guten Draht zu den Schülern aufbauen kann wie ich. Ich bin einer von ihnen. Mir vertrauen sie. Und beim Training reagieren sie sich ab. Sie wissen selbst, was das bewirkt.«

»Ja, ja, sicher. Aber –«

»Wir können keine Störenfriede an unserer Schule gebrauchen. Darkenhall hat einen Ruf zu verlieren.«

»Natürlich. Aber Abigail …«

Allein die Nennung ihres Namens ließ das Wüten in Bastian anschwellen. Er wusste, dass es Cross nicht gefiel, dass er so mit ihm sprach, aber er konnte sich nicht beherrschen. Er biss die Zähne zusammen, um die Enttäuschung und das starke Verlangen nach ihren Weben zu unterdrücken. »Sie wird direkt nach dem Wochenende zum Training kommen. Ist das klar?«, ging er Cross an. »Es ist im Interesse aller hier, dass die Schüler sich abreagieren können. Unter meiner Kontrolle!«

Cross nickte wortlos und kämmte nun zitternd einmal über seinen Haarkranz, ehe er die Brust rausdrückte, als hätte er dadurch Selbstbewusstsein wiedererlangt.

»Am Montag also«, stimmte er mit beleidigtem Unterton zu. »Ich werde es Abigail ausrichten.«

Als Cross' Schritte in der Umkleide verklangen, stützte sich Bastian schwer atmend gegen den Boxsack.

»Verflucht!«, knurrte er und ergab sich dem Wüten. Dunkle Linien drängten sich unter seine Haut, zeichneten Muster wie Schlangenlinien, wie ein Netz aus Spinnweben. Er blinzelte und sein Blickfeld veränderte sich. Die Schatten im Trainingsraum glommen vor seinem geistigen Auge auf, als würden sie ihn locken und er wusste, wenn er jetzt in den Spiegel blicken würde, dann …

Mit einem tiefen bewussten Atemzug übernahm er wieder die Kontrolle. Er umfasste den Ring an seinem Hals und schloss fest die Faust darum. Die Energie des Rings half ihm, sein Verlangen nach Seelenweben zu kontrollieren, so wie er selbst zeitgleich den Ring kontrollierte. Es war ein gefährlicher Balanceakt. Eine große Verantwortung, die seit Generationen dem Erstgeborenen der Familie oblag.

Als das Wüten wieder schwächer wurde, sein Blut wieder abgekühlt war, und die dunklen Weben auf seiner Haut verblasst waren, trat er ans Fenster. Sein Blick wanderte in Richtung Zentrum und er verfluchte Cross im Geiste. Normalerweise war es den Lehrern wichtig, dass die Jugendlichen mit ihm trainierten. Zwar wusste keiner von ihnen, was dabei in Wirklichkeit vor sich ging, doch dass die Schüler danach viel weniger auffällig, viel gezügelter und glücklicher waren, das bemerkten sie wohl.

Bastian drehte sich um und nahm die Kopie von Abigails Akte zur Hand. Ein letztes Mal schlug er das Deckblatt auf und betrachtete ihr Foto. Sie war hübsch. Wirklich außergewöhnlich hübsch. Er wünschte, er könnte ihre Weben durch das Foto spüren.

Er fragte sich, was an ihr so besonders war, dass sie einen derartigen Hunger in ihm weckte.

Nun würde er sich bis Montag gedulden müssen, um das herauszufinden.

Es sei denn …

Ein Lächeln stahl sich auf Bastians Lippen. Er faltete Abigails Akte zusammen und sperrte sie in seinen Garderobenspind.

Dann nahm er seine Sporttasche und verließ das Schulgebäude. Es war Freitag. Und vielleicht … ja, vielleicht würde er zur Abwechslung mal eine von Tristans Partys besuchen.

Die Party

Ich kam mir verkleidet vor, als ich hinter Esme und Jasmin durch die parkähnliche Gartenanlage von Darkenhall hinüber zum anderen Gebäudeteil ging. Ich hatte mich geweigert, ihrem Drängen nachzugeben und eines von Esmes Designerkleidern zu tragen. Doch es war ihnen gelungen, mir eine dunkelblaue Satinbluse zu meiner Jeans aufzuschwatzen, von der ich schon jetzt nicht mehr überzeugt war.

»Satin?!«, murmelte ich und strich über das kühle Material. »Ich in Satin … also echt!« Ich fühlte mich wie ein versnobter Streber. Aber je näher wir dem Zuhause der Tremblays kamen, umso eher war ich bereit zuzugeben, dass ich nur in meinem Tanktop wohl underdressed gewesen wäre. Ein Sportwagen nach dem anderen bog vom Zentrum her in die Auffahrt ein und spuckte eine bunte Mischung an Jugendlichen aus, die alle eines gemeinsam hatten: Reiche Eltern.

»OMG!«, japste Esme und klammerte sich theatralisch an Jasmins Arm. »Hast du so was schon mal gesehen? Ich könnte hier meinen zukünftigen Ehemann finden!«

Ich hörte nicht, was Jasmin antwortete, aber *ich* hatte so etwas auf jeden Fall noch nie gesehen! Ich musste mich zwingen, nicht zu auffällig zu starren, als wir die Villa betraten. Das vierstöckige Gebäude, das von außen der Schule durchaus glich, hatte innen keinerlei Ähnlichkeit mit Darkenhall. Moderne Glas-, Metall- und Betonelemente verliehen dem Gebäude mehr Weite und einen angesagten

Industrie-Charme. Gemischt mit klassischen Elementen und pompösem Mobiliar war die Hütte ein echter Hingucker!

Das war definitiv keine einfache Party eines x-beliebigen Mitschülers. Ich konnte das beurteilen, denn Jimmy Kline hatte mich im letzten Jahr ebenfalls zu einer Party eingeladen. In die Garage seiner Eltern. Mit zehn weiteren Klassenkameraden. Dort hatten wir heimlich Bier getrunken, Shisha geraucht und zu lauter Musik aus kratzenden Boxen getanzt.

Aber das hier war etwas ganz anderes.

Über eine gläserne Treppe kam man drei Stockwerke nach oben auf eine Dachterrasse mit unfassbarer Aussicht auf London. Die Lichter der Tower Bridge wirkten wie extra für die Party aufgehängte Girlanden und das türkis angestrahlte Shard zog meinen Blick magisch an. Es war unbeschreiblich. Ich kam mir – ob ich wollte, oder nicht – ziemlich privilegiert vor, eingeladen zu sein. Etliche Gäste standen um einen blau beleuchteten Infinitypool und tanzten zum schnellen Beat des DJs, der noch eine Etage weiter oben auf einem gläsernen Balkon auflegte. Die Kleider der Mädchen, die lasziv tanzten, waren knapp. Nein, eigentlich sogar noch knapper als knapp.

Niemand außer mir trug Jeans. Nicht einmal die Jungs. Die hatten Anzughosen an, aber dazu geöffnete Hemden oder nackte Oberkörper. Der Alkohol floss ungehemmt und es ging heiß her. Es wurde geknutscht, gefummelt und wieder geknutscht. Gerade beförderten zwei Jungs ein Mädchen mitsamt ihrer Nobel-Klamotten in den Pool, ehe sie kurzerhand hinterherhüpften.

»Gott, das ist eine Orgie!«, japste Jasmin mit offenem Mund. »Wir sind auf einer Orgie! Das dürfen meine Eltern niemals erfahren! Mein Vater würde … oh Gott, er würde wieder ziemlich … ausrasten.«

Was Florence davon halten würde, wenn sie davon wüsste, wollte ich lieber auch nicht wissen. Es reichte schon, dass ich mich selbst ziemlich fehl am Platz fühlte. Nervös schob ich mir einen Kaugummi in den Mund und hoffte, dass die frische Minze meine Nervosität etwas dämpfen würde.

Ich zuckte zusammen, als ein junger Mann mit einer Wasserspritzpistole bewaffnet hinter einer dunkelhaarigen Schönheit herrannte und mich dabei fast aus dem Weg stieß. Zum Glück konnte ich noch rechtzeitig ausweichen.

»Los, machen wir dort drüben ein Selfie. Sonst glaubt uns das doch keiner!«, verarbeitete Jasmin ihren ersten Schock recht schnell, und griff nach Esmes Hand, um sie hinter sich herzuziehen. Mitten hinein in die Menge. Ich blieb lieber zurück, denn auf Beweisfotos, die mich auf einer wilden Orgie zeigten, wie Jasmin gerade gesagt hatte, konnte ich getrost verzichten.

Etwas verloren sah ich mich um. »Und jetzt?«

Bei Jimmy Kline in der Garage hätte ich mir jetzt ein Bier geholt, aber hier? Ich hatte keine Ahnung, ob es so was Banales wie Bier überhaupt gab. Ich rieb mir die Arme, denn der Satin auf meiner Haut war ungemütlich. Ich kam mir überflüssig vor und keiner der Anwesenden schien mich zu beachten. Nicht, dass ich das gewollt hätte. Ein Verfolger mit Spritzpistole hatte mir schließlich gerade noch gefehlt. Oder ein unfreiwilliges Bad im Pool.

Wachsam und mit gestrafften Schultern schlenderte ich über die marmorbelegte Dachterrasse, immer darauf bedacht, dem Beckenrand nicht zu nahe zu kommen. Ich rieb mir nervös die Hände an der Jeans ab, denn plötzlich kam mir Mr Cross' Aufgabe in den Sinn.

Unwillkürlich glitt mein Blick zurück zum gläsernen Treppenhaus. Es strahlte kühle Eleganz statt heimeliger Gemütlichkeit aus.

Vermutlich würde niemand, der hier wohnte, das Fehlen eines einzelnen Rings überhaupt bemerken. Vielleicht war es gar nicht so schwer wie befürchtet, Cross das Schmuckstück zu beschaffen. Vielleicht war das ein einfacher Job, nach dessen Erledigung ich endlich in das neue Leben starten konnte, das sich Florence so sehr für mich wünschte.

Ich knetete meine Finger und ließ den Blick weiterwandern. Über die Fassade, die gläsernen Balkone und die großzügigen Fenster. Sämtliche Glasfronten waren zur Dachterrasse hin geöffnet. In der gesamten dritten Etage brannte Licht und die Musik drang durch alle Räume. Ich hielt mich etwas abseits der Partyzone und näherte mich den geöffneten Türen. Irgendwo dort drinnen befand sich der Ring, der den ersten Schritt zur Bewältigung meiner Probleme bedeuten konnte. Meinen Neuanfang.

Irgendwo dort …

»Hey«, ließ mich Tristans Stimme in meinem Rücken erschrocken herumfahren.

Ich fasste mir ans Herz und schnappte nach Luft. »Scheiße, hast du mich erschreckt!«

Ich blickte in den Schatten hinter ihm und runzelte die Stirn. Ich hatte ihn überhaupt nicht bemerkt. Karibische Palmen in riesigen Pflanzgefäßen spendeten selbst bei Mondlicht Schatten. Darunter waren Liegen aufgestellt.

»Sorry.« Er lächelte, als täte es ihm nicht wirklich leid. »Aber du stehst hier so einsam und verlassen rum …« Er hob die Hand, als wollte er mich berühren. »Da musste ich einfach Hallo sagen.« Er ließ die Hand wieder sinken. Kurz glaubte ich, Bedauern in seinem Blick zu spüren.

»Na dann, hallo!«, meinte ich und wich vor ihm zurück. Er sah mich so komisch an … Als könnte er meine Gedanken lesen. Als würde er wissen, dass ich etwas im Schilde führte.

Mit einem leichten Schmunzeln auf den Lippen glitt sein Blick über meine Jeans und die dämliche Bluse. Ich fühlte mich unwohl und schnell verschränkte ich die Arme vor der Brust.

»Schau mich nicht so an«, wies ich ihn zurecht und kickte leicht mit dem Fuß gegen sein Schienbein. »Ich hab nun mal kein doofes Dolce und Gabbana im Schrank.«

»Ich schau dich an, weil mir gefällt, was ich sehe«, klärte er mich auf und trat etwas näher. »Du stichst aus der Menge heraus, und das muss einem hier erstmal gelingen.«

Verdammt, wenn er mit seiner samtweichen Stimme daherkam, fiel es mir schwer, schlagfertige Antworten zu finden.

Dabei musste ich mir doch nur vor Augen halten, dass er diese Sprüche vermutlich bei jeder brachte.

»Und diese Menge …«, schlug ich vor. »Willst du dich nicht lieber wieder unter sie mischen?«

»Willst du mich loswerden?« Seine Augen funkelten verschmitzt.

»Nein. Aber du hast einige Gäste. Sie wollen bestimmt mit dem Gastgeber feiern.«

Er nickte. »Viele Gäste … und einen *special guest*.« Nun fasste er doch nach meiner Hand und ich spürte ein ungewohntes Ziehen in meinen Fingern. Einen leichten Anflug von Schwindel und …

»Hey, Tristan!« Schnell ließ er meine Hand los und trat einen Schritt zurück, als eine der Gucci-Tanten auf ihn zukam. »Wir brauchen dich mal kurz da drüben. Alexander meint, du hättest bei deinem letzten Besuch im *The Ivy* eine Schampus-Flasche mit einem Säbel geköpft«, plapperte sie drauflos, packte Tristan am Arm und zerrte ihn mit sich.

»Das war kein Säbel«, verbesserte er sie und warf mir einen entschuldigenden Blick über die Schulter zu. »Das war ein Samurai-Schwert.«

Ich sah ihm nach und umschloss die Hand, die er so schnell wieder losgelassen hatte, mit der anderen. Der unerklärliche Schwindel hatte sofort nachgelassen, als Tristan mich nicht mehr berührt hatte. Was war denn das gewesen?

Ich ärgerte mich über mich selbst, dass ich so intensiv auf ihn reagierte, und darüber, dass es mir etwas ausmachte, von ihm einfach so stehen gelassen zu werden.

Ich verfluchte das Mädchen mit ihren aufgespritzten Lippen und dem kurzen, fast durchscheinenden Kleid, das ihre Finger ganz selbstverständlich in Tristans Nacken gleiten ließ. Sein Rücken unter dem weißen Hemd war wirklich gut gebaut und das schien auch den anderen Mädels hier aufzufallen. Sobald er näher kam, umkreisten sie ihn wie Fliegen den Honig.

Irgendwie hoffte ich, er würde noch einmal in meine Richtung blicken, aber das tat er nicht.

»Ich bin ja nicht wegen ihm hier!«, erinnerte ich mich streng und verdrängte das merkwürdige Kribbeln in meinen Fingerspitzen.

Dann trat ich in das gläserne Treppenhaus.

⌘

Bastian stand vor dem Spiegel und betrachtete die Narben an seinem Körper. Narben, die ihm die Weben in seinem Innern vor Jahren zugefügt hatten. Zu einer Zeit, als er noch nicht wusste, was es bedeutete, ein Ringhüter zu sein. Zu einer Zeit, als Gefühle ihn geschwächt hatten.

Seine Hand strich flach über den knotigen Wulst an seiner Hüfte. Die Weben in ihm lauerten jede Sekunde seines Lebens darauf, aus ihm herauszubrechen. Sie sprengten einen auf, wie Ketten, von denen sie sich lösten. Sie brachten einen zum Bersten, wie ein Küken, das aus einem Ei schlüpfte.

Bastian schüttelte den Kopf über diesen doch recht unpassenden Vergleich. Eine Eierschale war dafür gemacht, zu bersten. Sie spürte keinen Schmerz. Er schon.

Seine Augen hefteten sich auf den Ring, den er um den Hals trug. Der Ring schützte ihn, ebenso wie er ihn immer an seine Aufgabe erinnerte. Das sanfte Pulsieren im Metall war ihm inzwischen so vertraut, dass er es kaum noch wahrnahm. Und es machte ihm auch schon lange keine Angst mehr. Denn er hatte auf die harte Tour gelernt, die Kontrolle nicht noch einmal zu verlieren.

Wie von selbst glitt seine flache Hand von der Narbe an der Hüfte höher, zu der sichelförmigen Narbe direkt unter seinem Herzen. Er verdrängte den Gedanken an Skye und seine früheren Gefühle für sie, die ihm zur Schwäche geworden waren, und biss die Zähne zusammen, bis seine Kiefermuskeln zuckten. Sie hatten beide einen sehr hohen Preis für ihre Schwäche bezahlt.

Nein, er würde nicht noch einmal die Kontrolle verlieren. Nicht noch einmal Gefühle zulassen. Er wollte nicht enden wie sein Vater.

Entschlossen, diese schmerzlichen Erinnerungen nicht zuzulassen, griff er nach seinem schwarzen Hemd und schlüpfte hinein. Als er den letzten Knopf schloss, erwachte das Wüten in ihm zum Leben. Er blickte sich um und fühlte.

Seelenweben, so einzigartig, dass er sie unter Tausenden erkannt hätte, waren näher als gedacht. Es war, als könnte er sie riechen. Als leuchteten sie ihm im Dunkeln den Weg.

»Abigail Woods«, hauchte er und trat ans Fenster, um die lautstarke Party auf dem Dach zu überblicken. »Du hast Tristans Einladung also angenommen.«

Er suchte sie unter den Gästen, aber schon auf den ersten Blick war klar, dass sie sich nicht darunter befand. Ihre Weben würden sie wie ein dunkles Strahlen umgeben. Sie würde aus der Menge herausstechen, wie das Shard, das höchste Gebäude Londons, aus der übrigen Skyline.

Schwarz wie Erdöl schillerten die Weben unter Bastians Haut und er schloss die Augen, um zu fühlen. Der Hunger in ihm übermannte ihn und er wünschte sich, diesem Gefühl einfach nachgeben zu können.

»Sie ist hier«, fasste er in Worte, was sein Körper ihm deutlich zeigte. Er wandte sich um und trat in den Schatten, der unter seiner Zimmertür verschwand.

⌘

»Oh Gott, oh Gott, oh Gott, was tue ich hier?«, murmelte ich und zögerte. Ich stand am Fuß der gläsernen Treppe, die noch eine weitere Etage nach oben führte. Das Adrenalin rauschte mir durch die Adern und ich fühlte mich lebendig. Trotzdem wusste ich, dass ich einen Fehler machte, als ich meinen Fuß auf die erste Stufe setzte.

Fahles Zwielicht aus den unteren Etagen malte lange Schatten auf die Treppe und meine Hand zitterte am stählernen Handlauf. Die durchsichtigen Glasstufen verursachten das Gefühl, zu fallen. Als würde ich Schritt für Schritt über einen Abgrund steigen. Ich verbot mir, nach unten zu sehen und ging schneller. Auch hier oben waren die Schatten lang und verschmolzen mit der Dunkelheit. Ich drängte mich an eine Wand, um nicht gesehen zu werden, und überlegte, wo ich als Erstes nach dem Ring suchen könnte.

»Sicher nicht in der Küche«, wisperte ich und warf einen letzten Blick nach unten. »Ich bin hier oben schon richtig«, versuchte ich mir selbst Mut zuzusprechen, ehe ich mich langsam wieder von der Wand löste und den kühlen Flur entlangschlich. Die Wände wirkten nackt: Polierter Beton und nur hier und da ein überdimensionales abstraktes Gemälde. Ich lauschte in die Dunkelheit, aber abgesehen von der Partymusik, die selbst jetzt noch deutlich zu hören war, vernahm ich nichts.

Ich presste die Hand auf mein rasendes Herz und verfluchte Mr Cross, weil er mich in diese Situation brachte. Noch während ich die Hand nach der Klinke der ersten Tür ausstreckte, auf die ich hier oben gestoßen war, wusste ich, dass es da einen Teil – einen dunklen Teil – in mir gab, der Vorfreude empfand. Vorfreude und Aufregung. Ich genoss, wie mir der Schweiß im Rücken ausbrach, wie sich mein Puls immer weiter beschleunigte, und ich vor Spannung den Atem anhielt.

Meine Finger berührten die Klinke und es war, als würde ich dadurch neue Energie in mich aufnehmen. Kriminelle Energie. Meine Lippen hoben sich zu einem Lächeln, als ich Millimeter für Millimeter, vollkommen geräuschlos, die Tür öffnete.

Ich glitt in den Raum und ließ sie einen Spaltbreit offen. Ich wollte sie nicht schließen, um zur Not schnell den Rückzug antreten zu können, wollte sie aber auch nicht offen lassen, um keine Aufmerksamkeit zu erregen. So fiel nur ein schwacher Lichtstreifen herein, kaum mehr als ein Schatten in der noch dunkleren Umgebung.

Mein Herzschlag hämmerte so laut in meinen Ohren, dass er die Musik übertönte, und jeder einzelne meiner Schritte fühlte sich an wie ein Erdbeben.

»Cool bleiben«, murmelte ich und strich mir die furchtbare Bluse glatt. Dann besann ich mich auf meine Aufgabe und sah mich um.

Was für ein Raum war das? Ich konnte kaum etwas erkennen, also löste ich mich von der Tür und ging weiter. Meine Hand glitt über die samtene Oberfläche einer Stuhllehne. Ich tastete mich voran, bis …

Ich erstarrte in der Bewegung. War da ein Geräusch gewesen?

Ich riss die Augen auf, als könnte ich so mehr von der Dunkelheit um mich herum erkennen. Ganz langsam wandte ich mich um. Versuchte, flach zu atmen, um ja keinen Laut von mir zu geben.

Wieder glaubte ich, etwas zu hören.

Verdammt! Da war doch was. Meine Nerven gingen mit mir durch und ich stolperte beinahe, so schnell wollte ich zurück zur Tür.

Hier einzubrechen war eine ganz beschissene Idee!

Ich hätte mich am liebsten dafür geohrfeigt, überhaupt nur daran gedacht zu haben! Und nun stand ich in der Villa der Tremblays, machte mir vor Angst fast in die Hosen und hatte noch nicht mal gefunden, wonach ich gesucht hatte. Hastig schlüpfte ich durch die angelehnte Tür in den Flur und beeilte mich, zurück in Richtung Treppe zu gelangen. In Richtung Licht und Musik.

»Ich bin so blöd!«, flüsterte ich und warf einen letzten Blick über die Schulter zu dem Raum, aus dem ich eben geflohen war.

Es war verrückt, anzunehmen, dass dort drinnen, abgesehen von mir, noch jemand gewesen sein sollte. Niemand hockte sich in die Dunkelheit, wenn ringsherum eine Party stattfand. Niemand hielt sich in einem Raum ohne Licht auf. Ich hatte mir das nur eingebildet, und vermutlich die beste Chance vertan, mich dort umzusehen!

Was hatte ich mir nur dabei gedacht? Wie sollte ich Cross am Montag …

Ich prallte gegen etwas Hartes. Gegen etwas Großes.

»Na, hallo.« Eine Stimme, tief und dunkel, samtig und selbstbewusst, umfing mich und starke Hände fingen mich auf, als ich zurücktaumelte.

»Huch!«

Scheiße, mein Herz! Fast wäre es stehen geblieben!

Ich blinzelte und pustete mir die Haare aus dem Gesicht. Ich starrte auf eine Brust. Eine breite Brust in einem schwarzen, vornehmen Hemd. Langsam legte ich den Kopf in den Nacken, um meinem Gegenüber ins Gesicht sehen zu können.

»Ich …«, stammelte ich und verlor mich in den dunkelsten blauen Augen, die ich je gesehen hatte. Nachtschwarz und mit goldenen Sprenkeln übersät, wie ein Sternenhimmel. »Ich …«

Verdammt, mein Hirn hatte einen Aussetzer.

Dunkle Weben

In den langen Schatten des Zwielichts war es ein Leichtes für Bastian, den verlockenden Weben der neuen Schülerin zu folgen. Er war so betört von ihrer unbekannten Aura, dass er sich kaum fragte, was sie hier oben verloren hatte. Und es war ihm egal, sobald er sie berührte.

Die Weben, die sie umgaben, wanden sich in seine Richtung, wollten seine Beherrschung durchbrechen. Alles in ihm schrie danach, sich zu öffnen, und sich zu nehmen, wonach es ihn so dringend verlangte. Er spürte die Hitze ihrer Haut unter seinen Fingern, wusste, er musste es nur zulassen, dann würde das Wüten in ihm sich ihre Seelenweben holen.

Er hätte einfach die Hände von ihr nehmen können. Sie einfach freigeben können, denn sie hatte sich längst wieder gefangen. Sie würde nicht stürzen. Es gab also keinen Grund, sie noch länger zu halten. Keinen Grund, außer dem, dass er es wollte.

Ihr lila schimmerndes Haar streifte seinen Oberarm und diese leichte Berührung reichte aus, seine Selbstbeherrschung ins Wanken zu bringen. Ihre Lippen waren vor Schreck leicht geöffnet und sie sah ihn aus großen, dunkel geschminkten Augen ängstlich an. Ihr Atem kam gepresst und glitt heiß über seinen Hals. Sie roch nach Minze.

Bastian biss die Zähne zusammen und zwang sich, sie loszulassen, ehe er ihr hier und jetzt die Weben nehmen würde. Es genügte, dass er sie berührte, diesen Wunsch ins Unermessliche steigen zu lassen. Er spürte, dass ihre Seele in diesem Moment unter einer immensen Last litt. Einer Last, ganz frisch, wie Schuld, die sie erst gerade auf sich geladen hatte. Eine Last, so wild, dass er wünschte, er könne sie ihr nehmen.

Das Wüten in ihm brüllte protestierend und er verschränkte die Hände auf dem Rücken, um das dunkle Pulsieren auf seiner Haut zu verbergen.

»Die Party steigt unten«, zwang er sich, die geladene Atmosphäre zwischen ihnen durch ein Gespräch zu lösen.

Sie nickte schwach. Dann kam langsam Bewegung in sie. Sie trat einen Schritt zurück, straffte die Schultern und ein trotziger Ausdruck erschien auf ihrem Gesicht.

»Tja«, antwortete sie, plötzlich viel selbstbewusster als gerade eben noch, aber ohne ihn anzusehen. »Dann bin ich hier wohl falsch. Ich … war auf der Suche nach der Toilette.«

Das Wüten in Bastians Brust bäumte sich auf. Sie log. Er erkannte es an den Weben, die sich verdichteten, als sie ihre Seele mit dieser Lüge belastete.

Sie hatte ja keine Ahnung, wie verlockend das auf ihn wirkte. Zu sehen, wie ihre Weben sich veränderten, wie sie sie umströmten – wie dunkler Rauch.

Alles in ihm verzehrte sich danach, die Hände nach ihrem Rauch auszustrecken und ihn sich zu nehmen. Um die Leere, die er in seinem Inneren geschaffen hatte, indem er darauf verzichtet hatte, andere Weben aufzunehmen, endlich zu füllen.

»Die Toilette ist unten«, erklärte er und zwang sich zur Ruhe.

»Ach, echt? Na, dann …« Sie zuckte mit den Schultern, um ihm

Coolness vorzugaukeln, aber er durchschaute sie. Ihre Hände zitterten und ihre Stimme bebte nervös. »Dann geh ich mal.«

⌘

Ich musste hier schnellstens weg. Die nachtblauen Augen dieses Jungen machten mich ganz nervös.

Seine Berührung, als er mich nach dem Zusammenstoß davor bewahrt hatte, zu stürzen, hatte Schwindel bei mir verursacht. Es kam mir vor, als … hätte er meine Schutzmauer durchbrochen und wäre nun auf dem Weg … mitten hinein, in mein … in mein …

Keine Ahnung! Das war doch Quatsch!

Ich vergrößerte den Abstand zu ihm. Doch auch aus sicherer Distanz wirkte er noch immer bedrohlich. Er war groß. Noch größer als Tristan. Sein Haar war dunkelbraun, fast schwarz und die dunklen Augen verstärkten seine finstere Erscheinung. Das Kinn war markant und ich schätzte ihn auf achtzehn oder neunzehn. Ihm fehlte die jugendliche Schlaksigkeit, die viele meiner Mitschüler noch hatten.

»Dort ist die Treppe.«

»Was?«, irritiert blinzelte ich ihn an.

Oh Gott, wie peinlich! Ich hatte gesagt, ich würde gehen. Trotzdem stand ich noch immer wie angewurzelt da und glotzte ihn an. Kein Wunder, dass er mich so komisch ansah.

»Die Treppe«, wiederholte er geduldig. »Nach unten. Zur Party … und natürlich zur Toilette.«

Shit! Das war echt peinlich. Er redete wie ein Lehrer mit mir! Was bildete sich dieser Kerl eigentlich ein? Wer war er überhaupt? Ich wusste, dass er der Ruderer war, den ich nicht zeichnen konnte, aber war er auch einer von Tristans Gästen? Dann hatte er hier oben genauso wenig verloren wie ich.

Dreh dich um und verschwinde, hörte ich meine innere Stimme sagen. *Sonst geht das nicht gut aus!* Ich sollte auf sie hören. Sie hatte meistens recht.

Und wenn ich dem Fremden so in die Augen sah, dann glaubte ich der Stimme sofort.

»Wenn du weißt, wo die Party stattfindet, was hast *du* dann hier oben verloren?«, parierte ich schlecht gelaunt. Dank dieses blöden … Ruderers, konnte ich den Ring von Mr Cross wohl vergessen.

Und zu allem Übel lachte mich dieser dunkelhaarige Mistkerl auch noch aus. »Was ich hier verloren habe?«, wiederholte er meine Frage und kam auf mich zu. Mit jedem Schritt, den er näher kam, wich ich einen zurück zur Treppe. Das dunkelste Blau der Welt heftete sich auf mich, folgte jeder meiner Bewegungen. Ich fühlte mich, als wäre ich in eine Falle geraten. Seine Stimme war leise, verhieß aber nichts Gutes.

»Weißt du denn nicht, wer ich –«

»Abby?!« Tristans Ruf war wie eine Rettungsleine und ich war wirklich erleichtert, ihn am Fuß der Treppe stehen zu sehen. »Hey, was … machst du denn da oben? Ich hab dich schon überall gesucht.«

Er kam langsam die Stufen hoch, ohne den anderen Kerl aus den Augen zu lassen.

Schnell ging ich ihm entgegen, froh, der bedrohlichen Nähe des Dunkelhaarigen zu entkommen.

»Ja, ich habe –«

»Sie sucht die Toilette«, antwortete der für mich und blickte Tristan kühl an. »Stell doch das nächste Mal ein Schild auf«, schlug er vor und wandte sich schon halb ab, als wäre damit alles gesagt. Aber

Tristan schien das anders zu sehen. Er musterte mich und zog mich am Ellbogen wieder zwei Stufen nach oben.

»Dann … habt ihr euch schon kennengelernt?«, fragte er, und ich konnte den freudigen Unterton nicht recht deuten, der in seiner Stimme mitschwang.

»Haben wir nicht.« Der Dunkelhaarige schüttelte den Kopf und sein strenger Blick ruhte auf mir. Verschlossen, hätte ich gesagt.

»Müsste ich ihn kennen?«, fragte ich mit möglichst viel Überheblichkeit in der Stimme. Ich musste meine Schutzmauer wieder aufbauen und diesen Kerl ganz weit vor diese Mauer schieben, das war klar. Denn diese Begegnung war strange.

Tristan lachte. »Darf ich vorstellen, Abby«, zumindest er schien seinen Spaß an der Situation zu haben, »das ist Bastian. Mein Bruder.«

»Dein Bruder?«, entfuhr es mir, denn die unterschiedliche Haarfarbe hätte mich das nie vermuten lassen. »Das … ist dein Bruder?«

Nun lachte Tristan. »Ja, leider. Bastian Tremblay höchstpersönlich. Er ist ein absoluter Partymuffel. Abby brauche ich dir ja nicht extra vorzustellen, oder?«, wandte er sich nun an ihn.

»Bring sie von hier weg«, antwortete der knapp, aber Tristan war offenbar immer noch nicht bereit zu gehen. Dabei wollte ich unter keinen Umständen, dass sein Bruder ihm womöglich sagte, dass ich in der oberen Etage herumgeschlichen bin. Ich wusste zwar nicht, ob er das gesehen hatte, aber wohl fühlte ich mich bei dem Gedanken nicht. Hatte er mich aus dem Raum gehen sehen? Ich spürte nur, dass er mir die Lüge mit dem Klo nicht zu glauben schien.

»Warte kurz«, rief Tristan ihm hinterher und eilte an die Seite seines Bruders. Er flüsterte ihm etwas ins Ohr, woraufhin der die Fäuste ballte und den Kopf schüttelte. Ich strengte mich an, etwas von ihrem Gespräch mitzubekommen, aber sie redeten zu leise, um mehr als nur ein paar Fetzen der Unterhaltung zu verstehen.

»… das kann man nicht zwischen Tür und Angel machen«, murrte Bastian und funkelte Tristan böse an. »Du wirst dich gedulden müssen! Genau wie ich!«

»Wenn du ihr nur ein wenig von … nimmst, dann wäre ich in der Lage …«

Mir entfuhr ein Japsen, als Bastian seinen Bruder am Hemdkragen packte. »Hör auf!«, knurrte er. »Ich warne dich, Tristan, komm mir nicht in die Quere!«

Damit ließ er Tristan stehen und verschwand im Flur.

Mir war es peinlich, den Streit der ungleichen Brüder mit angesehen zu haben, also drehte ich mich um, als wäre nichts gewesen und stieg vorsichtig die ungewöhnliche Treppe hinunter.

Als Tristan zu mir zurückkam, hatte seine gute Laune einen Dämpfer bekommen. Er versuchte, es sich nicht anmerken zu lassen, aber als er mir bedeutete, ihm nach draußen zu folgen, hielt er ungewohnt viel Abstand zu mir.

Dabei hätte ich im Moment durchaus eine stützende Hand angenommen. Meine Knie zitterten. Ob von der Begegnung mit Bastian oder der durchsichtigen Treppe konnte ich nicht sagen, aber als ich Tristan folgend den Pool umrundete, kam es mir vor, als spürte ich noch immer Bastians Blick auf mir, so kühl und gleichzeitig weich wie den Satin auf meiner Haut.

Seelenweben

Bastian war in seine Notizen vertieft, als Tristan am nächsten Morgen ziemlich verkatert in die Küche kam.

»Darf ich das Frühstück richten, Mr Tremblay?«, fragte die Haushälterin und nahm schon einen Teller aus dem Schrank.

»Nein, danke, Margie.«

Bastian hob den Kopf und legte den Stift zur Seite. »Sein Magen verträgt noch nichts Festes«, erklärte er und bedeutete Margie mit einem Nicken, sie allein zu lassen.

»Vielleicht eine Tasse Earl Grey?«, bot sie an und strich sich eine graue Locke zurück in ihren Dutt.

»Danke. Im Moment besser nicht.« Tristan ließ sich auf einen der Barhocker am Tresen sinken und stützte stöhnend den Kopf in die Hände, während die Haushälterin den Raum verließ.

»Du hast es mächtig übertrieben«, beschied Bastian ihm und klappte sein Notizbuch zu. Er zog sich den angefangenen Teller mit Ei und Würstchen wieder ran.

Tristan neben ihm rümpfte angewidert die Nase.

»Wie kannst du jetzt was essen?«, keuchte er.

Bastian schüttelte den Kopf und schob seinem Bruder seine halbvolle Kaffeetasse zu. »Trink. Das belebt. Und dann erzähl, warum du gestern so übers Ziel hinausgeschossen bist. Was war denn los?«

»Was los war?« Tristan warf ihm einen ungläubigen Blick zu, ehe er an der Tasse nippte. »Das fragst du doch jetzt nicht wirklich. Du warst dabei. Du hast sie gesehen!«

Natürlich hatte er schon geahnt, dass Abigail Woods für den Zustand seines Bruders verantwortlich war. Der machte schließlich kein Geheimnis daraus, dass er unbedingt ihre Weben kosten wollte.

»Ich habe dir gesagt, du sollst dich von ihr fernhalten«, erinnerte er ihn daher und kratzte sich am Hals. Er konnte sehr gut nachempfinden, wie Tristan sich fühlte. Ihm selbst ging es ja nicht anders. Nur hatte er schon vor langer Zeit angefangen, dem Wüten in sich nicht sofort nachzugeben.

Und obwohl er sich gut unter Kontrolle hatte, war auch ihm die Neue die ganze Nacht nicht aus dem Kopf gegangen.

»Ich versuche es!«, brummte Tristan und leerte die Tasse. »Ich habe mich nicht an sie rangemacht. Habe nicht mal versucht, sie zu küssen, um –«

»Es gibt andere Wege, Weben aufzunehmen.«

Tristan lachte. »Warum nicht das Angenehme mit dem Nützlichen verbinden?« Er rieb sich die Schläfen. Dann sah er Bastian wieder ernst an. »Du hast sie doch gestern gesehen. Was ist los mit ihr? Was … hat sie nur an sich, das …«

Bastian klopfte auf sein Notizbuch. »Ich habe mich das in der Tat auch gefragt. Es ist … die Zusammensetzung ihrer Weben. Sie ist einzigartig. Ich habe so etwas noch nie gesehen.«

Tristan nickte. Er stand auf und holte die Kaffeekanne an den Tisch.

»Bring mir 'ne neue Tasse mit.«

Tristan schnaubte, nahm aber eine weitere Tasse aus dem Schrank, ehe er zum Tresen zurückkehrte.

»Abbys Weben sind stark. Und dicht. Und so reizvoll.«

Bastian kniff die Lippen zusammen. »Das sind sie. Aber hast du dir die Farbe einmal angesehen? Es gibt kaum blaue Erinnerungsweben. Die dunklen Seelenweben überdecken fast alles andere.«

»Rote Herzweben sind auch nicht gerade präsent«, stimmte Tristan nachdenklich zu.

»Sie ist umgeben von einer dunklen Wolke aus Seelenweben, die offenbar ihr ganzes Leben beherrschen. Ihr ganzes Sein.« Bastian rieb sich das Kinn. »Ich habe Angst, dass …«

»Dass was?«

Wieder schüttelte Bastian den Kopf. So einen Fall hatte er noch nie gehabt. Er goss sich Kaffee nach und starrte dann in die dunkle, dampfende Flüssigkeit, ehe er zögernd seine Gedanken mit Tristan teilte: »In den meisten Menschen herrscht ein Gleichgewicht der Weben. Herzweben, die für Gefühle wie Liebe und Glück stehen, für zwischenmenschliche Beziehungen und Nähe. Erinnerungsweben, die sich mit dem Alter verdichten, und Seelenweben, die sich durch Schmerz und Leid, durch Einsamkeit und Trauer verstärken. Diese Mischung macht jeden Menschen aus.«

»Was bedeutet es also, dass Abby kaum Erinnerungsweben hat? Oder Herzweben?«

Bastian zuckte mit den Schultern. Er blätterte wie schon zuvor ratlos durch seine Notizen. »Ich weiß es nicht. Vielleicht fehlen ihr zwischenmenschliche Beziehungen? Das würde zu ihrem Leben in Pflegefamilien durchaus passen. Vielleicht weiß sie nicht was … Liebe ist.«

Tristan schmunzelte. »Ich arbeite daran, dass sie sich in mich verliebt, okay? Verändern wir ihr Seelenfarbenspektrum.«

»Idiot!« Bastian schlug eine weitere Seite in seinem Heft auf. Er überflog seine Notizen, aber das half ihm nicht weiter. »Wo sind ihre Erinnerungen?«, fragte er und tippte mit dem Stift aufs Papier.

»Vielleicht Gedächtnisverlust?«, schlug Tristan vor und massierte sich die Kopfhaut. »Aber wie auch immer. Ich habe noch nie Weben gekostet, die so … dunkel waren.«

»Und das wirst du auch so schnell nicht tun.«

Tristan fuhr hoch und sah ihn aus rot geäderten Augen an. »Wie meinst du das? Du wolltest am Montag trainieren. Wenn du dabei ihre Weben ausgedünnt hast, dann kann ich –«

»Ich muss mir erst sicher sein, was ich tue, ehe ich mich ihren Weben zuwende, Tristan. Verstehst du das denn nicht?«

»Nein. Offenbar nicht. Was meinst du?«

»Die Seelenweben sind alles, was dieses Mädchen ausmacht. Wenn ich ihr die nehme … was bleibt dann noch von ihr?«

Tristan sah ihn ungläubig an. »Du sagst selbst, dass Abbys ganzes Wesen nur aus Seelenweben besteht. Aus Schmerz, Kummer und Traurigkeit.« Er stand auf und umrundete den Tresen. »Du bist doch sonst so ein Menschenfreund. Immer darauf bedacht, den Schülern von Darkenhall ein neues Leben ohne die Last der dunklen Weben zu ermöglichen.«

»Hier ist die Situation aber eine andere!«

»Genau. Abby leidet offenbar, wie kein anderer Schüler je zuvor. Und du willst ihr nicht helfen?«

»Natürlich will ich ihr helfen!«

»Worauf wartest du dann?«, verlangte Tristan zu erfahren und stemmte die Hände auf die Granitarbeitsplatte.

Der fordernde Blick seines Bruders änderte nichts an seinem Plan. Bastian steckte sich ein Stück Wurst in den Mund, als sei das Gespräch für ihn beendet.

»Bastian? Sag schon! Worauf wartest du?«

Bastian schnaubte. »Ich überlege, die anderen Ringhüter zu fragen, wie ich bei Abby vorgehen soll«, erklärte er. »Ihre Weben sind unglaublich stark. Sie wecken das Wüten in mir, nur wenn sie in der Nähe ist. Und sie sind alles, was dieses Mädchen ausmacht. Ich ... will nicht ...«

Tristan fuhr sich genervt durchs Haar. »Mich nervt, dass du immer alles zehnmal überdenken musst!« Er ballte die Fäuste. »Als wüssten Skye oder Owen besser, was zu tun ist. Skye ist durchgeknallt und Owen kann man nicht trauen. Kannst du nicht *einmal* was riskieren?«

Bastian stand so schnell auf, dass der Hocker nach hinten wegkippte. »Owen ist schon viel länger Hüter seines Rings. Er wird mich gut beraten. Und was ist mit dir? Kannst *du* dich nicht einmal beherrschen? Ist es wirklich so schlimm, nicht sofort das zu bekommen, was man sich wünscht?«

Tristan schnaubte. »Sag du es mir?« Er deutete auf Bastians von dunklen Schatten überzogene Hände. »Nur von ihr zu sprechen, bringt dich an deine Grenzen. Ich sehe doch, dass du sie genauso willst wie ich.« Damit stürmte Tristan in den nächsten Schatten und Bastian blieb allein zurück.

»Verflucht noch mal!«, murrte er und stellte den Hocker auf.

Natürlich wollte er Abigail Woods' Weben. Das Wüten in ihm ließ nicht zu, dass er an etwas anderes dachte. Und doch war *er* es, der die Entscheidungen traf. So schwer ihm das auch fallen mochte.

Der Tag danach

»Du hast einen Knutschfleck!«, kicherte Esme und stemmte die Füße gegen die Wand. Sie lag auf dem Rücken auf ihrem Bett und ließ den Kopf nach hinten hängen, um zu Jasmin schauen zu können.

Die war puterrot im Gesicht und bedeckte ihren Hals mit den Händen. »Unsinn! Das ist nur –«

»Ein Knutschfleck!«

»Du bist doof!«, jammerte sie und stupste mich mit dem Fuß an. »Sag du doch auch mal was!«, bat sie. »Irgendwas, damit Esme aufhört, mich zu nerven!«

Esme drehte den Kopf in meine Richtung und glättete ihren Longbob mit den Fingern. »Ja, genau. Erzähl mal. Wo bist du denn gestern eigentlich abgeblieben?«

Ich ließ den Regelkatalog für Darkenhall sinken. »Ich bin auf der Suche nach dem tremblayschen Familienschmuck ein wenig durch die Villa geschlichen«, erklärte ich gedankenversunken und streckte mein Bein aus, um die eben gelesene Schulregel bildlich zu verinnerlichen.

»Sehr witzig, Abby!«

Ich grinste und strich mein Hosenbein glatt. Der obere Bündchenrand der Overknees durfte einen maximalen Abstand von zwölf Zentimetern zum unteren Rocksaum haben. Ich versuchte, mir das vorzustellen. Müsste schon irgendwie hinhauen.

»Hast du mit jemandem … rumgemacht?«, flüsterte Jasmin und sah mich mit großen Augen an. Ihre Sommersprossen schienen vor Aufregung regelrecht zu tanzen. »Vielleicht … mit Tristan? Der war ja auch mal plötzlich verschwunden.«

»Ihr spinnt doch.« Ich schüttelte den Kopf und warf das Regelbuch zur Seite. »Ich bin nicht so der … romantische Typ«, erklärte ich schulterzuckend. »Knutschen und so muss nicht sein.«

»Echt?« Jasmin kam auf die Knie und presste sich ihr Kopfkissen vor den Bauch. »Hast du denn noch nie dieses Gefühl gehabt, dass … dass du gleich stirbst, wenn der süße Junge dich nicht sofort küsst?«

Ich rümpfte die Nase. »Welche süßen Jungs meinst du genau? Mir ist hier noch keiner begegnet.«

»Ach, komm! Tristan ist doch mega niedlich!«

»Er ist selbstgefällig und eingebildet«, verbesserte ich Esme.

»Ja, aber dabei trotzdem süß!«

Ich rollte mit den Augen. »Klar sieht er gut aus, aber …«

Er hatte nicht so unfassbar dunkelblaue Augen wie sein Bruder. Er hatte nicht diese … Sternensprenkel in seinem Blick, die mir die ganze Nacht nicht mehr aus dem Kopf gegangen waren.

Ich seufzte. »Ja, ja, ihr habt ja recht. Tristan ist niedlich.« Es war wohl einfacher, den beiden zuzustimmen, anstatt ihnen von meiner Begegnung mit Bastian zu erzählen. Dann würden sie nur dumme Fragen stellen. Nein, Esme und Jasmin mussten nicht wissen, wo ich Tristans Bruder begegnet war. Oder was ich dort gesucht hatte.

»Also hast du ihn geküsst?«, hauchte Jasmin angespannt.

»Nein! Natürlich nicht!«

»Hat er versucht, dich zu küssen?«

Das durfte doch nicht wahr sein! »Also, jetzt hört mal«, versuchte ich dieses furchtbare Mädchen-Gegacker-Tratsch-Gespräch zu beenden, als ein Klacken an der Fensterscheibe Jasmin erschrocken herumfahren ließ. Sie stieß einen schrillen Schrei aus und fasste sich panisch an die Kehle.

»Oh Gott!«, schrie sie und duckte sich wie ein verwundetes Tier.

»Was ist denn los?«, fragte ich und rutschte hastig zu ihr auf den Boden. Ihr Puls hämmerte und ihre Hände zitterten. »Geht's dir gut?«

»Ja. Ich … bin nur erschrocken«, keuchte sie, als wieder etwas an der Scheibe klackte. Jasmin hatte sich langsam gefangen und ich zog sie vom Boden hoch.

»Was ist denn das?«, fragte Esme und sah uns beide irritiert an. Wir zuckten mit den Schultern, also kämpfte sie sich in eine sitzende Position hoch.

Jasmin, die sich wohl selbst beweisen wollte, dass sie mutig genug war, krabbelte über mein Bett zum Fenster, als erneut ein Krachen zu hören war.

»Da schmeißt jemand …« Sie wandte sich zu uns um und die Panik aus ihren Zügen verwandelte sich in ein erleichtertes Lächeln. »Tristan Tremblay schmeißt Steinchen an dein Fenster, Abby!«, erklärte sie und grinste von einem Ohr zum anderen. »Und du sagst, da ist nichts gelaufen! Ich glaub dir kein Wort!«

Wieder schlug ein Stein gegen die Scheibe.

Jasmins schneller Stimmungswechsel beschäftigte mich noch, als ich mich neben sie ans Fenster quetschte. Ihr Puls raste und sie atmete schnell und ungleichmäßig. Ich fragte mich, was diese Panik ausgelöst hatte.

Wieder krachte ein Stein gegen die Scheibe und ich rollte mit den Augen. »Kann ihm nicht mal jemand sagen, dass er das lassen soll?«, murrte ich und riss das Fenster auf. »Was soll denn das?«, rief ich hinunter. »Spinnst du? Du hast uns zu Tode erschreckt!«

Tristan grinste und ich musste Esme recht geben. So arrogant Tristan Tremblay war, er sah dennoch verdammt gut aus.

»Ich muss mit dir reden!«, erklärte er knapp und jonglierte mit den übrigen Steinchen, die er in der Hand hielt.

»Mit mir reden?«, wisperte ich und mir wurde flau. Sein Bruder hatte ihm doch nicht erzählt, dass …

»Also, was ist? Kommst du runter oder soll ich hochkommen?«

Jasmin quietschte und zwickte mich aufgebracht in den Arm. »Er darf nicht in unser Zimmer. Das ist der Mädchenflügel. Und ich … ich hab nichts Passendes an!« Sie sprang vom Bett, packte ihre Haarbürste und kämmte sich fahrig, während sie einhändig ihre im Zimmer verteilten Kleidungsstücke zusammenraffte und unter ihre Bettdecke stopfte.

Ich seufzte und beugte mich aus dem Fenster. »Ich kann jetzt nicht. Ich lese die Schulregeln.«

»Sehr löblich!«, lachte Tristan und fuhr sich durchs Haar. »Aber jeder muss mal eine Pause machen. Also komm schon. Es ist etwas peinlich, hier unten zu stehen und …« Er deutete auf die anderen Fenster und ich lehnte mich noch ein Stück weiter hinaus. Jetzt verstand ich. Ich war nicht die Einzige, die aus dem Fenster sah, und sich fragte, was er hier zu suchen hatte. Wir wurden beobachtet.

»Und was …?« Vielleicht konnte ich ja heute mal in die überhebliche Rolle schlüpfen.

Er zwinkerte mir zu, als wüsste er genau, was ich tat. »Es ist etwas peinlich, hier zu stehen und zu hoffen, dass du dich meiner erbarmst. Dass du zu mir herunterkommst, mein Flehen und Sehnen erhörst.«

Gott, das war ja furchtbar! Er klang, wie ein Ritter, der einer Jungfrau den Hof machte! Was sollten die anderen denken?

»Halt die Klappe!«, rief ich ihm zu und funkelte ihn warnend an. Es war gar nicht so leicht, nicht über sein bedröppeltes Gesicht zu lachen.

»Mein Herz, es bricht, wenn du –«

»Tristan!«, schrie ich. »Du bist wohl immer noch betrunken! Sei still, das ist peinlich!«

»Geh schon zu ihm!«, verlangte Esme und packte mich an der Hand, um mich zur Tür zu ziehen.

»Ja, das ist sooo romantisch! Der will auf jeden Fall was von dir!«

»Romantisch? Das ist peinlich! Und doof! Alle denken doch jetzt –«

Mehr konnte ich nicht sagen, denn schon schleiften die zwei mich durch den Flur, an den anderen Zimmertüren vorbei und die Treppe hinunter.

»Lasst mich los! Spinnt ihr? Ich will nicht …«

Sie stießen mich die große Eingangstür hinaus und ich sah gerade noch, wie Jasmin Tristan scheu zuwinkte, ehe sie mich mit ihm allein ließen.

»Ihr blöden Zieg–«

»Hey, Abby.« Tristan sah sehr siegessicher aus. Er setzte seine Sonnenbrille auf und musterte mich mit einem schiefen Grinsen.

Erst jetzt fiel mir auf, dass ich nur Socken trug.

»Verflucht!«, murrte ich, zog sie hastig aus und steckte sie in meine Hosentasche. »Was willst du denn?« Der Marmor der Stufen war kalt und ich setzte mich auf die Brüstung, direkt neben einen Drachenkopf.

»Ich wollte dich sehen.« Tristan zuckte mit den Schultern und sein

Blick heftete sich auf meine nackten Füße. Seine Augen waren leicht gerötet und obwohl er müde wirkte, schien er gute Laune zu haben.

»Wir haben uns erst vor ein paar Stunden gesehen«, erinnerte ich ihn und war mächtig stolz auf mich, weil ich so cool war.

»Und wie oft hast du mich seitdem gezeichnet?«

»Wie bitte?« Wie arrogant konnte man bitte schön sein?!

Er trat näher und knuffte mich in den Oberschenkel. »War ein Spaß. Aber ehrlich … *hast* du mich gemalt?«

»Nein! Natürlich nicht!« Ich hoffte, ihm würde nicht auffallen, dass ich rot wurde. Denn genaugenommen hatte ich gezeichnet. Doch nicht er war mein Motiv gewesen. Ich hatte vergeblich versucht, die nachtblauen Augen seines Bruders …

Tristan riss mich aus meinen Gedanken. »Du warst so plötzlich weg«, sagte er und ich hatte den Eindruck, als wollte er mich berühren. Stattdessen lehnte er sich neben mich ans Geländer und musterte mich eindringlich.

»Ich war müde«, log ich, denn wie hätte ich ihm erklären sollen, dass ich den Eindruck nicht losgeworden war, Bastians Blick auf mir zu spüren? Dass ich geglaubt hatte, die Schatten hätten Augen? Nach meinem Abstecher ins Haus litt ich echt unter Verfolgungswahn!

»Müde«, wiederholte er ungläubig.

Verdammt, warum wurde ich das Gefühl nicht los, dass die Tremblay-Brüder jede meiner Lügen durchschauten?

»Es war spät.«

»Das ist der Sinn einer Party.« Er schmunzelte. »Dass man bis zum nächsten Morgen Dinge tut … an die man sich dann nicht mehr erinnert.«

»Und hast du gestern etwas getan, an das du dich nicht mehr erinnerst?«, fragte ich.

Tristan neigte den Kopf und strich sich die Haare zurück. »Wenn ich getan hätte … wonach mir der Sinn stand, dann …« Er hob die Hand an mein Haar und zeichnete mit der Strähne eine imaginäre Linie von meiner Schläfe zum Kinn nach. »Dann wüsste ich das.«

»Ein Widerspruch in sich!«, stellte ich fest und versuchte, das Kribbeln zu ignorieren, das seine Berührung verursachte.

»Genau.« Er sah mir in die Augen und legte die Hand an meine Wange.

Ein merkwürdiges Gefühl durchfuhr mich, ehe er hastig die Hand zurückzog.

»Du bist wirklich ein Widerspruch in sich«, flüsterte er. Dann hob er mich vom Geländer.

Gerade, als ich fragen wollte, was er denn nun vorhatte, kam Gwynedd laut lachend mit einigen seiner Kumpels um die Ecke. Als er uns sah, hellte sich sein Gesicht auf und er stolzierte mit geschwellter Brust auf uns zu.

»Na toll«, murmelte ich, aber Tristan blieb cool.

»Die Neue hat gestern die Schließzeit verpasst!«, stichelte Gwynedd und grinste mich boshaft an. »Wenn das rauskommt …« Sein Blick troff vor Herablassung. »Na, ich nehme an, keiner wird diese TPTD vermissen, wenn sie von der Schule fliegt.«

»Was?« Ich wollte mich an Tristan vorbeischieben, aber der hielt mich fest.

»Vergiss es.« Er schaute mir tief in die Augen. »Dieser Gnom hat keine Ahnung, wovon er spricht!«

»Was ist ein TPTD?«, fuhr ich ihn an und riss mich los. Ich warf Gwynedd einen bösen Blich zu, der sich vor Lachen den Bauch hielt und sich im Kreis seiner Freunde wohl unbesiegbar vorkam.

»Hör nicht auf das dumme Geschwätz«, wich Tristan meiner

Frage aus und wollte mich weiterziehen, aber Gwynedd folgte uns durch den Park in Richtung Villa.

»Sag's ihr doch, Tremblay! Du weißt, dass ich recht habe!«, rief er uns grölend hinterher. »Gut genug zum Klarmachen, aber TPTD, ist es nicht so?«

Das falsche Zimmer

»Du sagst mir jetzt sofort, was das bedeutet!«, verlangte ich und blieb stehen. Ich würde auf der Stelle umkehren, wenn er es mir nicht erklärte. Es war offensichtlich, dass er wusste, was dieser Ekelbatzen Gwynedd damit meinte.

»Warum ignorierst du das nicht einfach?« Tristan fuhr sich durchs Haar und ließ mich als Erste auf die Dachterrasse gehen. Der Pool sah bei Tageslicht echt schön aus und von den Überresten der Party war nichts mehr zu sehen. Teakholz-Deckchairs luden zum Sitzen direkt an der Brüstung ein und sandfarbene Sonnenschirme spendeten Schatten. Die Themse unter uns wirkte trüb an diesem wolkenverhangenen Tag.

»Sag mir doch einfach, was das bedeutet, dann kann ich es ignorieren.«

»Du regst dich nur auf.«

»Kann ich das bitte selbst entscheiden!?«

Tristan kniff die Lippen zusammen. »Willst du was trinken?«

»Nein!«, fuhr ich ihn an. »Ich will überhaupt nicht hier sein! Und ich gehe jetzt, wenn du mir nicht sofort sagst, was dieser Pisser meint!«

»Er will dich nur verletzen, Abby«, versuchte Tristan mich zu beruhigen, aber das konnte er vergessen.

»Ich weiß! Denkst du, da ist er der Erste?«

»TRISTAN!«, donnerte eine Männerstimme aus der Villa und wir fuhren beide herum. Bastian Tremblay stand mit in die Hüften gestemmten Händen in der Terrassentür und warf seinem Bruder einen eiskalten Blick zu. Er sah aus, als käme er gerade aus der Dusche. Sein Haar schimmerte feucht und er knöpfte gerade sein Hemd zu.

Tristan kniff die Lippen zusammen und murmelte etwas Unverständliches. »Bin gleich wieder da«, raunte er mir zu und stapfte aufs Haus zu.

⌘

Bastian traute seinen Augen nicht. Hatte sein Bruder tatsächlich schon wieder dieses Mädchen im Schlepptau? Das konnte nicht sein Ernst sein! Konnte er sich nicht vorstellen, wie sich das für ihn anfühlte? Den Weben dieses Mädchens ausgesetzt zu sein, ohne sie aufnehmen zu können? Allein hier zu stehen, in zehn Metern Distanz zu ihr, ließ das Wüten in ihm anschwellen und er musste sich beherrschen, sich seinen Aufruhr nicht äußerlich anmerken zu lassen.

»Was ist denn schon wieder?«, murrte Tristan ihn an.

»Was ist? Das weißt du ganz genau! Was hat sie hier zu suchen? Ich dachte, wir hatten das geklärt!«

Bastian beobachtete Abigail über Tristans Schulter hinweg, wie sie ziemlich unsicher zwischen den Deckchairs auf und ab schlenderte. Sie streckte das Bein ins Wasser und testete die Temperatur. Sie trug keine Schuhe.

»Und was, wenn ich mich in diesem Fall ausnahmsweise nicht daran halte, was du mir vorschreibst?«, lenkte Tristan ihn ab. »Was, wenn ich nicht so ein Feigling bin wie du? Wenn ich einfach teste, was passiert, wenn –«

»Verdammt!«, knurrte Bastian, packte Tristan am Arm und schubste ihn durch die Tür ins Innere. Einen Schattensprung später waren sie im Wohnzimmer, wo er ihn grob von sich stieß. Er hob das Hemd an und zeigte Tristan die dunklen Weben, die fast seinen ganzen Körper umspannten. Einzig die Haut in unmittelbarer Nähe des Rings besaß noch ihre natürliche Farbe. »Siehst du, welche Macht ihre Weben haben?«, rief er. »Das ist nicht normal, verdammt! Also hol dir deinen Kick woanders!«

Einen Moment gab Bastian dem Wüten in sich nach, gab die Kontrolle auf und seine Iris wurde schwarz. Wie auf seiner Haut zogen sich nun dunkle Weben über seinen Augapfel, sein Gesicht und seine Hände. Sein Blickfeld veränderte sich. Die Schatten gewannen an Kontur und er sah Abigails Weben draußen im Garten leuchten. Sie lockten ihn mit einer Macht, die er selten zuvor gespürt hatte. Er streckte die Hand nach dem nächsten Schatten aus, aber Tristan ging dazwischen.

»Okay!«, brummte er. »Okay! Ich … ich …«

Bastian rang nach Atem, zwang den Schmerz nieder, den das Wüten mit sich brachte, und erlangte die Kontrolle zurück. Langsam wurden seine Augen wieder heller und er bekam besser Luft. Abwartend sah er Tristan an.

»Ich tue, was du sagst, aber ich werde nicht ewig warten«, lenkte der widerwillig ein. Er schüttelte den Kopf und strich sich frustriert die Haare zurück. »Na gut. Dann bring ich sie mal von hier weg.«

»Tu das. Und nimm das andere Mädchen auch gleich mit.«

»Welches andere Mädchen?« Tristan rieb sich irritiert den Nacken.

»Sie hat gestern wohl ihre Handtasche hier vergessen. Sie steht unten an der Treppe.«

Tristan fluchte leise und blickte etwas unschlüssig zwischen Treppenhaus und Terrasse hin und her. »Kannst du ihr nicht helfen die Tasche zu suchen?«

»Sicher nicht!«

⌘

»Na toll«, murrte ich und krümmte die Zehen. Einzelne Wassertropfen perlten noch auf meiner Haut und hinterließen feuchte Abdrücke auf der Terrasse. Der Wind hatte aufgefrischt und eine Wolke verdeckte die Sonne. Mir wurde langsam kalt.

Ich schnaubte und schaute auf mein Handy. Was sollte das? Ich hockte hier herum und von Tristan war nichts mehr zu sehen. Seit sein Bruder uns gestört hatte, war er verschwunden.

»Ich geh gleich«, murrte ich und packte das Handy weg. Handys waren nicht erlaubt. Das wusste ich, weil ich mir immerhin die erste der zehn Seiten mit dämlichen Regeln angeschaut hatte. Allerdings schien diese Regel von niemandem beachtet zu werden, denn auf dem Schulhof tippten doch ständig alle auf ihren teuren Smartphones herum. »Verdammt, Tristan? Was soll das?«, flüsterte ich und stand auf. Ich wollte nicht länger warten. Ich fragte mich ohnehin, warum er mich hergebracht hatte. War das von Anfang an seine Absicht gewesen? Oder hatte die Auseinandersetzung mit Gwynedd uns hierhergebracht? War es, wie Jasmin vermutete, und er … wollte etwas von mir?

Ich knetete meine Hände und es juckte mich in den Fingern, irgendetwas zu zeichnen, um meine Gedanken zu sortieren. Ich war nicht bereit, Gefühle für einen Jungen zuzulassen. Nicht für einen Jungen mit Tristans Ruf. Und trotzdem geschah in seiner Nähe etwas mit mir, das ich nicht erklären konnte. Die wenigen Male, als er mich berührt hatte … dieses … Kribbeln … dieser Schwindel …

»Ich bin vielleicht doof!«

Warum dachte ich überhaupt darüber nach? Ich musste nicht wissen, wie es sich anfühlen würde, geküsst zu werden. Es gab sicher bessere Kandidaten für den ersten Kuss als Tristan Tremblay! Überhaupt waren diese ganzen Gedanken doch nur die Schuld von Esme und Jasmin. Die mit ihrem Gerede über die Mädchen, die alle vor Glück zergingen, nur weil Tristan sie geküsst hatte. Das war doch Bullshit!

Ich berührte sacht meine Lippe und fragte mich, wie sich so ein Kuss wohl anfühlte. Ich hatte noch nie jemanden geküsst. Warum auch? Ich war noch nie jemandem begegnet, der es in irgendeiner Form verdient hätte, mir nahe zu kommen. Es hatte schon Monate gedauert, bis ich zugelassen hatte, dass Florence mich auf die Wange küsste.

Wenn es also darum ging, dann würde Tristan ziemlich enttäuscht sein, wenn er mich deswegen hergebracht haben sollte.

»Mich hier hocken zu lassen, bringt ihn da auch nicht gerade weiter!«, brummte ich und stand auf. Ich schlang die Arme um meinen Oberkörper und blickte in den wolkenverhangenen Himmel. Grau und trist. So wie ich mich gerade fühlte. Ich schlenderte etwas verloren zu den großen Fensterfronten, die im Gegensatz zu gestern nun teilweise geschlossen waren. Neugierig reckte ich den Hals, um hinter den großen Scheiben irgendwas zu entdecken. Tristan war nach drinnen gegangen. Vielleicht sollte ich …

Mit einem Mal erschien es mir wie eine glückliche Fügung. Ich brauchte immer noch den Ring. Und ich war hier. Allein.

Nun … nicht wirklich allein, aber … unbeaufsichtigt. Wer konnte schon sagen, wann sich mir so eine Gelegenheit wieder bieten würde.

Ohne weiter darüber nachzudenken, schlüpfte ich ins Haus. Ich hörte Tristans Stimme im Treppenhaus unter mir, also beeilte ich mich die gläsernen Stufen hinaufzukommen. Bei Tageslicht war die Treppe fast noch unheimlicher, und die freie Sicht in die Tiefe regelrecht erschreckend. Aber zumindest fand ich mich etwas besser zurecht. Ich rannte auf Zehenspitzen den Flur entlang, und an der Tür vorbei, hinter der ich mich gestern schon umgesehen hatte. Das war irgendein Salon, ein Lesezimmer, Fernsehzimmer oder was weiß ich, was reiche Leute so für Räume hatten, in denen sie wer weiß was taten. Ein Häkelzimmer vielleicht …

Jedenfalls glaubte ich nicht, dass man seinen Familienschmuck in so einem Raum aufbewahrte.

Mit wild klopfendem Herzen presste ich mich an die nächste Tür und lauschte. Kein Laut drang durch das Türblatt und darum zögerte ich nicht, sondern drückte die Klinke runter und trat ein. Das gedeckte Tageslicht fiel durch große Fenster in den in kühlen Blautönen gehaltenen Raum. Ein breites Bett mit schwarzer Satinbettwäsche beherrschte den hinteren Teil des Raumes, während im vorderen ein moderner Schreibtisch mit einem dunklen Bücherregal und einem Laptop das Bild prägte.

An die Wand über der Ledereckcouch war eine Fahne des Ruderteams von Darkenhall gepinnt. Eine weitere Tür führte in ein angrenzendes Badezimmer. Es duftete nach Aftershave und ich schnupperte. Ein toller Duft.

Der Verdacht lag nahe, dass ich mich in Tristans Zimmer befand.

»Sie werden kaum hier den Familienschmuck aufbewahren«, überlegte ich und wollte gerade gehen, als ich Schritte auf dem Gang hörte.

»Shit!«, entfuhr es mir, und ich sah mich panisch nach einem

Fluchtweg um. Ohne nachzudenken hastete ich hinter den Schreibtisch und kauerte mich dort zusammen.

Die Tür öffnete sich und fiel ins Schloss. Ich hörte, wie die Schritte sich entfernten, ehe die Musik anging.

Erleichtert atmete ich aus. Zumindest musste ich jetzt nicht bei jedem Laut befürchten, entdeckt zu werden. Vorsichtig reckte ich den Hals und spähte über die Tischplatte.

»Na super!«, wisperte ich, machte mich wieder klein und ballte frustriert die Fäuste, als ich erkannte, in wessen Reich ich eingebrochen war.

Bastian Tremblays breite Schultern waren unverkennbar.

⌘

In dem Moment, als Bastian sein Zimmer betrat, spürte er ihre Anwesenheit. Es war heute nicht sonnig genug, um natürliche Schatten zu schaffen, durch die er hätte gehen können. Deshalb hatte er die Tür benutzt. Und dafür war er dankbar, als er ihren lila Haarschopf hinter seinem Schreibtisch ausmachte und ihre Weben förmlich in der Luft knisterten.

Er war so überrascht davon, sie in seinem Zimmer vorzufinden, dass das Wüten in ihm einen Moment die Oberhand gewann und sowohl seine Haut als auch seine Augen sich veränderten. Darum kehrte er ihr den Rücken zu, und schaltete die Musik an, um Zeit zu gewinnen und die Fassung zurückzuerlangen.

Was zum Teufel machte sie hier?

Vielleicht sollte er sie das fragen.

Er fuhr sich durchs Haar und zwang seinen Puls zur Ruhe. Sein Blick klärte sich, und er wusste, seine Augen würden ihn nicht mehr verraten. Er blickte an seiner Brust hinunter, und als er auch dort keine verräterischen Weben mehr entdecken konnte, drehte er sich um.

Ihr lila Haar spiegelte sich im goldenen Pokal der Rudermeisterschaft, der auf seinem Schreibtisch stand, und er konnte sich ein Schmunzeln nicht verkneifen. Glaubte sie ernsthaft, er würde sie nicht entdecken?

Wie sollte er diese einmalig schillernden Weben übersehen, die sie umhüllten? Er gab sich dem Moment hin, diesen Weben so nahe zu sein. Er ließ sie auf sich einprasseln, wie warmes Wasser unter der Dusche auf ihn niederregnen würde.

Die dunklen Ranken wölbten sich ihm entgegen, als wüssten sie, dass er sie in sich aufnehmen wollte. Sie drängten sich an ihn, als wollten sie mit ihm verschmelzen. Er konnte dieses Gefühl genießen, nun, wo er die Kontrolle zurückhatte. Der Ring auf seiner Haut pulsierte zwar, doch er war stark genug, die Kräfte in sich zu beherrschen.

Er schlenderte zum Schreibtisch und setzte sich auf die Kante, ehe er sich räusperte. »Darf ich fragen, was du hier suchst?«

⌘

Verdammt!

Das Blut schoss mir in die Wangen und meine Knie zitterten wie Espenlaub, als ich mich zögernd erhob.

»Hi, Bastian.« Gott, war das peinlich! Sein Name glitt mir über die Lippen, wie ein Gebet. »Ich …«, stammelte ich tonlos und maß mit den Augen den Abstand zur Tür. Was, wenn ich einfach wegrennen würde?

»Sag nicht, du hast die Toilette gesucht«, zog mich dieser dunkelhaarige Teufel auf und besaß dabei noch die Unverschämtheit, zu grinsen.

»Ich …« Was sollte ich schon sagen? Es war schwer, eine logische Erklärung dafür zu finden, hinter seinem Schreibtisch gekauert zu haben.

Er stand auf und kam auf mich zu. Das amüsierte Funkeln in seinem Blick wurde von etwas anderem begleitet, das ich nicht benennen konnte. Es erinnerte mich an ein Raubtier, kurz bevor es seiner Beute die Zähne in den Nacken grub.

Instinktiv wich ich zurück, bis ich das Bücherregal in meinem Rücken spürte.

»Schon das zweite Mal, dass du dich verirrst, obwohl …« Er neigte abwägend den Kopf. »… obwohl du keinen Grund hast, dich hier aufzuhalten, richtig?«

Ich schluckte. Dem Blick aus seinen einzigartigen Augen standzuhalten, war gar nicht so leicht. »Ich … dachte …«

»Jaaa?«

Er war so nah, dass er mich fast berührte. Das zwang mich, den Kopf in den Nacken zu legen, um mehr zu sehen als nur seine trainierte Brust.

»Ich … dachte, das hier wäre …«

Die silberne Kette um seinen Hals geriet in Bewegung, als er sich über mich beugte. Abgelenkt davon – und von dem frischen, männlichen Duft, der seiner Haut entstieg – vergaß ich, was ich hatte sagen wollen. Ich hob die Hände an Bastians Brust, um zu verhindern, dass er mir noch näher kam. Die silberne Kette glitt über meinen Handrücken und ein grob geschmiedeter Ring, fast einen Finger breit mit merkwürdigen Symbolen darauf, drängte sich in mein Blickfeld.

»Du dachtest …?«, hakte Bastian nach und die raue Sanftheit seiner Stimme hatte einen ungeduldigen Unterton.

»Ich dachte, das wäre Tristans Zimmer«, platzte ich hervor, ohne den Ring aus den Augen zu lassen.

Konnte das sein? Mein Puls raste. Dies musste der Ring sein, den Cross mir gezeigt hatte. Es musste der Ring sein, dessen grobe Struktur ich schon gezeichnet hatte. Der Ring, der meinem Lehrer beweisen würde, dass ich wirklich ein neues Leben anfangen wollte. Dass ich an mir arbeiten wollte. Dass ich ein besserer Mensch werden wollte, so wie Florence es sich wünschte.

Ich war so perplex, diesen Ring plötzlich auf dem Silbertablett serviert zu bekommen, dass ich zuließ, dass Bastian mein Kinn anhob. Er zwang mich, ihm in die Augen zu sehen, während das sanfte Gewicht seines Rings auf meinem Handrücken ruhte. Adrenalin strömte durch mein Blut und ich wusste, ich wollte nur eines. Diesen Ring stehlen!

So nah …

Bastian sah in ihr Gesicht. Sie wirkte viel verletzlicher, als sie sich gab. Ihre Augen waren dick mit Kajal umrandet, als würde sie sich damit Stärke aufmalen. Als könnte sie so verhindern, dass Unsicherheit aus ihrem Blick sprach. Ihre lila Haare betonten diese optische Rebellion noch, und in Kombination mit ihren fast ausschließlich schwarzen Weben und ihren nackten Füßen ergab sich ein wilder, ja ungezügelter Gesamteindruck.

Wie schon zuvor kam Bastian der Gedanke, was von ihr bleiben würde, würde er in ihr Webengeflecht eingreifen. Er spürte die Last, die auf ihr lag, und doch stand sie vor ihm, mit stur zusammengepressten Lippen und einem kämpferischen Blick, der ihre Schwäche fast überdeckte.

»Tristans Zimmer«, wiederholte er ihre Lüge. Und dass es eine Lüge war, war offensichtlich. Ihre Weben waren in Bewegung geraten, hatten sich weiter verdichtet, was ihm ein Stöhnen entlockte. Das Wüten in ihm wollte die Oberhand gewinnen und sich ihre Weben nehmen.

Getrieben von dem Impuls ließ er seine Fingerspitze über ihre Wange gleiten. Das Tosen in ihm wurde lauter.

»Ja, ich … ich wollte … ihn überraschen«, stammelte sie und versuchte, ihren Kopf abzuwenden, aber er gab sie nicht frei.

»Nun, es *würde* ihn überraschen, dich hier zu sehen.«

»Ich habe ja gesagt, dass es das falsche Zimmer ist.«

»So falsch nun auch wieder nicht.« Bastian biss sich auf die Zunge. Er sollte seine Gedanken nicht aussprechen, aber ihre sich immer weiter verdichtenden Weben, die mit jeder Lüge anwuchsen, brachten ihn fast um den Verstand.

So etwas hatte er noch nie gefühlt.

»Du dachtest, du wärst in Tristans Zimmer?«, konnte er es sich nicht verkneifen, sie zu weiteren Lügen anzustacheln. Er wollte sehen – nein, er musste sehen –, wie es sein würde, wenn dieses Netz aus Seelenweben sich noch weiter füllte. Es hüllte sie beinahe vollends ein. Wie konnte sie dennoch weitermachen? Warum brach sie unter der Last nicht zusammen? Wer zum Teufel war sie, dass sie ihm so unter die Haut ging?

»Hab ich doch schon gesagt!«, blaffte sie ihn an.

»Und warum dann …« Er deutete auf die Ecke hinter dem Tisch, in die sie sich gekauert hatte. »… warum dann diese Nummer?«

»Ich …«

Ihre Weben schillerten wie Onyx. Bastians Finger kribbelten voller Erwartung, er würde sich daran bedienen.

»Ich kenne deine Akte«, raunte er und hob ihr Kinn an. Ihre Lippen zitterten, doch mit ihrem Blick versuchte sie ihn zu erdolchen.

»Schön für dich!«, fauchte sie und schlug nach seiner Hand. Entschlossen packte er ihr Handgelenk.

»Du nimmst dir gerne Dinge, die … dir nicht gehören.«

»Das stimmt nicht!« Mit mehr Kraft, als er erwartet hatte, versuchte sie sich aus seinem Griff zu befreien. Sie wand sich und kam ihm dabei nur noch näher. Ihr Haar streifte seine Brust, ihr Atem seine Haut … und ihre Weben … er konnte sie regelrecht schmecken.

»Was also suchst du hier?«

»Nichts, du Spinner! Ich wollte zu deinem Bruder!«, beharrte sie auf ihren Lügen.

Bastian verkniff sich ein weiteres Stöhnen. Sie ahnte ja nicht, wie reizvoll sie war. »Mein lieber Bruder weiß nicht, dass …«, flüsterte er in ihr Ohr und schob seine Finger in ihren Nacken. Er wusste, wenn er sich jetzt etwas von ihren Weben nahm, würde sie es nicht mitbekommen. Sie würde nicht sehen, wie seine Haut sich dort verändern würde, wo er sie berührte. Sie würde nicht merken, dass auch ihre Haut von einem Netz lebendiger Ranken überzogen wäre, die allesamt in ihn hineinfließen würden. Er konnte sich einfach nehmen, was er so sehr wollte, ohne …

»Dass was? Mach doch mal einen verfickten ganzen Satz!«, fauchte sie ihn an.

Bastians Lippen verzogen sich zu einem Schmunzeln. Sie war wild und stark. Sie musste stark sein, denn die Last ihrer Weben war immens. Und, obwohl er es ungerne zugab, sie imponierte ihm. Er hatte nicht einmal das Gefühl, als hätte sie seine Hilfe nötig. Dieses Mädchen sah nicht aus, als müsse sie von ihrer Last befreit werden. Sie litt. Das sah er. Aber es schien ihr nichts auszumachen.

Dieser Widerspruch spiegelte sich auch in ihrem zornigen Blick wider. Sie hatte ganz eindeutig Angst vor ihm und trotzdem erkannte er, dass sie einen Kampf mit ihm dennoch nicht scheute.

Er spreizte die Finger in ihrem Nacken, um mehr von ihr zu fühlen. Ihr Haar glitt seidig über seinen Handrücken und ihre Weben pulsierten unter seinen Fingerspitzen. Er gab nach, und öffnete sich dem Wüten.

»Tristan hat keine Ahnung, dass er eine Diebin ins Haus geholt hat, richtig?«, keuchte er, als eine einzige ihrer Weben mit aller Macht auf ihn einströmte.

⌘

Alles Blut wich mir aus dem Gesicht, und ich hatte das Gefühl, nur Bastians Hand in meinem Nacken würde verhindern, dass ich einfach umfiel. Mir wurde schwindlig und ich verlor mich in seinen Augen, die mir noch dunkler und geheimnisvoller erschienen als je zuvor. Bilder, unbekannte Bilder und Dunkelheit, spiegelten sich in seiner Iris, verschwammen so schnell, dass ich mich fragte, ob ich träumte. Seine Worte hallten in meinem Ohr und ich wollte seinen Vorwurf leugnen, dabei hielt ich doch den Ring, der mich hierhergeführt hatte, in ebendiesem Moment mit meiner Faust umschlossen.

Es wäre so leicht, ein Ruck, eine schnelle Bewegung und das Schmuckstück wäre mein. Ich versuchte unauffällig, dichter an Bastian heranzukommen, denn so würde er nicht bemerken, dass …

Himmel, er roch so gut. Er fühlte sich unnachgiebig wie ein Fels an und doch war seine Haut glühend heiß. Er war mir näher, als je ein Mann zuvor und das trieb meinen Puls in die Höhe. Für einen Moment war der Ring vergessen und einzig Bastians Lippen, die meinen so nahe kamen, waren von Bedeutung.

Gelenkt von einem unbekannten Gefühl, von einer ungewohnten Erleichterung, die sich mit ängstlicher Spannung vermischte, hielt ich den Atem an und kam ein Stück auf die Zehenspitzen.

Plötzlich stieß Bastian mich von sich und ich ließ los. Der Ring hing noch immer an der Kette um seinen Hals. Benommen starrte ich ihn an, denn die Chance war vertan. Die Kette glitt zurück unter das Hemd, als Bastian zwei Schritte Abstand zwischen uns brachte. Er wirkte aufgewühlt, beinahe verstört und trotz meiner Schwäche fühlte ich mich gut. Leicht. Ungewohnt.

Ich strich mir die Haare aus der Stirn, straffte die Schultern. Verdammt, beinahe hätte ich …

Hätte was? Hätte ich mich küssen lassen? Das war doch verrückt. Wie konnte ich annehmen, dass Bastian mich hätte küssen wollen? Wegen der Nähe? Wegen dem penetranten Klopfen meines Herzens? Das war doch mein Problem, nicht Bastians.

Und so viel Distanz, wie der plötzlich zwischen uns brachte, ließ nun nicht gerade auf zärtliche Gefühle schließen.

Sein Blick war finster und verschlossen und er knöpfte hektisch sein Hemd zu, ehe er mich ansah. »Du gehst jetzt besser«, erklärte er. »Und komm nicht wieder her.«

»Hab ich nicht vor!«, stimmte ich zu und fragte mich, warum mich seine forschen Worte verletzten. Ich verschränkte die Arme vor der Brust. »Und nur zur Info …« Ich schluckte und blinzelte die Tränen fort, die hinter meinen Lidern brannten. »… solche scheiß Schulakten … kennen immer nur die halbe Geschichte.«

Ich musste hier raus. Meine Gefühle fuhren Achterbahn und irgendetwas in mir wollte zurück zu dem Moment, als seine Hand in meinem Nacken mich … so leicht gemacht hatte. Als hätte ich kurz den Boden unter den Füßen verloren. Ich floh aus dem Zimmer, rannte die gläsernen Stufen hinunter und aus dem Haus. Ich war schon halb durch den Park gehastet, da erregte eine Bewegung am Rande meines Blickfelds meine Aufmerksamkeit.

»Na ganz geil!«, entfuhr es mir und ich schaffte es nicht, wegzusehen, als Tristan Tremblay eine der Barbie-Klone hinter einen parkenden Sportwagen zog und sich über sie beugte. Der Lamborghini verbarg die Details, aber dass er sie küsste, war nicht zu übersehen.

Es versetzte mir einen Stich und ich fragte mich, was wohl mit mir nicht stimmte. Warum es mich überhaupt interessierte, wen diese verfluchten Tremblay-Brüder küssten – oder eben nicht küssten?

Frustriert ging ich weiter. Ließ alles hinter mir, den Ring, den

Mr Cross so dringend haben wollte, und den Jungen, der jede abschleppte. Ich schniefte. Nicht zu vergessen Bastian Tremblay, den Blödian mit den nachtblauen Augen und dem tollen Duft.

Ich tappte in eine Tannennadel und fluchte. Auf einem Bein hopsend setzte ich mich auf einen Baumstumpf und zog mir die Nadel aus der Fußsohle. Nur ein winziger Blutstropfen quoll hervor, trotzdem kamen mir die Tränen. Ich wischte sie fort und betrachtete die Mascara an meinen Fingern. Wenn ich nicht aufpasste, sah ich aus wie ein Waschbär! Ich tupfte mir vorsichtig über die Augen und legte den Kopf in den Nacken, um zu verhindern, dass die Tränen über meine Wangen liefen.

Ich fühlte mich furchtbar und unendlich allein. Vielleicht hatte Florence gar nicht mal so unrecht. Ich hatte Probleme. Und wenn ich keine hatte, dann machte ich mir welche!

⌘

Als er wieder allein war, sank Bastian auf die Knie. Er zitterte, denn das Wüten in ihm drängte danach, ihr zu folgen. Es fühlte sich an, als wäre er ein Wolf, der hinter dem blutenden Reh herwollte, in dessen Fleisch er seine Zähne gerade gegraben hatte.

»NEIN!«, knurrte er und grub die Fingernägel in den Boden. Sein Atem kam hart und gepresst. Die Leere in ihm verlangte nach mehr als nur diesem Hauch von Abigails Weben. Dabei hatte er überhaupt nicht vorgehabt, sich diesen auch nur zu nähern. Er hatte nicht vorgehabt, sie in sich aufzunehmen.

Gequält sog Bastian den Atem in seine Lunge und schloss die Augen. Doch das Bild ihrer zitternden Lippen, ihrer angstvoll geweiteten Pupillen, ließ sich nicht verdrängen. Er sah ganz deutlich, wie seine Berührung sie zeichnete. Dunklen Ranken gleich hatten sich ihre Seelenweben an die Oberfläche gewagt, um sich ihm anzubieten. Hatten ihre Haut vom Nacken aus mit einem wabernden Netz überzogen und sie so zu einem Teil von ihm gemacht.

Es würde nie wieder sein wie vorher.

Bastian ballte die Fäuste so fest, dass sich halbmondförmige Abdrücke von seinen Nägeln in die Haut gruben.

Dann riss er sein Hemd auf und betrachtete, was der Moment der Schwäche mit ihm anrichtete. Das Wüten tobte in ihm wie ein Orkan und sein Körper war über und über mit schillernden Weben übersäht. Sie drängten sich unter seine Haut, als wollten sie aus ihm herausbrechen. Ihn von innen sprengen. Bastian wusste, dass es genau so war.

Er presste die Hand auf die Narbe an seinem Herzen, und zwang sich zur Ruhe.

Er musste die Kontrolle behalten. Und er musste einen Weg finden, Abigail Woods' Weben zu nehmen, ohne dabei sich – oder sie – zu zerstören.

Behutsam streckte er den Rücken durch und atmete tief ein. Die Schatten unter seiner Haut wurden blasser. Doch um vollends die Beherrschung zurückzuerlangen, war es nötig, zu vergessen, was er in ihrem Webengeflecht entdeckt hatte.

Den Anflug einer einzelnen purpurfarbenen Herzwebe, ganz zart und sanft, als wäre sie eben erst erwacht.

Neue Kraft

Bastian pflügte durchs Wasser. Es war noch zu hell, um unbemerkt einen Schatten zu nehmen, also hatte er die ganze Strecke von Darkenhall bis zur Westminster Bridge, nahe des London Eyes, aus eigener Kraft zurückgelegt. Nun rann ihm der Schweiß den Rücken hinunter, und er war froh, als er ganz in der Nähe die Glocke der Schule hörte, welche die Schließungszeit des Tores ankündigte. Es dämmerte über dem Fluss und gleich würde niemand mehr hier am Ufer sein, um ihn zu beobachten. Bald würde er Abigails Weben in sich abbauen, indem er durch die Schatten ging. Er hätte das auch zu Hause tun können, fürchtete aber, Tristan würde mitbekommen, was mit ihm los war. Oder *dass* etwas mit ihm los war. Denn im Moment konnte er das kaum verbergen. Und das erschreckte ihn.

Abigails Weben waren so mächtig, dass er nicht wusste, wie er sie kontrollieren sollte. Und zugleich hatte sich nie etwas besser angefühlt, als diese Macht in sich zu spüren. Sie litt furchtbare Qualen, das hatte er in dem Moment erkannt, als er sich ihr geöffnet hatte. Kein Mensch war ihm je untergekommen, der so … gezeichnet von Schmerz war. Und doch glaubte er jetzt mehr denn je, dass Abby diesen Schmerz brauchte.

Das Ruderblatt platschte wenig geschmeidig aufs Wasser und Bastian kniff verärgert die Lippen zusammen. Das war ein schlechter

Zug. In einem Wettkampf hätte ihn das zurückgeworfen. Er war zu sehr in Gedanken versunken gewesen.

»Reiß dich zusammen!«, stöhnte er und zog fest die Ruder durch. Seine Oberschenkel brannten vor Anstrengung und seine Schultern zitterten mit jedem weiteren Zug.

Es tat gut, dass es wehtat. So fühlte er das Wüten in sich nicht so stark. Er würde ihm nicht mehr lange standhalten können. Nicht, seit er einen Hauch dieser einzigartigen Weben gekostet hatte.

Das Gig schlingerte, als er erneut eine unbedachte Bewegung machte.

»Verflucht!«, brüllte er und ließ frustriert die Ruder los. Sie sanken mit dem Blatt ins Wasser und bremsten so das Boot. Er wischte sich den Schweiß von der Stirn und versuchte, zu Atem zu kommen.

»Am Montag!«, versicherte er sich selbst. »Ich hole sie mir am Montag!« Sein Blickfeld veränderte sich und er wusste, jeder, der ihn jetzt sehen würde, würde ihn als das sehen, was er war. Der Hüter des Seelenrings, in all seiner unmenschlichen Pracht. Er fasste die Ruder fester und entschlossen stieß er sich in den nächsten Schatten.

Wann war endlich Montag?

⌘

Ich fühlte mich mies. Darum verkroch ich mich ins Bett und zog mir die Decke über den Kopf. Ich wollte niemanden sehen. Weder Esme und Jasmin, die gar nicht aufhören konnten, über Jasmins geheimnisvollen Küsser zu kichern. Noch sonst jemanden.

Wobei dieses »sonst jemand« sich ganz stark auf Tristan bezog. Den wollte ich nie wiedersehen!

Ich wusste, das war kindisch, denn im Grunde konnte er küssen, wen er wollte. Wir waren kein Paar, nicht in love, oder sonst wie zusammen, aber dass er so eine Barbie küsste, während er dachte, ich würde auf seiner doofen Dachterrasse auf seine Rückkehr warten, war schon ein Ding!

Der Kaugummi in meinem Mund schmeckte fahl und ich spuckte ihn in den Mülleimer unter meinem Nachttisch. Ich traf nicht, und er landete auf dem Boden. War mir egal. Ich hatte andere Sorgen.

Ich fragte mich, ob Cross wusste, dass Bastian Tremblay den Ring, den ich stehlen sollte, an seinem Körper trug. War Tristans Bruder womöglich in die Sache eingeweiht? Ging es darum? Analysierte mich Bastian, während ich die mir von Cross gestellte Aufgabe löste? Und wenn ja, wohin führte das? Würde Cross erfahren, dass ich mich in Bastians Zimmer geschlichen hatte? Würde er erfahren, wie nahe ich dem Ring schon gekommen war? Und was sagte das alles über mich aus?

Ich versuchte es so zu sehen, wie mein Lehrer gesagt hatte. Ich analysierte meine Taten. Und ich sah nichts Falsches in meinem Tun. Nicht, wenn ich es so sah. Denn im Grunde ging es mir nie darum, mich zu bereichern, wenn ich der Dunkelheit in mir nachgab. Auch diesmal nicht. Der Ring würde an seinen Besitzer zurückgehen. Es war nur ein Test. Und wer weiß, vielleicht war ich nicht die Erste, die sich genau dieser Aufgabe stellen musste. Es gab doch sicher mehr kleptomanisch veranlagte Teenager in Darkenhall. Also … wirkliche Diebe. Nicht so wie ich, die immer nur für andere stahl.

Na gut, ich war vielleicht eine Diebin, aber offenbar keine Gute, und erst recht keine, die es schaffen würde, einen Ring zu stehlen, den Bastian Tremblay um den Hals trug.

Schnaubend blies ich mir den Pony aus der Stirn und ärgerte mich über mich selbst. Warum hatte ich die Kette nicht einfach genommen? Ein kleiner Ruck … und sie wäre mein gewesen. Ich hätte

Cross' Aufgabe erfüllen können, denn selbst wenn Bastian in alles eingeweiht sein sollte, ich war mir sicher, er hätte es in diesem Moment nicht bemerkt. Er war so … abgelenkt gewesen. So … vertieft in diese merkwürdige Spannung, die mit einem Mal zwischen uns in der Luft gelegen hatte.

Ich massierte meinen Nacken, dort, wo er mich berührt hatte. Es war ein atemberaubend gutes Gefühl gewesen.

Ein Seufzen entrang sich mir und ich drückte mir die Decke fester aufs Gesicht. Auf meine heißen Wangen.

»Was ist nur mit mir los?«, murmelte ich in die Daunen und schlug schließlich die Decke zurück. Ich atmete tief ein und wischte mir fahrig die Haare aus der Stirn. Die Erinnerung an Bastians Berührung machte mich ruhelos. Ich hatte wirklich gedacht, er würde mich küssen. Wie doof war das denn? Der Typ war in der Abschlussklasse, ein Tutor für die niedrigeren Klassen, mit seinem doofen Anti-Aggressionstraining. Ein Spießer und ein strenger, humorloser Klotz, der noch dazu nicht viel von mir hielt. Er hatte mich ganz bestimmt nicht küssen wollen. Und natürlich wollte ich auch nicht von ihm geküsst werden.

Von keinem der Tremblays!

Am Montag heftete ich mich regelrecht an Esmes und Jasmins Fersen. Ich wollte Mr Cross aus dem Weg gehen und unter keinen Umständen ein Gespräch mit Tristan führen, der zwar in Mathe permanent zu mir herübersah, aber zur Abwechslung meine Körpersprache mal richtig zu deuten schien. Er sprach mich nicht an, und das war sein Glück.

Ich wusste gar nicht, was mich so wütend machte. Vermutlich, dass ich mir von Jasmin und Esme hatte einreden lassen, dass

Tristans Anmache irgendwie cool und bedeutsam war. Und mich nun so mir nichts, dir nichts ersetzt zu sehen, auch noch durch eine der Barbie-Klone, fühlte sich scheiße an.

Ich entkam Mr Cross wie geplant, und als das Läuten der Glocke das Schulende ankündigte, floh ich auf den Schulhof und verkroch mich im Park unter der Eiche hinter meinem Zeichenblock. Ich spähte durchs Tor in Richtung Zentrum und mein Stift flog übers Papier. Ich zeichnete, was ich sah. Den Aufbau des *Wapping-Pierhead-Jahrmarktes*. Auf dem Church-Yard genau gegenüber. Etliche Buden und Fahrgeschäfte standen schon. Einige drehten ihre ersten Testfahrten und die Schausteller scherzten lautstark miteinander, sodass die Stimmen gelegentlich bis zu mir über die Wapping High Street drangen. Ein Riesenrad wuchs in den Himmel und eine Geisterbahn nahm ihr grusliges Gewand an. Der zunächst noch nüchterne Eingang wurde mit jedem weiteren Horrorelement, das der Betreiber anbrachte, blutrünstiger. Nicht gerade das, was man auf einem Kirchhof erwartete.

Ich befeuchtete meine Fingerspitze und schattierte den dunklen Schlund des Monsters, welches den Eingang bildete. Dann betrachtete ich mein Werk. Es war gut. Detailreich und lebendig. Dann blätterte ich eine Seite zurück und runzelte die Stirn. Ein gutes Dutzend Mal hatte ich nun versucht, Bastian Tremblays Augen zu malen und jeder Versuch war misslungen. Ich blätterte zurück zum Jahrmarktsbild. Ich konnte zeichnen. Hatte es nicht plötzlich verlernt. Aber warum gelang es mir dann bei diesen Augen nicht?

Ich setzte den Stift an die bestehende Zeichnung an, aber ich hielt inne – ich wusste nicht, was der Zeichnung fehlte. Wusste nicht, wo mein Fehler lag. Warum … sie so … unfertig aussah, wo sie doch alle Details eines Auges aufwies? Ich hatte sogar die goldenen Sprenkel in seiner Iris eingefangen, und dennoch …

Ich schüttelte den Kopf und versuchte mich an Bastians Augen zu erinnern. Sie waren … so lebendig gewesen. Als wäre seine Iris in permanenter Bewegung. Als würde sich die Farbe ständig verändern.

»Da bist du ja!« Esme kam atemlos auf mich zu und ich schlug den Block zu. »Bastian Tremblay war eben bei uns im Zimmer. Er sucht dich. Du solltest mal dein Handy checken. Ich hab dir hundert Mal geschrieben.«

»Mich? Warum?«, überging ich ihren Vorwurf.

Esme schüttelte missbilligend den Kopf. »Schon vergessen? Du hast einen Termin. Und offenbar will Bastian nicht, dass du ihn wieder verpasst.«

Ich kniff die Lippen zusammen. »Ich kann da nicht hin«, stellte ich klar und zwang das sanfte Kribbeln zurück, das mich beim Gedanken an Bastians Nähe erfasste.

»Was?« Esme lachte. »Was soll das bedeuten? Du musst das Training machen. Jeder macht es.«

Ich rappelte mich vom Boden hoch und klopfte mir den Staub vom Hintern. »Bastian Tremblay hat keine besonders hohe Meinung von mir«, gestand ich. »Ich kann mir nicht vorstellen, dass gerade er mir helfen kann.« Ich konnte Esme nicht sagen, dass ich mich schämte, ihm gegenüberzutreten, weil mir einfach dieser Moment nicht aus dem Kopf ging, als er mich berührt hatte. »Ich will das einfach nicht.«

Irritiert, dass ich das ernst zu meinen schien, blinzelte mich Esme an. »Das kann ich gar nicht glauben«, stammelte sie. »Bastian ist …« Eine leichte Röte überzog ihre Wangen. »… also, er kann einem klar etwas Angst machen. Allein seine Kraft … beim Training und so. Aber dass er dich nicht mag, das kann ich nicht glauben.«

Weil ich schwieg, redete Esme weiter. »Im Grunde fühlt man sich nach dem Training sogar echt gut. Also mir ging es jedenfalls danach immer viel besser. In den Übungen gehe ich auf meine Ängste los, wehre mich.« Sie nickte eifrig. »Auch meine Mom sagt, ich wäre ein vollkommen neuer Mensch.«

»Ach ja?« Ich schnaubte. »Wenn du mich fragst, klingt das nach Gehirnwäsche!«

Esme kniff die Lippen zusammen und strich sich den Schuluniformrock glatt. »Geh doch einfach hin und sieh dir das Training mal an.«

»Ich weiß nicht«, murmelte ich unsicher. Immerhin wäre es eine Gelegenheit, vielleicht doch noch an den Ring zu kommen.

»Wusstest du, dass Bastian Tristans Bruder ist?«, fragte ich, während ich Esme widerwillig in die Schule folgte.

»Ja, das wusste ich. Bastian ist ganz anders als Tristan.« Sie senkte die Stimme und beugte sich näher zu mir. »Er ist viel distanzierter, und obwohl es einem nach dem Training mit ihm wirklich besser geht, und man sich dabei unweigerlich körperlich näher kommt, hab ich immer das Gefühl, er wäre aus einer ganz anderen Welt. Er wirkt immer so, als wäre er absolut … beherrscht … oder angespannt.«

⌘

Bastian Tremblay war mehr als nur angespannt. Unruhig wie ein Tiger im Käfig stromerte er im Trainingsraum auf und ab. Immer wieder schlug er auf den Boxsack ein, um sich abzureagieren, aber es half nichts. Die Wände schienen mit jeder Minute, die verstrich, näher zu rücken, bis er fast glaubte, zerquetscht zu werden. Dieses

Mädchen versetzte ihn doch tatsächlich erneut! Es dämmerte bereits, und sie war noch immer nicht aufgetaucht. Das war wirklich nicht zu fassen! In ihrem Zimmer war sie nicht gewesen, und er stand kurz davor, sie auf dem Schulgelände zu suchen. Und dass er sie finden würde, stand außer Frage. Er musste nur dem verlockenden Duft ihrer Weben folgen, und dann …

Geräusche in der Umkleide rissen ihn aus seinen Gedanken. Normalerweise schlossen die Schüler ihre Spindtüren eher zaghaft. Unsicher. Doch davon war diesmal nichts zu spüren. Beinahe wütend wurde der Spind in der Mädchenumkleide zugeknallt.

Bastian vergewisserte sich, dass der Ring um seinen Hals hing, trat hinter dem Boxsack hervor und räusperte sich. Er musste die Kontrolle wahren, auch wenn das Wüten in ihm aufbegehrte.

Abigail Woods tatsächlich in Sportkleidung vor sich zu sehen, war ungemein reizvoll. Sie hatte die Schultern gestrafft und das Kinn trotzig nach vorne gereckt. Das lila schillernde Haar verbarg ihre Augen, aber er glaubte dennoch, ein widerspenstiges Funkeln darin zu erkennen. Viele neue Schüler traten zu Beginn so bei ihm auf. Doch wenn er sich ihrer angenommen hatte, wurde der Ausdruck in ihren Augen weicher.

Irgendwie glaubte er nicht, dass Abigail weicher werden konnte.

»Das werden wir ja sehen«, flüsterte er und bedeutete ihr einzutreten. »Hallo, Abigail«, sagte er lauter. »Wie schön, dass du es doch noch einrichten konntest.«

Sie trat ein, ohne ihn anzusehen. Stattdessen hielt sie ihren Block wie einen Schild vor sich und knickte nervös die untere rechte Ecke um. Sie sah aus, als wäre sie auf der Flucht. »Kann ich das irgendwo ablegen?«, bat sie und fuhr sich durchs Haar. »Passt nicht in den Spind.«

Bastian deutete auf die Ruderbank und wartete, bis sie den Block abgelegt hatte. Doch anstatt auf ihn zuzukommen, blieb sie in sicherem Abstand bei der Ruderbank stehen.

»Wollen wir loslegen?« Ihre Weben umhüllten ihre zarte Gestalt wie eine dunkle Wolke und Bastian wusste nicht, wie lange er sich noch beherrschen konnte. Die lila Leggins und ihr weißes Tanktop umschmeichelten ihre schlanke Figur wie eine zweite Haut und das offenbarte ihm die volle Schönheit ihrer Weben, die wie Rauch um ihren Körper tanzten.

»Ich will das hier nicht machen. Was auch immer das wird!«, murrte sie und nahm ihren Block wieder in die Hand. Sie blätterte darin herum. Dann hielt sie ihm eine Zeichnung entgegen, die einen Schüler zeigte.

»Der war mal cool«, stellte sie fest und blätterte ein paar Seiten weiter. »Und jetzt ist er ein Zombie.«

Bastian betrachtete auch die zweite Zeichnung des Jungen. Er erinnerte sich gut an Bens Weben. Sie waren mit Schmerz gefüllt. Mit Ablehnung und Neid. Er hatte ihn befreit, und nun ging es ihm besser. Und das zeigte sich auch in seiner Erscheinung. Dem konnte er nicht widersprechen.

»Das ist Ben. Kein Zombie«, sagte er stattdessen und ballte die Fäuste. Ihre Weben reizten ihn und er musste sich zwingen, ruhig zu bleiben. Er schlug leicht gegen den Boxsack, um sich abzulenken. »Und er fühlt sich, seit er hier auf der Schule ist, lebendiger als jemals zuvor«, versuchte er Abby zu beruhigen.

Doch sie sah das offenbar anders, denn ihre dunkel geschminkten Lippen wurden zu einem schmalen Strich. »Ich finde die Methoden dieser Schule sehr fragwürdig«, gestand sie. »Ich fühle mich nicht schlecht. Mir geht es gut!«

Die Lüge war so groß, dass sich sämtliche Weben dunkler färbten, während sie sich misstrauisch umsah. Ihr Blick glitt über die Bodenmatten, auf denen Bastian Kampfsportübungen mit seinen Mitschülern durchführte, weiter zum Boxsack und schließlich zu ihm.

»Das sagen alle, wenn sie hier ankommen. Und doch bist du hier.«

Er sah, wie ein kurzes Aufflackern von Schmerz ihre Weben in Bewegung brachte. Sie schlossen sich enger um sie, als würden sie ihr den Atem nehmen wollen.

»Missverständnisse!«, murmelte sie trotzig, ohne von ihrer Zeichnung aufzusehen.

Bastian seufzte. Er konnte ihr nicht helfen, wenn sie sich gegen ihn zur Wehr setzte. Sie musste sich entspannen. Sich ihm freiwillig ein Stück öffnen, so wie in dem Moment in seinem Zimmer. Ihre Angst, oder welches starke Gefühl auch immer sie da empfunden haben mochte, hatte das Tor zu ihrem Innersten entriegelt.

Das Wüten in seiner Brust erinnerte sich ebenfalls daran, und wie ein Blitz durchfuhr ihn der Schmerz. Der Schmerz der Leere. Er musste diese Leere füllen. Und zwar schnell.

»Erzähl mir von dir«, bat er und griff nach einem Schlagkissen, das er für die Kampfsporteinheiten verwendete. Er hielt es wie einen Schild vor sich, denn er brauchte Abstand zu ihr. Breitbeinig stellte er sich auf und sah sie abwartend an. Dabei hielt er die Hände hinter dem Kissen versteckt, um zu verbergen, wie das Wüten ihn veränderte. Er sah sie herausfordernd an.

»Steht nicht alles in der scheiß Akte?«, fragte sie spitz.

»Vieles. Aber nicht alles«, gab er zu. »Stell dich auf und trete mit aller Kraft in die Mitte des Kissens.«

Abigail verzog das Gesicht, ohne seiner Aufforderung zu folgen.

»Was nicht in der Akte steht, reimst du dir zusammen, oder?«, forderte sie ihn heraus. »So wie du denkst, ich schleiche in eurer dummen Villa rum.«

»Du *bist* in unserem Zuhause herumgeschlichen«, erinnerte er sie mit einem leichten Lächeln. »In meinem Zimmer.«

»Dann sind wir jetzt also wieder an diesem Punkt«, schnaubte sie und wischte sich die Haare aus der Stirn. »Aber keine Sorge. Ich halte mich in Zukunft von dort fern.« Sie wirkte getroffen. »Ich bin ernüchtert, was … manche Dinge angeht.«

»Was Tristan angeht?«, hakte er nach. Ihr Schweigen war ihm Antwort genug, denn ihre Weben sagten mehr als tausend Worte. Sein hirnloser Bruder hatte das Mädchen verletzt. Dabei … er runzelte die Stirn, denn die sanfte, fast unscheinbare Herzwebe in ihrer Aura reagierte überhaupt nicht auf ihre Worte. Als hätte sie nichts mit Tristan zu tun. »Mein Bruder ist nicht der beste Umgang für neue Schülerinnen«, gab er zu und bewunderte erneut das Übermaß an Seelenweben, das Abigail umgab. Nein, sie war nichts für Tristan. Ihre Weben würden ihn umbringen, sobald er sich ihnen öffnete.

Er rang das Bedürfnis nieder, Abby, wie Tristan sie nannte, zu berühren. Sie war noch nicht bereit.

Sie hatte noch kein bisschen von ihrer Vorsicht und ihrem Misstrauen abgelegt, und ihr Blick heftete sich ungeduldig auf das Ziffernblatt der Uhr über der Umkleide.

»Wie lange dauert das noch?«, fragte sie und wippte auf ihren Fersen auf und nieder.

Bastian zuckte mit den Schultern. »Kommt darauf an, wann du … anfängst mit mir zu arbeiten. Ich sehe, dass du wütend bist. Lass es raus.«

»Du willst also, dass ich dich trete, ja?«

»Nicht mich. Das Polster.« Bastian neigte schmunzelnd den Kopf. Sie sah süß aus, wie sie sich an ihren Block klammerte. Er würde ihr zu gerne versichern, dass es ihr besser gehen würde, wenn sie ihm nur vertrauen würde, doch irgendetwas hinderte ihn daran. Vielleicht die Tatsache, dass er zum ersten Mal überhaupt nicht daran glaubte, dass dies zutraf.

Wie schon zuvor fragte er sich, was von ihr blieb, würde er ihre Seelenweben ausdünnen. Sie waren doch alles, was sie ausmachte. Dabei musste es in Abby doch mehr geben als nur Schmerz und Leid. Irgendwo unter diesen dunklen Weben musste doch etwas anderes zu finden sein. Liebe, Zuneigung, Erinnerungen. Wo waren all diese Dinge?

Widerwillig kam sie auf die Matte und tippte leicht mit der Fußspitze gegen das Polster.

»Zufrieden?«

»Bei Weitem nicht«, lachte er und sah ihr in die zusammengekniffenen Augen. »Dein Tritt passt eher zu einem glücklichen Erlebnis, ist aber ganz sicher nichts, womit du deine Aggressionen loswirst.«

»Glücklich?«, fragte sie zynisch. »Warum auch nicht? War es nicht mein größter Glückstag, als Florence mich hierhergebracht hat?«

Bastian lachte. »Netter Versuch.« Er zwinkerte ihr zu. »Also, noch mal von vorne. Er packte das Polster fester und sah sie kampfbereit an. »Dann bist du also gerade absolut glücklich.«

»Definitv nicht!«

Bastian senkte das Polster. »Sag mir, wann du zuletzt glücklich warst.«

Das Einhorn

Mir gefielen seine Fragen nicht. Ich mochte nicht über mein Leben reden. Über die Pflegefamilien, die Wochen im Heim, die Ablehnung. Wo sollte ich da einen glücklichen Moment finden? Es tat weh, überhaupt so lange in meinen Erinnerungen suchen zu müssen. Ich hatte gedacht, bei Florence irgendeinen Moment zu finden. Ich war gerne bei ihr. Mochte es, mit dem Kater auf dem Schoß fernzusehen. Mochte es, Florence beim Entwerfen eines neuen Hutes zuzusehen. Ich mochte den Zug um ihren Mund, wenn ihr eine gute Idee kam. Aber gab es wirklich einen Moment des Glücks? Reichte Zufriedenheit für wahres Glück?

Vermutlich nicht.

»Abigail?«, hakte Bastian ruhig nach, nachdem ich so lange schwieg.

Ich rollte mit den Augen und funkelte ihn wütend an. Die Versuchung, wirklich nach ihm zu treten, war groß. »Ich überlege, okay? Ist nicht so einfach, permanent glücklich zu sein, wenn man ohne Eltern aufwächst!«, erinnerte ich ihn. Normalerweise hätte ich das nicht angesprochen, aber es stand unter Garantie in meiner Akte.

Mein Blick fiel an Bastian vorbei aus dem Fenster und das Riesenrad leuchtete bunt hinter ihm auf.

»Der Jahrmarkt«, entfuhr es mir und ich bedauerte, dass ich hier sein musste, anstatt dort auf dem Riesenrad. »Ich war mal recht glücklich, als ich klein war«, sagte ich, ohne groß nachzudenken. »Kennst du das Winter Wonderland im Hyde Park? Ich war dort mit meiner Mom. Dad hatte einen kleinen Marktstand mit seinem handgefertigten Schmuck, aber weil nicht viel los war, hatte Mom Zeit, mit mir über den Platz zu schlendern. Es war kalt. Der erste Schnee war in der Nacht gefallen und unser Atem stieg in kleinen Wölkchen auf.« Ich schloss die Augen und sah den Tag vor mir. »Ich hatte keine Schlittschuhe, aber wir haben den anderen beim Pirouettendrehen zugesehen.«

⌘

Bastian konnte den Blick nicht von ihr nehmen. Er war wie gebannt von dem, was er vor sich sah. Abigails Weben waren von einmaliger Schönheit. Die schwarzen Seelenweben umschmeichelten ihren Körper wie Satin und nur ganz schwach pulsierte tief unter dieser Schwärze eine kaum wahrnehmbare, purpurfarbene Herzwebe. Sie wagte sich kaum in den Vordergrund. Sie war wie neugeboren, eben erst entstanden, und so roh und unvollkommen, dass Bastian Angst hatte, die dunklen Seelenweben könnten ihr schaden. Doch noch ehe er den Gedanken zu Ende denken konnte, blühte eine einzelne, azurblaue Erinnerungswebe auf und schlängelte sich verführerisch durch die schwarzen Seelenweben.

Bastian hielt den Atem an, denn der Drang, zu Abby zu gehen und sich den Weben zu nähern, war übermächtig. Er wusste, dass allein neben ihr zu stehen ihn beflügeln würde. Er konnte fast spüren, wie zart sich ihre Weben auf seiner Haut anfühlen würden.

Er wandte den Blick von den tanzenden Schlieren ab und sah ihr ins Gesicht. Sie hatte die Augen geschlossen und ihre Stimme klang, als wäre sie weit entfernt.

»Ich hatte meine Handschuhe zu Hause vergessen und meine Finger waren eiskalt, aber ich wollte keinesfalls gehen«, erzählte sie und ein weiches Lächeln umspielte ihre dunkel geschminkten Lippen. Erst jetzt bemerkte Bastian, wie voll diese Lippen waren. Sie presste sie üblicherweise so fest zusammen, dass ihm das bisher gar nicht aufgefallen war. Und es irritierte ihn, dass er es bemerkte.

Er legte das Polster beiseite und fuhr sich durchs Haar, obwohl sein Handrücken leichte Weben aufwies. Abigail würde sich auf die Übung nicht einlassen. Das spürte er. Sie war noch nicht so weit. Noch immer hatte sie die Augen geschlossen, war versunken in ihrer Erinnerung. Er könnte sogar zu ihr gehen und …

»Ich weiß noch genau, wie glücklich ich war, als ich die Fahrkarte für das Karussell an der Kasse entgegengenommen habe. Mom wollte, dass ich in das kleine pinke Flugzeug steige, weil es …« Sie blinzelte und ihre Blicke trafen sich. Schmunzelnd hob sie die Arme und breitete sie aus. »… das Flugzeug ging hoch und runter und neigte sich leicht«, erklärte sie und imitierte die Bewegungen mit den Armen. Dann zuckte sie beinah entschuldigend mit den Schultern. »Aber ich wollte auf das Einhorn. Es war weiß, hatte eine goldene Mähne und ein gläsernes Horn. Ich … habe es geliebt. Es war wunderschön.«

Abigails Herzwebe pulsierte und verwob sich mit der blauen Erinnerungswebe zu einem lebendigen Lila, das perfekt zu ihrem Haar passte.

Wunderschön, wie du, dachte Bastian und trat einen Schritt auf sie zu. Er konnte nicht anders. Sie … zog ihn magisch an.

»Das Einhorn war zu hoch, um allein aufsteigen zu können, also hob mich Mom hinauf und schon ging es los. Ich höre noch heute die Melodie. Es gab nur mich und das Einhorn. Und meine Mom, die lachend winkte, wann immer ich an ihr vorbeikam.«

Bastian keuchte. Dieses Mädchen wusste nicht, was es mit ihm anrichtete. Er verlor sich beinahe in der Bewunderung der winzigen Herz- und schwachen Erinnerungsweben inmitten ihrer dunklen Seelenweben, als diese mit aller Kraft aufbegehrten und die Farben verschluckten.

»Tja!«, erklärte Abigail bitter und sah ihm kühl ins Gesicht. »Das war wohl ein ganz schöner Tag, aber da wir kein Geld hatten, konnte ich nur eine einzige Runde drehen. Ich wäre gerne öfter gefahren, aber …«

Sie zuckte wieder mit den Schultern und Bastian entging nicht, dass sie nun doch mit dem Fuß in das auf dem Boden liegende Polster trat. Die dunklen Weben schlangen sich mit grausamer Kraft um ihren Körper und er wusste, sie fühlte sich, als würde sie ersticken.

Abigail drängte die Erinnerung zurück und auch das Gefühl der Geborgenheit und Liebe, das sie kurz zugelassen hatte. Sie wollte nicht daran denken, sich nicht daran erinnern, es nicht noch einmal fühlen. Stattdessen besann sie sich auf den Schmerz, der ihr so vertraut war, dass er ihr wie eine Zuflucht vorkam. Er hielt sie fest, gab ihr Stabilität, denn er war das Einzige, was in ihrem Leben Bestand hatte. Er würde sie nie verlassen. War immer da. So hart das war, war es doch zugleich beruhigend. Sie fühlte lieber Schmerz, als liebevollen Erinnerungen nachzuhängen und Gefühlen hinterherzutrauern, die sie nie wieder zurückbekäme.

Sie war wütend, weil dieser blöde Bastian sie überhaupt dazu gebracht hatte, sich zu erinnern. Trotzig schob sie das Kinn vor und funkelte ihn an.

»War das ein glückliches Erlebnis nach deinem Geschmack?«, fragte sie mit einem giftigen Unterton in der Stimme.

Die Weben umschlossen Abby so fest, dass Bastian Angst bekam, sie würde dieser Last nicht standhalten. Alarmiert trat er auf sie zu und griff nach ihrer Hand.

»Du musst damit nicht allein fertigwerden«, sagte er ruhig und wappnete sich dafür, ihre Weben in sich aufzunehmen. Das Wüten in ihm ließ ihn zittern und er schloss seine Finger fest um ihre. »Schließ einfach die Augen«, beschwor er sie leise. »Teile deinen Schmerz mit mir, dann …«

Er musste warten, sich gedulden, bis sie die Augen zumachen würde, denn sie durfte nicht sehen, was geschah, sobald er das Seelentor öffnete.

»Abby«, bat er heiser, denn er konnte sich kaum noch zurückhalten. Der Ring auf seiner Brust pulsierte in Erwartung des Kampfes, den er ausfechten würde. Er musste ihr helfen, ehe die Last ihrer Qualen sie erdrückte. Und er *wollte* es tun, weil er es nicht länger aushielt, ihren Weben so nah zu sein, ohne sie in sich selbst zu fühlen.

Er hatte erwartet, dass sie sich nur zu gerne helfen lassen würde, doch als sie die Augen misstrauisch zusammenkniff, anstatt sie dankbar zu schließen, wusste er, dass etwas nicht nach Plan verlief.

»Was soll denn der Mist?«, fragte sie und entriss ihm ihre Hand. Sie kickte noch einmal gegen das Polster und wich vor ihm zurück. »Mach hier nicht einen auf Psycho-Doc. Du bist schließlich nicht mein Lehrer. Und mir geht es gut. Ich hab nur keinen Bock auf diesen Sportquatsch!«

Das Wüten in Bastian verlangte, dass er ihr folgte, als sie einen Schritt zurückmachte. Er kämpfte dagegen an und zwang sich, ruhig zu bleiben.

»Du musst deine Gefühle rauslassen, wenn du in Darkenhall bleiben willst«, versuchte er sie zu beschwichtigen. »Niemand will dir etwas Böses. Ich schon gar nicht. Darum bin ich doch hier, und nein, ich bin nicht dein Lehrer. Ich bewerte dich nicht. Ich will dir nur helfen.«

»Ich. Brauche. Keine. Hilfe.«

Bastian raufte sich die Haare. Er wandte ihr atemlos den Rücken zu und stemmte die Hände aufs Fenstersims, um das Wüten in sich zurückzudrängen. Er musste verdammt noch mal die Kontrolle bewahren, wenn er Abby nicht vollends verschrecken wollte. Die Lichter des Riesenrads leuchteten und ihm kam eine Idee.

Er drehte sich zu ihr um und suchte ihren Blick.

»Brauchst du vielleicht eine Runde auf dem Einhorn?«

»Wie bitte?« Sie hob verwirrt die Augenbrauen. »Soll das … ein Scherz sein?« Sie rümpfte die Nase. »Ist das irgendein perverser Witz? Das Einhorn? Was soll das heißen?«

Perplex, dass sie hinter seinem ernst gemeinten Vorschlag, eine sexuelle Andeutung vermutete, lachte er los.

»Oh Gott, nein!«, prustete er und deutete durch die Scheibe hinüber auf den Church Yard. »Das kam falsch rüber.«

Abigails Wangen glühten rot auf und sie kniff verlegen die Lippen zusammen. »Ach so. Das … wusste ich nicht. Ich habe nur …«

»Schon okay«, winkte Bastian lachend ab. »Ich … hab mich etwas ungeschickt ausgedrückt, das gebe ich zu.«

»Etwas?« Sie hielt sich die Hand vor den Mund und kicherte.

Sie war wirklich niedlich, wenn sie ihre harte Maske mal ablegte. Dann leuchteten ihre Augen warm und herzlich.

»Na schön. Mehr als etwas ungeschickt. Und dennoch …« Er neigte den Kopf, denn plötzlich war es ihm wirklich wichtig, noch mehr Zeit mit ihr zu verbringen. Er musste verstehen, warum sie unter der Last ihrer Weben nicht zusammenbrach. Und er musste ihr beweisen, dass er ihr nur helfen wollte. »… vielleicht hilft dir ein Besuch auf dem Jahrmarkt, deine Probleme aufzuarbeiten.«

»Wenn ich da hingehe, dann nicht, um irgendwas aufzuarbeiten!«, stellte sie klar und verschränkte die Hände vor der Brust. »Ich muss nichts verarbeiten. Mir geht es gut.«

Bastian hob unschuldig die Hände. »Ganz wie du meinst.« Er deutete auf die Tür zur Umkleide. Vielleicht musste sie wirklich nichts verarbeiten, er aber auf jeden Fall. Schließlich bekam er in der Regel die Weben problemlos, die er wollte. Ihre Weigerung war neu. Und überraschend aufregend.

Er sah Abigails schlanker Gestalt nach, als sie in die Mädchenumkleide verschwand, um sich umzuziehen. Sie war so zierlich und verletzlich und trug ihre Last doch mit so einer Stärke, wie er es noch nie erlebt hatte. Das gab ihm Rätsel auf.

Ein Rätsel, das zu lösen er sich fest vornahm.

⌘

»Das mit dem Einhorn tut mir leid«, flüsterte ich, um das Schweigen zu brechen, das unseren Weg über die Straße in Richtung Church Yard begleitete. Ich musste etwas sagen, um den Gedanken zu verdrängen, dass ich nur mitging, um vielleicht doch noch an den Ring für Cross zu gelangen. »Ich habe … nicht wirklich geglaubt, dass du …« Nun blinzelte ich ihn doch etwas verlegen von der Seite an und hoffte, er würde meine Gedanken nicht lesen können. »… ein Perverser oder so bist.«

»Ich fass das mal als Kompliment auf«, lachte Bastian, was so überraschend kam, dass ich ebenfalls lachen musste.

»So weit würde ich jetzt aber nicht gehen. Es war einfach ein Missverständnis«, verbesserte ich ihn und schaute schnell wieder auf die Straße, denn die sternengleichen Sprenkel in seinen Augen verwirrten mich. Ich musste ihm näher kommen, um an den Ring zu gelangen, doch wie sollte ich das, wenn schon sein Blick mich verunsicherte. Er hatte wirklich die schönsten Augen, die ich je gesehen hatte. Wenn ich jetzt so neben ihm herging, musste ich zugeben, dass er fantastisch aussah. Seine Größe war zwar einschüchternd, aber sie versprach zugleich Sicherheit. Ich erinnerte mich an die Nacht, als ich ihn beim Rudern gesehen hatte. Schon da war mir aufgefallen, wie gestählt … wie …

Ich verbot mir jeden weiteren dieser schmalzigen Gedanken und zwang mich zur Konzentration, denn Bastian sagte etwas.

»Schön, dass wir das Missverständnis aus der Welt geschafft haben.«

»Apropos!« Mir kam da ein Gedanke. »Ein Mitschüler hat etwas zu mir gesagt, das ich nicht verstehe.« Ich sah ihm direkt ins Gesicht, um deutlich zu machen, dass ich eine ehrliche Antwort erwartete.

»Was hat der *Mitschüler* denn gesagt?«, fragte er und sah mich neugierig an. »Reden wir von Tristan?«

Ich kickte einen Kiesel in die Fahrbahnmitte und schüttelte den Kopf. »Nein. Tristan hat damit nichts zu tun.« Ich verzog das Gesicht. »Abgesehen davon, dass er sich weigert, mir zu sagen, was das bedeuten soll, auch wenn ich sicher bin, dass er es ganz genau weiß.«

Anhand meines Tonfalls merkte ich, dass ich deswegen wirklich wütend auf Tristan war.

»Wenn es nicht Tristan war, wer dann?«

»Gwynedd. Er … hat mich auf dem Kieker.«

»Was hat er denn gesagt?« Bastians Stimme war sanft und sein Blick ruhte auf mir, was meine Knie irgendwie ihrer Funktion beraubten. Ich konnte nicht weitergehen, also blieb ich stehen und sah ihn an.

Ich biss mir auf die Lippe, weil die Worte nicht aus meinem Mund wollten. Plötzlich kam ich mir albern vor, gerade ihn danach zu fragen. Ich nahm einen Kaugummi aus der Rocktasche und wickelte ihn aus dem Papier.

»Abby?« Er hob die Hand an meine Wange und etwas an seinem Blick veränderte sich. Seine Fingerspitzen zitterten auf meiner Haut, aber ich wich nicht zurück.

»Er sagt, ich bin eine TPTD«, wisperte ich und schlug die Augen nieder. Bastians Nähe ließ mein Herz schneller schlagen. Das, oder der Gedanke, dass ich den Ring wirklich stehlen könnte, wenn er nur noch etwas länger so nahe bei mir bliebe. Schnell, um mich zu beruhigen, steckte ich mir den Kaugummi in den Mund und wartete auf die Schärfe der Minze.

⌘

Bastian stieß einen leisen Fluch aus und zog seine Hand zurück. Abbys Weben waren in Bewegung. Dunkel drängten sie sich ihm entgegen und er spürte, wie sehr es sie quälte, nicht zu wissen, was dieser dumme Junge über sie sagte. Doch nicht nur das erweckte ihre Weben zum Leben. Die rote Herzwebe, sie … rekelte sich und leuchtete schwach aus der Dunkelheit.

»Was bedeutet TPTD?«, hakte sie kauend nach und sah ihn ernst an.

Er wusste, die Antwort würde ihre schwarzen Seelenweben nähren und die kleine Herzwebe in den Hintergrund drängen. Am liebsten hätte er sie angelogen. Er holte Atem, um es zu tun, da griff sie nach seiner Hand und drückte sie flehend.

»TPTD bedeutet …« Er rang das Wüten in sich zurück, das bei ihrer Berührung erwacht war, und schüttelte den Kopf. Dieser Gwynedd war wirklich lästig. »… es bedeutet *too poor to date*«, erklärte er und schloss schützend seine Hand um ihre. »Er würde dich nicht daten, weil –«

»Weil ich keine reichen Eltern habe«, beendete sie resigniert seinen Satz und er konnte nichts tun, um ihr den Schmerz zu nehmen, der bei dieser Erkenntnis auf sie einschlug. Er hätte es schon gekonnt. Es auch zu gerne getan, aber genau jetzt würde sie es vermutlich als Verrat empfinden, wenn er sich nähme, was sie ihm nicht freiwillig überlassen wollte.

Der Jahrmarkt

Der Jahrmarkt hatte an diesem Abend noch gar nicht geöffnet. Die Schausteller hatten den Aufbau der Fahrgeschäfte wohl gerade erst beendet und saßen in der Mitte des Platzes bei einem Feuer zusammen. Sie schauten auf, als wir den Markt betraten. Einer von ihnen kam auf uns zu.

»Sorry, Leute. Der Spaß geht erst morgen los«, rief er uns entgegen, noch ehe er uns erreicht hatte.

»Oh«, entfuhr es mir enttäuscht.

Bastian lächelte mich aufmunternd an. »Mal sehen, was sich da machen lässt«, sagte er. Es klang nicht im Geringsten so, als hätte er vor, einfach wieder zu gehen.

»Was hast du …?« Ich eilte ihm hinterher, als er schon die Geldbörse zückte.

Das Gesicht des Schaustellers erhellte sich, und er schenkte mir ein strahlendes Lächeln.

»Mylady« Er verneigte sich übertrieben und riss sich die Kappe vom Kopf. »Der Jahrmarkt gehört Ihnen!« Er drehte sich zu seinen Kollegen um und scheuchte sie auf. »Meine Herren, unser Einsatz ist gefragt!«, rief er ihnen zu, und im nächsten Moment erstrahlte der ganze Platz im bunten Licht der Fahrgeschäfte. Geisterhaft leer drehten sie ihre Runden und die Musik erfüllte die Nacht.

»Was …?« Ich drehte mich einmal um mich selbst und staunte.

Ich konnte nicht verhindern, dass ich lachte. Ich sah Bastian überrascht an. »Was hast du ihm gesagt?«

Er grinste. »Es bedarf oft nicht vieler Worte, wenn ...« Er zuckte mit den Schultern. »... wenn die Bezahlung stimmt.«

»Tja!« Ich musste schlucken. »Offensichtlich bist *du* nicht TPTD«, stellte ich fest und schüttelte den Kopf über das sich einsam drehende Riesenrad.

»Unsinn!« Bastian zwinkerte. »Das ist doch kein Date, sondern dein ganz spezielles Anti-Aggressionstraining. Vielleicht hole ich mir das Geld später aus der Schulkasse zurück.«

Ich lachte. »Ach so. Ja, natürlich. Die einfachen Leutchen wie Florence werden sicher Verständnis haben, dass im Grunde sie dafür aufkommen müssen.«

Anstatt zurückzurudern, wie ich es erwartet hatte, fasste Bastian nach meiner Hand und zog mich mit sich. »Abby Woods. Die Verteidigerin der Armen«, neckte er mich und schob mich vor sich in die Gondel des Riesenrads. »Wenn ich es *nicht* aus der Schulkasse nehme, versprichst du mir dann, dich wenigstens ein einziges Mal in deinem Leben zu entspannen?«

Ich setzte mich auf die rot gepolsterte Sitzbank und genoss das Schaukeln unter meinen Füßen, als die Gondel sich den ersten Meter anhob. Bastian nahm mir gegenüber Platz und da er viel schwerer war, neigte sich die Kabine leicht in seine Richtung. Es fühlte sich an, als zöge die Schwerkraft mich zu ihm. »Ich bin entspannt«, log ich. In Wahrheit hämmerte mir das Herz wie wild in der Brust.

Denn das hier war verrückt. So was passierte nur im Märchen. Und auch da nur der Romantik willen. Aber das hier zwischen uns, das war nun wirklich kein Märchen.

Und Romantik? Nur weil sein Bein meines berührte, hatte diese

Sache mit Romantik noch lange nichts zu tun. Er hatte es ja selbst gesagt. Das war kein Date.

»TPTD«, flüsterte ich, ohne es zu merken, aber Bastian entging es nicht.

»Vergiss Gwynedd.«

»Schon gut. Aber er hat nicht ganz unrecht, oder?«

»Wie meinst du das?« Bastian musterte mich ernst. Das bunte Licht der Gondel machte seine Gesichtszüge weicher.

Ich zuckte mit den Schultern. Im Polster der Sitzbank war ein Riss und ich strich über das aufgeplatzte Kunstleder, fühlte den gelblichen Schaumstoff darunter.

»Er hat gesagt, *klarmachen* wäre okay, aber … daten nicht. Denkst du, Tristan sieht das auch so? Hat er sich mit mir angefreundet, weil er … mich *klarmachen* will?« Ich zupfte etwas von dem Schaumstoff ab und zerknüllte ihn zwischen den Fingern.

Bastian beugte sich leicht in meine Richtung und die Gondel schaukelte. Wir waren inzwischen reichlich hoch und die Aussicht war unbeschreiblich. Londons Norden sah von oben viel schöner aus. Die Themse schimmerte wie ein Band aus flüssigem Gold. Und der Park von Darkenhall sah so weich aus wie ein grünes Kissen aus Baumkronen.

»Ich kann dir nicht sagen, was Tristan beabsichtigt, Abby. Ich kann dir nur sagen, dass …« Er griff meine Hand und sah mir fest in die Augen. Hitze entflammte meine Finger und ich schnappte nach Luft, als ein leichter Schwindel mich erfasste.

⌘

Sie war so schön. Bastian konnte sich nicht länger zurückhalten. Er griff ihre Hand und als ihre Finger sich berührten, wollte er ihr etwas von ihrem Schmerz nehmen. Sie hatte einfach Glück verdient, in diesem unbeschreiblichen Moment, in der Gondel hoch über der Wirklichkeit.

Er öffnete sich ihren Weben und sogleich schlug die erste auf ihn ein. Er atmete zitternd aus und Abbys Webe flutete seine Seele, seinen Körper, sein Herz.

Wie ein Rausch benebelte sie seine Sinne, auch wenn er sich mit aller Kraft zurückhielt. Er kostete nur …

Doch das war einfach nicht genug.

»Ich kann dir nur sagen, dass …« Immer mehr Weben drängten gegen die Verbindung, die er doch kaum geöffnet hatte. Er wollte das Seelentor aufstoßen, sie alle aufnehmen, doch er zwang sich zur Geduld. »… ich dich daten würde – unter anderen Umständen. Denn du bist süß.« Unter Aufbringung all seiner Kraft, gab er ihre Hände frei und beugte sich zurück, um Distanz zu schaffen. Das Wüten in ihm schrie nach mehr und der Hauch der Webe, die er ihr genommen hatte, berauschte sein Blut wie dunkler, starker Wein.

Und als hätte auch sie von dem Wein genippt, röteten sich ihre Wangen. Ihre zarte Herzwebe leuchtete auf.

»Ihr Tremblays habt einen merkwürdigen Geschmack. Abgesehen von euch hat mich noch nie jemand süß genannt«, gab sie verlegen zurück und er wusste, warum sie den Kopf leicht nach vorne neigte. Sie versteckte sich hinter der Flut ihrer Haare. Obwohl es ihm schwerfiel, ihr nahe zu kommen, ohne ihre Weben zu nehmen, strich er ihr die Strähne hinters Ohr und hob ihr Kinn an.

»Vielleicht hast du nur nie richtig zugehört?«

Sie kniff die Lippen zusammen und stand auf, auch wenn es noch fast zwei Meter bis zum Boden waren. Wankend hielt sie sich an der Gondel fest und schaute ihn an. »Die Leute sagen, ich bin eine

Diebin. *Das* sagt man über mich. Und nur das höre ich immer wieder. Auch von dir.«

⌘

Als der Schausteller die Gondeltür öffnete, schlüpfte ich schnell hinaus und legte einige Meter zurück, um meine Nerven zu beruhigen. Ich war doch echt bescheuert! Mein Herz schlug Saltos, weil Bastian mich mit diesem Blick ansah, als wäre ich irgendetwas Besonderes. Jede seiner Berührungen machte mich so leicht, so unbeschwert. Dabei war doch nach der TPTD-Sache nun wirklich klar, dass ich alles andere als passend für einen Tremblay war. Unter anderen Umständen – was sollte das denn bedeuten? Wenn ich reich wäre? Ich fuhr mir durch die Haare und schüttelte den Kopf über meine eigene Schwäche. Über meinen Wunsch, irgendwem wichtig zu sein. Wichtig genug – für ein verdammtes Date.

Ein Date, bei dem einem ein ganzer Jahrmarkt zu Füßen gelegt wurde und … Ich biss die Zähne zusammen und drängte jeden romantischen Gedanken zurück. Ich spuckte den Kaugummi in den Kies.

Ich hörte Bastians Schritte hinter mir und zwang mich zu einem Lächeln. Ich musste lernen, Prioritäten zu setzen. Der Ring war wichtig. Cross' Aufgabe zu bestehen, war wichtig. Nicht meine bescheuerten Gefühle.

»Genug vom Riesenrad?«, fragte Bastian. Er hatte die Hände hinter seinem Rücken verschränkt und wirkte angespannt. Diese Körperhaltung war mir bei ihm schon mehrfach aufgefallen. Er wirkte sehr beherrscht. Ein krasser Gegensatz zu dem merkwürdigen Feuer, das ich eben noch in seinen Augen zu sehen geglaubt hatte.

»Jep.« Ich rieb meine Arme und sah mich um.

»Und wo machen wir weiter?«, fragte er und deutete auf das Kinderkarussell mit den weißen Pferden und Kürbiskutschen im Cinderella-Stil.

Ich schüttelte den Kopf. »Wenn man vier ist, hat das seinen Reiz, aber inzwischen …«

»Verstehe.« Er zeigte nach rechts, wo das Maul des Monsters uns in den Höllenschlund einladen wollte. »Dann vielleicht ein bisschen Grusel?«

Ich lachte über die Grimasse, die er dabei schnitt.

»Gerne. Auch wenn mich das dann wohl doch an ein Date erinnert.«

»Ach ja?« Er wirkte überrascht. »Dann erzähl mal. Du hattest schon mal ein Date in der Geisterbahn?«

»Nicht wirklich!«, lachte ich und folgte ihm in Richtung zähnefletschendes Ungeheuer. »Das war kein richtiges Date.« Ich wackelte unsicher mit dem Kopf. »Im Grunde hatte ich wohl noch nie ein Date. Abgesehen davon, mich einmal mit Jimmy Preston an der Tankstelle auf ein Eis getroffen zu haben.«

Bastian lachte leise. »Jimmy Preston hat Stil. Was ist aus euch geworden?«

Kichernd stieg ich in den ersten Wagen der Geisterbahn und rückte zur Seite, damit Bastian neben mich klettern konnte. Der Wagen war eng und seine Schultern streiften meine, seine Knie berührten meine, und als er mir zuzwinkerte, glaubte ich, dunkle Schlieren in seinen Augen zu sehen. Gott, diese Geisterbahn machte mich jetzt schon verrückt!

»Jimmy Preston hatte in erster Linie große Ähnlichkeit mit dem Monster hier«, kicherte ich und deutete auf die Kulisse, durch die der Wagen gerade ruckelnd ins Geisterhaus einfuhr. Dunkelheit riss an meinen Nerven und die schrillen Laute einer Geige hallten fürchterlich durch meinen Kopf.

Ich dachte an Jimmy Preston, und daran, dass der Mann neben mir absolut keine Ähnlichkeit mit dem pickligen Jungen mit der Zahnspange hatte. Im blutroten Licht eines Scheinwerfers rauschte ein Totenschädel über unsere Köpfe und ich griff panisch Bastians Hand. Mein Schrei vermischte sich mit seinem Keuchen, als uns eisige Luft entgegengeblasen wurde. Der Atem des Todes wahrscheinlich.

»Keine Angst.« Bastians Stimme war dicht an meinem Ohr. »Dir passiert nichts.«

Etwas Feuchtes streifte meine Wange und als ich zusammenzuckte, blitzte grell ein Sumpfmonster neben dem Wagen auf. Ich schrie und presste mich an Bastian. Er legte die Arme um mich und seine Lippen waren an meinem Hals.

»Alles wird gut, Abby, vertrau mir«, raunte er und sein Atem strich zart über meine Kehle. Das Herz hämmerte mir in der Brust, im gleichen schnellen Takt wie diese furchtbar quietschende Geige aus den Lautsprechern. Ich schmiegte mich eng an Bastian und atmete seinen Duft ein. Ich hob den Kopf, legte ihn in den Nacken, um ihm in die Augen blicken zu können, und spürte seine Bartstoppeln an meinem Gesicht.

»Ich habe keine Angst«, log ich und meine Finger ertasteten den Ring unter seinem Shirt.

»Ich schon«, gestand er. Dann senkte er seine Lippen auf meine.

⌘

Ein hartes Keuchen entrang sich Bastians Brust, als er ihre Lippen berührte. Er hatte es nicht vorgehabt. Und doch hatte sich nie etwas richtiger angefühlt. Ihre schwache rote Herzwebe umschlang sie beide und wie von selbst hob sich seine Hand in ihren Nacken, bereit, sich zu nehmen, was er so dringend brauchte.

Er war ihr nah, berührte sie – und sie ließ es zu. Vielleicht war es das, was ihn zögern ließ, aber als sie überrascht nach Luft schnappte, ohne zurückzuweichen, da … da drängte es ihn, diesen unerwarteten Kuss zu vertiefen, statt sich ihre Weben zu nehmen. Sanft teilte er ihre Lippen und ließ seine Zunge in ihren Mund gleiten. Seine Finger streichelten ihre Wange, ihren Hals und er spürte dabei ihren rasenden Puls, als sie scheu den Kuss erwiderte.

Das Wüten in Bastian war so stark, dass es ihm den Atem nahm, doch er wusste, wenn er ihm jetzt nachgeben würde, würde er die Kontrolle über sich verlieren. Er würde diesen Moment zerstören, denn wenn er das Seelentor aufstoßen würde, würde der Schwindel ihr jede andere Empfindung nehmen, und ihre Erinnerung dämpfen.

Und er wollte diesen Kuss nicht dämpfen. Wollte nicht, dass er endete. Darum kämpfte er mit aller Macht gegen das Wüten an und vertiefte den Kuss. Abbys anfängliche Zurückhaltung wich einer Neugier, die Bastian fast um den Verstand brachte. Er hätte am liebsten gejubelt, als sie seinem Locken nachgab und anfing, auch seinen Mund zu erkunden. Sie hob die Hände an seinen Hals und das Ruckeln der Geisterbahn ließ sie leicht gegen ihn stoßen. Er zog sie dichter an sich, umfasste ihre schlanke Taille, hielt sie fest und beschützt, als wilde Geister dicht über ihre Köpfe sausten. Ihr Zittern schien dennoch nicht davon zu kommen.

Ihre Weben tanzten förmlich um sie herum und Bastian spürte seine Kräfte schwinden. Als die Geisterbahn mit einem Ruck zum Stehen kam, übermannte ihn das Wüten. Es kam so plötzlich, dass er selbst nicht genau verstand, warum, aber er konnte nichts dagegen tun.

Sie sah ihn an, die Lippen leicht geöffnet und die Wangen gerötet von der wilden Fahrt, als er noch einmal ihr Gesicht umfasste und seine Lippen auf ihre senkte. Nur war der Kuss diesmal Mittel zum Zweck. Er war nicht länger er selbst.

⌘

Passierte das gerade wirklich? Träumte ich? Es fühlte sich nicht wie ein Traum an, als Bastians Atem meine Wange streifte, als seine Zunge mich neckte, als seine Hand an meiner Taille wie von selbst einen Weg unter meine Bluse fand. Diese zarte Berührung versetzte meine Haut in Flammen und ein Zittern überlief mich. Ich war zu keinem klaren Gedanken mehr fähig, dabei hämmerte mir meine Aufgabe doch laut und deutlich im Kopf: Ich musste an den Ring kommen. Dies war die Gelegenheit, auf die ich gewartet hatte. Aber ich hatte auch siebzehn Jahre darauf gewartet, geküsst zu werden. Und dieses Gefühl war einfach unbeschreiblich. Ich hätte nie gedacht, dass es so intensiv sein könnte. Dass der Mann, den ich küssen würde, mich dermaßen in seinen Bann ziehen würde, wie Bastian es gerade tat. Es war, als wären wir zwei Teile eines Puzzles. Als könnte nur ich ihm geben, was er brauchte, und umgekehrt.

Ich schloss die Augen und ließ mich fallen. Ich erkundete seinen Mund, wie er es bei mir getan hatte, er neckte mich mit seiner Zunge, grub sanft seine Zähne in meine Lippe und zog mich dichter an sich. Es geschah wie von selbst, dass ich die Arme um seinen Hals schlang, dabei seine Kette berührte, und als das Rucken des Wagens mich gegen seine Brust schubste, übernahm die Dunkelheit in mir die Kontrolle. So schnell, dass er es unmöglich bemerkt haben konnte, riss ich ihm die Kette mit dem Ring ab und ließ sie in den Ärmel meiner Bluse gleiten.

Der Wagen kam quietschend zum Stehen und ich sah Bastian ängstlich an. Mein Herz hämmerte und ich fragte mich, ob er wusste, was ich getan hatte.

Vielleicht wusste er es, denn sein Blick hatte sich verändert. Härter, drängender, und als er diesmal seine Lippen auf meine presste, glaubte ich, das Blau seiner Augen wäre vollends von schwarzen Schlieren überzogen.

Ich schnappte nach Luft, dann begann die Welt sich um mich herum zu drehen. Ich umklammerte den Ring in meiner Faust, als mein Innerstes sich nach außen kehrte.

Bilder rasten an meinem geistigen Auge vorüber. Schmerz, Leid und eiskaltes Grauen rissen mich mit sich fort und es war, als wäre ich eine Pflanze, die gerade entwurzelt wurde.

Ich wollte mich wehren, es beenden. Ich riss die Augen auf und blickte dennoch nur in nachtschwarze Schatten. Und ich spürte, wenn ich mich retten wollte, musste ich mich mitten in die Schatten hineinstürzen.

⌘

Bastian hatte die Tore von Abbys Seele geöffnet. Nicht vollends, aber weit genug, um den Schmerz zu fühlen, den er ihr nahm. Eine ganze Armada an dunklen Seelenweben strömte auf ihn ein. Sie füllten sein Innerstes mit unendlicher Trauer und bitterer Not, sodass er glaubte, daran zu ersticken, während das Wüten in ihm knurrend seine Gier befriedigte. Bastian keuchte und vertiefte den Kuss. Abbys Weben strömten durch seine Hände, seine Finger, seine Lippen, seine Zunge und jede andere Stelle, an der er sie berührte. Er wusste, nicht nur seine Haut war in diesem Moment davon gezeichnet, sondern überall dort, wo er ihre Weben befreite, kamen sie auch unter ihrer Haut zum Vorschein.

Er hatte zeit seines Lebens Menschen von ihren Weben befreit, und doch hatte es sich nie so angefühlt wie bei Abby. Es war, als … kämpfe sie gegen ihn an, als wollte sie sich nicht von ihrem Schmerz lösen. Sie lag in seinen Armen und … und mit einem Mal … war sie in seinem Kopf!

Sie drang in seine Seele, mit einer Wucht, die ihn taumeln ließ.

»Was ist das?«, hörte er ihre Gedanken. »Was passiert hier?«

Er versuchte, sich von ihr zu lösen, doch das Wüten ließ nicht locker. Er wollte das Tor der Seelen schließen, doch Abigail Woods hatte einen Fuß in der Tür. Sie keuchte, als Bilder ihres eigenen Lebens wie ein Film in Bastian hineinströmten. Er sah einen Polizisten, der ihre Hand ergriff. Der ihr Fotografien über eine blassgrüne Tischplatte hinweg zuschob. Aufnahmen vom Unfall ihrer Eltern. »Wir haben deinen Vater nicht gefunden«, hörte er den Beamten sagen, ehe weitere Bilder den Moment überlagerten.

»Dad!«, hörte er Abby wispern und er spürte, wie sie weiter in ihn vordringen wollte. Die dunklen Seelenweben, die er ihr nahm, wurden verdrängt durch glänzend blaue Erinnerungsweben. Wie ein unter Druck stehender Schlauch schlugen die Weben um sich.

»Ein Geschenk?«, hörte er sie fragen. Sie war jung und das in Papier eingeschlagene Päckchen winzig.

»Ich habe es für dich gemacht, meine kleine Künstlerin«, hallte eine Männerstimme durch ihre Seele, aber er sah nur, wie sie das Papier zurückschlug und ein kleines, kunstvoll geschmiedetes Messerchen zum Vorschein brachte. »Das ist für deine Zeichenstifte«, sagte die Männerstimme und Abbys Gesicht leuchtete glücklich auf.

Bastian keuchte. Er verstand nicht, was vor sich ging. Warum sie in seinem Kopf war. Er wollte das beenden. *Musste* es beenden, aber das Wüten in ihm fauchte, begehrte auf, wollte mehr. Er konnte nicht verhindern, dass Abby sah, was er sah, als er immer weiter in ihr Seelentor eindrang. Bilder von ihr selbst. Ihrer Zukunft, ihren möglichen Taten. Es war nicht wirklich ein Bild, das er aufnahm. Vielmehr eine Vorahnung: Abigail Woods würde die Welt ins Chaos stürzen. Er sah sie rennen, fliehen, und er erkannte die Dunkelheit, der sie gehorchte. Sie wusste, dass das, was sie gleich tun würde, falsch war. Dennoch würde sie es tun. Er spürte ihren harten, schnellen Herzschlag, den Wind, der an ihren lila gefärbten Haaren riss, und das Kopfsteinpflaster unter ihren Füßen, als sie atemlos durch die Nacht rannte. Er spürte ihre Verzweiflung, und ihre Wut. Und ihren Drang, der Dunkelheit zu folgen, auch wenn dies das Ende der Welt bedeuten würde.

Unter Aufbringung aller Selbstbeherrschung riss Bastian sich von ihr los.

»Verflucht!«, keuchte er und rang nach Atem. Abby saß wie versteinert neben ihm. Sie sah ihn an, als hätte sie einen Geist gesehen.

»Abby, ich …«, versuchte er die Situation zu erklären. Doch was genau? Den Kuss? Den Raub ihrer Seelenweben? Oder ihr Eindringen in seine Welt? Er rieb sich übers Gesicht, wie um zu prüfen, ob es menschlich war. Sein Blickfeld war klar, seine Haut normal. Und doch las er in ihren Augen pure Angst.

Ihre Weben hatten sich verändert. Er hatte sie verändert. Die schwarzen Seelenweben waren ausgedünnt, die einzelne Herzwebe verkroch sich ängstlich dahinter und die blau schillernden Erinnerungsweben kämpften sich an die Oberfläche.

Abby zitterte. Sie schüttelte immer wieder den Kopf und hatte die Hände zu Fäusten geballt. Irritiert sah sie sich um, sah ihn an, dann wieder die gespenstische Kulisse der Geisterbahn. Die Fahrt war zu Ende und nur ein abgetrennter Kopf baumelte noch über ihnen.

»Ich muss gehen!«, presste sie heraus und stand wankend auf. Sie hielt sich am Wagen fest und kletterte nach draußen.

Bastian unterdrückte einen weiteren Fluch. Was zum Teufel war da eben passiert? Er musste ihr nach, sie fragen, wie sie in seinen Kopf gelangt war. Doch zeitgleich wusste er, dass sie ihn für verrückt halten würde, wenn er es ausspräche. Er war verwirrt, und die neuen Weben in ihm überschütteten ihn mit Empfindungen, die er erst einmal verarbeiten musste, und was er in ihrer Seele gesehen hatte, trieb ihm einen Schauer über den Rücken. Was er gesehen hatte, konnte unmöglich wirklich geschehen. Oder doch? Er war so verwirrt. Und er war hungrig nach mehr.

»Abby, warte!«, rief er ihr nach und war versucht, eine Abkürzung durch einen Schattensprung zu nehmen. Abbys Weben waren voller Energie. Sie brannten wie Feuer in ihm, ein gieriges Feuer, das nach mehr schrie. Der Drang, mehr zu bekommen, war so stark, dass er sich selbst nicht traute. Wenn er ihr in seinem Zustand noch einmal zu nahe käme, dann würde er für nichts garantieren können. Sie war nicht sicher bei ihm, solange er nicht wusste, was ihre Weben in ihm anrichteten.

Er stieg aus, ohne ihr zu folgen. Sie floh vor ihm, und er fragte sich, warum. Konnte sie bemerkt haben, dass er ihre Weben genommen hatte? Und selbst wenn, wie sollte sie glauben können, dass dies wirklich passiert war? Solche Dinge fielen unter den Begriff Einbildung. Sie konnte nicht wissen, dass er im Moment eine Gefahr für sie darstellte.

Und doch rannte sie, als ginge es um ihr Leben. Am Ende des Church Yard drehte sie sich noch einmal zu ihm um. Der Wind riss ihr lila Haar in den Nachthimmel und sie hob zitternd die Hand an ihre Lippen. Der Kuss und alles andere stand wie eine unausgesprochene Frage zwischen ihnen.

Er sah die Verwirrung und die Angst in ihren Augen und als sie sich umdrehte und weiter nach Darkenhall hinaufrannte, da streckte er die Hand in den nächsten Schatten.

Er wusste, er hatte einen furchtbaren Fehler gemacht.

Dad?

Ich rannte die Wapping High Street entlang, als wäre der Teufel hinter mir her. Jeder Schritt hämmerte hart durch meinen Körper und meine Seite stach bei jedem Atemzug. Trotzdem konnte ich nicht anhalten. Ich floh. Vor hundert Dingen gleichzeitig.

Ich kletterte über die Klinkermauer, die das Anwesen von Darkenhall umspannte, über die Wiese des Parks auf den Eingang der Schule zu. Die Wiese war uneben und ich betete, mir im schwachen Mondlicht nicht die Füße zu brechen. Erleichtert erreichte ich die ersten Bäume und kauerte mich schwer atmend hinter einen Stamm. Als ich mich umdrehte, war von Bastian nichts zu sehen.

»Shit!«, japste ich und presste meine Faust mit dem Ring darin fest gegen mein wild pochendes Herz. Ich schloss die Augen und lehnte den Kopf an den Stamm, in dem Versuch, etwas zu Atem zu kommen.

Meine Gedanken stoben wie buntes Konfetti wild durcheinander, ohne erkennbares Muster, ohne Sinn. Als gäben all die vielen bunten Schnipsel zwar ein Bild, doch es zusammenzusetzen war ein Ding der Unmöglichkeit.

Erinnerungen, Gefühle, Schuld und Angst … das alles vermischte sich zu einem Chaos, das mich schwindelig werden ließ.

»Was war denn das?«, keuchte ich und berührte sanft meine Lippe. Sie fühlte sich an wie immer, dabei war doch nichts mehr wie zuvor.

Bastians Kuss, so wundervoll und leidenschaftlich, verschmolz in meinem Kopf mit Schmerz, Erinnerungen und schrecklicher Angst.

Ich ballte fest meine Faust um den Ring, als könnte ich so verbergen, dass ich ihn gestohlen hatte. Verbergen, dass ich den Mann, der mir den ersten Kuss meines Lebens geschenkt hatte, eiskalt beraubt hatte. Würde er verstehen, warum ich es getan hatte, wenn er den Ring zurückbekäme? Oder würde es sich für ihn dennoch wie Verrat anfühlen?

»Es tut mir leid«, flüsterte ich in die Dunkelheit und blinzelte die einzelne Träne fort, die sich in meinen Augenwinkel drängte.

Der Kuss war unglaublich intensiv gewesen. Zuerst so zart und scheu, dann hungrig und ... befreiend, als würde er all das Schlechte, was mir je zugestoßen ist, jedes Quäntchen Trauer nehmen und mich so leicht machen wie eine Feder.

Ich schluckte und wollte nicht daran denken, was dann passiert war. Hatte ich mir das nur eingebildet? Hatte die Geisterbahn Bilder in meinem Kopf geweckt, die es gar nicht gab?

»Ich dreh noch durch!«, murmelte ich und blickte erneut ängstlich um den Baumstamm zurück in Richtung Church Yard. Die Straße lag verlassen im Mondlicht, kein Mensch war zu sehen, keine Bewegung zu vernehmen. Ob Bastian noch dort war? Ich hatte ihn nicht zurückkommen sehen, aber ich wusste auch nicht genau, wie lange ich hier meinen Gedanken nachgehangen war.

Lange genug, dass mir die Beine eingeschlafen waren. Ich kämpfte mich hoch und strich mir die Haare aus der Stirn. Der Ring in meiner Hand fühlte sich falsch an, aber ich wagte es nicht, ihn in die Rocktasche zu stecken. Ihn zu verlieren wäre richtiger Mist.

Also umklammerte ich das warme Silber und versuchte mich von der Schuld freizumachen, ihn gestohlen zu haben. Ich hatte ihn nur geborgt. Doch das wusste Bastian ja nicht. Und er würde bestimmt darauf kommen, wer den Ring hatte, sobald er sein Fehlen bemerkte, davon konnte ich ausgehen. Also wäre es besser, ihn schnellstmöglich an Cross zu übergeben, damit der das Ganze auflösen konnte.

Ich öffnete die Faust und betrachtete meine Beute. Die eingravierten Symbole brachen das Mondlicht und ein dunkler Schimmer lag über dem Metall. Der Ring war alt. Ein Erbstück, wie Cross gesagt hatte.

Und er fühlte sich warm an. Viel zu warm für einfaches Silber. Auch die Farbe … war nicht wie reines Silber. Ich steckte ihn mir an den Finger und ein Gefühl, wie ein Stromschlag, durchfuhr mich.

DAD!

Ich riss mir den Ring herunter und hielt ihn weit von mir. Mein Puls hämmerte so heftig, dass ich glaubte, das Metall würde pulsieren. Ich schüttelte den Kopf und zwang mich durchzuatmen.

Wieder riss eine Erinnerung meine Gedanken an sich.

DAD!

Ich keuchte und presste mir die Hand auf den Magen. Die Stimme meiner Mutter, sanft und besorgt, klang dicht an meinem Ohr.

»Traust du diesen Menschen?«, verlangte sie zu erfahren und ich spürte wieder das Holz des Türrahmens unter meiner Wange und das Blatt Papier in meiner Hand. Ich roch den Speck in der Pfanne, denn meine Mom bereitete das Mittagessen zu. Sie wischte sich die Hände an der Schürze ab und trat neben Dad. »Ich weiß nicht, Jack, die ganze Sache gefällt mir nicht.«

Ich kann ihre Gesichter nicht sehen, aber an der Art, wie Dad seine Hände um Moms Hüften legte, und am Klang seiner Stimme, wusste ich, dass er lächelte.

»Mir gefällt das auch nicht«, versicherte er ihr und ich hörte, wie er ihr einen leichten Kuss gab. Dennoch versteifte sich Mom.

»Dann lehn den Auftrag ab, Jack. Da geht etwas nicht mit rechten Dingen zu.«

»Ich denke darüber nach. Aber vielleicht sind das auch nur harmlose Spinner. Fantasten. Ich werde mich mal umhören, ehe ich den Auftrag annehme oder ablehne«, gab er zurück und ich erinnerte mich an das beklemmende Gefühl, das diese Worte in mir weckten. Und daran, dass ich nicht länger lauschen wollte. Ich stieß mich vom Türrahmen ab und lief in die Küche. Mir gefiel, dass Mom und Dad sich im Arm hielten, und ich kuschelte mich einfach dazu. Dad lachte und hob mich auf seinen Arm. Ich mochte es, wenn er mich hochnahm. Dann konnte ich ihm in die Augen schauen. Sie waren wie ein offenes Buch für mich. Und an jenem Tag las ich Anspannung darin. Und die Hoffnung auf ein gutes Ende.

»Na?«, fragte er und küsste meine Nasenspitze. Sein Dreitagebart kitzelte mich. »Was hast du denn da Schönes gezeichnet?«

»Das ist Mom«, erklärte ich und Dad lächelte.

»Gut getroffen, du kleine Künstlerin«, sagte er und setzte mich ab. Dann streckte er die Hand nach meinem Stift aus und betrachtete die Mine. »Du brauchst ein Spitzmesser, dann werden die Linien feiner.«

Mom wandte sich um und wendete den Speck in der Pfanne. »Denkst du nicht, sie ist noch etwas klein für ein Messer?«

»Ein Spitzmesser ist keine Waffe, Liebes. Es ist ein Werkzeug.« Er zwinkerte mir zu. »Du wirst vorsichtig damit umgehen, versprochen?«

»Versprochen!«

Ich schüttelte den Kopf, um diese Erinnerung zu verdrängen. Der Duft von gebratenem Speck hing mir immer noch in der Nase und ich setzte mich entschlossen in Bewegung. Keine Ahnung, warum mir das gerade jetzt einfiel. Ich hatte schon lange nicht mehr an meine Eltern gedacht. Ich … mochte die Erinnerungen nicht. Nicht, weil sie nicht schön gewesen wären, sondern weil es zu sehr schmerzte, zu wissen, dass dieses Leben für immer vorbei war. Meine Familie, meinen Dad, meine Mom und die Küsse auf die Nasenspitze … das alles war für immer vorbei. Zerschlagen von der Grausamkeit des Lebens. Zerstört und unwiederbringlich verloren. Es gab keine Mom, keinen Dad. Es gab nur mich.

Ich rieb mir die Schläfen und das Metall des Rings kratzte grob über meine Haut. Warum vergingen die Erinnerungen nicht? Warum kam der Schmerz nicht zurück und überdeckte diese gemeine Sehnsucht? Nach Bratkartoffeln mit Bohnen und Speck? Nach der Wärme, die ich auf Dads Arm immer gespürt hatte?

»Sie sind tot!«, erinnerte ich mich laut und packte den Ring fester. »Sie sind tot, und deshalb verkacke ich immer alles!«, fauchte ich und stieß mich vom Baum ab. Ich zwang mich, meine Eltern irgendwo in die Tiefe meines Bewusstseins zurückzudrängen und diesen verfluchten Ring loszuwerden.

»Bastians Ring«, flüsterte ich und kniff frustriert die Lippen aufeinander, um nur ja nicht an den Kuss zu denken. »Das hab ich dann ja vermutlich auch verkackt!«

⌘

Atemlos trat Bastian zu Hause aus dem Schatten. Er kämpfte noch immer gegen das Wüten an, das ihn dazu drängte, zurück zu Abigail zu gehen und sich noch mehr von ihr zu nehmen. Sich *alles* zu nehmen!

In den sicheren Wänden seines Zuhauses gab er die Beherrschung auf, die ihn seine Gestalt bewahren ließ. Ein leichtes Schütteln durchlief ihn und im nächsten Moment war seine Haut gänzlich mit dunklen Weben überzogen. Sein Blickfeld verdunkelte sich, und nur die Schatten leuchteten ihm hell den Weg. Er ließ die Schultern kreisen und sein Nacken knackte, als die Weben sich vollends in ihm ausbreiteten. Heiß wie Lava flossen sie durch ihn hindurch, nährten ihn und erinnerten ihn nur zu gut daran, wer er war.

Er wollte dem Wüten nicht die Oberhand überlassen, doch Abigails Weben waren so mächtig, dass Bastian sich geschlagen geben musste. Er hatte nur einen Bruchteil aufgenommen. Mehr, als er vorgehabt hatte, aber doch weit weniger, als er sich üblicherweise nahm. Trotzdem kam er kaum gegen sie an. Ihr Schmerz war gewaltig. Dunkel und erdrückend und doch fühlte er sich vollkommen anders an, als jeder Schmerz, den er zuvor genommen hatte. Beinahe, als würde man mehr davon brauchen. Schützender Schmerz, ging es ihm durch den Kopf, doch das ergab keinen Sinn. Er krümmte sich unter der Wucht der dunklen Ranken und sank auf die Knie. Ihm war heiß und kalt gleichzeitig und mit jedem Pulsschlag verdichtete sich das Netz aus tanzenden Schlieren dicht unter seiner Haut. Sie suchten nach einem Ausweg. Einer Schwäche. Und wenn er nicht aufpasste, würden sie ihn zerreißen.

»Bastian?!« Tristan trat aus den Schatten und musterte ihn erschrocken. »Was ist los? Was ist mit dir?«

»Abby«, keuchte Bastian und krallte die Finger auf den Boden, als wollte er sich in den Marmor eingraben. »Ich kann … es kaum beherrschen.«

»Das sehe ich!« Tristan rieb sich verunsichert das Kinn, während Bastian ein Schmerzensschrei entwich. Sie beide wussten, was passieren konnte, wenn ein Ringhüter die Kontrolle verlor.

Beherzt griff Tristan nach Bastians Hand. »Reiß dich zusammen, verstanden?«, forderte er seinen Bruder streng auf und zog ihn auf die Beine. Tiefe Sorgenfalten standen ihm auf der Stirn. »Halt durch!«, mahnte er, ehe er Bastian mit sich in den Schatten zog.

Bastian war dankbar um Tristans festen Griff. Er überließ sich dessen Führung. Folgte ihm von Schatten zu Schatten. Jeder einzelne Schattensprung nahm ihm etwas von dem Druck, der auf ihm lastete. Von der Macht, die ihn zu zerreißen drohte. Er nahm nur am Rande wahr, wie Tristan lange Schatten wählte, immer am Fluss entlang, ein Sprung bis zum Tower, einer zur London Bridge. Immer im Schatten der Kaimauer entlang, unter den Brücken hindurch, weiter, bis zur Millenium Bridge. Mit jedem weiteren Sprung konnte Bastian leichter atmen, klarer denken.

»Damn, Bastian!«, schimpfte Tristan, als sie in der Mitte der Brücke einen Schatten verließen. Sie waren allein hier oben, über der Themse, und anstatt sich gleich in den nächsten zu werfen, fand Tristan wohl, dass es Zeit für eine Erklärung war.

Bastian stöhnte. Er schloss die Augen und versuchte irgendwie die Kontrolle zurückzuerlangen, aber noch immer wüteten Abbys Weben wie ein Waldbrand in ihm. »Ich bin noch nicht bereit für eine Pause.«

»Wie viel von ihr hast du dir denn genommen?«, fuhr Tristan ihn wütend an. »Wenn du die Kontrolle verlierst, dann musst du ihre Seele ja ganz schön geplündert haben!« Er funkelte ihn böse an.

»Was?« Bastian hatte Mühe zu atmen. Er blinzelte verwirrt und stützte sich auf das Stahlgeländer der Brücke. »Was ist los?«

»Du weißt, wie sehr ich diese Weben wollte!« Tristan kniff die Lippen zusammen. »Hast du überhaupt welche übrig gelassen?«, fauchte er.

»Verdammt, Tristan!«, keuchte Bastian, der keinen Nerv für dieses Gespräch hatte. »Komm mir jetzt nicht mit deinem Ego-Kram! Abby ist kein Kuchen, von dem man sich ein Stück abschneiden kann!« Er rieb sich die Arme, als könne er so die dunklen Schlieren auf seiner Haut zurück unter die Oberfläche drängen. »Siehst du nicht, dass ich andere Probleme habe?«

Tristan musterte ihn und seine unmenschliche Erscheinung. Im blauen Licht der Brückenilluminierung und mit der hellen Kuppel der St Paul's Cathedral im Rücken, wirkte Bastian mit den dunklen Malen auf der Haut wie ein Dämon. Als bestätigte dies seinen Verdacht, nickte er. »Wie gesagt: Wenn man den Hals nicht voll genug bekommt, dann –«

»Ich habe nur von ihr gekostet!«, verteidigte Bastian sich. »Ich wollte nicht …« Er schüttelte den Kopf über sich selbst. »Mit einem Mal … verlor ich die Beherrschung. Das Wüten hat mich vollkommen überfahren. So etwas ist mir noch nie passiert!«

Tristan sah ihn spöttisch an. »Der große Ringhüter – so vollkommen machtlos? Das ist neu.«

Bastian verkniff sich einen Kommentar. Denn im Grunde hatte Tristan recht. Zuerst hatte der Ring die Macht von Abbys Weben gedämmt und heiß an seiner Brust pulsiert, und mit einem Mal, war es, als …

Automatisch glitt Bastians Hand an seine Brust. Die Kette war fort. Und der Ring ebenfalls.

Erschrocken fuhr er herum, als könne sein Blick die Nacht durchschneiden und quer durch London bis zur Geisterbahn vordringen. Doch das konnte er nicht. Er starrte in die Dunkelheit und ballte die Fäuste. »Verfluchte Scheiße!«, knurrte er und schlug auf das Geländer ein. »Der Ring ist weg!«

Sofort war Tristan hellwach. »Was meinst du? Was bedeutet *weg?*«

Bastian starrte ihn zornig an. »Na, was glaubst du wohl, was ich damit meine? Weg!«, rief er. »*Nicht da, wo er sein sollte!*«

Tristan wich das Blut aus dem Gesicht und auch auf seiner Haut zeigten sich nun schwach einzelne Weben. Der Aufruhr dämpfte seine Beherrschung. »Du hast den Ring verloren?«, fragte er ungläubig und mit unverhohlener Entrüstung. »Spinnst du?« Er trat auf Bastian zu und riss ihm das Shirt nach oben, um sich selbst davon zu vergewissern, dass das Metall nicht wie üblich an dessen Brust hing. Angst flackerte in seinem Blick, als er Bastian in die Augen sah. »Dad starb, als er den Ring nicht trug«, erinnerte er ihn unnötigerweise. »Kannst du es überhaupt beherrschen, ohne den Ring?«, fragte er und in die Wut mischte sich Sorge.

Bastian wusste die Antwort nicht. Er war froh, einige Weben durch die Schattensprünge abgebaut zu haben, doch er spürte auch, dass diese Weben nicht vorhatten, sich ihm zu beugen. Das Wüten wollte sie nicht so schnell wieder gehen lassen.

»Bastian?«, fauchte Tristan. »Sag schon! Kommst du klar oder soll ich dir …« Er zögerte. »… soll ich dir einen Teil der Last abnehmen?«

Bastian musste lachen. »Du bist echt scharf auf Abbys Weben, was?«, fragte er und zwinkerte Tristan zu.

»Idiot! Ich will dir nur helfen. Nicht, dass es dir so ergeht wie Dad!« Er schlug Bastian auf die Schulter und stieß ihn in Richtung des nächsten Schattens. »Wenn ich dich so ansehe, hab ich einen Höllenrespekt vor diesen Weben, egal wie verlockend sie auch sein mögen.«

Bastian nickte nachdenklich, denn der Moment, als er geglaubt hatte, Abby würde in seinen Kopf eindringen, jagte ihm einen Schauer über den Rücken. Und das Gefühl seiner Lippen auf ihren. Diese einzelne rote Herzwebe, die dabei regelrecht zum Leben erwachte … Er konnte nicht mit Tristan darüber sprechen.

»Dieses Mädchen hat es in sich«, antwortete er deshalb ausweichend und schüttelte den Kopf. Er musste das Wüten endlich unter Kontrolle bringen. Er brauchte seinen Ring. Er schloss die Augen und ließ den Wind über seine Haut gleiten, bis er wenigstens etwas zur Ruhe kam. Sein Körper schmerzte, sein Blut kochte, und er wusste, ohne den Ring würde er diesen Schmerz nicht wieder loswerden.

Der Ring war die Antwort.

Und er hatte so einen Verdacht, wo er ihn finden würde. »Diese Diebin!«

Ein Ring für Mr Cross

Die Eingangstür zu Darkenhall war längst geschlossen und ich biss die Zähne zusammen. Das hatte mir gerade noch gefehlt. Das bedeutete garantiert wieder Ärger!

Jedes Mal, wenn ich mit einem Tremblay unterwegs war, verstieß ich gegen die Schulregeln. Mich darüber zu ärgern, war besser, als mir Gedanken darüber zu machen, dass ich tatsächlich etwas gestohlen hatte. Wenn auch im Auftrag meines Lehrers. Als Schritt in ein neues Leben ohne Probleme – bisher fühlte es sich nicht so an. Ich rüttelte an der Klinke, aber die Tür gab nicht nach.

»Verdammt!«

Ich legte den Kopf in den Nacken und sah mich um. Es stand kein Fenster offen, durch das ich hätte einsteigen können.

»Ich bin am Arsch!«, fluchte ich und suchte den Park ab. Ich musste ins Haus, ehe Bastian hier entlangkäme und Fragen stellte.

Die am Seitenpfeiler angebrachte Klingelanlage der Schule war beleuchtet und ich trat widerwillig näher. *Direktorat*, stand ganz oben neben dem ersten Klingelknopf. Darunter die einzelnen Appartements der Lehrer, die während der Schulzeit ebenfalls hier wohnten. Ich drückte auf Cross' Klingel, ohne weiter darüber nachzudenken. Er hatte mir das eingebrockt, also würde er dieses blöde Problem für mich lösen müssen. Und je früher Bastian seinen Ring zurückbekommen würde, umso besser standen die Chancen, dass er mir verzeihen würde. Und das wollte ich unbedingt, denn dieser Kuss … ich war jetzt bereit, Jasmin zuzustimmen, dass so ein Kuss doch eigentlich ganz wunderbar war.

»Ja bitte?«, kam Cross' Stimme blechern durch die Sprechanlage.

»Mr Cross? Abigail Woods hier. Ich …« Verdammt, das gefiel mir gar nicht! »… ich stehe vor dem Eingang. Die Tür ist abgeschlossen.«

»Natürlich ist sie abgeschlossen! Weißt du, wie spät es ist?« Sein Missfallen war deutlich durch den Lautsprecher zu hören.

»Ich habe getan, was Sie wollten. Ich habe Ihren Ring!«, unterbrach ich ihn.

»Wie bitte?« Er klang verunsichert.

»Ich. Habe. Ihren. Beschissenen. Ring«, wiederholte ich Wort für Wort. »Also lassen Sie mich rein.«

Der Öffner für die Tür surrte und ich hastete von der Sprechanlage weg, um sie aufzudrücken. Die Tür war schwer und nachdem ich hindurchgeschlüpft war, fiel sie krachend hinter mir ins Schloss.

»Noch mal gut gegangen!«, flüsterte ich vor mich hin und strich mir die Haare aus dem Gesicht. Ich blinzelte in die Dunkelheit. Die Halle lag vor mir, mit den Stufen rechts, die in die Wohnräume führten, und dem Teppich, der die Schritte dämpfen würde. Es war kühl in der Halle und es roch nach verbrauchter Luft. Ich schlang mir die Arme um den Oberkörper und fragte mich, wo Bastian steckte. Er konnte doch unmöglich noch auf dem Jahrmarkt sein? Ich hatte ihm ins Gesicht geschaut, ehe ich davongelaufen war. Der Kuss hatte ihn genauso aufgewühlt wie mich. Der Ausdruck in seinen Augen, war …

Ich schüttelte den Kopf, denn seine Augen kamen mir in meiner Erinnerung vollkommen anders vor. Dunkel wie die Nacht, sodass nicht einmal das Weiß des Augapfels zu sehen gewesen war. Einbildung, das war mir klar. Hervorgerufen durch die Schrecken der Geisterbahn und diesen unbeschreiblichen Kuss.

Ich umklammerte Bastians Ring fester, als könnte ich so den Moment zurückholen, als ich diesen von seinem Hals gestohlen hatte. Der Moment, als unsere Lippen miteinander verschmolzen waren, unsere Zungen …

»Gut gemacht!«

Mir entfuhr ein Schrei und ich machte einen erschrockenen Satz zurück gegen die Eingangstür.

»Gib mir den Ring!«, forderte Cross und streckte mir die geöffnete Hand hin.

Ich schnappte nach Luft. Shit, hatte der mich erschreckt! Die Wohnräume der Lehrer lagen am anderen Ende des Gebäudes. Wie war er so schnell hierhergekommen? Ich presste mir die Hand aufs Herz und straffte meine zitternden Schultern.

»Sie haben mich zu Tode erschreckt!«, japste ich erschrocken, als er die Distanz zwischen uns verringerte. Er war unangenehm nah. Seine geöffnete Hand direkt unter meinem Kinn.

»Wo ist er? Ich will ihn sehen!«

»Ja, ja, ja!« Ich wollte zur Seite ausweichen, aber er versperrte mir den Weg. Plötzlich hatte ich ein ungutes Gefühl. Was wurde hier gespielt? Trotzdem ließ ich das Schmuckstück aus meiner Faust gleiten. Es baumelte nun an der Kette, die ich um mein Handgelenk geschlungen hatte.

Hastig packte Cross den Ring und zog mit einem Ruck an der Kette.

»Au!«, rief ich, denn das Silber schnitt mir dabei schmerzhaft in die Haut. Ich rieb mein Handgelenk und starrte Cross entgeistert an. Der war doch verrückt! Der merkwürdige Glanz in seinen Augen war erschreckend und ich wäre garantiert vor ihm zurückgewichen, wenn mir nicht die Tür den Weg abgeschnitten hätte.

»Der Ring!«, stöhnte er und schob sich das Silber auf den Ringfinger. Er war zu weit, aber das schien Cross nicht aufzufallen. Mit einem irren Glanz in den Augen ballte er die Faust und hob den Ring in die Höhe. Dabei brabbelte er unverständlich vor sich hin.

Er erinnerte ganz stark an Gollum aus *Herr der Ringe*. Ich erkannte ihn nicht wieder. Er benahm sich wie ein vollkommen anderer Mensch. Eine Gänsehaut überzog meinen Körper und ich schob mich Stück für Stück an ihm vorbei. Vermutlich hätte ich aber auch einfach einen großen Schritt machen können, denn Mr Cross schien mich vollkommen vergessen zu haben. Er rieb über den Ring und bewunderte ihn an seiner Hand, wie eine Braut, die stolz ihren Ehering vorführte.

»Und ... wie geht es jetzt weiter? Wie ... löst das jetzt meine Probleme, meine ich? Und wann bekommt Bastian den Ring zurück, denn ich fühle mich echt nicht wohl dabei, ihm den Ring abgenommen zu haben. Was, wenn er sein Fehlen bemerkt und die Polizei ruft?«

Meine Worte schienen eine Weile zu brauchen, bis sie in seinem Verstand ankamen. Dann nickte er langsam. Es war eine unheimliche Bewegung, wie in Zeitlupe.

»Ich kümmere mich um alles«, versprach Cross, ohne von dem Ring aufzusehen. Er schien daran viel mehr interessiert, als an der Arbeit an meinen Problemen, wie er es genannt hatte.

»Was soll ich denn jetzt tun? Wie geht es weiter?«, hakte ich irritiert und unsicher nach. Irgendwas stimmt hier doch nicht ...

»Schreib deine Gefühle auf. Notiere, wie du dich gefühlt hast, als du gestohlen hast, und all diesen Kram. Wir besprechen das morgen nach dem Unterricht.« Er schien überhaupt nicht bei der Sache zu sein.

»Sprechen wir dann auch über meine Eltern?« Die Bilder dieses Abends, die Erinnerungen an früher, hallten noch in mir nach und ich wusste nicht, ob ich bereit war, weiter in der Vergangenheit herumzustochern. Andererseits wollte ich natürlich schon wissen, was Cross glaubte, herausgefunden zu haben.

»Deine Eltern?« Cross schien verwirrt.

Ich verlor so langsam die Geduld. Bastian konnte jeden Moment das Fehlen seines Rings bemerken, und Cross war keine Hilfe. Er starrte noch immer auf den Ring. Dann sah er mich an und nickte fahrig.

»Dein Vater ist nicht tot!«, platzte es aus ihm heraus und ich erstarrte. »Du hast wohl in der Tat ein Recht es zu erfahren.«

»Was?«

Er hörte überhaupt nicht mehr auf zu nicken. »Der Unfall deiner Eltern. Dein Vater … ist nicht gestorben. Ich finde ihn und mit seiner Hilfe werde ich es schaffen.«

Ich glaubte ihm kein Wort. Die Polizei hat mir gesagt, meine Eltern wären tot. Aber wenn das irgendein merkwürdiger Psychotest sein sollte, dann ging der ordentlich unter die Gürtellinie. Mir war schlecht.

»Er ist nicht tot, denn er wird noch gebraucht«, redete Cross weiter. Das war doch verrückt! Mein ganzer Körper zitterte. Ich konnte es nicht verhindern. Der Schweiß brach mir aus und die Kühle hier in der Halle ließ mich dennoch frösteln. Ich redete mir ein, dass das alles Teil der Prüfung war, der Cross mich unterzog. Er konfrontierte mich mit den Schrecken meiner Kindheit, so, wie er mich mit meinen Taten als Diebin konfrontiert hatte. Ich atmete zitternd ein und sagte mir das immer wieder vor. Das war nur ein Test. Ich musste ihn nur bestehen.

»Wo ist er, wenn er nicht tot ist?«, versuchte ich seine verrückte Behauptung zu entkräften. »Denken Sie nicht, er wäre mal irgendwann nach Hause gekommen? Zu mir?«

Tränen rannen mir über die Wange und ich merkte es kaum. Ich konnte auch nichts dagegen tun. »Ich verstehe nicht, warum Sie mich damit quälen. Sie wissen, dass er tot ist.«

Nicht, weil ich das wollte, sondern weil es keine andere Erklärung dafür gab, warum mein Vater mich sonst zurückgelassen hätte. Mich bei Fremden gelassen hätte. In Heimen und Pflegefamilien, die ich hasste! Er musste tot sein, denn meine Mutter war es schließlich auch. Ihre Leiche hatte man aus dem reißenden Fluss geborgen. Aus dem Autowrack, das die Klippen hinuntergestürzt war. Der Fluss hatte die sterblichen Überreste meines Vaters mit sich gerissen. Das hatten die Polizisten mir erklärt. Es gab einen Grabstein mit seinem Namen, direkt neben dem meiner Mutter!

»Ich will dich nicht quälen, Abigail. Du hast mir geholfen.« Wieder streichelte er den Ring an seinem Finger. »Mehr, als du denkst. Du hast dich richtig entschieden. Den richtigen Weg eingeschlagen. Alles andere wird das Schicksal regeln. So wie es auch mir zurückgeben wird, was mir zusteht … was mir genommen wurde.« Cross drehte sich um, als hätte ihn das alles schon zu viel Zeit gekostet, und eilte mit gestochenen Schritten durch die Halle in Richtung Lehrerflügel.

Verwirrt rannte ich ihm nach. Diese Begegnung hatte mich mehr aufgewühlt als der Kuss mit Bastian. Als das Stehlen an sich. Ich verstand nicht, was gerade passiert war. Hatte ich die Prüfung bestanden? Und wenn ja, was dann? Ich brauchte Antworten auf diese Fragen, aber als ich um die Ecke kam, hinter der Cross eben verschwunden war, war er fort.

»Mr Cross?«, rief ich und lauschte in die Stille. Keine Schritte auf dem Holzboden. Kein Atemzug irgendwo in der Nähe. Keine Tür, die irgendwo zuschlug. Nur die dunklen Schatten, die durch die Halle bis hierher reichten.

»Mr Cross?«, rief ich noch einmal.

Das war doch verrückt. Ich war nur wenige Schritte hinter ihm gewesen.

Ich drehte mich im Kreis, befühlte sogar die altehrwürdige Mauer, als würde sich eine Geheimtür dahinter verbergen.

»Wo ist er hin?«, murmelte ich und wischte mir fahrig die Haare und die Tränen aus dem Gesicht. Ich blieb eine weitere Minute dort stehen und lauschte. Aber Cross tauchte nicht wieder auf.

Verwirrt drehte ich mich auf dem Absatz um und stieg langsam die Stufen zu den Mädchenwohnräumen hinauf. Ich fragte mich, ob ich allmählich den Verstand verlor. Ich würde Florence anrufen! Das stand fest, denn nichts, was heute passiert war, ergab irgendeinen Sinn. Ich saugte meine Unterlippe in den Mund und strich mit der Zunge darüber, so, wie Bastian es getan hatte. Es schien eine Ewigkeit seitdem vergangen zu sein. Trotzdem schlug mein Herz beim Gedanken daran schneller und ich schüttelte verwirrt den Kopf. Das alles war wie ein verrückter Traum, und wenn ich aufwachen würde, wäre alles wieder normal.

Benommen tastete ich mich voran und war froh, als ich im Obergeschoss ankam, denn hier fiel silbernes Licht durch die Bogenfenster in den Flur. Das Mondlicht warf lange dunkle Schatten an die Wand neben mich. Ich fühlte mich ziemlich verloren in dieser Stille, die in so krassem Gegensatz zu der Unruhe in meinem Innersten stand.

Aber ich hatte es ja fast geschafft. Ich konnte die Tür zu meinem Zimmer schon erahnen. Und zum ersten Mal war ich froh über das Dreibettzimmer. Ich musste Esme und Jasmin unbedingt erzählen, was geschehen war. Sie konnten mich mit Sicherheit beruhigen. Sie kannten Cross' Methoden und würden mir sagen, dass das alles ganz normal und in Ordnung war. Ja, so würde ich es machen. Alles würde gut werden …

⌘

Bastian kämpfte. Die Weben in ihm waren stark und forderten ihn heraus. Er brauchte den Seelenring, um sie zu beherrschen. Er überließ sich dem Wüten in sich, um Abby zu finden. Ihre Weben würden ihm dabei helfen.

Sein Sichtfeld war verändert und er spürte den Nachhall von Abbys Bewegungen wie eine Spur aus Brotkrumen. Wie eine Duftspur, der er nur folgen musste. Er sprang durch die Schatten und unter der Tür hindurch in die Halle der Schule. Das blasse Mondlicht warf lange Schatten und im nächsten Moment war er oben bei den Wohnräumen. Die Weben pulsierten dunkel unter seiner Haut, aber da zur Nachtruhe die Lichter abgestellt wurden, fürchtete er nicht, entdeckt zu werden. Er streckte sich nach dem nächsten Schatten, als der Duft ihrer Weben ihn bremste. Sie war da. Direkt vor ihm. Bastian atmete tief durch und zwang das Tosen in sich zur Ruhe. Sein Blickfeld normalisierte sich und er sah sie. Die Dunkelheit verlieh Abbys schlanker Figur eine elfengleiche Zartheit. Sie wirkte fast zerbrechlich im Vergleich zu dem Wüten, das in ihm selbst tobte, und als er sich ihr näherte, war er nicht sicher, ob er stark genug war, sie nicht zu verletzen.

Er war schneller bei ihr als gedacht und seine Hände gruben sich wie von selbst in ihre Schultern, als er sie zu sich herumwirbelte und mit dem Rücken gegen die Wand presste. Der Duft ihrer Weben umhüllte ihn und das onyxschwarze Schillern umschmeichelte sie wie ein verführerisches Kleid.

Sie zuckte zusammen, schnappte nach Luft und Bastian presste ihr eine Hand auf den Mund, um den Schrei zu dämpfen, der ihrer Kehle entstieg. Er hielt sie mit seinem Körper an der Wand gefangen und bog ihren Kopf in den Nacken, damit sie nicht sehen konnte, wie die dunklen Weben gierig seine Hände überzogen.

Er zwang sich zur Ruhe, zur Beherrschung, als er ihr mit der anderen Hand die lila Strähnen aus dem Gesicht strich und ihre Blicke sich trafen. »Du hast etwas … das mir gehört«, raunte er und der Drang, das Tor zu ihrer Seele zu öffnen und mehr von ihren Weben zu nehmen, war übermächtig. »Ich will es zurück.«

⌘

Mir stockte der Atem. Ich wollte schreien, doch eine Hand verschloss meinen Mund. Ich wurde herumgewirbelt und keuchte, als mich die Mauer im Rücken traf. Ein Körper, unnachgiebig wie Stahl presste sich gegen mich und jeder Versuch, mich zu wehren, war zum Scheitern verurteilt.

Ich bekam keine Luft, denn der Angreifer raubte mir den Atem. Nachtblaue Augen, vom Mondlicht versilbert, bohrten sich in meine und der gefährliche Glanz darin jagte meinen Puls in die Höhe. Das musste er spüren, denn seine Finger lagen eng um meine Kehle. Ich zitterte vor Angst. Und zugleich … jubilierte etwas in mir, weil er mir gefolgt war, weil er mir noch einmal nahe kam. Ich verfluchte seine Hand auf meinen Lippen. Nicht, weil ich schreien wollte. Ich wollte ihn küssen. Was verrückt war, denn danach schien ihm im Moment absolut nicht der Sinn zu stehen. Sein Kiefer zuckte vor Anspannung und sein Mund war eine verkniffene schmale Linie. Sein Atem strich mir heiß über den Hals. »Du hast etwas … das mir gehört. Ich will es zurück.«

»Mmmhmm, mmhhhm!«, murmelte ich gegen seine Hand und versuchte, mein Knie zwischen seine Beine zu rammen.

»Vorsicht!«, mahnte er. »Das brauch ich noch.«

»Ist mir egal!«, spie ich, als er seine Finger aus meinem Gesicht löste. »Lass mich los!« Ich wand mich und stemmte die Hände gegen seine Brust, aber er war unnachgiebig. Und er hatte seinen Oberschenkel zwischen meine Beine geschoben, damit ich nicht wieder auf die Idee kam ihn anzugreifen. Ich zappelte, aber jede Bewegung brachte mich ihm nur näher. »Ich sagte: Lass mich los!«, fauchte ich und funkelte ihn böse an, aber anstatt zu tun, was ich sagte, lächelte er ein raubtierhaft gefährliches Lächeln

»Du hast meinen Ring. Ich will ihn zurück.« Es war keine Frage, sondern eine Feststellung. Er ließ meine Kehle los und seine Finger glitten über meine Taille, über meinen Rock, bis auf meinen Schenkel. »Du kannst ihn mir geben oder ich suche ihn.«

Es waren laut Regelbuch nur zwölf Zentimeter zwischen dem Rocksaum und dem wollenen Overknee, dennoch versetzte seine Berührung dort meinen gesamten Körper in Brand. Ein Zittern überlief mich und anstatt mich weiter gegen ihn zu wehren, hielt ich nun den Atem an.

»Ich weiß nicht, wovon du sprichst«, log ich. Mein Herz hämmerte so laut, dass ich dachte, Esme und Jasmin müssten es durch die Tür hören.

Oh Gott, noch nie war mir ein Mann so nahe gewesen. Noch nie eine Berührung derart … verlockend.

Bastians bitteres Lachen vibrierte in meinem Körper wider.

»Ich weiß, dass du lügst«, raunte er, und fuhr mit seiner Suche an meinem Körper fort. Seine Hand wanderte über meinen Bauch, meine Rippen, bis ...

Ich schnappte nach Luft und sah ihm angstvoll in die Augen. Sie waren dunkel wie die Nacht und von einem unheimlichen Glanz.

»Ich lüge nicht!«

⌘

Abbys Weben verdunkelten sich mit dieser weiteren Lüge zu einem unfassbar schönen Netz. Das Wüten in ihm wollte es absorbieren, doch etwas noch viel Drängenderes ergriff von ihm Besitz. Der Wunsch, sie noch einmal zu küssen. Jeder Zentimeter ihres Körpers fühlte sich gut unter seinen Händen an und die rot glühende Herzwebe, die sie umkreiste, als fürchtete sie sich, wuchs mit jeder Sekunde an. Sie wühlte das Schwarz auf und lockte ihn.

Es überraschte ihn selbst, als er sich über sie beugte und weitere Lügen mit einem Kuss verhinderte. Er grub seine Hände in ihr Haar und spürte das Wüten bereits unter den Handflächen toben. Er wusste, seine Haut würde ihn verraten, wenn er sich nicht zurückziehen würde. Er musste gehen. Schnell. Doch er konnte nicht.

Getrieben von Gefühlen, die ihn ebenso überraschten wie sie, schlang er die Arme um sie, bis sie den Boden unter den Füßen verlor.

»Ich muss den Ring zurückhaben«, murmelte er gegen ihre Lippen, ohne den Kuss zu unterbrechen. Ihre Lippen waren weich und willig, als er seine Zunge in ihren Mund gleiten ließ.

Das Wüten in ihm wurde stärker.

»Abby«, keuchte er gepeinigt. »Ich brauche den Ring.«

Schmerz zwang ihn, sich etwas von ihr zurückzuziehen. Das Dröhnen in seinen Ohren wurde lauter.

»Ich habe ihn nicht!«, flüsterte sie und sah ihm dabei in die Augen. Angst sprach plötzlich aus ihrem Blick und er wusste, er verlor die Beherrschung. Er spürte, wie die Weben sich an die Oberfläche seiner Haut drängten, wie das Wüten sich nach ihr ausstreckte und sein Blickfeld sich veränderte.

Diesmal hatte sie nicht gelogen. Sie hatte den Ring nicht. Und das bedeutete, nichts würde ihm helfen, die Weben in sich zu dämpfen. Als verlieh diese Erkenntnis seinem inneren Chaos zusätzliche Macht, bäumte es sich auf.

Bastian wusste, sie konnte sehen … was er war.

Ihr Schrei kam so plötzlich, dass er ihn nicht verhindern konnte. Zwar presste er ihr die Hand auf den Mund, doch schon im nächsten Moment hörte er Geräusche hinter den umliegenden Zimmertüren.

»Verdammt!«, knurrte er, packte sie fester und riss sie mit sich in den Schatten.

In den Schatten

Die Dunkelheit hatte mich eingeatmet. Eisige Kälte streifte mich. Meine Haut löste sich von meinem Körper. Dann mein Fleisch, dann meine Knochen. Wie einzelne Puzzleteile wirbelte mein Sein in einem luftleeren Raum, ohne Zusammenhang, ohne Halt.

Der Schrei erstarb mir in der Kehle und mein Herzschlag setzte aus. Ich klammerte mich an das Einzige, das ich noch fühlte.

Bastian.

Seine Arme hielten mich, waren wie ein Magnet, der verhinderte, dass sich all meine Zellen in der Dunkelheit verstreuten.

Absolute Finsternis umgab uns. Ohne Luft, ohne … Elemente.

Jede Erinnerung, die ich je gespeichert hatte, platzte auf wie eine Wasserbombe, jedes Gefühl, das ich je durchlebt hatte, zerschlug wie eine Patrone beim Paintball und jede Last meiner Seele hob sich von mir, bis ich glaubte, mich zu verlieren. Mich ganz und gar aufzulösen.

Ich klammerte mich an Bastian und in dem Moment, wo ich seine Lippen auf meinen fühlte, atmete uns die Dunkelheit wieder aus.

Großblättrige Palmwedel umgaben mich und ein schweres Gewicht drückte auf meine Brust. Ich befand mich auf dem Dach der tremblayschen Villa, auf einem Deckchair, und Bastian Tremblay lag auf mir. Und doch war es nicht Bastian. Dunkle Male, fast wie Tattoos, überzogen sein Gesicht. Tribals oder … Schlangen? Ich blinzelte und kämpfte gegen den Schwindel an. Mein eigenes Stöhnen klang fremd in meinen Ohren und als Bastian seine Hände an meine Wangen hob, verschwamm mir die Welt vor Augen. Ein tosender Strudel riss mich mit sich und mein Innerstes bäumte sich auf. Ich wollte dagegen ankämpfen, doch ich konnte es nicht.

Plötzlich sah ich Cross vor mir – Cross, der mir den Ring aus der Hand riss, die Kette sprengte, mit der Bastian den Schmuck um seinen Hals getragen hatte. Bilder, immer mehr Bilder, rasten durch meinen Kopf und ich lief ihnen einfach hinterher.

Ich starrte in einen Abgrund, ein tosendes Meer aus Erinnerungen. Und es waren nicht nur meine.

⌘

»Hast du den Verstand verloren?« Tristans Stimme riss Bastian aus seinem Wahn. »Du hast sie mit in die Schatten genommen?« Mit aller Kraft zog er ihn zurück und von Abby weg. Er baute sich bedrohlich zwischen ihnen auf und funkelte Bastian warnend an, ehe er neben Abby in die Knie ging.

»Alles okay bei dir?«, fragte er und musterte sie besorgt.

»Was geht hier ab? Was passiert hier?«, kreischte Abby und rappelte sich panisch auf.

Bastian ballte die Fäuste. Er versuchte, seinen Atem unter Kontrolle zu bekommen, doch es gelang ihm nicht. Er konnte den Schattenspringer in sich nicht verbergen. Sein Äußeres nicht anpassen. Nicht ohne den Ring. Und nicht, nachdem sich das Wüten in ihm erneut an ihren Weben bedient hatte.

Er krallte die Finger ineinander und presste die Stirn an den faserigen Stamm der Palme, die bei Tag hier oben auf der Dachterrasse Schatten spendete. Abby sah, was er war. Sie war wieder in seinen Kopf eingedrungen. Hatte einen Schritt durch *sein* Seelentor gemacht. Dabei war das unmöglich. Sein Seelentor durfte nicht geöffnet werden. Es war die Bastion gegen das Böse. Dahinter verbargen sich all die Weben, die er genommen und noch nicht wieder abgebaut hatte. Erst einmal war jemand in sein Seelentor eingedrungen. Skye. Sie hatte damals einen hohen Preis dafür bezahlt. Und es war auch nur möglich gewesen, weil Skye, ebenso wie er selbst, ein Ringhüter war. Sie war stark genug, ein Seelentor zu öffnen. Aber Abby? Was verlieh *ihr* diese Kraft?

Er rieb sich verzweifelt den Nacken. Was sie da tat … war unmöglich! Schon nach dem ersten Kuss in der Geisterbahn hatte er gespürt, dass etwas mit ihr nicht stimmte. Im Grunde hatte er es von Anfang an gespürt. Und nach dem Jahrmarkt hatte er sich fest vorgenommen, sich ihr nicht mehr zu nähern, doch er brauchte den Ring. Er hatte die Wahrheit in ihren Weben lesen müssen.

»Cross hat den Ring«, presste er seine Erkenntnis atemlos heraus und richtete sich langsam auf. Er brauchte nicht auf seine Hände zu blicken, um zu wissen, dass seine Haut ihn verriet.

Er stellte sich Abbys entgeisterten Blicken und beobachtete stumm, wie sie vor ihm zurückwich, sich hinter Tristan in Sicherheit zu bringen versuchte.

Dabei gab es für sie keine Sicherheit, wenn er den Ring nicht bald zurückbekäme. Tristan würde ihn nicht aufhalten können, sollte das Wüten in ihm endgültig die Kontrolle übernehmen.

Er wusste das. Und wie er Tristans blutleeren Wangen entnahm, war dem das ebenfalls klar.

»Was ist mit Cross?«, verlangte der schroff zu erfahren. »Was will er mit dem Ring?«

Bastian schloss resigniert die Augen. Er konnte es nicht ertragen, die Angst in Abbys Zügen zu sehen. Er wollte nicht sehen, wie ihre wunderbar weichen Lippen ängstlich zitterten. Und vor allem wollte er nicht das wunderschöne Netz ihrer Weben sehen, die ihn an den Rand seiner Beherrschung trieben.

»Keine Ahnung. Aber er hat den Seelenring«, berichtete er und rieb sich die schweißnassen Schläfen. Er biss die Zähne zusammen. Sie hat ihn mir gestohlen.«

»Was?« Ungläubig wandte Tristan sich zu Abby um. »Warum? Und wie?«

⌘

Ich starrte Bastian an. Ich wollte schreien, doch kein Ton kam aus meiner Kehle. Was ich da sah, konnte unmöglich echt sein. Bastians Haut war über und über mit schwarzen Schlieren überzogen. Sie waren in Bewegung wie Blut, das durch seine Adern rauschte. Das Weiß seiner Augen war ebenfalls von dunklen Linien durchzogen, als wären sie von schwarzer Tinte geflutet. Seine eigentlich nachtblaue Iris schillerte erdölgleich. Es war ein Furcht einflößender Anblick, und doch war ich wie gebannt. Ich hatte nie etwas Wilderes, Ungezähmteres gesehen. Wie er da stand, im Wind, mit der Nacht im Rücken … Er sah aus, als kämpfe er gegen etwas an, als würde er um Beherrschung ringen, während sein Blick sich heiß in meinen brannte.

Ich sollte ihn fürchten. Und das tat ich auch, aber etwas in mir, vielleicht der Teil, den die Gefahr, der Kick, das Adrenalin schon immer gereizt hatte, war fasziniert. Weder er noch ich achteten auf Tristan, der zornig zwischen uns hin und her sah.

»Verdammt, Abby!«, fluchte er. »Warum hast du das getan? Klärt mich mal einer auf?«

Er trat auf Bastian zu und fasste ihn an der Schulter. »Verschwinde von hier! Mir gefällt nicht, wie wenig du dich im Griff hast«, verlangte Tristan von seinem Bruder und zog ihn in Richtung Brüstung. »Geh jetzt, ehe du vollends die Kontrolle verlierst.«

Bastians Kiefer zuckten. »Ich kann nicht. Ich brauche den Ring!«

Tristan stemmte die Hände in die Hüften und funkelte ihn entschieden an. »Geh. Ich kümmere mich um Abby. Und du schaust bei Cross vorbei.«

Bastian zögerte. Noch immer hielt sein dunkler Blick mich gefangen.

Mein Verstand sagte mir, ich sollte fliehen, denn in den Tiefen von Bastians Augen erkannte ich, dass er kurz davor stand, sich auf mich zu stürzen. Ein Zittern überlief meinen Körper und ich wagte nicht zu blinzeln, aus Angst, den Moment zu verpassen, wenn er auf mich losgehen würde. Er – oder vielmehr dieses dunkle Wesen, das aus ihm geworden war.

»Geh jetzt!«, wiederholte Tristan eindringlich und Bastian löste den Blickkontakt. Er senkte den Kopf und nickte. Dann hob er die Hand und … verschwand.

»Wo …?« Ich konnte meine Frage nicht einmal aussprechen, so perplex war ich. Ich sah mich um. Er war weg. Einfach verschwunden. Vom Erdboden verschluckt. »Das … das … kann doch nicht sein.«

»Beruhige dich, Abby«, bat Tristan und setzte sich auf den Deckchair, hinter dem ich noch immer kauerte. Er wollte nach meiner Hand greifen, aber ich schrak vor ihm zurück.

»Fass mich nicht an!«, fauchte ich und suchte die Dunkelheit um uns herum mit den Augen ab. Wo war Bastian? Wo war er hin? Und wie waren wir überhaupt hierhergekommen?

Ich rieb mir die Schläfen und schüttelte ungläubig den Kopf.

»Was geht hier ab?«, schrie ich Tristan an. »Was ist das für ein kranker Scheiß?« Ich sprang auf und machte einen großen Schritt zurück. Der Pool war türkis beleuchtet, wie bei der Party. Es kam mir vor, als wären Jahre vergangen, so viel war seither passiert.

Ich wich vor Tristan zurück, in Richtung Treppenhaus. Ich hatte Angst. Angst vor all den Fragen in meinem Kopf und noch viel mehr vor den Antworten. Nichts stimmte hier. Nichts war mehr normal. Und ich erkannte in Tristans Augen, dass er das längst wusste.

»Abby«, versuchte er mich zu beschwichtigen. Er kam langsam auf die Beine, streckte die Hände nach mir aus und senkte seine Stimme zu einem vertrauensvollen Flüstern. »Ich glaube ... ich muss dir das erklären.«

»Erklären?!?«, kreischte ich. Das war doch Wahnsinn! Warum stand er so ruhig da? Hatte er eben nicht mitbekommen, was geschehen war? Hatte er nicht gesehen, wie Bastian sich verändert hatte? »Wie willst du das erklären?«

»Bitte beruhige dich!« Er machte einen Schritt in meine Richtung. Ich wich zwei zurück.

»Beruhigen? Ich soll mich beruhigen?« Meine Stimme war schrill und wahrscheinlich konnte man mich bis nach Cornwall hören.

»Gott, Abby!« In der nächsten Sekunde hatte Tristan mich erreicht und presste seine Hand auf meinen Mund. »Sei still!«

Ich trat um mich, und wand mich in seinem Griff.

»Du ahnst ja nicht, was für einen riesen Bock du geschossen hast!«, erklärte er wütend, ohne mich loszulassen. Er kniff die Lippen zusammen und aus seinen hellblauen Augen sprach neben seiner Wut auch ein Funken Mitgefühl. »Ich muss das geradebiegen,

Abby! Und zwar schnell. Also hör jetzt auf zu kreischen und vergiss, was passiert ist!«

Vergessen, was passiert war? Hatte der einen Knall? Offenbar erriet er meine Gedanken, denn er fluchte und packte mich fester.

»Abby«, begann er diesmal etwas milder, und seine Stimme stand in krassem Gegensatz zu seinem unnachgiebigen Griff. »Versprich mir, dass du leise bist, dann lasse ich dich los, okay?«

Ich nickte. Loslassen klang erst mal nach einer Verbesserung.

»Na schön.« Er gab mich frei und hob ergeben die Hände. Dann machte er einen zögerlichen Schritt zurück. »Siehst du. Geht doch.«

Ich schnappte nach Luft. Erst jetzt merkte ich, wie meine Knie schlotterten. Mein Herz pumpte das Blut so hart durch meine Adern, dass ich zitterte. Ich wusste nicht, was Tristan jetzt von mir erwartete. Er fuhr sich durchs Haar, als hätte er seine Fassung längst wiedererlangt.

»Ich kann dich nicht einfach zurück nach Darkenhall gehen lassen«, erklärte er ziemlich ruhig und sein Blick glitt über die Baumkronen hinüber zum Schulhaus. Der Park war verlassen, und nur blass beleuchtete das Mondlicht die gepflasterte Auffahrt. Ich sah seine Gedanken regelrecht rattern. Ich stellte offenbar ein Problem für ihn dar.

Meine Nackenhärchen kribbelten und ich schlang die Arme um mich. »Warum nicht?«, wisperte ich, obwohl ich es eigentlich nicht wissen wollte.

»Niemand darf erfahren, was heute geschehen ist«, erklärte Tristan und neigte bedauernd den Kopf.

»Was ist denn geschehen?«, fragte ich spöttisch und konnte doch den verzweifelten Unterton nicht vollständig aus meiner Stimme verbannen. »Sag es mir endlich! Denn für mich ergibt nichts einen

Sinn!« Ich trat an die Brüstung und blickte hinunter auf die Themse. Auf die Leere, in der Bastian verschwunden war. »Was ist mit Bastian? Was war das schwarze Zeug in seinem Gesicht? An seinen Händen? Und was zum Teufel war mit seinen Augen los?« Ich wurde lauter. »Wie sind wir aufs Dach gekommen? Und wo ist er jetzt? Wie konnte er sich einfach in Luft auflösen?« Inzwischen schrie ich und das Zittern meiner Knie hatte meinen ganzen Körper erfasst. Ich stand vermutlich kurz vor einem Nervenzusammenbruch. »Sag mir, was hier los ist!«, schrie ich mit ganzer Kraft.

Noch ehe Tristan wieder bei mir war, wurde ich gepackt. Ich kreischte, als starke Hände mich an eine noch stärkere Brust drückten. Im nächsten Moment verschluckte mich die Dunkelheit erneut. Die Kälte kehrte zurück und wieder riss eine unbekannte Macht meinen Körper beinahe entzwei.

»Du bist furchtbar laut«, hörte ich Bastians Stimme an meinem Ohr. Ich fühlte seinen Herzschlag ganz dicht an meinem und seine Hände waren das Einzige, das mich davor bewahrte, mich selbst zu verlieren.

Dann kam das Licht zurück, als würden wir durch einen Vorhang treten. Als würden wir von der Nacht ausgeatmet.

Ich hatte noch nicht realisiert, wo wir uns befanden, als auch schon Tristan wie aus dem Nichts neben mir auftauchte.

»Bastian!«, rief er und stieß seinen Bruder von mir weg. »Was zum Teufel soll das? Hast du den Verstand verloren?«

Bastian sah unbeeindruckt aus. Er musterte mich und bedeutete mir ruhig, mich auf das Sofa hinter mir zu setzen.

Setzen? Als könnte ich mich jetzt einfach so hinhocken! Überhaupt … ein Sofa? Ich blieb stehen und sah mich stattdessen um.

Erst jetzt wurde mir klar, dass ich hier schon einmal gewesen war. Ich war in diesen Raum geschlichen, um … um das tremblay'sche Familienerbstück zu stehlen. Und Bastian hatte mich erwischt. Ich war … in seinem Zimmer.

Ich war geschockt. Und fasziniert. Und verängstigt. Und … ungläubig. Ich blinzelte. Wann erwachte ich endlich aus diesem merkwürdigen Traum?

»Sie ist zu laut. Jeder wird mitbekommen, dass etwas vor sich geht«, erklärte Bastian ruhig. Er sah mir in die Augen, was vollkommen irritierend war, da die dunklen Schlieren noch immer seine Haut überzogen.

»Und da dachtest du, es wäre 'ne super Idee, sie noch einmal mit durch die Schatten zu nehmen?«, rief Tristan ungläubig. »Bist du verrückt?«

Bastian zuckte mit den Schultern. »Es war der einfachste Weg. Ich war eben in Cross' Büro. Er ist nicht da. Und mein Ring auch nicht. Also wird Abby mir noch ein paar Fragen beantworten müssen.« Er schaute mich wütend an.

Tristan raufte sich die Haare. »Sie wird Fragen *haben*, nachdem du ihr einmal das ganze Repertoire an Tricks gezeigt hast«, maulte er.

»Sie wird ohnehin keine Ruhe geben, ehe sie nicht weiß, was los ist. Sie hat mich gesehen.«

»Dann *willst* du ihr einfach die Wahrheit sagen?«

Ich schüttelte den Kopf. Hatten die zwei vergessen, dass ich anwesend war? Dass ich sie hören konnte?

Ich räusperte mich und lehnte mich schwach gegen die Couch. »Die Wahrheit wäre schon toll«, flüsterte ich und strich mir erschöpft die Haare aus dem Gesicht. Es fiel mir schwer, Bastian nicht anzustarren. Er wirkte so düster und gefährlich, doch seine Augen fesselten mich noch genauso, wie … wie … na, bevor er sich so … verwandelt hatte.

»Du kannst ihr nicht die Wahrheit sagen!«, fluchte Tristan und zeigte Bastian einen Vogel.

»Ich kann. Und ich werde«, stellte Bastian klar. »Vorerst wird das nötig sein. Und später … suchen wir Owen auf.«

»Ah, Owen!« Tristan schien das zu beruhigen, auch wenn ich keine Ahnung hatte, wovon die beiden sprachen. »Okay, das wird wohl gehen.« Tristan rieb sich den Nacken und schaute zwischen mir und Bastian hin und her. »Aber du kannst sie nicht zurück in den Wohnbereich bringen, wo sie ihren Mädels lang und breit verklickert, was passiert ist.«

»Ich tratsche nicht! Und ich habe keine Mädels«, fühlte ich mich genötigt, mich zu verteidigen.

»Frauen reden immer!«, konterte Tristan und zwinkerte mir zu. »Was denkst du, wie OMG das wird, wenn du sagst, was gerade passiert ist?«

»Tristan hat recht. Du bleibst hier«, wies er Abby an.

»Ich bleibe hier?«

»Sie bleibt hier?«, echote Tristan.

Bastian biss die Zähne zusammen. »Ja. Vorerst schon. Ich muss nachdenken.« Er wandte sich an seinen Bruder.

»Vielleicht sollten wir erstmal rausfinden, was eigentlich passiert ist«, schlug Tristan vor. »Ich check das nämlich immer noch nicht ganz.«

Damit sprach er mir aus der Seele.

Bastian nickte. »Wir schulden uns wohl gegenseitig eine Erklärung«, murrte er.

»Da bin ich ja mal gespannt!« Tristan streckte die Beine von sich und sah uns erwartungsvoll an.

»Lass uns allein, Tristan«, bat Bastian und deutete auf die Tür. »Wir klären das allein.«

»Bist du sicher, dass … du dich unter Kontrolle hast?«, fragte Tristan skeptisch.

»Bin ich nicht. Ich will trotzdem, dass du gehst.«

»Na schön.« Widerwillig ging er zur Tür. »Wenn du … Hilfe brauchst …«, bot er Bastian an, der den Kopf schüttelte. Dann grinste er mich an. »Oder falls *du* Hilfe brauchst …«

»Geh endlich!«, verlangte Bastian und mit einem Murren folgte Tristan dessen Aufforderung.

Ich wusste nicht, ob ich Einspruch erheben sollte. Wollte ich wirklich mit Bastian allein zurückbleiben? Mit diesem … Wesen? War es nicht doch sicherer, wenn Tristan blieb? Andererseits hatte Tristan nicht gewollt, dass ich die Wahrheit, wie immer die auch aussehen mochte, erfuhr.

Als die Tür hinter ihm zuging, beschleunigte sich mein Puls.

Beruhig dich, ermahnte ich mich im Stillen. Tristan war bestimmt in der Nähe. Er hatte gesagt, er würde mir helfen, wenn … ja, wenn was?

Langsam wandte Bastian sich zu mir um. Die dunklen Schlieren in seinem Gesicht waren blasser als zuvor, und seine Augen sahen fast normal aus.

»Hast du Angst vor mir?«, fragte er, ohne näher zu kommen.

Ich zuckte mit den Schultern. »Denke schon«, gestand ich. Das Schlucken fiel mir schwer, so nervös war ich. »Was … ich meine …« Ich räusperte mich unsicher. »… was ist denn hier los? Und … und wie … ich meine, jetzt sind wir plötzlich hier, und eben … und du hast so dunkle …« Die Worte sprudelten einfach heraus, ohne Sinn.

»Das sind Weben«, erklärte Bastian ruhig. Er hob die Hände und ließ mich die schwarzen Schlieren auf seiner Haut betrachten.

»Weben?«

Er nickte und ein leichtes Lächeln machte seine Züge weicher. »Seelenweben, um genau zu sein.«

»Ach so.« Stand ich irgendwie auf der Leitung? Hätte mir das irgendwas sagen müssen? »Seelenweben also.«

Sein Lächeln wurde breiter. »Genau. Ist eigentlich ganz einfach.«

Ich rieb verzweifelt über mein Gesicht. »Ich verliere den Verstand!«, murmelte ich in meine Hände und ließ mich matt auf die Couch sinken. »Ich dreh durch. Das ist die einzige Erklärung!« Ein wahnsinniges Lachen rollte aus meiner Brust und ich schlug mir die Hände vor den Mund. »Seelenweben«, kicherte ich. »Natürlich, was sonst.«

Bastian seufzte »Die Kurzfassung – und für mehr haben wir leider keine Zeit – ist: Ich bin ein Ringhüter. Ich hüte normalerweise den Ring, den du mir gestohlen hast.«

»Du hütest ihn nicht gut, wenn ich ihn dir so leicht wegnehmen konnte«, kicherte ich. Die Sache war so absurd, dass ich einfach nicht ernst bleiben konnte. Seelenweben, Ringhüter und dazu dieses schwarze Zeug auf seiner Haut … Mein Verstand konnte und wollte das nicht als Wahrheit hinnehmen.

Bastian schmunzelte. Er setzte sich neben mich und betrachtete seine Hände. Das Muster der Schlieren pulsierte. »Ich war in der Tat etwas abgelenkt«, gestand er und das Schwarz lief zurück in seine Augen.

Schnell senkte ich den Kopf, denn mir stieg bei der Erinnerung an den Kuss das Blut in die Wangen. Ich war froh, dass meine Haare mir offen ins Gesicht fielen.

»Ringhüter also«, wechselte ich das Thema. »Ringhüter mit Seelenweben.«

Aus dem Augenwinkel sah ich, dass Bastian nickte. »Genau. Ohne den Ring fällt es mir schwer, die Seelenweben in mir zu kontrollieren.« Er zuckte mit den Schultern. »Dann kommen sie an die Oberfläche und ...« Er neigte den Kopf und strich sich über die marmorierten Hände. »Und man kann sie sehen.«

Ich war fasziniert von den Schlieren auf seiner Haut. Am liebsten hätte ich ihn berührt.

»Das ist doch verrückt!«, flüsterte ich. Er hatte diese Weben, wie er sie nannte, überall. An den Armen, am Hals, im Gesicht und in den Augen. Er sah aus, wie ein Antiheld in einem Marvel-Comic. »Woher kommt das?«, fragte ich scheu. »Dieses Muster?«

»Das ist jetzt nicht wichtig«, wich er meiner Frage aus und kratzte sich am Bizeps. Auch dort wand sich das Muster bis unter sein Shirt. Ich fragte mich unwillkürlich, ob sein ganzer Körper so aussah. Ob diese schwarzen Weben auch über seine Brust ...

Wieder ließ ich meine Haare nach vorne fallen, um die Röte in meinen Wangen zu überdecken. Irgendetwas lief bei mir doch falsch, wenn meine Gedanken in so eine Richtung abdrifteten.

»Wichtig ist im Moment nur, warum du mir den Ring gestohlen hast. Und was hat Cross damit zu tun? Ich habe gesehen, dass du ihm den Ring gegeben hast.«

»Du hast uns gesehen?«

Das war unmöglich. Ich war allein ins Schulhaus gegangen. Da war niemand gewesen, außer Mr Cross und mir.

⌘

Bastian konnte ihr kaum sagen, dass er es ihren Weben entnommen hatte, wie sie den Ring übergeben hatte. Es würde noch mehr Fragen aufwerfen, wenn er ihr beichten würde, dass er die Seelenweben anderer in sich aufnahm. Dass er *ihre* Seelenweben aufgenommen hatte.

Darum wich er ihrer Frage aus. »Sag mir einfach, warum du mir den Ring abgenommen und ihn Cross gegeben hast. Ich brauche ihn dringend zurück«, verlangte er und ballte die Fäuste. Das Wüten in ihm war unberechenbar ohne seinen Ring.

Und das bedeutete, der Ring hatte oberste Priorität. Er musste seine Wut auf ihren Diebstahl und auch auf sich selbst, weil er sich zu einem vollkommen überraschenden Kuss hatte hinreißen lassen, zurückdrängen, und sich auf diese Aufgabe konzentrieren. Es war nicht wichtig, wie weich ihre Lippen gewesen waren oder wie perfekt Abby sich in seinen Armen angefühlt hatte. Es war nur wichtig, Cross und den Ring zu finden.

»Du bekommst ihn doch zurück. Ich hab gehofft, du bist eingeweiht.«

»Was meinst du mit *eingeweiht*?«

Abby zuckte mit den Schultern. »Na, weil es meine Aufgabe war, deinen Ring zu stehlen. Eine Art Therapie, um mich meinen falschen Entscheidungen zu stellen«, murmelte sie und suchte seinen Blick. »Ich sollte doch an mir arbeiten. Und zuerst wollte ich das auch gar nicht. Ich wollte nicht hier bleiben, aber dann …« Ihre Wangen röteten sich und sie senkte den Kopf. »Dann war da Tristan. Und du. Und irgendwie auch Esme und Jasmin. Und es war nicht mehr ganz so schrecklich.« Die Worte sprudelten aus ihr heraus. »Ich hab gedacht, was kann schon schiefgehen, wenn ich mich auf diese Therapiemaßnahme einlasse.« Sie lachte hysterisch. »Ich hab nicht gedacht, dass ich damit ein Monster wecke. Läuft super, würde ich sagen.«

»Du hältst mich für ein Monster?«

»Nein! Also …« Sie wirkte verlegen. »Also … Monster im Sinn von … unheimlich.« Sie warf die Arme in die Luft. »Das alles hier ist verdammt unheimlich. Ich versteh es nicht, weiß ja nicht mal, wie ich hergekommen bin. Oder aufs Dach. Du hast gesagt, du willst mir die Wahrheit sagen, aber mein Kopf ist immer noch voller Fragezeichen.«

»Denkst du, das geht mir anders? Ich kapiere nicht, warum du den Ring stehlen solltest. Das ergibt doch keinen Sinn!«

»Das war ein Test. Ich sollte meine Taten reflektieren. So hat Cross es mir erklärt. Und er gibt dir deinen Ring zurück. Das hat er mit Margaret-Maud besprochen. Sie weiß davon. Sie hat das so mit Cross vereinbart.«

»Margaret-Maud?« Bastian schien verwirrt. »Ich kann mir beim besten Willen nicht vorstellen, was sie damit zu tun haben soll.«

»Dann glaubst du mir nicht?«

»Ich weiß nicht, was ich glauben soll, Abby.«

»Toll, dann geht es dir ja wie mir!«, fauchte sie. »Ich hab auch keine Ahnung, was ich glauben soll. Wie sind wir hierhergekommen? Es hat sich angefühlt, als würde ich von innen heraus zerrissen!« Sie schlang Schutz suchend die Arme um sich. »Was war das zum Teufel?«

Bastian hätte ihr gerne den Arm um die Schulter gelegt, wie in der Geisterbahn. Um ihr Sicherheit zu vermitteln, weil sie so verloren aussah. »Das war ein Schattensprung.« Er schenkte ihr ein aufmunterndes Lächeln. »Ringhüter mit Seelenweben auf der Haut neigen dazu, durch Schatten zu springen«, erklärte er und zwinkerte ihr zu. »Soweit alles klar?«

»Findest du das witzig?« Ungläubig schüttelte sie den Kopf. »Das hier ist doch ein schlechter Scherz, oder? Ich … ich kann nichts von dem glauben, was du sagst. Ich verstehe es nicht, und …« Sie sprang auf und strich sich fahrig die Haare aus der Stirn. »… und will es auch nicht verstehen. Ich will einfach in Ruhe dieses verfluchte Schuljahr überstehen, weil ich sonst im Jugendknast ende. Ich will auf keinen Fall Florence verlieren! Mein ganzes Leben lang lassen mich immer alle … zurück. Ich … kann das nicht noch einmal durchmachen! Verstehst du das nicht?« Sie blinzelte gegen die Tränen an, die ihr in den Augen schwammen.

Bastian trat hinter sie und berührte ihre Schulter. »Beruhig dich. Ich kann verstehen, dass das alles vollkommen verrückt klingt. Das ist es auch. Wäre es nach mir gegangen, dann hättest du nie davon erfahren, aber –«

»Genau das ist es doch!«, kreischte Abby. »Du und Tristan, ihr … ihr lauft durch Darkenhall und tut so, als wäre alles normal, dabei ist *nichts* normal! Ein Schattensprung sagst du? Was zum Teufel ist das?«

Er zog sie in seine Arme, auch wenn er wusste, dass es leichtsinnig war. Das Wüten begehrte auf. »Nein, nichts ist normal. Ich verspreche dir, dass ich dir alles erkläre, Abby. Ich wollte dich nicht verwirren, nicht verängstigen, nicht …«

Er verkniff sich zu sagen, dass er ihre Weben nicht hatte nehmen wollen, denn das wäre eine Lüge gewesen. Selbst jetzt wollte er ihre Weben absorbieren. Das, was er in ihrer Seele gelesen hatte, beunruhigte ihn. Sie würde die Welt ins Chaos stürzen. So etwas hatte er noch nie zuvor gesehen. Die Dunkelheit in ihrer Seele lockte und verwirrte ihn. Und er wollte mehr von ihr, um Klarheit zu erlangen. »Dir wird nichts geschehen, das schwöre ich«, flüsterte er dennoch und es war auch für ihn selbst eine Mahnung, sich immer daran zu erinnern.

Er streichelte ihren Rücken, bis Abbys Atem sich beruhigte. Bis die Anspannung von ihr wich.

⌘

Jeder Muskel meines Körpers war angespannt. Jeder Nerv in Alarmbereitschaft. Jede Zelle meines Körpers sagte mir, dass der Mann, der mich festhielt, kein normaler Mensch war. Dass ich keinem seiner Worte glauben durfte, denn bis hierher war alles eine Lüge gewesen.

Und doch fühlte es sich unbeschreiblich gut an, Bastian so nahe zu sein. Ihm oder diesem Wesen, das er war.

Ich hatte tausend Fragen.

»Du sagst, mir wird nichts geschehen, aber Tristan scheint zu glauben, dass du … mir etwas antun könntest«, gab ich zu bedenken.

Bastian lachte leise. »Tristan kennt mich gut«, gab er zu und ich versteifte mich. »Keine Sorge.« Er schob mich auf Abstand und hob mein Kinn an. Dann sah er mir tief in die Augen. Seine waren wie Erdöl und doch erkannte ich ihn darin wieder. »Ich hab alles im Griff. Wenn ich nur wüsste, wo Cross steckt. Oder Margaret-Maud.«

»Ist sie nicht hier?«

Bastian schüttelte den Kopf. »Nein. Nach Vaters Tod wollte sie nicht allein in unserem Haus zurückbleiben. Sie hat eine Wohnung in der Stadt.«

»Vielleicht ist sie dort? Und möglicherweise ist Cross bei ihr, um ihr deinen Ring zurückzugeben«, überlegte ich fieberhaft. Das ergab doch Sinn – oder?

»Ich war an beiden Orten. Vorhin, ehe du auf dem Dach so ein Geschrei veranstaltet hast.«

»Wie konntest du so schnell …?« Mir ging ein Licht auf, auch wenn ich es für verrückt hielt, dass ich das überhaupt in Betracht zog. »Ein Schattensprung?«, riet ich und Bastian nickte.

»Ich habe bei Cross nachgesehen, und bei Margaret-Maud. Offenbar muss ich mich bis morgen gedulden, wenn ich Antworten haben will. Hoffen wir einfach, dass sich dann alles aufklärt.«

»Wusste Cross denn, wie wichtig der Ring für dich ist? Ich meine, weiß er, dass der Ring … und du besonders seid?«

Bastian schüttelte den Kopf. »Natürlich nicht. Niemand weiß davon.« Er zwinkerte ihr zu. »Abgesehen von dir.«

Irgendwie beruhigte mich das. »Dann war es ein Zufall, dass Cross und Margaret-Maud ausgerechnet *deinen* Ring für den Test ausgewählt haben. Das ist gut, weil dann …« Ich dachte an Cross' merkwürdiges Verhalten und sein plötzliches Verschwinden. »Aber was wäre, wenn wir den Ring nicht zurückbekommen?«

Bastian rümpfte die Nase. »Dann wird es ziemlich ungemütlich. Zumindest für mich.« Was wie ein Scherz klingen sollte, verfehlte seinen Zweck. Er ballte die Fäuste und ich sah, wie er um Atem rang.

»Es tut mir leid, Bastian«, murmelte ich und berührte seine Hand. »Ich hätte das nie gemacht, wenn ich geahnt hätte, was das für Folgen haben würde.«

»Nicht!« Bastian schob meine Hand beiseite und ich starrte erschrocken auf meine Finger. Dunkle Schlieren wanderten meinen Handrücken hinauf.

»Du darfst mich nicht einfach so anfassen, solange ich den Ring nicht trage, sonst …« Er trat ein ganzes Stück zurück und die dunklen Muster auf seiner Haut traten deutlich hervor. »Verdammt!«, knurrte er und streckte die Hand aus. Ich wusste nicht, wonach er griff, aber im nächsten Moment war er so plötzlich verschwunden wie schon zuvor auf dem Dach.

»Shit!«, murmelte ich tonlos und trat an die Stelle, an der er eben noch gestanden hatte. Der Schatten des Vorhangs malte eine dunkle Bahn auf den Boden und ich fröstelte.

Mein Verstand versuchte zu begreifen, dass Bastian, wer immer er war, eben durch einen Schatten verschwunden war.

Wer ist hier der Dieb?

»Tristan!«, rief ich und eilte zur Tür. »Tristan!«

Ich atmete erleichtert aus, als ich ihn im Flur entdeckte. »Bastian ist weg. Er ist einfach –«

»Hat vermutlich die Notbremse gezogen«, unterbrach er mich und fuhr sich lässig durchs Haar. »Hat er dir alles erzählt?«, wollte er wissen und musterte mich neugierig. Ich konnte nicht fassen, wie entspannt er über diesen Wahnsinn redete.

»Dann stimmt das alles?« Ich hatte gerade einen Mann gesehen, der sich in Luft aufgelöst hatte, trotzdem verlangte mein Verstand noch immer eine logische Erklärung. »Das ganze Zeug mit Seelenweben, Ringhüter, Schattensprung und so?«

Tristan grinste. »Ziemlich cooler Scheiß, oder?«

»Cooler Scheiß?« Ich starrte ihn ungläubig an. »Ich versteh überhaupt nicht, was Bastian ist! Ist er ein … Mensch?«

Ich musste das wissen, denn unser Kuss wollte mir einfach nicht aus dem Kopf gehen. Ich hatte doch kein Monster geküsst, oder etwa doch? Bei meinem ersten Kuss?

Tristan lachte und ging vor mir die Treppe hinunter. Seine Schritte waren schnell und er bedeutete mir, ihm zu folgen. »Klar sind wir Menschen«, sagte er salopp. »Besondere Menschen eben.«

»Ihr?« Ich blieb wie angewurzelt stehen. Die gläserne Stufe vermittelte mir das Gefühl, in die Tiefe zu stürzen und ich griff erschrocken nach dem Geländer. »Ihr? Bist du auch …?« Ich konnte es nicht glauben. Das alles war doch unmöglich! Diese Brüder trieben ein krankes Spiel mit mir.

»Ich bin kein Ringhüter, wenn du das meinst«, sagte er und drehte sich zu mir um. Er lächelte. »Ich bin der Zweitgeborene. Bastian ist der Erbe des Rings und trägt die Verantwortung.« Dann berührte er das Geländer und im nächsten Moment stand er direkt vor mir. »Ich bin nur ein einfacher Schattenspringer«, erklärte er und reichte mir die Hand.

Ich wollte zurückweichen, aber ich war wie versteinert. Meine Knie rebellierten, und ich stand einfach nur da und starrte ihn an.

»Du … du … du bist durch …« Ich deutete auf den Schatten, den das Geländer warf. »… da durchgegangen?«

»Ist keine große Sache.« Tristan fuhr sich durchs Haar und grinste mich verführerisch an. »Sag, findest du das heiß?«, fragte er und wackelte dabei mit den Augenbrauen.

Oh mein Gott! Ich schloss die Augen und atmete tief durch. Das musste ein Traum sein! Ein merkwürdiger, Angst einflößender und vollkommen unsinniger Traum!

»Ich hätte nicht gedacht, dass es möglich ist, einfache Menschen mit durch die Schatten zu nehmen«, gab er nachdenklich zu und griff entschlossen nach meiner Hand. »Komm jetzt.«

»Stopp!« Ich riss mich los. »Wohin bringst du mich? Was hast du vor?«

»Wir statten Cross noch mal einen Besuch ab. Bastian braucht den Ring zurück. Und du wirst mir helfen! Immerhin hast du ihn gestohlen, du kleine Diebin.«

»Ich bin keine …« Es war sinnlos, es zu leugnen. »Ach, vergiss es!«, fauchte ich und funkelte ihn misstrauisch an. »Ich gehe auf keinen Fall mit. Ich werde nie wieder etwas stehlen! Außerdem war das kein richtiger Diebstahl, sondern ein Test. Und ich vertraue dir nicht! Keinem von euch!« Ich hoffe, dass ich die Wahrheit sagte. Die Zweifel nagten an mir.

Tristan hob ergeben die Hände. »Keine Sorge, Abby. Ich hab mich unter Kontrolle! Deine Weben sind mir viel zu heiß.« Er neigte den Kopf und grinste. »Ich meine … sie sind echt 'ne Versuchung, aber ich sehe ja, was sie mit Bastian anrichten. Das brauch ich wirklich nicht!« Er wandte sich um und steuerte auf die Haustür zu. Er überließ es mir, ihm zu folgen oder eben nicht.

»Meine Weben?«, flüsterte ich verwirrt und lief hinter ihm aus dem Haus. »Tristan!«, schrie ich, als die Nachtluft mich kalt umfing. Der Morgen dämmerte bereits und der Himmel hatte einen dunklen Lilaton angenommen. »Was meinst du mit *meinen Weben*?«

Ich rannte ihm nach und als ich ihn erreichte, blieb er stirnrunzelnd stehen. »Ich dachte, Bastian hat dir schon alles erklärt.« Er kniff die Lippen zusammen. »Du weißt, dass er deinetwegen die Kontrolle verliert, oder? Dass es deine Seelenweben sind, die ihm so zusetzen, weil er sie ohne den Ring nicht gefügig machen kann?«

»Meine *was*? Ich verstehe immer noch nicht. Was meinst du damit? Was sind denn Seelenweben überhaupt?«

Kurz spannte Tristan sich an. Er murmelte einen Fluch. »Na schön. Also von vorne. Bastian ist ein Ringhüter. Er hütet den Seelenring. Das Ringerbe wird immer an das erste Kind weitergegeben. Also bin ich aus dem Schneider.«

Er zwinkerte mir zu und kam ein Stück näher. Der Weg durch den Park war schmal und wir gingen nebeneinanderher.

Ich merkte, wie die schwindende Dunkelheit mich leichter atmen ließ. Im aufkommenden Licht des neuen Tages beobachtete ich Tristan unter halb gesenkten Lidern. Er wirkte müde – was nach dieser schlaflosen Nacht kein Wunder war. Aber ansonsten verströmte er bei Weitem nicht so eine gefährliche Aura wie sein Bruder.

»Und weiter?« Ich sah den Zusammenhang nicht. »Was … macht ein Ringhüter?«

Tristan schmunzelte. »In erster Linie sollte er sich nicht bestehlen lassen.«

Ich musste lachen. »Das hab ich Bastian auch gesagt.«

»Es sieht ihm nicht ähnlich, die Kontrolle zu verlieren«, meinte Tristan und rieb sich nachdenklich das Kinn. »Wenn er normalerweise mit den Schülern trainiert, kommt er mit den Seelenweben der Schüler sehr gut klar. Aber du bist …«

Er stockte. Vermutlich sah er in meinem Gesicht, dass ich keine Ahnung hatte, wovon er sprach.

»Er hat dir doch gesagt, dass er während des Kampftrainings deine Weben genommen hat, oder?«

»Was sind denn Weben? Ich check das nicht!«

Ich rieb mir über die Arme, denn eine Gänsehaut breitete sich auf meinem Körper aus. Ich hatte keine Ahnung, was Weben waren, aber mir gefiel grundsätzlich nicht, wenn mir einer etwas wegnahm.

Wir hatten die Schule fast erreicht und Tristan blieb stehen. Er schaute nicht mich an, sondern blickte zu den Fenstern der Schlafräume. »Jeder Schüler, der hierherkommt, trägt irgendwelche Probleme mit sich herum. Eine Last liegt auf seiner Seele und die Veranlagung, im späteren Leben Böses zu tun.« Er lächelte mich an. »Genau wie bei dir.«

»Wie bitte?«

»Diese Seelenlast ist bei manchen so stark ausgeprägt, dass die Kinder oder Jugendlichen einfach kein normales Leben führen können. Sie versinken in ihrem Unglück, werden erdrückt von ihren Sorgen und Ängsten.« Seine Stimme war ernst. »Sie machen immer wieder Probleme oder sind auffällig. Einige würden furchtbare Verbrechen begehen, wenn Bastian sie nicht retten würde. Darum kommen sie nach Darkenhall. Bastian kann ihnen diese Last nehmen. Nur er kann die Pforte zur Seele öffnen und die dunklen Weben, die jeder Mensch in sich trägt, lesen. Sie strömen auf ihn ein und er nimmt sie in sich auf. Die Betroffenen sind danach glücklicher. Können befreiter Leben.« Er suchte meinen Blick. »Merkst du das nicht selbst? Dass es dir besser geht, seit Bastian dich beim Training berührt hat?«

Ich war verwirrt. »Das Training?«, murmelte ich. »Wir haben gar nicht richtig trainiert«, überlegte ich laut und war erleichtert. Was immer hier vor sich ging, war mit mir nicht geschehen. »Wir haben das Training abgebrochen und sind stattdessen auf den Jahrmarkt gegangen und …« Warum fühlte ich mich ertappt, als ich vom Jahrmarkt sprach? Wegen dem Kuss? Oder weil ich ihm dort den Ring gestohlen hatte?

»Was?« Tristan machte große Augen. »Bist du sicher, dass er dir nicht nahe gekommen ist? Ich meine …« Er runzelte die Stirn. »… er hat ganz eindeutig *deine* Weben in sich.«

»Woher willst du das wissen?«

»Weil ich es sehe.« Er legte seine Hände auf meine Schultern und hielt mich fest. »Du hast ein unbeschreiblich dichtes Netz aus Weben um dich, Abby«, flüsterte er bewundernd und sein leuchtend blauer Blick brannte sich in meinen. »Sie sind dunkel wie die Nacht und von einem Glanz, der von tiefstem Schmerz zeugt. Sie sind nicht durchmischt mit Herzweben oder Erinnerungsweben. Du trägst das dichteste, reinste Geflecht aus Seelenqualen in dir, das ich je gesehen habe«, gestand er und hob seine Hand an mein Kinn. Sein Finger strich die Linie bis zu meinem Ohr nach und er beugte sich leicht über mich. »Weder Bastian noch ich haben je etwas Schöneres gesehen, Abby, auch wenn der Schmerz, den du in dir trägst, für dich eine furchtbare Last sein muss.«

»Ich fühle keinen Schmerz«, antwortete ich leise. »Mir geht es gut.«

Tristan streichelte meine Wange. »Jedes Mal, wenn du das behauptest, Abby, verdichtet sich dein Webennetz, weil eine neue Lüge dazukommt. Bastian hat gesagt, dass deine Weben einzigartig sind. Und machtvoll. Er musste dir helfen, er hat keine Wahl. Er sucht sich das nicht aus. Das Wüten in ihm … zerreißt ihn, wenn er seiner Aufgabe nicht nachkommt. Er nimmt nur, was er wirklich braucht. Und nur, wenn er dabei zugleich jemandem hilft.«

Als er das so sagte, überlief es mich eiskalt. Ich erinnerte mich an den Jungen vom ersten Tag hier in Darkenhall. An dessen rebellischen Geist, und an die erschreckende Leere in seinem Blick, nur wenige Tage später.

»Wenn man etwas nimmt, das einem nicht gehört, dann ist das Stehlen«, wisperte ich und meine Nackenhaare kribbelten. »Das hat man mir mein Leben lang erzählt. Und jetzt kommt ihr und … stehlt Schülern ihre Seele!« Ich schüttelte den Kopf, auf der Suche nach einem passenden Begriff. »Dann … pfuscht Bastian in den Leben … dieser Menschen herum!«

»Wir pfuschen nicht herum.« Tristan folgte mir. »Wir helfen. Frag doch all die Mädchen, deren Weben ich nehme. Sie sind glücklicher. Wir stehlen nichts. Ganz im Gegensatz zu dir.«

»Ha!«, stieß ich hervor. »Wenn du ernsthaft glaubst, nach dem ganzen Wahnsinn hier, mir den schwarzen Peter zuschieben zu können, dann täuschst du dich! Ich bin nicht immer die Böse!«, schrie ich und funkelte ihn drohend an.

»Abby!« Tristan starrte mich an. Er sah aus, als sähe er einen Geist. »Abby, bitte«, flüsterte er und streckte die Hände nach mir aus.

»Was?«, schrie ich. »Was glotzt du so?« Ich wich vor ihm zurück, denn irgendetwas ging in ihm vor.

»Ich sehe den Schmerz, den dir deine Gedanken verursachen, Abby. Deine Weben verändern sich und ich wette, jeder normale Mensch würde darunter zusammenbrechen. Aber du stehst noch. Wie kann das sein?«

»Ich weiß nicht, was du von mir willst!«, schrie ich. Ich war einfach nicht in der Lage, meine Stimme zu senken. »Ich fühle keinen Schmerz! Ich fühle mich stark! Und alles, was ich erlebt habe, gehört zu mir! Keiner von euch – weder du noch Bastian, wird je an meiner Seele rumpfuschen, ist das klar?!«

Tristan hob abwehrend die Hände. »Oh, keine Sorge, Abby. Ich könnte es mit deinen Weben eh nicht aufnehmen. Und Bastian hat schon zu viele davon in sich. Ohne den Ring könnten sie ihn ernsthaft verletzen.«

»Du irrst dich! Er kann keine Weben von mir in sich haben!«, erinnerte ich ihn. »Keine Ahnung, was beim Training abläuft, aber was immer es ist, wir haben es nicht gemacht.«

Tristan kniff die Augen zusammen. »Er muss dich berührt haben.«

»Nein!«

»Das ist unmöglich.«

»Ist es nicht!«, versicherte ich ihm. »Wir sind auf den Jahrmarkt gegangen, waren im Riesenrad und in der Geisterbahn, und dann …« Ich wurde rot und senkte schnell den Kopf. »… dann habe ich seinen Ring genommen, und …«

»Hat er dich dabei berührt?« Tristan sah mich fragend an. »Ich meine, du musst ihm doch sehr nah gewesen sein, um an seinen Ring heranzukommen.«

Sofort flammten meine Wangen auf. Ich kniff die Lippen zu einer schmalen Linie zusammen und funkelte Tristan böse an. »Was kümmert es dich?«, fuhr ich ihn an. »Ich schulde dir keine Rechenschaft, okay! Ich sag ja auch nichts dazu, dass du die Barbie geknutscht hast, während ich auf dich gewartet habe.«

»Wie bitte?«

Er sah irritiert aus, aber ich kaufte ihm das nicht ab. »Tu nicht so. Ich habe euch gesehen.« Weil ich selbst fand, dass ich klang, als wär ich eifersüchtig, ruderte ich zurück. »Nicht, dass du nicht machen könntest, was du willst, schließlich … bin ich *too poor to date*, richtig?«

»Fang jetzt nicht damit an!«

»Tue ich nicht. Ich sag nur, du kannst küssen, wen du willst – und ich auch!«

Tristan riss die Augen auf. »Du hast … Bastian geküsst?«, stammelte er ungläubig. »Ihr habt euch geküsst?« Sein Blick verdunkelte sich und er kam bedrohlich näher. »Fuck, Abby!«, fluchte er leise. »Du hast ja keine Ahnung, was du entfesselt hast!«

»Nein, woher auch?!«, antwortete ich wütend. »Ich hab zwar wirklich schon oft in die Scheiße gelangt, aber ich konnte ja wohl kaum wissen, dass sich gleich der erste Junge, den ich in meinem Leben küsse, in einen Zombie verwandelt!«

Tristans Augen wurden schmal. »Das letzte Mal, als Bastian jemanden geküsst hat, hat es ihn fast das Leben gekostet!«, knurrte er. »Die Weben in ihm sehen Gefühle als Schwäche und wenn er geschwächt ist … reißen sie ihn in Stücke!«

Ich wusste nicht, was mich mehr ängstigte. Dass Bastian meinetwegen in Stücke gerissen werden konnte oder dass er möglicherweise Gefühle für mich hatte?

»Ich wollte das nicht!«, konnte ich nur wiederholen. »Aber wenn er wirklich etwas … von mir … von meinen *Weben*, wie ihr sagt, genommen hat, dann … dann ist das nicht meine Schuld, sondern seine!«

»Und dass sein Ring jetzt bei Cross ist, ist dann wohl auch seine Schuld?«

Ich stampfte frustriert auf. »Nein, verdammt! Und es tut mir leid! Aber dann holen wir eben den beschissenen Ring zurück! Cross wird ihn ja kaum weiterverkauft haben. Wann versteht ihr endlich, dass es nur eine blöde Prüfung war!«

Endlich sah Tristan mich wieder an, auch wenn sein Blick nicht gerade freundlich war. »Ich hoffe es für dich!«, murrte er und lief leichtfüßig die Stufen zum Schulhaus hinauf. Er hatte einen Schlüssel und ich folgte ihm in die Halle. Es war noch immer still, aber die nächtliche Ruhe war vorüber. Es war, als erwache nicht nur der neue Tag, sondern auch meine Mitschüler. Ich hatte das Gefühl, vor einem Bienenstock zu stehen. Das Summen drang regelrecht durch die Wände.

»Komm schon!«, rief Tristan ungeduldig und ich folgte ihm in den Lehrerflügel.

»Das mit der Problembewältigung und dem Stehlen des Rings ergibt keinen Sinn«, überlegte Tristan leise und rieb sich den Nacken. »So handhaben wir das hier in Darkenhall eigentlich nicht.« Er sah mich an. »Bist du sicher, dass du die Aufgabenstellung nicht vielleicht falsch verstanden hast? Kann er nicht davon gesprochen haben, dass du lediglich in der Theorie deine Taten aufarbeiten solltest?«

Ich spürte, dass er böse auf mich war. »Nein! So war es nicht!«, erklärte ich entschieden. »Cross hat mir ein Bild des Rings gezeigt. Er wollte Bastians Ring. Ich sollte ihn stehlen!«

»Ein Bild?« Tristan horchte auf. »Vom Seelenring?«

Ich nickte und beeilte mich, mit ihm Schritt zu halten. Der Weg zu Cross' Appartement war weit. Wie hatte Cross das vorhin so schnell geschafft? »Es war eine Skizze. Handgezeichnet, schätze ich«, erklärte ich und überlegte, ob er sonst noch was gesagt hatte, aber da erreichten wir unser Ziel.

Tristan hämmerte laut mit der Faust gegen die Tür und griff schon im nächsten Moment nach der Klinke. Er hielt sich nicht lange mit Höflichkeiten auf. »Mr Cross!«, rief er und trat ein.

Cross' Arbeitszimmer sah noch genauso aus wie bei meinem letzten Besuch, nur war vom Lehrer dieses Mal nichts zu sehen.

»Er kann doch nicht die ganze Nacht fort gewesen sein«, überlegte ich. »Irgendwann wird er doch mal schlafen wollen.«

Tristan schenkte dem Raum kaum Beachtung. Mit wenigen Schritten durchquerte er ihn und wiederholte sein knappes Klopfen an der Verbindungstür zu Cross' Privaträumen. »Mr Cross!«, rief er auch hier und drehte den Türknauf, doch es war abgeschlossen. Er hämmerte stärker an die Tür. Ohne Ergebnis.

»Mr Cross?«, rief ich und trat neben Tristan. »Sind Sie schon wach?« Ich schaute Tristan ratlos an. »Wo könnte er denn sein?«

Tristan kniff die Lippen zusammen. »Warte hier«, flüsterte er, dann trat er in den schmalen Schatten unter der Tür und verschwand.

»Okay!«, murmelte ich und strich mir die Haare aus der Stirn. »Das ist verrückt!« Ich starrte auf die geschlossene Tür und wich unwillkürlich einen Schritt vor dem Schatten zurück. Um nicht darüber nachzudenken, wohin Tristan verschwunden war, und auf welch unglaubliche Weise er das getan hatte, sah ich mich im Zimmer um. Ich umrundete den Schreibtisch und versuchte zu verstehen, was hier los war. Warum hatte mich Cross den Ring stehlen lassen, wenn dies doch offenbar kein Teil der normalen Therapiearbeit war? Wusste er, dass dies kein normaler Ring war? Und wenn ja, woher?

Wie von selbst griff ich nach dem gerahmten Foto auf dem Schreibtisch und musterte die junge Frau. Sie war hübsch. Fast zu hübsch für einen Mann in Cross' Alter. Der schüttere Haarkranz und die verkniffenen Augen machten ihn nicht gerade zum Kalenderboy.

Ob er den Ring dieser Frau schenken wollte?

»Die Glückliche«, murmelte ich ironisch und stellte das Bild zurück. Tristan war schon lange weg. Ich kehrte zur Tür zurück und rüttelte noch einmal am Knauf.

»Tristan?«, rief ich durch die Tür und lauschte. »Hörst du mich? Was ist da drinnen los?«

Ich hörte es poltern.

»Tristan!«

Wieder keine Antwort und nur dumpfe Geräusche.

»Shit!« Ich hastete zurück zum Schreibtisch und riss ein Lineal aus dem Stifte-Organizer. Ich schob es zwischen Tür und Rahmen und versuchte, das Schloss zu knacken.

»Komm schon«, flüsterte ich nervös. Ich wusste, dass das ging. Immerhin hatte ich auf diese Weise schon einmal Prüfungsergebnisse aus einem Lehrerzimmer gestohlen.

Als die Tür nachgab, raste das Adrenalin durch meine Adern und ich fühlte mich fantastisch. Auch wenn ich zugleich wahnsinnige Angst verspürte.

»Was ist denn hier los?«, rief ich und schlug mir die Hand vor den Mund, als ich das Chaos sah, das in Cross' Wohnung herrschte. Sämtliche Schränke standen offen, Kleidung lag wild verstreut und Schubladen waren herausgerissen.

»Er ist weg!«, erklärte Tristan knapp und stöberte eine Kiste unter Cross' Bett hervor.

»Was meinst du mit weg? Wo ist er?«

»Hat die Fliege gemacht.«

Ich verstand noch immer nicht. »Warst du das?«, fragte ich und deutete auf die Unordnung.

»Teilweise«, gab Tristan zu, ohne seine Suche nach dem Ring zu unterbrechen. »Die Schränke standen schon offen. Er hat wohl in aller Eile seine Sachen gepackt.«

Das war doch verrückt! Wo wollte Cross hin? Er musste doch unterrichten. Das alles ergab überhaupt keinen Sinn.

»Glaubst du, er ist zu seiner Frau gefahren?«, überlegte ich laut und sah mich in dem Chaos um. Cross hatte Unmengen an Büchern herumliegen. Um mich zu beruhigen, sammelte ich einige davon vom Boden auf und stapelte sie aufs Fensterbrett.

»Cross hat keine Frau«, sagte Tristan und kippte den Inhalt einer Schachtel auf den Boden.

»Seine Freundin vielleicht?«, überlegte ich und dachte an die Frau auf dem Foto. Ich fühlte mich verarscht. Wenn er sie fragen wollte, ob sie ihn heiraten wollte, machte der Raub eines Rings durchaus Sinn. Bitter nur, dass er mich für seine schäbigen Zwecke missbraucht hatte.

Tristan warf frustriert die Kiste beiseite und stand auf. Er hob die einzelnen Sofakissen an und schaute darunter.

»Cross ist Witwer. Seine Frau ist seit fast dreizehn Jahren tot.« Tristan sah mir in die Augen. »Die Seelenweben von Cross sind ebenfalls sehr dunkel – wenn auch nicht ansatzweise so wie deine. Doch er hält zudem an den blauen Erinnerungsweben fest. Manchmal glaube ich, er lebt in seinem Kopf noch immer in der Vergangenheit.«

»Erinnerungsweben?«, hakte ich nach. »Was sind denn jetzt Erinnerungsweben? Und hat Bastian ihm diese Weben auch … genommen?«

Tristan zuckte mit den Schultern, als hätte er zu viel verraten. »Nein. Erstens sind die Weben von Erwachsenen starrer, weniger lebendig und damit nicht so leicht zu nehmen wie die von Jugendlichen. Und zweitens gibt es einfach keinen rationalen Grund, einem Mann wie Cross so nahe zu kommen, um … an die Weben zu gelangen.« Er sah mich an und ich verstand. Mädchen zu küssen, um ihre Weben zu stehlen, war einfacher.

»Die Bausteine jeder Existenz sind Seelenweben, Erinnerungsweben und Herzweben. Sie machen uns aus, und …«, fuhr Tristan mit seiner Erklärung fort und hob das letzte Kissen an. »Bingo!«, rief er und zeigte auf das Tablet, das er gefunden hatte. Sofort erweckte er das Display mit einem Wisch zum Leben. Ich hielt den Atem an und trat näher.

»Was denkst du, werden wir finden?«, hauchte ich.

»Filmchen für Erwachsene?« Tristan zwinkerte mir zu und grinste.

»Sehr witzig!« Ich stieß ihm den Ellbogen in die Rippen und beugte mich näher, denn das Display spiegelte. Tristan öffnete das Mailprogramm und überflog den Posteingang.

»Und?«

Er zuckte mit den Schultern. »Weiß nicht, wonach ich suchen soll«, gestand er. »Wenn wir doch nur wüssten, was er mit dem Ring will.«

»Ich denke immer noch, er schenkt ihn dieser Frau«, erinnerte ich mich an meinen vorherigen Gedanken. »Vielleicht liebt er sie, und will ihr –«

»Welcher Frau?« Tristan wirkte abgelenkt. Er öffnete einige Apps und eine steile Falte hatte sich über seiner Nasenwurzel eingegraben.

»Na, die Frau auf dem Foto!« Ich verlor allmählich die Geduld. Hörte er mir jemals zu? »Als ich neulich hier war, habe ich Cross … überrascht. Ich hatte den Eindruck, er hätte mit dem Foto geredet und es klang so, als würde er sie zurückgewinnen wollen.« Ich wusste, wie doof sich das anhörte. »Vielleicht will er ihn ihr schenken.«

Tristan hob kurz den Kopf, als überdenke er meine Worte. Dann deutete er auf ein großes Porträt über dem Sofa. Es zeigte ebenfalls die junge Frau. Aber abstrakt gemalt, sodass es mir nicht gleich aufgefallen war. »Meinst du sie?«, fragte er und ich nickte. »Du musst das falsch verstanden haben. Das ist seine verstorbene Frau.« Er runzelte die Stirn. Etwas auf dem Tablet irritierte ihn.

»Ich hab das nicht falsch verstanden!«, widersprach ich. »Er hat gesagt, sie würde zu ihm zurückkehren. Also vielleicht täuschst du dich, und diese Frau ist seiner Ex nur sehr ähnlich? Kann doch sein!« Ich verschränkte die Arme vor der Brust. »Soll ja Menschen geben, die einen bestimmten Typ mögen, und nicht mit *jeder* rummachen«, konnte ich mir den Seitenhieb nicht verkneifen.

»Scheiße, Abby«, keuchte Tristan und starrte mich entgeistert an.

»Na komm, du weißt, wie ich das meine.« So entsetzt musste er jetzt auch nicht tun.

»Was?« Er schien verwirrt. Dann hielt er mir das Tablet hin. Eine Videodatei war zu erkennen.

»Was soll das sein?« Ich ging auf die Zehenspitzen, um über seine Schulter besser sehen zu können.

»Das ist eines der Überwachungsvideos aus dem Schulhaus!«,

murmelte Tristan und wurde blass. »Die Datei war unter den gelöschten Dateien!«

»Aha. Und?«

Tristan reichte mir das Tablet und drückte auf Play. Es war eine Nachtaufnahme und dementsprechend von schlechter Qualität. Trotzdem erkannte ich mich. Und Cross. Es war eine Aufnahme von gestern Abend. Cross wirkte wie im Wahn und ich selbst mehr als verwirrt.

»Da siehst du, dass ich den Ring nicht mehr habe«, führte ich das Video als Beweis für meine Aussage an. »Cross hat …« Ich blinzelte und Tristan nickte zustimmend. »Das gibt's nicht«, flüsterte ich. Ich ließ die letzten Sekunden noch einmal abspielen. Cross lief um die Ecke, streckte die Hand aus und … verschwand.

Atemlos sah ich Tristan an. »Ist Cross da gerade einfach verschwunden?«

Tristan ließ das Tablet sinken und sah mich entgeistert an. »Cross ist … ein Schattenspringer«, stieß er kaum hörbar hervor. »Wenn stimmt, was wir hier sehen, dann … ist das alles kein Zufall. Dann haben wir ein viel größeres Problem als bisher gedacht.«

Ein erster Triumph

Konstantin Cross fühlte sich mächtig. Gottgleich. Auserwählt. Mit dem Seelenring an seinem Finger waren Schattensprünge wie Atemzüge. Mühelos. Dabei war er ungeübt in diesen Dingen. Doch das würde sich ändern. Jetzt, wo er den Ring hatte. Er überquerte die Straße und trat auf den Eingang des *Gherkin* genannten Hochhauses zu, das zugegebenermaßen wirklich eine gewisse Ähnlichkeit mit der namensgebenden Essiggurke hatte. Die aufgehende Sonne verlieh ihm einen himmlischen Glanz, besonders oben, an der gewölbten Spitze.

Wann immer er sich hier zuvor mit Gleichgesinnten getroffen hatte, hatte er den Fahrstuhl nach oben genommen.

Konstantin lachte und schloss die Faust, sodass das Metall des Rings in seine Haut schnitt. Heute brauchte er keinen Fahrstuhl, um auf die Spitze des gläsernen Wolkenkratzers zu gelangen. Heute brauchte er nur einen Schatten.

Mit einem Gefühl der Freiheit, das er noch nie zuvor verspürt hatte, nickte er dem Portier am Eingang des Gherkin zu und ging an ihm vorbei. Die Nordseite des Bauwerks lag im Schatten und dorthin zog es ihn. Er hob den Arm und streckte die Finger nach dem langen Morgenschatten aus.

Sein Herz pochte panisch, als er den Panoramabalkon an der Gebäudespitze erreichte und aus dem Schatten trat. Er taumelte orientierungslos und schnappte kraftlos nach Luft. Der Ring pulsierte und das Wüten übermannte ihn. Er kannte dieses Gefühl. Doch der Schmerz, der damit einherging, war neu. Trotzdem fühlte es sich gut an. Das Wüten hatte er bisher nur schwach verspürt, wann immer er zu oft durch die Schatten gegangen war. Er hatte sich nur selten an Weben bedient, weil er sie nicht kontrollieren konnte. Sie erschreckten ihn, machten ihm Angst. Doch nun fürchtete er sich nicht mehr. Er trug den Seelenring. Er schützte ihn, verlieh ihm die Macht, mehr Weben als je zuvor aufzunehmen und die Schatten wirklich zu erkunden. Es war, als wäre er neu geboren. Er breitete die Arme aus und genoss den Wind, der ihm durch den schütteren Haarkranz fuhr. Diesmal verspürte er nicht den Drang, sich zu kämmen.

Er hatte es wirklich geschafft. War hier oben. Ohne auch nur eine Stufe genommen zu haben. Er atmete einige Male tief durch, ehe er den Verlauf der Schatten auf der Fassade betrachtete. Sicher warteten die anderen schon auf ihn. Er hatte sie noch in der Nacht zusammengerufen, um ihnen von ihrem ersten großen Triumph zu berichten.

Mit stolzgeschwellter Brust streckte er sich nach dem Schatten aus, der durch die Fassade hindurch bis ins Helix-Restaurant hineinreichte. Er konnte es kaum erwarten, die Reaktionen der anderen zu sehen.

Seine Erwartungen wurden nicht enttäuscht, als er mitten unter ihnen erschien. Besonders das überraschte Staunen in Zac Morans Gesicht gefiel ihm. Zwar hatten ihn seine Freunde schon durch die Schatten gehen sehen – so hatte er sie schließlich alle von dem Wahrheitsgehalt seines Plans überzeugt und an seine Seite gelockt – doch einen Schattensprung wie diesen hatte er noch nie vollführt.

»Meine Lieben!«, rief er und hob zum Gruß die Hände. Er sah, dass alle Anwesenden den Blick auf den Ring hefteten, den er am Finger trug, und wie um ihn zu schützen, ballte er eine Faust. »Wir haben es geschafft!«, teilte er ihnen freudig mit. »Wir sind im Besitz des ersten von drei Ringen, die nötig sind, um uns zurückzuholen, was uns genommen wurde.« Er trat näher und nickte der Gruppe aufmunternd zu. »Wir haben den Seelenring. Endlich.«

Sein Blick glitt über die Gesichter und er las beinahe so etwas wie Anbetung darin. Gerechtfertigte Anbetung, denn er war der Lichtbringer. Er würde ihrer aller Leben verändern. Nur Zac Moran schien das noch nicht verstanden zu haben. Er sah nicht besonders begeistert aus. Tatsächlich war er auch der Erste, der das Wort ergriff.

»Ein Ring von dreien ist für mich noch kein Grund, in Selbstbeweihräucherung zu verfallen«, sagte er trocken und trat genervt gegen eine Panoramascheibe. Das gesamte Restaurant war verglast, so wie die komplette Gebäudefassade. Das bot ungehinderte Sicht auf ganz London, das im ersten Licht des Tages erglühte. Doch für Zac war vermutlich auch dies nichts Besonderes. Seit er sich ihnen angeschlossen hatte, hatte er regelmäßig die gesamte Restaurant-Etage für ihre Treffen gemietet. So etwas zahlte er aus der Portokasse. »Hätte ich mich in meinem Leben immer mit einem von dreien zufriedengegeben, wäre ich nicht der, der ich heute bin. Wir können uns darauf nicht ausruhen«, erklärte er entschieden. »Wir benötigen den Herzring. Sofort.«

Cross gefiel es gar nicht, dass dieser elende Moran mal wieder meinte, Befehle erteilen oder Aufgaben verteilen zu können. Schließlich hatte er diese Menschen hier zusammengeführt. Er hatte als Einziger von ihnen überhaupt gewusst, dass es einen Weg gab, der sie alle wieder glücklich machen würde.

»Natürlich holen wir uns auch die anderen Ringe«, sagte er deshalb und zog die Aufmerksamkeit wieder auf sich, indem er einen kleinen Schattensprung vollbrachte. »Aber was hilft es uns, wenn wir die Ringe haben, aber keine Möglichkeit, sie zu vereinen? *Das* hat oberste Priorität!«

Zac strich sich das mit Haargel gestylte Haar aus der Stirn und nickte. »Ich habe unseren Hochleistungsrechner auf die Sache angesetzt. Jack Woods ist euch einmal durch die Lappen gegangen, doch jetzt haben wir unsere Augen überall. Wir finden ihn.«

Konstantin ballte erneut die Fäuste. Doch diesmal nicht des Rings wegen, sondern weil er diesem reichen Schnösel zu gerne eine verpasst hätte. Wieder klang es so, als könnten sie nur dank seiner Technik, dank seiner Hilfe ihr Ziel erreichen. Zac Moran konnte vielleicht Raketen auf den Mond schicken, aber durch die Schatten gehen konnte er nicht. Und das Leben seiner Tochter zu schützen, hatte er ebenfalls nicht vermocht. Er war nicht so toll, wie er glaubte!

»Natürlich finden wir ihn«, bestätigte Konstantin dennoch. »Und wenn wir ihn haben, wird er sich nicht weigern, sich uns anzuschließen. Denn wie ihr alle wisst, haben wir seine Tochter.«

Zac schlug sich auf die Brust. »Dank der polizeilichen Zentralrechner, die auf den Servern meines Unternehmens laufen, haben wir Abigail Woods gefunden und in Darkenhall unter unsere Fittiche genommen«, erklärte er all jenen, die das vielleicht noch nicht mitbekommen hatten. Wobei Cross beinahe glaubte, er erwähne dies vielleicht nur, um sich und seinen Beitrag daran in den Vordergrund zu stellen.

»Unsere liebe Margaret-Maud hat in diesem Moment ein Auge auf die Kleine und wann immer nötig, können wir sie als Druckmittel verwenden«, ließ Cross es sich nicht nehmen, Zac zu unterbrechen.

Der nickte nur. »Jack Woods weiß, wie teuer es ihm damals kam, nicht kooperiert zu haben«, sagte er. »Darum ist er von der Bildfläche verschwunden. Er wird wissen, dass wir nicht davor zurückschrecken werden, auch seine Tochter gegen ihn zu verwenden.«

Darauf konnte Cross nicht viel sagen. Weil er sich das letzte Wort aber nicht nehmen lassen wollte, fügte er an: »Na schön. Dann warten wir mal, was Ihre Rechner wirklich leisten können, Mr Moran. Schicken Sie mir eine Mail, wenn sie den Aufenthaltsort unseres Schmieds in Erfahrung gebracht haben. Denn niemand kann sich so schnell und unauffällig darum kümmern wie ein Schattenspringer.« Damit griff er nach den Händen der Frau neben sich und als sie zustimmend nickte, nahm er ihre von Trauer geprägten Seelenweben in sich auf. Die dunklen Schlieren auf seinen Händen traten zum Vorschein, verwoben sich mit den erwachenden Malen auf ihrer Haut, als der Schwindel sie erfasste. Sie spürte nicht, was er tat, was er ihr nahm. Und er nahm viel. Denn auch diese Erfahrung war anders als bisher. Der Ring machte ihn gierig und er trat das Seelentor mit aller Gewalt ein, nahm sich, was er brauchte und sogar noch etwas mehr. Die Weben, die ihn durchströmten, waren unscheinbar und starr, wie die Frau, die sie ihm so freimütig gab. Doch sie erfüllten ihren Zweck. Ihm würde es gleich besser gehen und ihr auch.

»Danke, meine Liebe, für deinen Beitrag«, sagte er, als das Wüten in ihm abnahm und sein Hunger gestillt war.

Sie taumelte, doch als sie ihn ansah, lächelte sie selig wie ein Kind, dem nie etwas Schlimmes widerfahren war, und wieder überkam ihn das Gefühl göttlicher Macht. Er war zufrieden, als er durch die Schatten verschwand, so, wie er gekommen war. Oh ja, Zac Moran konnte viel. Doch das konnte er nicht.

Niemals ist keine Option

»Jetzt ist die Kacke mächtig am Dampfen!«, fluchte Tristan und ließ zitternd das Tablet in meine Hände fallen.

Ich sah mir das Video noch einmal an.

»Er hat es gelöscht, weil er ein Schattenspringer ist«, murmelte Tristan ungläubig und ich war fast froh, dass ich nicht die Einzige war, die das unfassbar fand.

Es ging also wirklich *noch* verrückter. Ich atmete erstmal tief durch, denn in meinem Kopf herrschte langsam dasselbe Chaos wie hier auf dem Fußboden.

»Und … das … ist … schlimm?«, fragte ich unsicher.

Tristan zuckte mit den Schultern. »Keine Ahnung, Abby!«, stöhnte er und fuhr sich durchs Haar. »Keine Ahnung, was das zu bedeuten hat. Aber wenn er wirklich ein Schattenspringer ist, dann …« Er sah mich ernst an. »Dann ist es sicher kein Zufall, dass er den Ring haben wollte. Irgendwie muss er von unserem Erbe erfahren haben.«

»Aber was könnte er damit vorhaben?«, fragte ich.

Tristan stand auf und ließ seine Schultern kreisen. Er war angespannt und offenbar ratlos. »Wir müssen das mit Bastian besprechen«, murmelte er gedankenversunken. »Und wir müssen verdammt noch mal herausfinden, wo Cross mit dem Ring hin ist.«

»Sollen wir … uns vielleicht aufteilen?«, schlug ich vor, weil ich nicht sicher war, ob es so gut war, Bastian erneut zu begegnen. »Ich könnte mich hier noch … etwas umsehen, und du … machst, was du eben machen musst.«

Tristan schüttelte den Kopf. »Nein.«

»Warum nicht? Ich komme schon klar. Vielleicht finde ich einen Hinweis oder irgendwas, was uns hilft.«

Wieder schüttelte er den Kopf. »Hier ist abgesehen von den Schränken, die verschlossen sind, nichts weiter zu finden.«

»Ich bekomm die auf!« Ich warf einen kurzen Blick auf das Schloss, und wusste, dass ich das schaffen würde. »Ehrlich. Das ist ein Kinderspiel.«

Tristan hob die Augenbrauen, lächelte aber endlich mal wieder. »Du Diebin!«, flüsterte er mit leichter Bewunderung in der Stimme. Er kam näher. Sein Blick wurde weich und er hob die Hände, als würde er etwas berühren, das mich umgab. »Du hast nicht mal Gewissensbisse, wenn du daran denkst, in Cross' Privatsphäre einzudringen, richtig?«

Er stand direkt vor mir und sah mir in die Augen.

Ich horchte in mich hinein. »Nein, hab ich nicht. Er hat mich verarscht. Er hat das Schlechteste in mir herausgekehrt und mich ausgenutzt. Er hat jedes Recht auf Privatsphäre verspielt. Finden wir seine schmutzigen Geheimnisse!«

Tristans angespannte Züge wurden weich. Seine blauen Augen leuchteten warm und obwohl die Sorge darin unübersehbar war, erkannte ich noch etwas anderes darin. Etwas, das ich schwer deuten konnte. Zuneigung? Verlangen? Fragte er sich gerade, wie es wäre, mich …

Seine Lippen kamen näher und ich hielt den Atem an.

Das war nicht gut. Es war …

Er berührte mich fast. Die Wärme seiner Haut streichelte mich, als er seine Finger durch meine Haare gleiten ließ.

»Du bist ganz schön tough, Abby«, flüsterte er und sah mir in die Augen. Dann zog er sich zurück und legte bedauernd den Kopf schief. »Na schön.« Er vergrößerte den Abstand zwischen uns und rieb sich die Hände, ehe er sie hinter seinen Rücken nahm. »Dann machen wir es so«, stimmte er zu. »Du schaust dich um und ich suche Bastian.«

»Warte!« Ich musste wissen, was es mit seinem plötzlichen Rückzug auf sich hatte. Diese abwehrende Haltung mit den Händen auf dem Rücken hatte schon Bastian immer angenommen. »Deine Hände.« Ich trat auf ihn zu und berührte sacht seinen Ellbogen. »Warum versteckst du sie?«

»Ich bin es gewohnt, die Weben auf meiner Haut vor fremden Blicken zu verbergen«, antwortete er.

»Du meinst, diese dunklen Muster wie Bastian sie hatte? Hast du das auch? Und warum?«

Tristan entwand sich mir, stellte sich aber meinem fragenden Blick. »Da ist ein Wüten in meinem Körper. Am ehesten vergleichbar mit Hunger. Starkem Hunger. Es schmerzt, wenn man es nicht stillt. Und dann wird es sichtbar. Man sieht die Muster auch während man jemandem die Weben nimmt oder wenn man die Kontrolle verliert oder emotional aufgewühlt ist.«

»Womit stillt man es?« Meine Stimme klang schwach.

So schwach wie sein Lächeln. »Mit Seelenweben. Wenn ich dir so nahe bin, dann … möchte ich …« Er zuckte mit den Schultern. »… deine Weben in mich aufnehmen.«

Ich verschränkte die Arme vor der Brust. Mag sein, dass ich meine Weben nicht spürte, nicht mal wusste, dass es sie gab, aber der

Gedanke, dass er mir etwas nehmen wollte, das mich ausmachte, gefiel mir nicht.

»Ich will das nicht.«

Er nickte. »Hast du schon gesagt. Dir würde es danach aber besser gehen.«

»Das weißt du nicht.«

Er lächelte. »Die Erfahrung sagt mir das.«

»Die … Erfahrung mit …«

»… mit den Seelenweben deiner Mitschülerinnen«, gab er zu und rieb sich leicht schuldbewusst den Nacken. »Sie finden mich gut, weil es ihnen besser geht, nachdem …«

»… nachdem du sie geküsst hast!«, entfuhr es mir und ich riss die Augen auf. »Ist es das, was du tust, wenn du sie küsst? Du … nimmst ihre Seelenweben in dich auf?«

»Es tut ihnen nicht weh.«

»Aber sie *wissen* nicht, was du mit ihnen machst, richtig?«

»Sie fühlen sich danach besser«, rechtfertigte er sein Handeln.

Ich rollte mit den Augen. »Das ist doch Bullshit! Ein Bankräuber sagt ja auch nicht, ich stehle das Geld, damit der Tresorraum wieder schön sauber ist!«

Tristan lachte. »So hab ich das ganz im Ernst noch nie gesehen.«

»Tja, dann fang besser damit an, denn mich küsst du nicht!«

»Ich müsste dich dazu nicht küssen, Abby«, erklärte er mit samtweicher Stimme und kam näher. »Ich könnte dich berühren und dich streicheln, meine Haut auf deiner … da gäbe es viele Möglichkeiten … aber du müsstest es zulassen.«

»Lass das!«, wehrte ich ihn ab und griff mir das erstbeste Buch vom Fenstersims und hielt es vor meine Brust.

Tristans Lächeln wurde breiter. »Und für den Anfang könnte ich dich auch küssen ohne … deine wunderschönen Weben zu nehmen. Was meinst du?«

»Ich sag das jetzt nur einmal, Tristan: Aber du wirst meine Seele in Ruhe lassen, verstanden? Du wirst mich *niemals* küssen, oder berühren, ganz egal wie, kapiert?«

»*Niemals* ist ziemlich endgültig. Bist du sicher, dass du nicht vielleicht doch –«

»Ich bin sicher!«

Er grinste und irgendwie hatte ich das Gefühl, er nahm mich nicht wirklich ernst.

»Na schön, Abby«, flüsterte er. »Aber wenn du deine Meinung ändern solltest … dann gibt es wunderbare Möglichkeiten, unser beider … Verlangen zu stillen.«

»Sollten wir nicht lieber Cross, Bastian oder den Ring finden?«, schlug ich vor, um ihn zum Schweigen zu bringen. Ich wollte mir wirklich nicht ausmalen, was ihm da vorschwebte. Tristan Tremblay war vielleicht ein arroganter Prolet, und damit bestimmt nicht mein Typ, aber den Verführer, den beherrschte er trotzdem sehr gut.

Tristan grinste. »Du weichst mir aus.«

»Und du musst mal Prioritäten setzen. Hast du schon vergessen, was auf dem Video zu sehen war? Wolltest du das nicht mit Bastian besprechen?«

Tatsächlich rieb Tristan sich bei meiner Aufzählung wieder verzweifelt übers Gesicht. »Richtig«, murmelte er und ging auf und ab. Dabei stieg er achtlos über Cross' Klamotten und die am Boden verstreuten Papiere. Das Licht des anbrechenden Tages fiel durch die Vorhänge und malte lange Schatten an die Wände. »Ich …« Er schüttelte den Kopf. »Du kannst einen aber auch ablenken!«, fluchte er, lächelte mich dabei aber an. »Na schön. Halt hier die Stellung. Ich bin gleich wieder da.«

Er streckte die Hand nach einem Schatten aus, doch ehe er verschwand, fing er noch einmal meinen Blick ein. Er lächelte verführerisch und zwinkerte. »*Niemals* ist keine Option, Abby. Ich weiß, irgendwann … willst du es auch.«

»Will ich das?«, wisperte ich in die Stille, die sein Verschwinden hinterließ. Meine Stimme klang mir fremd in den Ohren und ich presste das Buch fest auf mein wild schlagendes Herz. Ich drängte das wunderbar leichte Gefühl zurück, das ich im Moment nach Bastians Kuss empfunden hatte. Dieses kurze Gefühl von Glück. Hatte er dabei wirklich einen Teil meiner Seele genommen?

Hatte er mich von Schmerz befreit, den ich mit mir herumtrug? Oder …?

Ich legte das Tablet auf den Tisch und massierte meine Schläfen. War dieses wunderbare Gefühl nach dem Kuss gar nicht dem Kuss zuzuschreiben? Ich wollte das nicht glauben. Ich wollte, dass allein Bastians Zärtlichkeit mich so in den Himmel gehoben hatte.

»Ich bin so doof!«, fluchte ich und ließ mich auf Cross' Sofa sinken. »Bastian Tremblay ist nicht mal ein Mensch!«

Und warum ging er mir dann nicht mehr aus dem Kopf?

»Weil er sich in meine Seele gehackt hat!«, beantwortete ich mir meine Frage laut. »Weil er mich aussaugen will wie ein scheiß Vampir!«

Einem Impuls folgend hob ich eines von Cross' auf dem Boden liegenden Papieren auf und zückte meinen Zeichenstift. Wie von selbst erschienen die ersten Striche auf dem Blatt und diesmal war ich nicht unzufrieden mit dem, was ich malte. Diesmal fand ich einen Weg, Bastian Tremblays Augen einzufangen. Die dunklen Schlieren im Augapfel hätten in jedem anderen Gesicht unheimlich gewirkt. Die nachtschwarze Iris umschloss eine, fast wie eine Ellipse geformte, senkrecht verlaufene Pupille. Es waren keine menschlichen Augen. Und doch die schönsten, die ich je gezeichnet hatte. Ich rahmte sie ein mit dem markantesten Gesicht, das ich kannte. Mit dunklen Ranken auf der Haut, dunklen Strähnen in der Stirn und Lippen, die sinnlich und sanft zugleich dieses unvergleichliche Wesen beherrschten. Ich war atemlos, als ich den Stift schließlich zwischen die Zähne nahm, um mit der Fingerspitze die letzten Schattierungen zu verwischen. Meine Hand zitterte, so echt wirkte meine Zeichnung. Es kam mir vor, als würde ich Bastians Wange berühren. Seine Wimpern auf meiner Haut spüren und seine Lippe unter meiner Fingerspitze lebendig werden. Ich sog den Atem ein, so real kam es mir vor.

Das Läuten der Schulglocke zum Unterrichtsbeginn riss mich aus meiner Betrachtung und erinnerte mich daran, dass ich mir die Schränke hatte vornehmen wollen. Uns lief die Zeit davon. Wenn Cross wirklich mit Bastians Ring verschwunden war, würde er mit jeder Stunde, die verstrich, mehr Abstand zu uns gewinnen. Er würde den Ring immer weiter von hier fortbringen und Bastian …

Mit einem letzten Blick auf meine Zeichnung faltete ich das Blatt zusammen und steckte es ein. Dann riss ich die Vorhänge auf, um Licht hereinzulassen, denn die Schatten machten mir Angst. Hastig suchte ich mir auf Cross' Schreibtisch einige Büroklammern und einen Kugelschreiber, von dem ich kurzerhand die Ansteckklammer abbrach. Ausgestattet mit diesem Dietrich-Ersatz kehrte ich zu Cross' überraschend massivem Aktenschrank zurück und widmete mich dem Schloss. Ich steckte die Ansteckklammer zusammen mit einer Büroklammer ins Schloss, baute mit der ersten Druck auf und versuchte Stück für Stück, mit der Büroklammer die einzelnen Bärte des Schlosses zu öffnen. Immer wieder rutschte mir die Klammer aus der Hand, und ich musste von Neuem beginnen.

»Mach schon, du Scheißding!«, fluchte ich, und als hätten meine Worte etwas bewirkt, sprang mit einem Mal das Schloss auf. »Yes!«, rief ich und ließ mich nach hinten auf die Schreibtischkante sinken. »Yes, yes, yes!«

Ich ließ die Klammern fallen und zog behutsam die Tür auf.

»Und was haben wir hier jetzt Schönes?«, flüsterte ich, wischte mir die verschwitzten Hände am Rock meiner Schuluniform ab und näherte mich dem Schrank.

Eine dunkle Ledermappe lag unter einem ganzen Stapel an Ausdrucken. Daneben weitere Mappen in verschiedenen Farben und eine handgeschriebene Tabelle. Ich nahm die Tabelle vorsichtig in die Hand und versuchte herauszufinden, um was es sich handelte.

»100P bis 70P ist A«, las ich und runzelte die Stirn. »69P bis 60P ist B.«

Was sollte das bedeuten? War das ein Hinweis? Endlich ging mir ein Licht auf und ich fluchte. »Das ist ein scheiß Notenschlüssel!«, murrte ich und ließ den Zettel fallen. Als sich auch die farbigen Hefter daneben nur als Sammelmappe für Mathematikhausaufgaben herausstellten, verließ mich schon fast der Mut. »Hier gibt es nichts Spannendes!«

Frustriert riss ich die übrigen Unterlagen aus dem Schrank und blätterte nur oberflächlich durch die Seiten. Ein Ausdruck einer Partnervermittlung ließ mich schmunzeln, und verstärkte meinen Verdacht, dass Cross eine Frau mit dem Ring beeindrucken wollte. Dann fiel mir der ledergebundene Hefter ins Auge. Ich legte den *Hearts for Hearts Partnervermittlungs*-Ausdruck beiseite, schlug den

Ledereinband zurück und legte das Sammelsurium auf den Schreibtisch.

»Was ist denn das?«, fragte ich und setzte mich auf den Drehstuhl. Was ich sah, verursachte mir eine Gänsehaut und ich wagte es kaum, das oberste Blatt – eine Kopie – zur Seite zu schieben, um mir den Stapel darunter anzusehen. Ich biss mir auf die Lippe, um ein Schluchzen zu unterdrücken, denn die Erinnerung an das, was ich vor mir hatte, brach wie eine Welle über mich herein.

»Bitte, Officer, sprechen Sie leiser«, bat die Sachbearbeiterin vom Jugendamt und blickte mitfühlend zu mir herüber. »Abigail muss nicht hören, was wir sprechen.«

Ich senkte den Blick, denn nun schauten mich alle an. Die Sachbearbeiterin, die sich mir als Helen vorgestellt hatte, der Officer, der mich aus der Klasse geholt und hier ins Polizeipräsidium gebracht hatte, und die beiden Streifenpolizisten in ihrer dunklen Uniform. Ich wollte ihre Blicke nicht auf mir spüren. Sie waren mitleidig und doch distanziert. Vielleicht kam es mir auch nur so vor, weil ich mich allein fühlte. Helen hatte gesagt, meine Eltern wären mit dem Wagen einen Abgrund hinuntergestürzt. Der Wagen wäre im Fluss gelandet, und …

Ich schniefte und es kam mir vor, als würde mich der Schleim in meinem Hals ersticken. Das Papiertaschentuch in meinen Händen war feucht und inzwischen zerschlissen, aber ich wagte es nicht, mich über den Tisch zu strecken, um mir aus dem Spender noch ein weiteres zu nehmen. Ich wagte es nicht, denn wenn ich mich bewegt hätte, wäre das alles irgendwie real geworden. So war ich einfach nur gefangen in einem bösen Traum. So ein Traum, in dem man sich aus Angst einfach nicht bewegen konnte. Und das wiederum bedeutete eben, dass wenn ich mich bewegte, um mir noch ein Taschentuch zu nehmen, ich nicht träumte. Dann wäre alles echt.

Also saß ich hier, umklammerte das feuchte Papiertuch, ließ meine Tränen ungehindert meine Wangen hinunterlaufen und zog immer wieder die Nase hoch, während ich versuchte zu verstehen, was die Erwachsenen sagten.

»Wir müssen Sie in fürsorgerische Obhut nehmen, sie ist eine Vollwaise«, flüsterte Helen.

»Vorerst wird es das Beste sein. Es gibt kaum Hoffnung, den Vater lebend zu finden. Die Strömung muss den Körper mit sich gerissen haben«, hörte ich gedämpft die nüchterne Stimme des Officers.

»Das hat keiner überlebt«, warf der andere Polizist ein. »Allein, wenn man sich das Wrack des Wagens ansieht …«

»Und aus diesem Grund übernehmen wir vorläufig die Pflegschaft für das Mädchen. Ich bringe sie in das St. Annas Stift, wo man sich ihrer vorläufig annehmen wird.«

Ich schniefte wieder. Sosehr ich es auch versuchte, das Zittern in meinen Gliedern wollte nicht weichen. Wenn überhaupt, dann verstärkte die Aussicht auf eine Nacht im St. Annas Stift, was immer das auch sein mochte, das Zittern noch. Ich wollte nicht mit Helen gehen. Ich wollte nach Hause. Zu Eddie Sparkle, meinem rosa glänzenden Teddy mit den riesigen Augen und dem weichen Kuschelpelz. Und zu Mom und Dad.

Das Taschentuch löste sich in meinen Händen auf und ich ließ es einfach auf den Boden fallen. Es machte nicht mal ein Geräusch, als es auf dem grauen Linoleum aufkam. Das war gut, denn in Träumen machten Dinge einfach keine Geräusche. Weil sie nicht echt passierten.

Ich schöpfte neue Hoffnung. Das passierte vielleicht gar nicht wirklich. Wenn ich mich also nun doch nach dem Taschentuchspender strecken würde, würde ich vielleicht aufwachen und …

Ich schniefte ein letztes Mal und rutschte langsam auf dem unbequemen Plastikstuhl nach vorne. Dann hob ich den Arm und schob Stück für Stück die Hand über die blassgrüne Tischplatte. Dabei streifte ich die offen liegende Akte. Ich wollte mir die Bilder nicht noch einmal ansehen, aber wie von selbst heftete sich mein Blick auf die Dokumente. »Unfallbericht« stand in dicken Buchstaben obendrüber. Darunter »Verkehrsunfall mit Todesfolge«. Dann die Aufnahmen vom Wagen meiner Eltern.

»... geben Bescheid, sobald wir den Leichnam des Vaters bergen«, erklärte der Officer, als meine Fingerspitzen das Taschentuch berührten. Ich zog es aus dem Spender und riss hastig die Hand zurück. Die Bewegung war nicht unbemerkt geblieben und alle sahen mich an. Helen lächelte aufmunternd, aber als ich das trockene Taschentuch zwischen meinen Fingern spürte, wusste ich, dass ich nicht aufwachen würde. Ich presste es so fest in meine Hand, dass meine Finger schmerzten. Ich hatte mich bewegt. Das war kein Traum. Das war echt. Ich war echt. Dieses Taschentuch war echt. Und die Tränen, die so heiß in meiner Kehle brannten, und über meine Wangen liefen, waren auch echt. So echt wie die Bilder in dieser furchtbaren Akte.

Ich fühlte mich wie damals, als ich aus einem Traum erwachte, der keiner war, und mich zerstörte. Wie damals lag der Unfallbericht über den Verkehrsunfall vor mir. Und wie damals brannte sich die Fotografie des Wracks, das zwischen den Felsen im Wasser lag, in meine Netzhaut. Ich zitterte, als ich das oberste Blatt anhob. Bilder meines Vaters, meiner Mutter, eine Visitenkarte von Dads Kunstschmiede. Ich wusste nicht, ob ich überhaupt atmete, als ich das vergilbte Kärtchen hervorzog. Der Karton fühlte sich weicher an als in meiner Erinnerung, aber der goldene Glanz der Buchstaben war noch wie damals. Ich fragte mich, ob die Jahre das Papier aufgeweicht hatten. *Jack Woods Jewellery*, stand in eingeprägten Lettern auf dem Kärtchen. *Goldschmied in achter Generation.* Cross' Worte hallten mir im Kopf wider: »*Dein Vater war nicht irgendjemand. Er war Schmied.*«

»Dad«, wisperte ich und kam mir vor, als hätte sich eine Eisschicht um mich gebildet. Das Atmen fiel mir schwer, und eine Gänsehaut überzog meinen ganzen Körper. Selbst meine Zähne schlugen zitternd aufeinander.

Ich schob die Unterlagen in der Mappe auseinander und breitete sie über den ganzen Tisch aus. Der Unfallbericht, Fotos, die Visitenkarte, Patientenakten, eine Landkarte mit farbigen Markierungen und …

Das war unmöglich. Wie war Cross an all diese Dokumente gekommen?

Das Klopfen an der Tür zu Cross' Büro ließ mich erschrocken zusammenzucken.

»Mr Cross? Sir?«, hallte der Ruf eines Schülers hindurch. Ich erkannte Gwynedds Stimme sofort und stieß einen Fluch aus. Ausgerechnet der! Das hatte mir gerade noch gefehlt. »Entfällt die Mathestunde heute, Sir?«, rief er.

Panisch raffte ich die Unterlagen zusammen und presste sie mir an die Brust. Hier sah es aus wie nach einem Erdbeben.

»Komm ja nicht rein!«, flehte ich und zog mich ans Fenster zur Straße zurück. Wie sollte ich das erklären? Mr Cross war weg, dazu dieses Chaos, und ich mittendrin!

Wieder klopfte es. Diesmal lauter und ungeduldiger. »Mr Cross? Was soll ich denn der Klasse ausrichten? Entfällt Mathe heute?«

Ich rechnete damit, dass der Doofkopf jeden Moment hereinkommen würde. Dann würde er die Unordnung sehen und … mich.

»Shit, das bringt mich direkt in den Jugendknast!«, fluchte ich und tastete mit einer Hand nach der Verriegelung des Fensters. Mit angehaltenem Atem schob ich so leise wie möglich die Scheibe nach oben, ohne die Tür aus den Augen zu lassen. Gwynedd gab noch immer nicht auf. Sein Klopfen war so laut wie mein hämmerndes Herz, als ich ein Bein über den Fenstersims schob. Das Tablet auf Cross' Tisch blinkte auf und ich zögerte. Das könnte wichtig sein. Ich streckte mich nach dem Tablet und klemmte es mir unter den Arm. Dann bückte ich mich durch den Fensterspalt und war froh, dass dichte Brombeerbüsche den Blick zur Straße verhinderten. Andernfalls würde mich nicht nur Gwynedd für einen Einbrecher halten.

»Fuck!«, fluchte ich, als die erste Dornenranke sich in meinem wollenen Overknee verfing. Ich hatte keine Hand frei, die Ranke zu lösen und so zog sie einen langen Faden, der meinen Strumpf ordentlich auftrennte. Ich spürte die Kratzer auf meinen Beinen kaum, so trieb mich die Angst, erwischt zu werden, weiter.

»Abby!« Ich fuhr herum und wollte einen Schrei ausstoßen, aber eine Hand presste sich auf meinen Mund. Das wurde langsam unangenehm.

»Was machst du hier?«, flüsterte Bastian und hielt mich eng an sich gepresst. Er trug eine schwarze Lederjacke mit aufgestelltem Kragen, was die dunklen Schlieren auf seiner Haut etwas verbarg. »Tristan hat angerufen und gesagt, du wärst noch hier. Ich hab dich drinnen gesucht und gedacht, es wäre etwas passiert, als du nicht da warst.«

Ich stieß ihn von mir und taumelte. »Es *ist* etwas passiert! Oder denkst du, ich hab plötzlich Hunger auf Brombeeren bekommen?«

Ich musste mich zusammenreißen, denn obwohl noch immer leichte Schlieren seine Haut überzogen, sah er einfach unfassbar gut aus. Das dunkelblaue Shirt unter der Jacke betonte die Farbe seiner Augen und schmiegte sich eng an seine starke Brust. »Gwynedd hat geklopft«, sprach ich schnell weiter, ehe er mir meine Gedanken womöglich ansehen würde. »Darum bin ich aus dem Fenster getürmt.«

Bastian nickte und blickte zurück. Der Vorhang blähte sich und tanzte im Wind. »Wir sollten hier verschwinden«, schlug er vor und reichte mir die Hand.

»Du erwartest nicht ernsthaft, dass ich freiwillig mit dir durch die Schatten springe?«, fragte ich ungläubig, denn allein der Gedanke daran war Furcht einflößend.

»Na, entweder das oder du kämpfst dich noch weiter durch die Büsche.« Er bückte sich hinter mich und hob einen der Zettel auf, den ich bei meiner Flucht verloren hatte. »Aber du hinterlässt gerade eine eindeutige Spur.«

Verdammt, er hatte recht. Ich hatte schon etliche Blätter verloren. »Fuck!«, fluchte ich erneut und bückte mich, um die Unterlagen wieder einzusammeln.

»Hör auf!«, mahnte Bastian. »Gwynedd wird vielleicht einen Lehrer holen. Bestimmt kommt er zurück. Wir sollten –«

»Ich traue dir nicht!«, schrie ich, obwohl ich wusste, dass es besser wäre, man würde uns nicht hören. »Ich will dieses Schattending nicht machen, und du wirst mich auch nicht anfassen!« Ich presste die Zettel an mich und funkelte Bastian drohend an. »Du elender Bastard hast … hast mich einfach …«

»Wir klären das später!«, murrte Bastian und packte mich am Arm. Ich wehrte mich, aber er ließ nicht los. Er nahm mir die Unterlagen ab, faltete sie zusammen und steckte sie mit dem Tablet in die Innentasche seiner Jacke. »Ich bring dich hier weg und dir wird dabei nichts geschehen, das verspreche ich.«

»Du hast auch in der Geisterbahn versprochen, dass mir nichts geschehen wird!«, fauchte ich und schlug gegen seine Brust. »Und dann hast du meine Weben genommen!«

Bastian seufzte. »Ja, Abby, das habe ich«, gestand er leise. Die Muster verdunkelten seine Haut und er zitterte. »Ich weiß nicht, was du mit mir machst, dass ich mich nicht mehr unter Kontrolle habe oder welche Macht deine Weben besitzen.«

»Ist mir egal, Bastian! Es sind meine Weben! Ich will nicht, dass –«

»Keine Sorge. Ich halte mich von ihnen fern. Ich kann das auch nicht gebrauchen, dass du noch einmal in meinen Kopf eindringst.«

»Was?«

Er winkte ab. »Das klären wir später. Komm jetzt.« Er streckte mir die Hand entgegen, aber ich zögerte. »Abby, bitte!«

»Ich weiß nicht, was du bist«, flüsterte ich, nicht bereit, einfach so mitzugehen in dieses … Nichts von einem Schatten.

Bastian biss die Zähne zusammen und ich wusste, dass er Schmerzen hatte. »Du willst wissen, was ich bin?«, raunte er leise und beugte sich über mich. Das Blau seiner Augen schien mich aufzusaugen, als er seine Arme um mich legte. »Ich bin ein Ringhüter ohne Ring. Und das ist deine Schuld. Ich bin verloren. Und auch das ist deine Schuld.« Er grub seine Hände in mein Haar und zog mich mit sich in den Schatten. »Und dennoch will ich dich mehr als alles andere«, hörte ich seine Worte durch das eisige Nichts hallen, als der Schatten uns einatmete.

Die Kathedrale

Der Sprung durch den Schatten dauerte kaum einen Wimpernschlag. Dann spie uns die Dunkelheit aus und noch ehe ich registrierte, dass wir uns längst nicht mehr in Darkenhall, sondern direkt am Fuß der Tower Bridge befanden, ging es schon weiter. Ich schaffte es gerade noch, nach Luft zu schnappen, als Bastian mich mit sich riss. Ich spürte nichts, außer der Kälte, die meine einzelnen Atome und Moleküle auseinanderriss, ehe wir das Ende des Schattens erreichten und wieder in die reale Welt eintauchten. Nun waren wir am Tower. Dann, einen Schattensprung später, am nördlichen Ende der London Wall. Ich war so oft hier unterwegs gewesen, dass der kurze Augenblick reichte, mich zurechtzufinden, ehe der nächste Schatten uns zum Trinity House führte. Von dort zog Bastian mich ohne Unterbrechung durch einige kürzere Sprünge, bis zum Memorial. Dem Gedenkobelisken zum großen Brand von London. Dessen langer Morgenschatten erstreckte sich weit nach Westen und Bastian lächelte, ehe er mich erneut in die Dunkelheit entführte. »Gleich geschafft«, hörte ich ihn im Nichts sagen und obwohl mich die Kälte nach wie vor zerriss, gewöhnte ich mich langsam an dieses schreckliche Gefühl. Ich hielt einfach fest die Augen geschlossen und schmiegte mich in Bastians Arme. Sein Duft gab mir Sicherheit, und die Wärme seiner Haut war das Einzige in den Schatten, das von Bedeutung war. Solange er hier war, würde ich in dieser Dunkelheit nicht verloren gehen, das wusste ich.

Als Bastian an den Festival Gardens direkt an der St Pauls Cathedral aus den Schatten sprang, zog er mich stützend noch einmal ganz fest an sich. Er strich mir die Strähnen aus dem Gesicht und sah mir scheu in die Augen.

»Geht es dir gut?«, fragte er und hob mein Kinn an. »Du siehst etwas blass aus.«

Unter seinem zärtlich besorgten Blick wollte sich mein von den Sprüngen wild hämmerndes Herz erst gar nicht beruhigen.

»Bin okay!«, presste ich atemlos heraus, schaffte es aber nicht, mich von ihm zu lösen. Ich war nicht sicher, ob wir unser Ziel erreicht hatten oder ob er mir nur eine Pause gönnte.

»Sicher?«

Ich nickte. »Die Geisterbahn war grusliger«, versuchte ich, tough zu wirken.

Sein Lachen war begleitet von einer zärtlichen Berührung. Sanft wie eine Feder strich er mir mit den Spitzen meiner Haare von der Schläfe zum Kinn. Mir fiel auf, dass er mich nicht wirklich berührte. Nicht … Haut auf Haut, wie Tristan so schön gesagt hatte. Trotzdem verursachte er mir einen wohligen Schauer. »Du fandest unser Date auf dem Jahrmarkt also gruselig?«

»Du hast gesagt, das war kein Date«, erinnerte ich ihn. Mir war durchaus bewusst, dass er mich noch immer eng an sich gedrückt hielt. Das Leder seiner Jacke knautschte sich zwischen uns.

Wieder lachte er und es übertrug sich direkt in meinen Magen und weckte dort Schmetterlinge. »Es war ein Date – ab dem Moment, als wir uns geküsst haben.« Er zwinkerte mir zu. Dann löste er sich von mir und prüfte, ob der Kragen seiner Jacke aufgestellt war. Das gab mir Zeit, mich zu sammeln, auch wenn in meinem Kopf gerade eine Party abging. *Es war ein Date, es war ein Date, es war ein Date*, hämmerte es hinter meinen Schläfen und mir war klar, dass ich gerade vermutlich ziemlich dümmlich grinste.

Stell das ab, ermahnte ich mich streng, und atmete tief durch, ehe ich mich wieder Bastians nachtblauen Blick stellte.

Die dunklen Male in seinem Gesicht waren verschwunden und nur am Hals traten vereinzelt Ranken auf. Das konnte gut als Tattoo durchgehen, ebenso wie die einzelnen Schlieren auf seinen Handrücken.

Er bemerkte meinen Blick und verbarg seine Hände hinter dem Rücken. »Na komm«, bat er und machte einen Schritt in Richtung Kathedrale.

»Was machen wir hier?«, fragte ich und schloss zu ihm auf. »Und … wie geht es dir?«

Er grinste, sagte aber nichts, also hakte ich nach. »Tristan sagt, die Weben, die du …«

»… die ich dir ohne deine Erlaubnis genommen habe?«, vervollständigte er meinen Satz.

»Ja, genau. Die du mir gestohlen hast!«

»So wie du mir meinen Ring. Ich würde sagen, wir sind quitt. Und nun komm. Ich brauche Antworten.«

Er schritt den säuberlich angelegten Weg an der Kathedrale entlang, auf dem uns etliche Touristen entgegenkamen. Die riesige Kuppel und die weißen Mauern leuchteten in der Morgensonne.

»Denkst du, Cross ist hier?«, fragte Abby und sah sich suchend um.

»Nein. Aber jemand, der hoffentlich mehr weiß.«

Er ging voran und ballte die Fäuste. Er wirkte angespannt.

»Tristan sagt, die Weben zerstören dich«, wagte ich mich vor und eilte ihm nach. »Stimmt das?«

Bastian zuckte mit den Schultern. Er mied meinen Blick, als er antwortete. »Deine Weben sind die machtvollsten, die ich je in mir hatte«, flüsterte er und ich sah, wie allein die Worte seine Haut veränderten. »Vielleicht liegt es daran, dass der Ring weg ist, aber ich kann sie kaum kontrollieren. Sie wollen aus mir herausbrechen, weil sie nicht wollen, dass ich ihre schlechte Energie eliminiere.«

»Und wie machst du das?«

Bastian blieb stehen und sah mich an. Sein Blick war weich, wenn auch ungeduldig. »Schattensprünge«, entgegnete er knapp. »Jedes Mal, wenn ich durch einen Schatten springe, gebe ich dabei Seelenweben ab. Sie sind dann dort, wo sie hingehören. Wo sie keinen Schaden mehr anrichten können. Kein Unglück mehr verbreiten können. Es ist … kompliziert.« Er deutete hinter uns in Richtung Osten. »Wir sind jetzt weit gesprungen. Deine Weben sind fast abgegeben. Von daher geht es mir jetzt besser. Allerdings …«

»Allerdings?«

Er grinste. »Es ist ein Teufelskreis. Wenn ich keine Weben in mir habe, dann ist da ein Wüten, das mir Schmerzen bereitet.«

Tristan hatte mir schon von dem Wüten erzählt. »Dann bekommst du Hunger auf neue Weben, richtig?«

»So in etwa.«

Ich wich ein Stück vor ihm zurück. »Dann … hast du jetzt … Hunger?«

»Der Hunger bringt mich nicht um. Ich kann es ertragen, auch wenn du …« Seine Haut wurde dunkler und ich konnte beinahe sehen, wie er sich vorstellte, meine Weben zu nehmen. Sein Blick heftete sich auf meine Lippen und ich wusste, er dachte an den Kuss.

»Denkst du immer noch, dass meine Weben schlecht für mich sind?«, fragte ich, um die plötzliche Anspannung zwischen uns zu brechen.

Er sah mich nachdenklich an und seine Haut wurde wieder heller. »Das denke ich. Und doch bist du anders.« Er rieb sich den Nacken, ohne den Blick von meinen Lippen zu nehmen. »Ich wollte dich ganz bestimmt nicht hintergehen.« Er zuckte mit den Schultern. »Es hat mich einfach übermannt.«

Ich nickte. »Wird das wieder passieren? Weil … ich das absolut nicht will. Tristan sagt, die Mischung aus Seelenweben, Herzweben und … und was noch gleich …?«

»Erinnerungsweben«, half er mir weiter.

»Ja genau. Die Mischung jedenfalls macht uns aus. Ich will definitiv nicht, dass sich jemand, egal wer, an dem bedient, was mich ausmacht.«

Bastian schwieg. Er hob die Hand an meine Wange und diesmal spürte ich nicht diesen Schwindel. »Das passiert nicht zufällig, Abby. Ich kann das kontrollieren. Und du kannst das auch kontrollieren.« Er strich mir mit dem Daumen über die Lippe und die Ranken wuchsen seinen Hals hinauf. »Nicht jede Berührung öffnet die Pforte der Seele. Und wenn du dich mir nicht wenigstens ein Stück weit anvertraust, dich mir öffnest, dann kann ich deine Weben nicht erreichen. Egal wie sehr ich mich nach ihnen verzehre.«

Seine Augen wurden dunkel und er ließ mich los. »Wie du siehst, kann ich kein Geheimnis daraus machen, dass ich deine Weben will, Abby. Aber ich versichere dir … ich …« Er rieb sich übers Gesicht und es wurde langsam wieder menschlich. »… ich habe mich jetzt unter Kontrolle. Und wenn ich erst den Ring zurückhabe, dann –«

»Apropos Ring!« Ich war froh, dass er den Ring erwähnte, denn das bot mir die Möglichkeit, das Thema zu wechseln. Und das musste ich, denn unter seinem eindringlichen Blick und seiner zarten Berührung wurde mir ganz warm. Ich fand das, was diese Weben in ihm hervorriefen, wahnsinnig faszinierend. Er war wie ein Tiger vor dem Sprung. Ich fürchtete, er könne mir die Zähne ins Fleisch graben, und zugleich war die Kraft und Beherrschung, die er ausstrahlte, unheimlich reizvoll. »Denkst du, wir bekommen den Ring zurück?« Ich deutete auf die Kathedrale, deren Eingang wir nun fast erreicht hatten. »Denkst du, wir finden Cross? Denn ich habe einige wirklich wichtige Frage an ihn!«

Bastian schmunzelte. »Da bist du nicht die Einzige. Tristan versucht gerade herauszufinden, ob Cross zufällig zu uns an die Schule gekommen ist, oder ob er schon bei seiner Einstellung das Ziel verfolgte, an den Ring zu gelangen. Es kann eigentlich kein Zufall sein, dass ein Schattenspringer nach Darkenhall kommt. Und noch wichtiger … warum kann er das überhaupt?«

»Ja, klar, das ist wichtig«, unterbrach ich ihn, als er vor mir die Stufen unter das von weißen Säulen getragene Atrium hinaufging. »Aber mich interessiert, woher er so viele Dinge über mich weiß. Er hat mich richtiggehend ausspioniert. Die Unterlagen, die du für mich eingesteckt hast …« Ich deutete auf seine Jacke. »… befassen sich mit dem Tod meiner Eltern«, erklärte ich, als Bastian mit einem missmutigen Blick auf die Touristenschlange vor dem Eingang stehen blieb. »Cross hat behauptet, mein Vater wäre noch am Leben. Und er hat –«

»Wir nehmen einen anderen Weg«, erklärte Bastian knapp und zog mich in den Schatten hinter einen der barocken Pfeiler. Im nächsten Moment umschloss mich die Kälte und das Nichts löste sich auf. Dann waren wir im Innenraum der Kathedrale. Der schwarz-weiß geflieste Boden erstreckte sich weit unter uns und ich erkannte, dass wir uns auf der Chorebene befanden. Goldene Geländer umliefen die schmale Empore und waren meiner Meinung nach etwas zu niedrig für das sich weit unter uns befindende Kirchenschiff.

»Hörst du mir überhaupt zu? Was machen wir hier?«, flüsterte ich aus Respekt vor den Gläubigen, die in den Stuhlreihen unter uns saßen und beteten.

»Ich treffe einen Freund, der mir hoffentlich mehr zu Cross sagen kann. Sein Name ist Owen.« Bastian deutete auf die Orgel, an der ein tief in seine Musik versunkener Mann saß. Er spielte die Tasten mit großer Hingabe, das konnte ich selbst von hier aus sehen.

Bastian fasste nach meiner Hand, um mich weiterzuführen, aber ich entzog ihm meine Finger.

»Nicht.« Ich kam mir doof vor, denn er hatte mich in den letzten Stunden sehr oft berührt, aber etwas in mir hatte Angst vor … vor mehr. »Ich kann selber gehen.«

⌘

Bastian stockte kurz.

Natürlich traute sie ihm nicht. Das war ihm doch klar gewesen. Trotzdem störte es ihn, als sie ihm das so deutlich zeigte. Dabei hielt er sich doch eisern zurück. Sie hatte ja keine Ahnung, wie sehr es ihn nach ihren Weben verlangte. Wie sehr er sich wünschte, ihr näher zu kommen. Wie sehr er sich zwingen musste, nicht ständig an ihre Lippen auf seinen zu denken. Zugleich fragte er sich, ob er ihr trauen konnte. Was er in ihrer Seele gelesen hatte, verunsicherte ihn. Und das Wüten in ihm verursachte ihm nie gekannte Schmerzen und kämpfte permanent gegen seine Beherrschung an. Er hatte ihr die Wahrheit gesagt. Er konnte sein Verlangen nach ihr nicht verbergen. Nicht ohne den Ring. Und weil er es nicht konnte, weil seine Weben sich so deutlich auf seiner Haut zeigten, *konnte* sie ihm nicht vertrauen.

Matt ließ er die Hand sinken. »Verstehe«, murmelte er mit einem sehnsüchtigen Blick auf die nachtschwarzen Weben, die sie umgaben. Sie hatten sich seit dem Kuss verändert. Die Herzwebe war leicht angewachsen und flackerte immer wieder purpurfarben auf, während nun blaue Erinnerungsweben schwach unter der Oberfläche pulsierten. Hatte er das zu verantworten? Hatte er Platz für neues geschaffen, als er ihr die dunklen Seelenweben ausgedünnt hatte? Und war sie froh über die Veränderung? Er wusste es nicht. Er wusste nur, dass er sich permanent fragte, was ihre Herzwebe geweckt hatte. War er es gewesen? Oder Tristan? Er rieb sich die Stirn und riss sich von diesen Gedanken los. Was immer sie fühlte – sie wollte ihm nicht zu nahe kommen. Und das musste er respektieren.

»Reden wir mit Owen, ehe Cross mit dem Ring und den Antworten auf unsere Fragen noch ganz verschwindet.« Er erreichte die Orgel zuerst und trat nur leicht in Owens Blickfeld, um dessen Spiel nicht zu stören. Er wusste, sein Freund bemerkte seine Anwesenheit.

Und tatsächlich brachte Owen das Stück zu Ende und wandte sich zu ihnen um.

»Bastian.« Er klang verwundert, und schien überrascht, ihn hier zu sehen. Nachdenklich strich er sich über den Vollbart. »Was führt dich her?«, fragte er und musterte Abby durch eine moderne Brille hindurch. Bastian fand immer, Owen könnte mit seinem Look Werbung für die Holzfällerhemden machen, die er so gerne trug. Oder für Outdoor-Abenteuer. Er war ein Kerl wie aus einem Katalog für Campingzubehör. Selbst jetzt trug er Cargo-Hosen mit aufgesetzten Taschen und schwere Schnürboots.

»Es gibt ein Problem«, kam Bastian umgehend zur Sache. »Der Seelenring ist weg.« Wie von selbst glitt seine Hand an sein Shirt, dorthin, wo er das sanfte Gewicht des Rings normalerweise an seiner Brust spürte. »Und womöglich gibt es einen …« Er räusperte sich. »Einen Schattenspringer, von dem wir bisher nichts wussten.«

Owen riss die Augen auf und starrte Abby an. »Sie?«, fragte er und rieb sich den Bart.

Bastian stutzte. »Was? Nein. Sie doch nicht. Das ist Abigail Woods. Abby, mein Freund Owen Kingsley«, holte er die versäumte Vorstellung nach.

»Hi«, wagte Abby sich vor, auch wenn sie misstrauisch die Arme vor ihrer Brust kreuzte.

»Hallo, Abby«, sagte Owen, richtete aber eigentlich das Wort an Bastian. »Und was macht *Abby* hier?«, fragte er nicht gerade erfreut. »Irre ich mich, oder hast du sie durch die Schatten hergebracht? Ich wusste gar nicht, dass das möglich ist. Ist in jedem Fall interessant.«

»Sie hat mir den Ring gestohlen.«

»Nett«, stellte Owen trocken fest und seine Züge wurden noch verschlossener. »Und wie kann ich da helfen?«

Bastian schnaubte. »Gott, Owen!«, murrte er. »Sei doch bitte nur einmal nicht so mürrisch.«

Bastian konnte sich vorstellen, wie unwohl Abby sich fühlte. Sie stand stocksteif da und nur das nervöse Tippen ihrer Finger auf ihrem Oberarm zeigte ihre Ungeduld.

»Einer unserer Lehrer, ein gewisser Konstantin Cross, hat sie dazu gebracht, mir den Ring zu stehlen.«

»Er hat mich reingelegt!«, ging Abby dazwischen und trat einen Schritt näher. »Meine Situation ausgenutzt! Sonst hätte ich das nicht gemacht!«, verteidigte sie sich.

»Das ist jetzt nicht mehr wichtig«, tat er ihren Einwand ab, aber Abby funkelte ihn böse an.

»Für mich ist das wichtig!«

»Na schön. Cross hat sie also *durch eine List* dazu gebracht den Ring zu besorgen und nun ist er weg. Tristan hat auf Cross' Tablet ein Video gefunden, wonach Cross ein Schattenspringer sein muss.«

Owen stand von der Orgelbank auf und trat an die Brüstung. Er blickte auf die Kirchenbesucher hinunter, ehe er sich ihnen wieder zuwandte. »Angenommen, das Video ist echt, und dieser Mann ist, was du glaubst. Woher kommt er? Wie kommt er zu seinem Erbe? Und noch viel wichtiger: Was will er mit deinem Ring?«

Bastian zuckte mit den Schultern. »Das frage ich mich auch schon die ganze Zeit. Ich hatte gehofft, du kannst mir da behilflich sein. Du weißt nicht zufällig, ob es irgendwo in unseren Stammbäumen ein uneheliches Kind gab? Er kann ja nicht aus dem Nichts kommen.«

Owen rieb sich den Bart. »Stimmt. Er muss irgendwo herkommen«, murmelte er nachdenklich. »Denkt vielleicht, er hätte ein Recht darauf, den Ring zu tragen. Aber warum? Ich könnte Nachforschungen anstellen, wenn du magst.«

»Das wäre gut. Wie lange wird das dauern? Ich brauche einen Hinweis, wo er stecken könnte. Denn ohne den Ring …«

»Ich sehe schon.« Owen nickte. »Dir geht es nicht gerade gut. Ich werde mich beeilen.«

Abby räusperte sich und hob scheu die Hand. »Also ich schließe ja immer noch nicht aus, dass es was mit einer Frau zu tun hat«, warf sie ein.

»Mit welcher Frau?« Owen lehnte sich gegen das Geländer und musterte Abby.

»Keine Ahnung. Aber ich habe ihn ertappt, wie er mit dem Foto einer Frau sprach. Er hat im Grunde gesagt, dass sie bald zu ihm zurückkäme. Es passt nur irgendwie nicht, weil Tristan meint, seine Frau wäre gestorben. Und als ich ihm den Ring gegeben habe, da ...«

Bastian sah, wie sie sich anstrengte, aber die dunklen Weben ihrer Seele unterdrückten ihre blau schimmernden Erinnerungsweben.

»Na, jedenfalls war er wie in einem Wahn, als ich ihm den Ring übergab. Er hat etwas davon gesagt, dass er sich zurückholen will, was ihm gehört. Oder was ihm genommen wurde.«

»Hat er das gesagt, bevor oder nachdem du ihm den Ring gegeben hast?«, hakte Owen nach.

»Danach.«

»Das ergibt aber keinen Sinn. Wenn er denkt, der Ring steht ihm aus irgendwelchen Gründen zu, und er ihn schon hatte, was meinte er dann damit?«

Bastian nickte. »Vielleicht täuscht Abby sich.«

»Ich täusche mich nicht!«, fauchte sie. »Ich weiß, ich war mega verwirrt von seinem merkwürdigen Verhalten, aber du kannst mir glauben, ich habe mir jedes Wort gemerkt, denn er hat im gleichen Atemzug gesagt, dass mein Vater, der seit elf Jahren tot ist, gar nicht bei dem Unfall gestorben sei.« Sie war mit jedem Wort lauter geworden und Owen beugte sich über die Brüstung, um nach unten zu sehen.

»Leute, ihr erregt Aufmerksamkeit«, sagte er und kehrte zurück an die Orgelbank. Er legte die Hände auf die Tasten und fing an zu spielen. Die Pfeifen stießen hell ihre erste Tonfolge aus und für einen Moment hielt jeder in der gesamten Kathedrale den Atem an und lauschte.

Auch auf Bastian hatten die Klänge eine beruhigende Wirkung. Er wusste, er verhielt sich Abby gegenüber wie ein Idiot. Aber sie konnte den Ernst der Lage, in der er sich befand, gar nicht ermessen. Schuldbewusst lächelte er sie an und stupste gegen ihre Schulter. »Entschuldige. Ich habe das nicht so gemeint«, sagte er.

⌘

Bastians Berührung war leicht und doch ließ sie mein Herz höherschlagen. Wir beide waren müde, erschöpft von einer schlaflosen Nacht und unsere Nerven waren angespannt. Dass er sich dennoch entschuldigte, rechnete ich ihm hoch an.

»Schon okay. Das alles ist ja auch unglaublich. Da … kann man schon mal misstrauisch sein.«

»Ich misstraue dir nicht«, flüsterte er und deutete auf Owen. »Er schon. Er traut niemandem. Mach dir also nichts draus, wenn ihr nicht die dicksten Freunde werdet.«

»Keine Sorge. Ich bin es gewohnt, nicht viele Freunde zu haben«, gab ich zu und es war, als würden die Orgelklänge meine Traurigkeit untermalen. »Ich habe keine Eltern, keine Familie, keine Freunde.« Ich lächelte Bastian schief an. »Und mein erster Kuss … endet im Desaster.«

Bastian schmunzelte und rückte näher. »Der Kuss war kein Desaster.« Er sah mir in die Augen und sein Blick raubte mir den Atem. Er sah mich an, als wären wir allein. Als gäbe es weder Owen noch die Kirchenbesucher unter uns. »Der Kuss war überraschend. Er war ungeplant und … wundervoll. Leider haben wir beide danach eine falsche Entscheidung getroffen.«

Das Orgelspiel erstarb und Owen grinste uns über seine Schulter hinweg an. »Bastian, Bastian, was geht denn da zwischen euch beiden? Und was würde Skye dazu sagen?«

Bastian ballte die Fäuste. »Keine Ahnung, was du meinst«, murrte er und vergrößerte den Abstand zu mir. »Und das mit Skye und mir ist aus gutem Grund bereits lange vorbei, wie du weißt.«

Owen hob in einer unschuldigen Geste die Hände. »Ihr müsst schon entschuldigen, dass ich frage. Schließlich seid ihr mit eurem Problem zu mir gekommen.«

»Ja, aber Skye ist nicht unser Problem!«

Ich hatte keine Ahnung, wer Skye war, aber die Art wie Bastian sich versteifte, ließ auf etwas sehr Persönliches schließen. Irgendwie gefiel mir das nicht.

»Als Cross gesagt hat, mein Vater wäre am Leben, habe ich gedacht, er spinnt. Aber in Anbetracht von diesem ganzen Irrsinn weiß ich nicht mehr, was ich glauben soll. Er hat stapelweise Akten über mich gesammelt. Warum? Was, wenn er wirklich etwas herausgefunden hat?«

»Jetzt noch mal von vorne. Wie hängt denn dein Vater mit diesem Cross zusammen?«

»Er hat gesagt, mein Vater lebt, und wenn er ihn finden würde, dann wäre alles möglich. Keine Ahnung, was er damit meint.«

»Interessant. Wir müssen das auf jeden Fall überprüfen. Vielleicht hast du etwas falsch verstanden.« Owen kam näher und musterte mich neugierig.

»Hab ich nicht. Ich bin mir ganz sicher, das gehört zu haben! Und was genau wollt ihr prüfen?« Mir gefiel nicht, wie die zwei mich jetzt ansahen.

Owen neigte den Kopf, als würde er es Bastian überlassen, mich aufzuklären.

»Hör zu, Abby.« Er rieb sich den Nacken, was mich vermuten ließ, dass ihm nicht leichtfiel, was jetzt kommen würde. »Es wäre wirklich hilfreich, wenn …«

»Wenn was?« Meine Nackenhärchen stellten sich auf und ich wich ans Geländer zurück.

Bastian seufzte. »Owen ist der Hüter des Erinnerungsrings«, erklärte er, woraufhin Owen sich leicht vor mir verneigte. »Wenn wir genau wüssten, was Cross zu dir gesagt hat, dann –«

»Ich habe euch alles erzählt, was er gesagt hat.«

»Was, wenn du etwas falsch verstanden hast, weil du nicht wissen konntest, wovon er sprach?«, warf Owen ein.

»Es gab nichts falsch zu verstehen!«, verteidigte ich mich erneut. »Er sprach von einer Frau, von etwas, das ihm zusteht und von meinem Vater. Und ganz im Ernst, nichts davon kann uns sagen, wohin er verschwunden ist, weil er das nämlich einfach nicht gesagt hat!«

»Owen könnte sich leicht davon überzeugen, dass du die Wahrheit sagst«, schlug Bastian sanft vor. Er fasste nach meiner Hand, aber ich entzog sie ihm sofort. Nur anhand seiner zusammengekniffenen Lippen erkannte ich, dass ihm das missfiel. »Owen könnte – wenn du ihn lässt – einen Blick in deine Erinnerungsweben werfen, und sehen was du gesehen hast. Er kann auch das erkennen, was du vergessen hast, weil du es nicht als wichtig eingestuft hast, oder Dinge, die du lieber vergessen wolltest.«

»Vergiss es!«

Ich konnte nicht fassen, dass er das wirklich vorschlug.

»Abby, bitte …«

»Nein!« Ich trat ein ganzes Stück zurück, bis ans Geländer, das mir nicht mal bis zum Po reichte. Es bot kaum Absturzsicherung. Trotzdem schien es mir sicherer als die Nähe zu den beiden Männern vor mir.

Owen sah so aus, als ließe ihn das alles ziemlich kalt, und Bastian … nun, zumindest wirkte er so, als wäre ihm seine Bitte unangenehm.

»Ich habe dir gesagt, dass ich keinen mehr an meiner Seele herumpfuschen lasse!«

»Es sind nur Erinnerungen.«

»Du hast es mir versprochen, Bastian!«, fauchte ich und funkelte ihn an. »Du kannst mir auch so glauben.« Ich schluckte, denn meine Kehle war plötzlich wie zugeschnürt. »Du hast gesagt, wir haben nach unserem Kuss eine falsche Entscheidung getroffen«, flüsterte ich und mein Herz tat mir weh. »Dieser unbeschreiblich wunderbare Kuss, Bastian. Wenn er dir je mehr bedeutet hat, als nur an meine Weben zu gelangen, dann … dann triffst du diesmal die richtige Entscheidung.«

⌘

Das Wüten in Bastian war gewaltig. Ihre Weben waren in Bewegung und die purpurne Herzwebe zitterte unter all den dunklen Seelenweben. Er konnte den Blick nicht abwenden. Wie ferngesteuert trat er auf Abby zu und hob ihr Kinn an. Ihre lila Strähnen strichen über seine Haut und er bemerkte, dass die Weben wieder deutlicher hervortraten. Natürlich taten sie das. Er war ihr nahe. Und ihre Bitte weckte Gefühle, die ihn nur schwächen würden.

»Was ist denn die richtige Entscheidung, Abby?« Sein Blick glitt über ihre Lippen und er glaubte, das einzig Richtige wäre, diese Lippen mit seinen zu verschließen, damit sie nicht noch mehr sagen konnte, das ihn schwächte.

»Mir zu vertrauen, so wie du willst, dass ich dir vertraue«, wisperte sie und ihr Atem strich über seine Wange.

»Versteh mich doch. Ich brauche den Ring zurück.«

»Leute, ihr seht das Wesentliche nicht!«, mischte sich Owen ein und trat näher. »Dieser Cross führt etwas im Schilde, sonst wäre er nicht getürmt. Und ich will wissen, was.«

Damit schob er Bastian beiseite und zwinkerte Abby zu. »Tut nicht weh, Kleine«, flüsterte er, dann warf er sich auf sie und sein Schwung riss beide über die Brüstung.

»Owen!«, brüllte Bastian und biss die Zähne zusammen, ehe er die Hand nach dem nächsten Schatten ausstreckte.

Erinnerungen

Die Wucht, mit der Owen sich auf mich stürzte, brachte mich aus dem Gleichgewicht und mit einem erstickten Schrei kippte ich rückwärts über die Brüstung. Die kunstvolle goldene Kuppel über mir, in der sich die Morgensonne brach, war wunderschön und ein krasser Gegensatz zu der Todesangst, die mich bei dem Sturz in die Tiefe packte. Ich würde sterben. Zerschellen auf schwarz-weißen Fliesen. Vor den Augen Hunderter Kirchenbesucher.

Mein Herzschlag setzte aus und ich klammerte mich an das Etwas, das gegen meine Brust drückte. Kein Laut entwich meiner angstvoll zugeschnürten Kehle, als Owens bärtiges Gesicht sich in mein Blickfeld schob. Sein Grinsen riss mich mit sich in die Kälte und der Schatten verschluckte uns.

Noch immer erwartete ich den Schmerz des Aufpralls. Noch immer stand mein Herz still und mit einem Mal verschwamm mir selbst die Dunkelheit vor Augen. Ich wusste, dass Owen Kingsley gerade das Tor zu meinem geheimsten Ich öffnete.

»Sie wollen, dass ich etwas stehle?«

»So, wie du das sagst, klingt es natürlich vollkommen falsch. Aber du bist nun mal eine Diebin.«

»Sie sind mein Lehrer! Soll das vielleicht ein Test sein? Irgendein Psychospielchen?«

»Selbstverständlich möchte ich nicht, dass du gegen das Gesetz verstößt. Es geht vielmehr darum, deine Triebe, deine Verfehlungen bewusst zu erleben und zu analysieren. Wir wollen mit dir an deinen Problemen arbeiten, Abigail. Darum setzen wir dich Situationen aus, in denen du dich für den falschen Weg entschieden hast.«

Die Erinnerungen rasten durch meinen Kopf.

»Ich schlage vor, wir reden über deine Eltern, wenn ich auch sehen kann, dass du dich uns anvertraust und mitarbeitest.«

»Und ich rühre keinen Finger, wenn Sie mir nicht sagen, was Sie über meine Eltern zu wissen glauben.«

»Niemand kommt an diese Schule, ohne dass wir uns intensiv mit ihr oder ihm beschäftigen. Wir wissen einiges über dich und deine Familie. Dein Vater war Schmied. Goldschmied. Und womöglich hängt damit mehr zusammen, als du jetzt ahnst. Womöglich auch … der Unfall.«

Immer mehr Erinnerungen strömten durch mich hindurch. Wirre Bilder, die ich kaum zuordnen konnte. Bilder, die mir fremd vorkamen. Dinge, die ich vergessen hatte.

»Wo sind wir hier, Dad?«

»Das ist ein geheimer Ort, Abby, mein Herz. Unser Geheimnis. Na, wie findest du das? Du darfst niemandem hiervon erzählen.«

»Was machen wir hier, Dad? Es ist so dunkel.«

Ich wollte schreien, aber kein Laut drang aus meiner Kehle. Das Nichts hielt mich in seiner eisigen Klaue gefangen und die Kälte riss mich entzwei. Ich konnte nichts tun, außer …

Außer durch das Tor zu gehen und …

Ich sah Owen. Und Bastian. Und eine junge Frau. Sie hielt Bastians Hand, hatte den Kopf an seine Schulter gelegt. Ihrer aller Haut war von Weben überzogen. Sie unterschieden sich, denn die Weben von Owen drückten bläulich durch dessen Haut und das Mädchen war, wie ein Fabelwesen, von purpurleuchtenden Schlieren gezeichnet. Ihr helles Haar wehte im Wind und ihre Augen leuchteten glücklich, als Bastian sich über sie beugte, um sie zu küssen.

»Verdammt, Owen!«, riss mich Bastians Stimme zurück in die Realität. Er hatte Owen am Kragen gepackt und schleuderte ihn gerade mit ganzer Kraft gegen eine Wand. Orientierungslos taumelte ich zu Boden. Ich hatte keine Ahnung, wo wir waren. Es war düster und kalt und wir waren von Marmor umgeben. »Mach das nie wieder!«, knurrte er und funkelte seinen Freund böse an. Seine ganze Körperhaltung war drohend und zugleich besorgt. Er sah zu mir und ich keuchte.

Mein Körper fühlte sich an, als wäre ich auf dem Kirchenboden zerschellt, und mir war schwindelig. Jedes von Bastians Worten hallte doppelt oder dreifach wie ein Echo in meinem Kopf und als ich blinzelte, sah ich Owen an den merkwürdigen Marmorblock gelehnt, gegen den Bastian ihn gestoßen hatte. Er war über und über mit blau schillernden Weben überzogen. Genau wie in der Vision.

Ich fragte mich, wie die Bilder in meinen Kopf gelangt waren. Wie hatte ich Owen und Bastian und … dieses Mädchen sehen können? Fast, als wäre ich dabei gewesen? Als wäre es eine meiner Erinnerungen. Wo kamen diese Bilder her?

»Sie war in meinem Kopf!«, schrie Owen und ballte die Fäuste. »Verflucht, was war denn das?«

»Du hättest sie in Ruhe lassen sollen!«, erinnerte Bastian ihn und schenkte nun mir einen mitfühlenden Blick, ehe er neben mir in die Knie ging.

»Alles gut bei dir?«

Ob bei mir alles gut war? Das sollte wohl ein Witz sein!

»Fass mich nicht an!«, schrie ich und meine Stimme hallte dumpf von den Wänden wider. »Wehe einer von euch fasst mich an!«

Ich schlug nach Bastian, der versuchte, mir eine Hand zum Aufstehen zu reichen.

»Tut mir leid, was passiert ist«, hörte ich ihn, aber es hatte keine Bedeutung.

»Dieser Irre hat mich übers Geländer gestoßen!«, kreischte ich und unterdrückte den Impuls, mit dem Fuß nach Owen zu treten, der noch immer auf dem Boden hockte. »Er war … in mir, obwohl du gesagt hast, dass niemand an meine Weben kommt, wenn ich das nicht will!«

Ich war so sauer, denn alles, was mir Bastian je gesagt hatte, schien eine Lüge zu sein.

»Ich habe gesagt, dass es nötig ist, dass du dich öffnest, um an deine Weben zu gelangen«, verteidigte Bastian sich. »Wann immer man starke Gefühle empfindet, öffnet man sich unweigerlich. Und Angst ist ein sehr starkes Gefühl.« Bastian kniff verärgert die Lippen zusammen. »Und das hat Owen ausgenutzt.«

»Es war nötig, sich einen Überblick zu verschaffen«, rechtfertigte sich der und rieb sich über den Bart. Die Weben auf seiner Haut verblassten allmählich und erst jetzt bemerkte ich den grob geschmiedeten Ring an seinem Finger. Er war dem Ring sehr ähnlich, den ich Bastian gestohlen hatte. Auch bei ihm schimmerte das Metall dunkler als normales Silber.

»Er hatte kein Recht, mich ...«, rief ich und kämpfte gegen die Gänsehaut an, die mir den Rücken hinaufwanderte. Erst jetzt erkannte ich, wo wir uns befanden. Die merkwürdigen Marmorblöcke waren Sarkophage. Särge. Letzte Ruhestätten. Wir befanden uns inmitten unter Toten. Dutzende davon umgaben uns und die Kälte, die ich spürte, schien aus diesen Grabstätten zu kommen. Wir mussten in der unterirdischen Krypta der Kathedrale sein. Anscheinend waren wir sogar noch tiefer gefallen als nur auf die Fliesen des Hauptschiffs. Wir waren durch die Schatten bis ins Totenreich gestürzt.

»Ich will hier weg!«, rief ich und drehte mich um mich selbst, auf der Suche nach einem Ausweg. »Bring mich hier weg! Sofort!«, schrie ich und hielt mir die Ohren zu, um meine eigene panische Stimme nicht hören zu müssen. Das alles war echt eine Nummer zu krass!

»Schhht.« Bastian kam zu mir und nahm mich in den Arm, obwohl ich versuchte, ihn wegzustoßen. »Beruhige dich, Abby. Beruhige dich«, murmelte er an meinem Ohr und streichelte dabei meinen Rücken.

»Ich kann mich nicht beruhigen! Ich weiß überhaupt nicht mehr, was echt ist!«, kreischte ich. »Ich will nicht glauben, dass ihr mich einfach so durch die Schatten zerren könnt, dass ihr irgendwie Zugang zu meinem Kopf oder meiner Seele habt. Ich will nicht sehen, wie du ein Mädchen küsst, das über und über mit Weben überzogen ist, und –«

»Was meinst du damit?« Bastian beugte sich etwas zurück, ohne mich loszulassen, und sah mich irritiert an.

Aber es war Owen, der antwortete. »Ich sag doch, sie war in meinem Kopf. Sie war einfach da. Mitten in … meinen Erinnerungen.«

»Das ist unglaublich«, murmelte Bastian und sah mich an, als wüsste er nicht, was er von mir halten sollte. »Wie machst du das?«, fragte er mich leise.

»Ich weiß nicht, wovon du redest.«

»Du warst in Owens Kopf. Und in meinem. Ich habe auch gespürt, dass du durch das Seelentor gegangen bist. Es hat sich falsch angefühlt.«

»Ach, wirklich?«, spottete ich und stieß noch einmal hart gegen seine Brust. »Und dass ihr euch meine Weben, wie ihr sagt, nehmt, das sollte sich dann wohl für mich richtig anfühlen, oder was?«

»Es ist einfach nicht üblich«, warf Owen keuchend ein und krümmte sich. »Deine Weben sind ungewohnt mächtig. Und eigentlich haben nur Ringhüter die Kraft, ein Seelentor zu öffnen.« Er ballte die Fäuste und die Schlieren unter seiner Haut drängten an die Oberfläche, als wollten sie aus ihm herausbrechen.

»Nicht üblich?« Ich konnte das nicht fassen.

»Nein«, bestätigte auch Bastian sanft. »Das ist noch nie zuvor passiert.« Er hob mein Kinn an, sah mir in die Augen und deutete auf Owen. »Willst du nicht wissen, warum das geschieht? Sieh dir an, was deine Weben anrichten. Ich habe das auch gespürt. Und dass du in unseren Kopf eindringst … also ich würde gern wissen, weshalb du das kannst.«

»Und ich will das alles überhaupt nicht!«, erinnerte ich ihn energisch. »Ich will einfach nur dieses Schuljahr überstehen. Das war mein Plan. Und ihr habt alles ruiniert, denn jetzt muss ich Cross finden und herausbekommen, was er über den Unfall meiner Eltern weiß. Also gib mir die Unterlagen aus Cross' Büro zurück und bring mich hier weg.«

»Wir alle wollen Cross finden«, meinte Bastian und ließ mich langsam los. Er fasste in seine Jacke und nahm den Stapel Blätter heraus. Ehe er ihn mir gab, sah er etwas verlegen zu seinem Freund hinüber. »Vielleicht hat Owen in deinen Erinnerungen einen Hinweis gefunden?«

Ich schnaubte und versuchte, den Hüter des Erinnerungsrings mit meinen Blicken zu erdolchen.

»Ich konnte nicht viele Weben in mich aufnehmen. Ich war auf ihre Kraft nicht eingestellt.« Er grinste mich an. »Wobei ich auch anmerken muss, dass deine Erinnerungen besonders gut vergraben sind.«

»Weil ich mich nicht erinnern *will*!«, fauchte ich ihn an. »Meine Vergangenheit liegt hinter mir. Ich will sie vergessen, kapiert?!«

Bastian nickte. »Schon klar, aber wenn Cross eine Verbindung zwischen deinem Vater und meinem Ring sieht, dann –«

Wieder war es Owen, der dazwischenfunkte. »Erzähl mir von dem geheimen Ort, an den dein Vater dich mitgenommen hat«, wandte er sich an mich und rieb sich den Bart. Seine Haut nahm langsam wieder ihre natürliche Farbe an. »Wo wart ihr da? Und warum?«

Ich runzelte die Stirn. Der geheime Ort. Die Erinnerung daran war ganz schwach. Kaum klarer, als die trüben Wasser der Themse. Wie wabernder Nebel irgendwo weit in den Tiefen meines Geistes verschwunden. Und doch hörte ich die Stimme meines Vaters, als stünde er neben mir.

»Das ist ein geheimer Ort, Abby, mein Herz. Unser Geheimnis. Na, wie findest du das? Du darfst niemandem hiervon erzählen.«

»Ich weiß es nicht«, gab ich schwach zu und schüttelte den Kopf. »Ich … weiß nicht, was das alles hiermit zu tun haben soll. Ich war ein Kind. Und Dad war …«

Die Zettel aus Cross' Büro wogen schwer in meiner Hand und ich legte sie zitternd auf den marmornen Deckel des Sarkophags vor mir. »Er ist tot.«

»Nicht, wenn Cross die Wahrheit sagt«, warf Owen ein. »Es stimmt«, wandte er sich an Bastian. »Cross hat sie ausgenutzt und getäuscht. Er muss gesehen haben, dass sie sich mit Tristan gut verstanden hat. Vielleicht brachte ihn dies auf die Idee, sie zu seinem Werkzeug zu machen, um an den Ring zu kommen.«

Bastian wich ein Stück von mir zurück und sah mich mit einem Blick an, der … Enttäuschung zeigte. »Und da Tristan den Ring nicht hatte …«, murrte er leise und schaute mir in die Augen. »Nun gut. Verstehe.«

Shit. Wollte er andeuten, ich hätte ihn nur geküsst, um den Ring zu bekommen? War das so? Natürlich hatte ich daran gedacht, aber war der Kuss nicht von uns beiden ausgegangen? Hatte nicht sogar Bastian … Ich drängte die Erinnerung zurück, denn es tat weh, daran zu denken, wie seine Lippen sich auf meinen anfühlten, und zugleich das Bild vor Augen zu haben, als er dieses Weben-Mädchen küsste.

»Holla, was geht denn jetzt ab?«, rief Owen und grinste mich an. »Da kommen sie zum Vorschein, die Erinnerungsweben.« Er betrachtete etwas, das – wie ich glaubte – über meinem Kopf schwebte und auch Bastians Blick ging dorthin. Er kniff die Lippen zusammen und sah mich unsicher an.

»Was siehst du?«, fragte er und trat näher.

»Frag doch ihn!«, forderte ich wütend. »Er war in meinem Kopf!«

Owen grinste. »Ich war nicht in deinem Kopf. Ich war nur in deinen Erinnerungen. Und die sind ziemlich vernachlässigt. Du vergräbst sie unter Kummer und Schmerz.«

»Ich vergrabe gar nichts. Vielleicht verursachen die Erinnerungen mir Kummer. Schon mal daran gedacht?«

Owen lachte. »Nein, nein. Erinnerungen sind neutral. Sie sind einfach da. Oder eben nicht. Sie beeinflussen uns emotional nicht weiter.« Er klopfte Bastian auf die Schulter. »Schmerz ist sein Bereich. Schmerz entsteht in unserer Seele.«

Bastian schüttelte seine Hand ab. »Wie auch immer, Abby. Sagt dir der Ort jetzt was, oder nicht?«

»Nein. Nicht, dass ich wüsste. Vielleicht würde ich es erkennen, wenn ich dort wäre. Vielleicht, wenn ich mich umsehen könnte.«

»Einfacher wäre es, du lässt mich noch mal in deine Erinnerungen. Dann könnte ich gezielt danach –«

»Das hatten wir geklärt!«, knurrte Bastian und stellte sich schützend vor mich. »Wir respektieren ihre Wünsche, verstanden?«

Owen hob ergeben die Hände. »Wie du willst. Ist ja nicht mein Ring, der verschwunden ist.«

Owen setzte sich auf den Sarkophag und dabei glitten einige Zettel zu Boden. Als ich mich bückte, fiel mir erneut der Bogen der Partnervermittlung ins Auge und ich schüttelte den Kopf.

»Ich wette, dass das alles was mit einer Frau zu tun hat«, sagte ich und legte das Papier oben auf den Stapel. »Warum sonst eine Partnervermittlung?«

»Partnervermittlung?«, fragten Owen und Bastian wie aus einem Mund. »Zeig mal her.«

Bastian trat neben mich und schaute über meine Schulter. Sein

Duft hüllte mich ein und ich atmete unbewusst tiefer ein. »*Hearts for Hearts*«, bemerkte er das Logo in der oberen Ecke.

»Was ist los?«, fragte ich und wich instinktiv vor ihm zurück.

»Skye«, war alles, was er sagte, während er seine Hände mit schmerzhafter Gewalt auf den Marmor presste.

»Bastian?!« Er sah aus, als hätte er starke Schmerzen. »Was passiert mit ihm?«

Owen zuckte mit den Schultern. »Gefühle schwächen einen Ringhüter. Und Skye … nun, da sind nun mal Gefühle im Spiel.«

»Wer ist Skye?«

Owen lächelte. »Sag bloß, er hat seine durchgeknallte Freundin noch nicht erwähnt?«, spottete er und zwinkerte Bastian zu, der noch immer um Fassung zu ringen schien. Sein Atem kam hart und unregelmäßig, und eine steile Falte hatte sich in seine Stirn gegraben.

»Halt die Klappe, Owen!«, fluchte Bastian durch zusammengebissene Zähne hindurch, aber der lachte nur.

»Skye ist die Hüterin des Herzrings. Und die Hüterin von Bastians Herz, wenn man so will.«

»Das ist nicht wahr!«, keuchte Bastian und nur langsam gewann er die Oberhand über die dunklen Schlieren auf seiner Haut.

Ich sah, wie Bastian kämpfte, und fühlte mich dabei so dämlich. Warum hatte ich angenommen, der Kuss könnte ihm etwas bedeutet haben? Wir hatten uns geküsst, ehe wir einander auch nur kannten. Es war nicht mehr als Berechnung gewesen. Von ihm, um an meine Weben zu kommen, von mir, um den Ring zu bekommen. Wenn ich mehr hineininterpretieren wollte, wäre ich ein Dummkopf!

Gott, ich *war* ein Dummkopf! Das konnte ich kaum leugnen, denn mein Herz fühlte sich an, als würde Owen mit seinen furchtbaren Boots einfach darübertrampeln.

»Und was hat diese Skye mit Cross zu tun?«, fragte ich, weil mir nicht klar war, warum sie überhaupt eine Rolle spielte. Oder wie sie Gesprächsthema geworden war.

»*Hearts for Hearts*«, keuchte Bastian und strich sich die Haare aus der Stirn, als er die Weben so weit zurückgedrängt hatte, dass seine Augen wieder normal aussahen. »Seit vielen Generationen hütet Skyes Familie den Herzring«, erklärte er. »Und sie bestreiten damit ihren Lebensunterhalt, ähnlich wie wir Tremblays es mit dieser Schule hier tun.«

Owen nickte. »Das Geschäft mit der Liebe floriert, wenn man Zugriff auf Gefühle wie Liebe, Zuneigung, Leidenschaft oder auch Hass und Eifersucht hat.«

»Also sucht Cross nach Liebe?«, fragte ich irritiert und Owen lachte.

»Entweder das, oder er sucht nach einem weiteren Ring.«

Kontrolle

»Also, Owen, du und diese Skye, ihr seid alle drei Ringhüter?«, fragte ich, als wir im Taxi zurück nach Darkenhall saßen. Ich hielt den Stapel Unterlagen und das Tablet aus Cross' Büro auf meinem Schoß und knickte gedankenverloren die Ecken der Blätter ein. Mein Handy brummte immer wieder und ich wusste, dass Esme und Jasmin sich fragten, wo ich war. Aber was sollte ich schon antworten? Die Wahrheit … war absurd. Ich schmunzelte. Vielleicht sollte ich ihnen ein Foto schicken. Das würde mehr erklären als tausend Worte. Ich sah Bastian an. Er hatte den Kragen seiner Jacke hoch aufgeschlagen und eine Sonnenbrille verdeckte seine sich immer wieder verändernden Augen. Die Schlieren an seinem Hals leckten züngelnd nach oben. Es war ein eindrucksvolles Bild. Seit Owen das mit Skye gesagt hatte, fiel es Bastian schwer, die Weben unter Kontrolle zu halten.

Ich musste zugeben, dass mich der nahtlose Übergang von seinem menschlichen Äußeren zu dem geheimnisvollen Wesen mit den dunklen Weben faszinierte. Ich konnte nicht sagen, wann ich ihn schöner fand. Es war magisch, wie die schwarzen Muster sich über die bronzefarbene Haut seiner Hände ausbreiteten und wieder verschwanden. Es juckte mich in den Fingern, ihn zu zeichnen.

Gerade zog er seine Hände unter die Ärmel seiner Jacke. Er hielt den Kopf gesenkt und die dunklen Strähnen hingen ihm in die

Stirn. Als er den Kopf in meine Richtung drehte, spiegelte ich mich in den Gläsern seiner Sonnenbrille.

»Wir sind die Erstgeborenen unserer Familien. Und damit die Erben dieser … Verantwortung.«

»Was hat es denn überhaupt mit den Ringen auf sich?« Ich suchte in meinem Schulblazer nach einem Kaugummi und wurde fündig.

Bastian rieb sich den Nacken und beobachtete mich, als ich mir ihn in den Mund schob. »Nach allem, was passiert ist, kann ich dir wohl auch den Rest der Geschichte erzählen«, stöhnte er und lehnte den von mir angebotenen Kaugummi ab. »Dabei ist es keine Geschichte, die einem jeder einfach so glauben würde.«

Ich schmunzelte und die Minze auf meiner Zunge erdete mich etwas. »Sagen wir so, ich fange allmählich an, das Unglaubliche zumindest in Betracht zu ziehen.«

Bastians Lippen hoben sich zu einem Lächeln. »Gute Grundeinstellung für das, was jetzt kommt.« Er schielte zum Taxifahrer und senkte die Stimme. »Du musst wissen, es gibt ein Tor zwischen der Welt der Lebenden und der Toten. Es ist ein übernatürliches Tor aus purem Licht. So hell, dass kein Schatten je die beiden Welten verbinden konnte.«

»Ist es das, wovon die Leute reden, die dem Tod nahe waren? Das Licht, in das man geht?«

Bastian zuckte mit den Schultern. »Ja. Wer stirbt, geht ins Licht. Es ist ein Weg, den man nur in eine Richtung gehen kann.«

Ich schwieg, denn er sah so aus, als wäre das noch lange nicht alles.

»Hier kommt das Vitalinaurum ins Spiel.«

»Was ist denn das?«

Bastian lachte. »Du hattest es schon in der Hand.«

»Ich?« Keine Ahnung, was er meinte.

»Unsere Ringe bestehen aus diesem, der Welt unbekannten, Element.«

»Dein Ring war aus diesem Zeug?«

Bastian nickte. »Alle drei Ringe sind aus Vitalinaurum. Es ist ein Stoff, Metallen ähnlich, doch es schluckt das Licht und schafft Schatten. Woher dieses Element kommt, weiß keiner. Doch ein großes Amulett aus diesem Material war vor Hunderten von Jahren einem Priester mit ins Grab gelegt worden und als er auf der anderen Seite des Lichts ankam, war es ihm möglich, mithilfe des Amuletts einfach in die Welt der Lebenden zurückzukehren.«

»Du spinnst doch!«, murmelte ich und starrte ihn ungläubig an.

»Ich spinne nicht. Und es ist nicht nur so, dass der Priester von den Toten zurückkam, er brachte andere mit.«

Mir fehlten die Worte. Das war wohl ein Scherz. So was konnte einfach nicht wahr sein.

»Was meinst du, mit … andere?«

Bastian lächelte gequält. »Andere Tote. Er erweckte sie zum Leben. Darum nannten sie ihn den Lichtbringer. Weil er Tote aus dem Licht zurückbrachte.«

»Und was ist dann passiert?«

»Die Bewohner des Ortes, aus dem der Priester stammte, fürchteten sich vor ihm. Und vor den Rückkehrern. Sie erkannten, dass sein Amulett der Ursprung seiner Macht war, und beschlossen, es ihm abzunehmen. Sie überwältigten ihn und er berichtete ihnen alles über die Macht dieses Schmuckstücks, um sein Leben zu retten. Er behauptete, dass wer immer Vitalinaurum in ausreichender Menge besaß, das Sein aller Menschen kontrollieren und so die Toten zurück ins Leben führen würde. Daraufhin beschloss der

Rat der Ältesten, bestehend aus einem meiner Vorfahren, einem von Owens Ahnen, und einem Urahn von Skye, das Amulett einzuschmelzen und das Metall aufzuteilen, um zu verhindern, dass so etwas noch einmal geschehen würde. Doch das Amulett zu zerteilen war nicht so einfach.«

Das Taxi bog in die Einfahrt von Darkenhall ein und Bastian verstummte. Dabei wollte ich unbedingt wissen, wie es weiterging. Ich stieg aus, klemmte mir die Unterlagen unter den Arm und ging ums Taxi herum, auf Bastians Seite. Ungeduldig wartete ich, bis er den Fahrer bezahlt hatte. Als das Cab davonfuhr, trat ich dicht an seine Seite.

»Und dann?« Ich musste mich beherrschen, vor Anspannung nicht den Kaugummi um meinen Finger zu wickeln.

Bastian nahm die Sonnenbrille ab und sah mich an. »Sie versammelten die fähigsten Schmiede Englands und nur einem von ihnen gelang es, das Vitalinaurum zu schmelzen. Er teilte es über dem heißesten Feuer, das er in seiner Esse erzeugen konnte, und schmiedete drei einzelne Ringe. Jeder der Ratsherren übernahm die Verantwortung für einen davon und kurz darauf erblickten sie zum ersten Mal die Welt der Schatten. Und der *Ewige Hunger* übermannte sie.«

»Du sprichst von dem Gefühl, dass du …« Nun wickelte ich doch den Kaugummi um meinen Finger und zog eine lange Bahn, ehe ich ihn wieder in meinen Mund schob. Etwas sehr Wichtiges versuchte in meinem Kopf an die Oberfläche zu kommen, aber ich konnte es nicht fassen. Ich war viel zu fasziniert von Bastian.

»Das Gefühl, das mich gerade jetzt an den Rand meiner Beherrschung bringt. Ja, davon spreche ich, Abby.« Bastian fasste meine Schulter und blickte zum Schulhaus hinüber. »Ich habe deine Weben fast aufgebraucht. Ich … muss das Wüten in mir besänftigen, wenn ich verhindern will, dass ich … dir zu nahe komme.«

»Was heißt das?« Mir wurde flau, denn ich ahnte bereits, was er sagen würde.

»Ich muss dem Wüten in mir nachgeben und meinen Hunger an Weben stillen«, flüsterte er.

»Wie?«

Bastian deutete auf das Fenster zum Trainingsraum. »So wie ich das immer tue«, gestand er und strich sich die Haare aus der Stirn. »Ich muss das tun.«

Ich schluckte. »Warum? Du trägst den Ring doch gar nicht.«

»Nein, aber seit unsere Urahnen in Berührung mit dem Vitalinaurum gekommen sind, hat sich die Kraft und die Macht des Elements auf unsere Gene übertragen. Leider auch das Wüten.« Er zuckte mit den Schultern. »Darum kann Tristan ebenfalls durch die Schatten gehen. Darum muss auch er gelegentlich Weben aufnehmen.«

»Er küsst deswegen Mädchen«, flüsterte ich und fühlte mich doof, weil ich mir etwas darauf eingebildet hatte, dass er Interesse an mir zeigte. Ich sah Bastian unsicher an. »Tust du das auch?«

Die Erinnerung an unseren Kuss aus der Geisterbahn wollte mir nicht aus dem Kopf. Ich wusste, meine glühenden Wangen würden meine Gedanken verraten, aber das war mir egal.

Bastian griff nach meiner Hand, und sofort wollte ich zurückweichen, aber er hielt mich fest.

»Nein«, sagte er. »Das tue ich normalerweise nicht. Ich spiele nicht mit den Gefühlen der Menschen, denen ich helfen will. Und die mir helfen.«

»Und was ist mit mir?«

Bastian verzog traurig die Lippen. »Ich war einfach zu schwach, dir zu widerstehen, Abby. Es war falsch, was ich getan habe.«

»Dann bereust du den Kuss?«

Bastian lachte und obwohl seine Haut bei der Erinnerung an den Moment dunkel aufflammte, war sein Blick sanft. Er hob die Hand an meine Wange und ich sah, wie sich die schwarzen Weben über seine Fingerspitzen ausbreiteten.

»Bastian, nicht, ich …« Ängstlich hielt ich den Atem an.

»Schhht.« Sein Blick traf mich und flehte, ich möge ihm vertrauen. »Wenn ich sage, es war falsch, was ich getan habe, dann meine ich nicht, dass ich den Kuss bereue, Abby.« Er lachte leise und doch spürte ich das Beben seiner Brust. »Ich bereue nur, dass du mir in diesem Moment den Ring genommen hast, denn dadurch habe ich die Kontrolle verloren und der Kuss wurde … Mittel zum Zweck.« Er lächelte mich an. »Und das … das bedauere ich wirklich.«

Oh mein Gott! Meine Knie waren weich wie Butter und mein Herz hämmerte wie wild in meiner Brust. Ich wusste nicht, was ich sagen sollte, aber offenbar war das auch nicht nötig. Bastian betrachtete das, was mich umgab, ehe er mich anlächelte. »Purpur steht dir«, raunte er und sein Daumen strich zart über meine Lippe.

»Purpur?« Ich sah irritiert an mir hinab, denn nichts, das ich trug, war purpurfarben.

⌘

Natürlich konnte sie die purpurfarbene Herzwebe nicht sehen, die unter seinen Worten aufgeblüht war. Die sich ihm entgegenwand, als sehnte sie sich nach mehr.

Und obwohl es verrückt war, so zu fühlen, schrie alles in Bastian danach, ihr mehr zu geben. Mehr Küsse, mehr Nähe, mehr Purpur.

Doch dazu fehlte ihm im Moment die Kontrolle. Er konnte das Wüten in sich schon jetzt kaum beherrschen. Er brauchte einige Weben, die seinen schlimmsten Hunger stillten. Bedeutungslose Weben, die ihn nicht so aufwühlen würden wie Abbys. Weben, die er leicht kontrollieren konnte.

Mit einem letzten Blick auf ihre wunderschöne Herzwebe, die so verführerisch von den dunklen Seelenweben umrankt war, trat er zurück und ließ die Hände sinken.

»Ich muss jetzt gehen, ehe das Wüten in mir die Kontrolle übernimmt«, sagte er und spürte sogleich, dass Abby nicht guthieß, was er tun musste.

»Dann ... nimmst du dir jetzt ... Weben?« Sie klang noch immer so, als glaube sie das alles nicht recht.

»Ich habe keine Wahl. Tue ich es nicht, werde ich zur Gefahr für dich.«

»Warum?«

Bastian fuhr sich durchs Haar und schüttelte den Kopf. Er wirkte verzweifelt. »Weil mich keine Weben mehr locken als deine, Abby. Und wenn erst das Wüten die Oberhand hat, wird es sich deine Weben holen. Dann kann ich nichts mehr dagegen tun. Und ich weiß nicht, ob ich die Tür zu deiner Seele wieder schließen kann, ehe sämtliche Seelenweben aufgezehrt sind.«

»Was würde dann passieren?« Ihre Stimme war kaum zu verstehen.

»Das weiß ich nicht. Mir ist vor dir noch kein Mensch begegnet, der fast ausschließlich aus Seelenweben besteht. Ich fürchte, du könntest sterben. Und ich vermutlich auch. Deine Weben sind so stark, dass sie aus mir herausbrechen würden.«

Bastian sah sich um, aber der Schulhof war leer. Er zog Abby um die Ecke und hob sein Shirt. Er zeigte ihr die Narbe, die unter seinem Herzen entlanglief, ebenso wie die lange Narbe an seiner Hüfte.

»Shit«, flüsterte sie geschockt und starrte auf die hellen Narben, die unter seiner schwarz schillernden Haut hervortraten. »Wie ist das passiert?«

»Das waren die Weben«, gestand er. »Ich habe schon einmal die Kontrolle verloren. Mein Vater ist auf diese Weise umgekommen.«

»Das ist furchtbar«, murmelte sie.

»Ich darf mein Erbe nicht unterschätzen. Ich muss mich jetzt darum kümmern, Abby. Geh du schon mal vor zu uns nach Hause. Ich will wissen, ob Tristan etwas über Cross herausgefunden hat.«

Bastian erkannte an Abbys Blick, dass sie ihn nur widerwillig verließ. Er wusste, dass sie noch immer nicht verstand, was er tun musste. Und dass er dabei durchaus Gutes tat.

»Geh jetzt«, bat er und gab ihr einen leichten Stups in Richtung Park. »Ich komme gleich nach.«

⌘

Es fiel mir unerklärlich schwer, Bastian zu verlassen. Ich musste mit aller Kraft dem Drang widerstehen, mich nach ihm umzudrehen, als er die Stufen zur Schule hinaufstieg. All meine Gedanken kreisten ausschließlich um ihn. Was fühlte er bei diesem Wüten, wie er es nannte? Wie fühlte es sich an, Seelenweben zu nehmen? Ich wusste ja inzwischen, wie sich ein Schattensprung anfühlte, und ob ich wollte oder nicht – neben meiner Angst vor ihm war ich fasziniert. Wie viel fantastischer mochte Bastians Welt noch sein? Welche Wahrheiten kannte er, von denen der Rest der Welt nichts wusste? Und würde er mir seine Welt irgendwann komplett zeigen?

Je länger ich grübelte, umso intensiver wurde das Gefühl, etwas Wesentliches zu übersehen. Ich blieb mitten auf dem Weg zwischen Schule und tremblay'scher Villa stehen und schloss die Augen. Was war es, was ich Bastian unbedingt noch hatte sagen wollen?

»Fuck!«, fluchte ich und rieb mir die Stirn. Diese ganze Flut an neuen Informationen war so verwirrend, dass ich kaum einen klaren Gedanken fassen konnte. Ich wusste nur, dass mir vorhin ein Geistesblitz gekommen war und ich dann irgendwie abgelenkt worden war. Dabei meinte ich, dass das, was ich hatte sagen wollen, wirklich bedeutsam sein könnte. »Was war das nur?«, grübelte ich und drehte mich einmal um mich selbst.

Es läutete gerade zum Unterrichtsschluss und etliche meiner Mitschüler strömten aus dem Haupteingang und verteilten sich im Park. Sie zückten ihre verbotenen Handys und protzten mit teuren Sonnenbrillen. Schnell, um nicht von Esme oder Jasmin entdeckt zu werden, setzte ich meinen Weg fort und drückte die Klingel der Tremblays.

Keine zehn Sekunden später wurde mir geöffnet.

»Wo wart ihr? Ich warte schon ewig auf euch«, wollte Tristan wissen und sah suchend über meine Schulter. »Wo ist Bastian?« Er bedeutete mir, die Treppe hinaufzugehen.

»Bastian kommt gleich. Wir waren bei Owen.« Ich rollte mit den Augen. »Der ist vielleicht ein Arsch!«

Tristan zwinkerte. »Kann ja nicht jeder so charmant sein wie ich.«

»Sehr witzig!«

Wir hatten den obersten Treppenabsatz erreicht und Tristan zeigte nach links. Kurz blickte ich in die andere Richtung. In Richtung Bastians Zimmer. Dann folgte ich Tristan den Flur hinunter.

»Und was sind das für Zettel?« Er musterte die Blätter unter meinem Arm, als er mir die Tür zu einem Raum aufhielt, der offenbar ein Ankleidezimmer war. Ein dicker, altrosafarbener Teppich schluckte unsere Schritte und die dazu passenden schweren Vorhänge rahmten die Aussicht auf die Themse ein. Ringsum verliefen Regale und Schränke, Spiegel säumten die Wände und an einer Kleiderstange aus poliertem Messing hingen etliche Kleidersäcke. Keine Ahnung was für Abendroben darin stecken mochten. Das Ganze sah jedenfalls mega luxuriös aus. Kaum waren wir eingetreten, ging Tristan zum offenen, die ganze Wand ausfüllenden Schrank und nahm einige Shirts heraus.

»Was wird das?«, fragte ich irritiert, denn er faltete die Shirts auseinander und hielt sie hoch, als prüfe er, ob sie mir passen könnten.

»Du siehst aus, als hättest du die Nacht im Wald verbracht. Das weckt Aufmerksamkeit, die wir vermeiden sollten.« Er deutete auf meine aufgetrennten Overknees und die Brombeerflecken auf meiner Schuluniform. »Wonach steht dir der Sinn?«, fragte er mit einem Zwinkern. »Minirock oder Cocktailkleid?«

Ich legte die Unterlagen aus Cross' Büro auf einen der Sessel, die vor dem großen Spiegel arrangiert waren, schlüpfte aus dem doofen Blazer und löste die Krawatte der Bluse. »Ein Shirt wäre super«, gestand ich und fing dankbar das hellgraue Oberteil auf, das er mir zuwarf.

»Ich kann das Hausmädchen holen. Sie weiß, wo die Sachen sind, die dir passen könnten. Oder du nimmst das hier«, bot er mit einem breiten Grinsen an und ließ sich in den anderen Sessel fallen. Im Spiegel traf mich sein erwartungsvoller Blick.

»Kannst du dich vielleicht umdrehen?«

Er hob die Augenbrauen. »So schüchtern, kleine Abby?«

Ich streckte ihm die Zunge raus und wandte mich nun meinerseits um, sodass er nur meinen Rücken sehen konnte. Dann knöpfte ich die Bluse auf und streifte sie ab. Ich war mir seiner Blicke nur zu bewusst, aber mein Wunsch nach einem sauberen Shirt war nach dieser abenteuerlichen Nacht stärker als meine Scheu. »Du hast nicht zufällig 'ne Jeans für mich?«

Als Tristan bemerkte, dass er mich nicht aus der Fassung bringen konnte, beugte er sich vor und griff nach der Mappe. »Schau mal dort drüben. Eigentlich haben wir im Gästeschrank so ziemlich alles, was das Herz begehren könnte.«

»Passt schon. Ich nehm die«, winkte ich ab, denn ich hatte wirklich eine Hose gefunden. Kaum zu glauben, dass die Tremblays all die Kleider hier in diesem Raum nur für mögliche Gäste bereithielten. Das war doch verrückt!

»Konnte euch Owen weiterhelfen?«, fragte Tristan und grinste, als ich umständlich erst die Jeans anzog, und danach den Rock der Schuluniform auszog. Sollte er doch grinsen. Ich war eben keine der Tussen, die er in Windeseile abschleppen konnte.

Um mir meine Verlegenheit nicht anmerken zu lassen, versuchte ich mich auf seine Frage zu konzentrieren und nickte. Ich strich mir den Stoff über dem Bauch glatt. Das Shirt war etwas weit, aber viel gemütlicher als die Bluse. Und der Weichspülerduft erinnerte mich an Bastian. An den Sprung durch die Schatten, als nichts mehr zählte, außer seinen Armen, die mich hielten. Ich unterdrückte ein Seufzen und kämmte meine Haare mit den Fingern durch. Dann bückte ich mich nach meinen schmutzigen Klamotten und faltete sie fein säuberlich zusammen. Ich nahm meinen Zeichenstift und mein Spitzmesser aus der Rocktasche und schob beides direkt wieder hinten in die Jeans. Erst dann drehte ich mich zu Tristan um.

»Bastian und Owen meinen, Cross könnte hinter der Hüterin des Herzrings her sein«, brachte ich ihn auf den aktuellen Stand der Nachforschungen.

»Hinter Skye?« Tristan setzte sich aufrechter hin und blätterte durch die Mappe. »Dann ist Cross also echt ein Schattenspringer …« Er nickte nachdenklich. »Was verbindet ihn mit Skye?«

»Bastian sagt, sie betreibt eine Partnervermittlung. Vielleicht geht es doch um Liebe?«, schlug ich vor und legte die Schmutzwäsche auf den Sessel.

Er neigte unsicher den Kopf. »Mich lässt der Gedanke nicht los, dass du recht haben könntest«, überlegte er laut und sah mich an. »Was, wenn wirklich die Frau die Lösung des Rätsels ist?«

»Von welcher Frau sprichst du jetzt?«

»Seine verstorbene Frau.« Tristan warf die Unterlagen auf den Tisch und die Blätter stoben auseinander. »Was, wenn er denkt, mit dem Ring … den Tod zu überlisten?«

Das war eine unfassbare Vorstellung. So unfassbar, dass ich gar nicht wusste, ob ich lachen sollte.

»Geht das denn?«

Tristan schüttelte den Kopf. »Nein. Ein Ring allein kann das nicht.« Er rieb sich den Nacken und sah mich an. So ernst hatte er noch nie gewirkt. »Wenn er jedoch alle drei Ringe hätte, hätte er vielleicht genug Vitalinaurum, um –«

»Wie der Lichtbringer?«, erinnerte ich mich an Bastians Geschichte und hielt den Atem an. Das war doch verrückt. Den Tod überlisten! Das wäre Wahnsinn!

»Aber Cross wird nie jemanden finden, der die drei Ringe wieder vereinen kann. Niemand kann Vitalinaurum schmieden.«

Da war er wieder! Der wichtige Gedanke! Ich schnappte nach

Luft und rannte aus dem Zimmer. Ich lief so schnell, dass ich beinahe die Treppe hinunterstürzte, doch mir war das noch immer nicht schnell genug. Mein Herz krampfte sich zusammen und ich glaubte zu ersticken.

Dad!, hämmerte es in meinen Schläfen, pochte es in meinem Kopf.

Ich musste Bastian sofort sagen, dass mein Vater Goldschmied war. Einer der Besten. Das konnte kein Zufall sein. Und wenn es kein Zufall war, dann … dann war mein Vater vielleicht wirklich am Leben.

Ich wusste nicht mehr, was ich noch glauben sollte. Aber ich war bereit, alles in Betracht zu ziehen, wenn auch nur der Hauch einer Möglichkeit bestand, dass ich noch Familie hatte. Dass ich nicht so allein und verlassen war, wie ich immer gedacht hatte.

»Abby«, rief Tristan und folgte mir. Ich hätte warten können. Nach all den Jahren kam es auf einige Sekunden nicht an. Trotzdem tat ich es nicht.

»Abby, was ist denn los? Abby, warte doch!«

Es war kein Wunder, dass Tristan keinen Sprung durch die Schatten wagte, um mich einzuholen, denn der Schulhof war brechend voll und alle starrten uns an.

»Was für ein Anblick!«, brüllte Gwynedd und schlug sich auf den Schenkel. »Der große Tristan Tremblay rennt einem Mädchen hinterher!«

Ich hatte keine Puste, um darauf zu antworten, aber ich hörte Tristan hinter mir »Schnauze, Gwynedd!« rufen. Er war mir dabei näher als gedacht.

Ich stürmte die Stufen hinauf, an den Drachen vorbei und durch die schwere Eingangstür. Dann bog ich in den Flur zum Direktorat ab. Ich bekam Seitenstechen und meine Lunge brannte bei jedem Atemzug. Ich rempelte eine Mitschülerin an, die mir in den Weg lief, und nur unbewusst registrierte ich, dass Tristan ebenfalls in das Mädchen hineinrannte.

»Passt doch auf, ihr Spinner!«, kreischte sie uns hinterher. Ich kam an der Bank vorbei, auf der ich an meinem ersten Tag gewartet hatte, aber ich hetzte weiter.

»Bastian«, keuchte ich, noch ehe ich die Umkleide erreicht hatte.

Die Kraft des Erbes

Bastian zitterte, als er den Trainingsraum erreichte. Es war lange her, dass er derart am Ende seiner Kräfte gewesen war. Sein Körper fühlte sich an wie nach einer stürmischen Achterbahnfahrt. Zuerst der Hunger auf Abbys Weben, dann das zerstörerische Gefühl, als er diese Weben in sich aufgenommen hatte, und nun die Leere, die er mit etlichen Schattensprüngen erreicht hatte. Ohne den Ring, der ihn schützte, war das fast mehr, als er ertragen konnte. Ihm lief der Schweiß den Rücken hinab und er schlüpfte keuchend aus seiner Lederjacke.

»Abigail Woods«, murmelte er den Namen des Mädchens, das die Ursache für seine Qualen war. »Was machst du mit mir?«

Es war verrückt, dass diese junge Frau mit den lila Haaren ihm so unter die Haut ging. Es waren nicht nur ihre Weben, die ihn faszinierten, sondern ihr ganzes Wesen. Sie trug eine unglaubliche Last und war doch stark genug, damit umzugehen. Sie war tough und schlagfertig. Und er mochte, wie ihre Wangen aufglühten, wann immer er sie dabei ertappte, wenn sie an den Kuss mit ihm dachte. Dass es zu diesem Kuss gekommen war, wunderte Bastian inzwischen nicht mehr. Abigail war hübsch und zierlich, sie weckte seinen Beschützerinstinkt und zugleich beeindruckte sie ihn mit ihrer Art, sich ihrem Schicksal zu stellen. Sie gab ihm Rätsel auf. In ihrer Zukunft hatte er ein schreckliches Verbrechen gesehen, das sie begehen würde. Es lauerte in ihrer Seele – und doch glaubte er nicht, dass sie böse war. Sie war nur … dunkel. Reizvoll dunkel. Er mochte das Funkeln in ihren Augen, wenn sie etwas Neues entdeckte, er genoss es, wenn er ihren Herzschlag spürte, während er mit ihr durch die Schatten sprang und ihr seltenes Lachen war wie Musik in seinen Ohren. Sie sollte viel öfter lachen. Sie sollte ihn viel öfter küssen.

Das Wüten in Bastian rumorte und er sank kraftlos gegen die Sprossenwand. Jeder weitere Gedanke an Abby nährte seinen Hunger. Er musste endlich aufhören, eine Schwäche für dieses Mädchen zu entwickeln und sich darauf besinnen, Cross zu finden, ehe der Skye und dem Herzring zu nahe kam.

Entschlossen, seinen Ring zurückzuholen, sah er auf seinen Trainingsplan. Zum Glück musste er nicht lange warten. Esme Chunnings hatte in wenigen Minuten einen Termin. Das war gut, denn er brauchte dringend neue Weben. Und Esme war immer dankbar, wenn er ihr etwas von ihrer Angst nahm. Wenn er ihre Seele erleichterte und sich dabei selbst neue Kraft gönnte. Gerade heute, wo Abbys zynischer Vorwurf, in den Seelen der Schüler herumzupfuschen, ihn sich fühlen ließ, als wäre er ein Monster, war er froh um Mädchen wie Esme, die Gutes durch ihn erfuhren und das wertschätzten.

Er atmete tief durch, zwang das Wüten in sich zurück in die Tiefe und rieb seine Hände, bis seine Haut einen normalen Ton angenommen hatte. Gerade verblasste die letzte Webe an seinem Handrücken, da kam Esme leise, wie auf Zehenspitzen, aus der Umkleide.

»Lass uns gleich anfangen«, bat er und streckte den Rücken durch. Obwohl er wusste, dass Esmes Weben seinen Hunger stillen und ihm neue Kraft geben würden, spürte er kein wirkliches Verlangen danach. Tief in sich wusste er, dass es nur ein Mädchen gab, nach dem es ihn verlangte.

»Hallo, Bastian«, grüßte Esme und kam mit scheu gesenktem Kopf herein. Wenn sie sich über seine Jeans anstatt der üblichen Sportklamotten wunderte, so sagte sie nichts.

»Bereit fürs Standardtraining?«, fragte er und bat Esme auf die Bodenmatte.

Sie folgte seiner Anweisung und nahm wie immer die Kampfhaltung ein, die er ihr beigebracht hatte. Sie nickte und Bastian betrachtete das Netz ihrer Weben. Ihnen fehlte der mystisch dunkle Glanz, den Abbys Weben hatten. Und das Schwarz ihrer Seelenweben war verwaschen von blauen Erinnerungsweben. Ihre roten Herzweben waren dünn, aber vorhanden. Doch nichts davon war reizvoll für Bastian. Das Wüten in ihm begehrte auf und er musste dagegen ankämpfen, nicht an Esme vorbei aus dem Raum zu stürzen, um sich die Weben zu nehmen, die seine Gedanken beherrschten.

»Die gleiche Übung wie immer«, bat er und bedeutete Esme, die Fäuste zu heben. »Ich greife an, du wehrst mich ab. Okay?« Er schenkte ihr das übliche, vertrauenerweckende Lächeln und verschränkte die Hände hinter seinem Rücken. Er musste sich beherrschen, zumindest bis das Seelentor geöffnet war. Dann würde sie so im Schwindel gefangen sein, dass sie nicht erkennen würde, was er tat – oder was er war.

»Okay«, bestätigte sie und biss sich auf die Lippe. »Bin bereit.«

»Haben deine Albträume nachgelassen?«, begann Bastian das Gespräch und täuschte einen Angriff vor. Esme wich geschickt aus. »Quält dich der Gedanke an den Unfall noch immer so sehr wie zu Beginn des Schuljahrs? Oder helfen dir unsere Übungen, das Geschehene aufzuarbeiten?«

Esme schluckte. Sie hob die Hände, als Bastian so tat, als wollte er nach ihr greifen. Obwohl sie sich zu einem Lächeln zwang, sah

Bastian, dass allein die Erwähnung des Unfalls ihre Weben in Bewegung brachten.

»Mir geht es gut«, sagte sie und entwand sich seinem Griff. Dabei berührte sie seinen Arm.

Bastian presste die Lippen zusammen. Sein Hunger war riesig und jede Berührung eine Herausforderung. Doch Esme war ängstlich. Er musste Geduld haben, dabei wäre es ihm gerade jetzt lieber gewesen, schnell zur Sache zu kommen. »Dann spürst du nicht mehr diesen Druck auf deiner Lunge? Das Gefühl, im Auto erdrückt zu werden, ist verschwunden? Das ist ja großartig.«

Sofort verdichteten sich ihre schwarzen Seelenweben. Er spürte ihren Schmerz, ohne sie zu berühren.

»Verschwunden sind sie nicht«, murmelte Esme leise und keuchte, als Bastian von hinten die Arme um sie schlang. Wie er es ihr gezeigt hatte, wehrte sie den Angriff ab. Schweiß perlte auf ihrer Stirn und er erhöhte das Tempo.

Es war wirklich verachtenswert, dass er mit seinen Worten ihre Ängste erneut zum Leben erweckte. Doch er brauchte ihre Weben. Und zwar jetzt!

»Stell dir vor, ich wäre deine Angst«, sagte er und blieb vor ihr stehen. »Zerstöre deine Angst, Esme«, bat er und hob die Hände, um diesmal selbst in Verteidigungshaltung zu gehen. »Greif mich an.«

Esme nickte scheu. Er hatte so viele Stunden mit ihr trainiert, und wusste nur zu gut, dass sie sich in der Rolle der Stärkeren nicht wohlfühlte. Trotzdem war es einfacher an ihre Weben zu kommen, wenn sie ihre Verteidigungshaltung aufgab und sich öffnete. Ihre Finger zitterten, als sie die Fäuste ballte.

»Ich fang jetzt an«, warnte sie ihn und Bastian nickte. Sie ahnte nicht, wie schwer es ihm fiel, das Wüten in sich zu beherrschen.

Als sie den ersten Schlag in seine Richtung tat, wich er zurück. Dann ließ er zu, dass sie ihn traf. Erneut holte sie aus und er fasste abwehrend nach ihrer Hand, drehte sich um sie herum und seine Haut verfärbte sich dort, wo ihre Finger seine berührten.

Er drehte ihr den Arm auf den Rücken und brachte sie gekonnt zu Fall.

Sie sank auf die Matte und er war über ihr.

»Weiter!«, forderte er und ihr Kampfgeist erwachte. Darauf hatte er gewartet. Sie öffnete sich ihm und wie er es ihr gezeigt hatte, stieß sie ihn von sich und griff erneut an. Esme taumelte und er nutzte ihren Schwung, um sie erneut auf die Matte zu befördern. Dort hob er ihre Arme über den Kopf und hielt sie fest. »Das war gut!«, lobte er und die dunklen Schlieren seiner Haut wuchsen weiter, bis in Esmes Finger. »Sag mir, wogegen du angekämpft hast.«

Esme zitterte, gepackt vom Schwindel, den er ihr verursachte. Bastian bäumte sich auf, als sie sich vollends öffnete. »Ich fühle den Fahrersitz, der sich gegen meinen Brustkorb presst«, keuchte sie matt und ein gequälter Laut entrang sich ihrer Kehle. Mehr brauchte Bastian nicht. Sie hatte ihr Seelentor entriegelt und nun trat er es mit aller Wucht ein. Ihm fehlte der Ring, der ihm half, sich zu zügeln und so nahm er gierig ihre Weben auf. Er saugte sie auf wie der ausgedörrte Steppenboden den heiß ersehnten Monsunregen.

Bastian wusste, sein Erbe hatte im Moment jede Menschlichkeit aus ihm verbannt und doch fühlte er sich sicher, denn Esme war längst dem Schwindel erlegen.

Er befreite sie von dem Schmerz, der auf ihrer Seele lastete, löste die Dunkelheit aus ihren Weben und …

»Bastian?!« Das Entsetzen in der Stimme – in einer Stimme, die hier überhaupt nicht hergehörte – durchdrang seinen Seelenrausch, und als er aufsah, durch den Schleier seiner veränderten Wahrnehmung, sah er nur ihre onyxschwarzen Weben, die ihn lockten. Sein Hunger war noch lange nicht gestillt.

»Abby«, raunte er und ließ Esmes Hände los.

⌘

Ich stand in der Tür, als sein Blick mich traf. Dunkel wie die Nacht, teuflisch wie ein Dämon sah er aus. Die Weben malten ein dichtes, lebendiges Netz auf Bastians Haut und es schien, als wäre er mit Esme verwachsen. Wie ein Wolf, der ein Reh gerissen hatte, kauerte er über ihr. Die Weben überzogen auch ihre Hände, ihre Arme und ihre Lippen waren leicht geöffnet. Eine Träne rann über ihre Wange, als er sie langsam, wie in Zeitlupe, losließ. Mein Name kam über seine Lippen und es fühlte sich an, als brenne sich etwas Heißes in mein Herz. Es war verrückt, aber ihn zu sehen, hier, in dieser fast schon intimen Situation mit Esme …

Ich schüttelte den Kopf, um das Bild aus meinem Gedächtnis zu löschen. Warum tat mir das weh? Warum drängte es mich, zu ihm hinüberzugehen und ihn zu berühren, wo er doch gerade keine Ähnlichkeit mit dem Mann hatte, den ich so oft versucht hatte zu zeichnen? Warum lief ich nicht schreiend davon, obwohl ich genau erkannte, dass er sich auf mich stürzen würde, wenn ich bliebe?

»Bastian«, wisperte ich, wieder nicht sicher, ob er mich überhaupt hören konnte. Dieses dunkle Wesen, es … war so schön, dass ich kaum denken konnte. Das Haar fiel ihm ungebändigt in die Stirn und die goldenen Funken in seinen Augen hielten meinen Blick gefangen, als er von der Matte hochkam und Schritt für Schritt auf mich zutrat.

Tristan hatte mich eingeholt, aber ich schlug seine Hand weg, als er mich zurückziehen wollte.

»Verdammt, Abby! Komm hier weg!«, fluchte er und packte meinen Arm, aber ich entwand mich ihm, ohne ihn auch nur anzusehen.

Ich war viel zu gebannt von Bastian, der den gesamten Raum zu beherrschen schien.

Das Netz aus Weben pulsierte über die Haut seiner Wangen und seine Augen waren wie von dunkler Tinte durchzogen. Ich spürte Angst. Und noch etwas anderes. Etwas Unbekanntes, das mein Herz schneller schlagen ließ, und mich unwillkürlich einen Schritt näher zu Bastian führte.

⌘

Sie sollte verschwinden, dachte Bastian und hoffte zugleich, dass sie es nicht tat. Das Wüten in ihm streckte seine scharfen Klauen nach ihren Weben aus, die wie eine Droge auf ihn wirkten. Seit er das erste Mal von ihr gekostet hatte, wollte er mehr. Und doch hatte er ihr ein Versprechen gegeben. Ein Versprechen, das dem Wüten vollkommen egal war. Es trieb ihn unnachgiebig auf Abby zu.

Er sah die Angst in ihren Augen, ebenso wie die Faszination. Da war er wieder, dieser wunderbare Ausdruck des Erstaunens in ihrem Gesicht, dieser Mut, sich Neuem zu stellen. Dabei war es dumm, ihm gerade jetzt gegenüberzutreten. Gerade jetzt, wo sein verändertes Sichtfeld die Schönheit ihres Wesens, ihrer Webenmischung, nur noch stärker betonte. Doch er fühlte nicht nur den Hunger, sondern auch sein Herz, und beide wollten die Oberhand über sein Handeln gewinnen.

Mit jedem Schritt auf Abby zu, rangen sie miteinander, und warfen sich gegeneinander. All seine Muskeln waren angespannt.

Er zitterte unter seinem Verlangen, sich einfach zu nehmen, was er begehrte.

⌘

Ich hielt den Atem an. Uns trennten nur noch wenige Schritte. Jeder Muskel an Bastians Körper zitterte und sein Blick hielt mich noch immer gefangen. Die Anspannung wuchs immer weiter, während zugleich die dunklen Schlieren auf Bastians Haut blasser wurden. Er kam näher und näher und mit jedem Herzschlag verwandelte er sich vom dunklen Schattenspringer zurück zu dem Jungen, den ich geküsst hatte. Die Dunkelheit umgab ihn, als er mich erreichte und seine Hand nach mir ausstreckte. Fließend, wie Wellen, zogen die Weben über seinen Handrücken.

Ich legte den Kopf in den Nacken, um ihm weiterhin in die Augen sehen zu können. Sie waren nun hell, menschlich, doch die Pupille war noch immer ein senkrechter Strich in seiner nachtblauen Iris. Zitternd holte ich Atem, als er die Hand hob. Ich war nicht bereit, ihm zu geben, was er von mir wollte, doch ich war auch nicht stark genug, ihn zurückzuweisen. Ich war verzaubert von der Bewunderung und dem ungezügelten Verlangen in seinem Blick. Und von der Schönheit seines mystischen Wesens.

Nie hatte ich solche Angst verspürt wie in diesem Moment, wo ich die Unversehrtheit meiner Seele in Bastians Hände legte. Ich wollte nicht, dass er mir meine Weben nahm. Und trotzdem wollte ich ihm geben, was er sich bei Esme geholt hatte. Es war verrückt, aber ich wollte nicht, dass er … und sie …

Gespannt hielt ich den Atem an. Seine Fingerspitzen berührten fast meine Wange, als seine Lippen sich zu einem sanften Lächeln hoben.

⌘

Bastian wusste, wann Menschen sich ihm öffneten, und als er nun in Abbys Augen blickte, erkannte er, dass sie das Tor ihrer Seele entriegelt hatte. Ihr Zittern war wie ein Geschenk und das Wüten in ihm riss ihn beinahe entzwei. Doch gerade weil Abby ihm vertraute, sich ihm öffnete, und ihre purpurne Herzwebe zum ersten Mal, seit er sie kannte, mutig und hell in den Vordergrund trat, schaffte er es, die Kontrolle zurückzugewinnen. Solange er sie jetzt nicht berührte, war sie sicher.

Er hob die Hand an ihre Wange, nur wenige Millimeter trennten ihn von einer Berührung. Er zog in der Luft die feine Linie ihres Kinns nach und strich ihr ganz behutsam eine Strähne hinters Ohr.

Dann atmete er tief durch, straffte die Schultern und zwinkerte ihr zu.

»Abigail Woods«, raunte er und nur der belegte Klang seiner Stimme zeugte von seinem inneren Aufruhr. Er sah sie an und spürte sein Verlangen. »Willst du mitmachen?«

⌘

What?!

Mir klappte der Mund auf und das verheißungsvolle Funkeln aus Bastians inzwischen vollkommen normalen Augen traf mich mitten in die Magengrube. Wollte ich mitmachen? Natürlich nicht! Dennoch fühlte ich einen eifersüchtigen Stich in der Brust, als ich zwischen Bastian und Esme hin und her sah. Die kam so langsam wieder zu sich.

Bastian wandte sich zu meiner Mitbewohnerin um und lächelte sie aufmunternd an. »Die Unterbrechung tut mir leid, Esme. Aber du hast heute richtig gut gekämpft.« Mit wenigen Schritten war er bei ihr. Er reichte ihr die Hand und zog sie von der Matte hoch. »Wie geht es dir jetzt?«, wollte er wissen und sein Gesicht sah so unschuldig aus, als könnte es kein Wässerchen trüben.

»Gut.« Esme lächelte scheu. »Danke, Bastian. Mir geht es gut. Ich fühle mich gleich viel … besser.«

Obwohl Bastian mit Esme sprach, warf er mir über ihre Schulter einen Blick zu. »Schön, wenn ich helfen kann«, raunte er, ehe er wieder Esme ansah. »Ich trage dir dann einen Termin für die nächsten Tage ein, dann führen wir das Training fort.«

Esme nickte. Als sie mich im Türrahmen zu den Umkleiden stehen sah, hellte sich ihre Miene auf. »Abby. Wo warst du denn? Wir haben dich schon gesucht, dir tausend Mal getextet!« Erst jetzt bemerkte sie Tristan und das Blut schoss ihr in die Wangen. »OMG! Warst du die ganze Nacht bei –«

»Was?« Ich war verwirrt. Besonders als Tristan mit einem zufriedenen Grinsen den Arm um meine Schultern legte und Esme zuzwinkerte.

»Wäre echt cool, wenn das nicht die große Runde macht«, flüsterte er ihr ins Ohr und ihre Wangen färbten sich so rot wie ein Hummer im kochenden Wasser.

Sie wischte sich verlegen den Schweiß von der Stirn. »Klar, Trist. Von mir erfährt keiner was.« Sie sah mich bewundernd an. »OMG«, formten ihre Lippen tonlos und sie grinste von einem Ohr zum anderen. »Kommst du denn morgen wieder in den Unterricht?«, fragte sie mich und erst jetzt schien ihr meine unpassende Kleidung aufzufallen. »Oder nicht …?«, schlussfolgerte sie.

Ehrlich gesagt, hatte ich mir keine Gedanken um den Unterricht gemacht. Cross war weg, Bastian kein richtiger Mensch, und … und ich fühlte mich auch ganz anders als gestern noch. Mich jetzt einfach in die Englischstunde zu setzen und die Schullektüre zu lesen, kam mir vollkommen absurd vor.

Etwas ratlos sah ich Bastian an, der inzwischen einen ganz entspannten Eindruck machte. Zum Glück kam er mir zu Hilfe.

»Margaret-Maud sagt, Abigail wird bis auf Weiteres dem Unterricht fernbleiben«, erklärte er und deutete dabei auf die Umkleide, um Esme anzuzeigen, dass sie entlassen war. »Eine familiäre Angelegenheit erfordert ihre Anwesenheit.«

Esme wagte es nicht, diese Aussage zu hinterfragen. Sie machte brav einige Schritte aus dem Trainingsraum, ehe sie sich noch einmal zu uns umwandte. »Okay, dann … dann danke, Bastian«, sagte sie lächelnd, ehe sie sich zu mir umwandte. »Bis später, Abby. Und melde dich mal!«

»Bis nachher, Esme«, antwortete ich und mit einem Mal fühlte es sich an, als hätte ich tatsächlich so was wie eine Freundin. Ich hob die Hand und winkte ihr nach, als sie schließlich den Flur hinunter verschwand.

Doch zum Durchatmen blieb mir keine Zeit. Kaum war Esme außer Sichtweite, riss Bastian mich am Arm in den Raum und funkelte Tristan wütend über meinen Kopf hinweg an. »Was wollt ihr hier? Seid ihr übergeschnappt?«, schimpfte er. »Ich war gerade dabei –«

Tristan grinste. »Bist gleich wieder viel hübscher ohne die Weben im Gesicht.«

»Idiot!«, knurrte Bastian und sah mich an. »Alles okay, Abby?«

Ich nickte schwach. Noch immer stand mir deutlich das Bild vor Augen, wie er durch die dunklen Male auf seiner Haut mit Esme verbunden war. Wie er sich über sie beugte. Er war ihr so nah gewesen. Regelrecht mit ihr verbunden. Ich kam mir vor, als hätte ich einen furchtbar intimen Moment gestört. Intimer als ein Kuss. Intimer vielleicht als …

Ich schluckte den Kloß hinunter, der sich in meinem Hals gebildet hatte, und räusperte mich. Meine Gefühle gaben mir Rätsel auf. Was interessierte mich, was Bastian tat? Oder mit wem?

»Keine Ahnung, was in sie gefahren ist«, ergriff Tristan das Wort. »Plötzlich ist Abby losgerannt, wie von der Tarantel gestochen.« Er zuckte mit den Schultern und sah mich genauso fragend an wie Bastian. »Was ist denn los?«, sprach er aus, was sie beide sich offenbar fragten.

Was los war? Irgendwie hatte mich Bastian so aus dem Konzept gebracht, dass ich vollkommen vergessen hatte, was mich hergeführt hatte.

»Abby?« Bastian sah mich geduldig an. »Was ist passiert?«

Ich atmete tief durch und ordnete meine Gedanken. Was nicht so einfach war, wenn er mich mit diesem zärtlichen Blick ansah.

»Ich habe herausgefunden, was mich mit Cross verbindet«, platzte es aus mir heraus. »Ich weiß jetzt, warum er so viele Details über meine Familie kennt. Warum er sich überhaupt für meinen Vater interessiert hat.«

Ein Blick in die Gesichter der Brüder zeigte mir, dass ich ihre volle Aufmerksamkeit hatte. »Mein Vater war Schmied«, erklärte ich leise. »Goldschmied, um genau zu sein. Und zwar in achter Generation.«

Bastian wurde blass und auch Tristan schluckte sichtlich. »Ich habe Abby erzählt, wie die Ringe aus dem Amulett des Priesters geschmiedet wurden«, ergänzte Tristan und rieb sich nachdenklich den Nacken.

»Aber du sagst, dein Vater ist tot«, hakte Bastian nach und runzelte die Stirn.

»Das habe ich immer geglaubt«, gab ich zu. »Ich meine … er wurde für tot erklärt. Vor elf Jahren, auch wenn sein …« Ich schluckte. »… sein Leichnam nie gefunden wurde.«

Bastian sah mich mitfühlend an. »Tut mir leid, dass Cross alte Wunden bei dir aufreißt«, flüsterte er. Ich hatte das Gefühl, als würde er wieder die Weben um mich herum betrachten. Als würden sie ihm mehr über meine Gefühle verraten als meine Worte.

»Schon gut. Ich komm klar«, log ich und wusste zugleich, dass er auch das erkannte. Frustriert kniff ich die Lippen zusammen. »Egal«, sagte ich und atmete durch. »Glaubt ihr, das hat etwas zu bedeuten? Und … und glaubt ihr … mein Vater könnte vielleicht wirklich noch am Leben sein?«

Bastian seufzte und lehnte sich gegen die Wand. »Spekulationen bringen uns nicht weiter. Halten wir uns an die Fakten.« Er hob einen Finger. »Cross hat den Seelenring.« Ein zweiter Finger folgte. »Er ist offenbar ein Schattenspringer mit Kenntnissen über die Geschichte unseres Erbes.« Finger Nummer drei gesellte sich dazu. »Er hat Skye, die Hüterin des Herzrings, ausfindig gemacht und glaubt, schon bald wieder mit seiner verstorbenen Frau vereint zu sein.« Während seiner Worte war auch der fünfte Finger nach oben gewandert. Nun ballte Bastian die Faust und kniff die Augen zu schmalen Schlitzen zusammen.

»Wenn er auch nur im Entferntesten daran denken sollte, die drei Ringe wieder zu vereinen, dann hat er offensichtlich den Verstand verloren!« Er schüttelte den Kopf, als wäre das selbst ihm zu viel.

»Richtig, aber angenommen, er will tatsächlich seine Frau von den Toten zurückholen, dann braucht er nicht nur alle drei Ringe, sondern auch einen erfahrenen Schmied«, warf Tristan ein und griff nach meiner Hand. »Könnte er denken, dass dein Vater der richtige dafür ist?«, fragte er mich und ich bemerkte, wie Bastian die leichte Berührung kritisch beäugte.

Automatisch entwand ich mich Tristans Fingern und strich mir die Strähnen aus der Stirn. »Ich habe keine Ahnung. Ich war ein Kind, als mein Vater … als er verschwand. Soweit ich das sagen kann, war er wohl ein begnadeter Kunstschmied, was ja kein Wunder ist, schließlich liegt das meiner Familie im Blut.«

Bastian nickte nachdenklich. »Keiner von uns weiß, ob das, was Cross sich da ausmalt, überhaupt möglich ist.«

»Selbst wenn es nicht möglich sein sollte …«, warf Tristan ein. »… solange Cross daran glaubt, wird er versuchen, den Herzring in seinen Besitz zu bringen.«

»Und er wird versuchen meinen Vater zu finden!«

Mein Herzschlag hatte sich vervielfacht, seit ich mir vorstellte, vielleicht irgendwann meinem Vater wieder gegenüberzustehen.

»Das wird er wohl«, bestätigte Bastian ernst und sah mich grübelnd an. »Am besten, wir sehen uns noch mal die Unterlagen an, die Abby in seinem Büro gefunden hat«, schlug er vor und rieb sich das Kinn. »Vielleicht findet Owen in der Zwischenzeit etwas über seine Herkunft heraus.«

»Müssen wir nicht zu … dieser Skye?«, fragte ich und hoffte, dass ihm entging, wie ungerne ich mich von ihm trennte.

»Skyes Ring ist gut geschützt«, erklärte er und ein dunkler Schatten huschte über seine Züge. »Wenn Cross uns ausspioniert hat, dann wird ihm klar sein, dass es nicht leicht werden wird, an Skyes Ring zu kommen.«

»Warum das?«

»Vertrau mir einfach.«

»Bastian hat recht. So leicht kommt niemand an Skyes Ring«, mischte sich Tristan ein. »Und auch wenn Bastian durch Esmes Weben etwas Zeit gewonnen hat, sollten wir weiterforschen. Ich schlage vor, ihr widmet euch den Unterlagen und ich … geh mir ein paar Weben holen.« Er zwinkerte mir zu. »Nur für den Notfall. Wer weiß, wie lange diese Nacht wird.«

Tatsächlich war vor dem Fenster bereits die Dämmerung hereingebrochen und ich spürte die Erschöpfung tief in meinen Gliedern.

»Sei diesmal etwas vorsichtiger!«, mahnte Bastian. »Nicht mitten auf dem Schulhof, verstanden?«

Tristan grinste. »Du warst es doch, der von Weben zerstört nach Hause gekommen ist.«

Bastians Lippen waren zu einer schmalen Linie zusammengekniffen. Sein Kiefer zuckte. »Spar dir das, Tristan«, knurrte er und sein Bruder hob ergeben die Hände.

»Sicher. Bin schon weg.« Er lächelte knapp in meine Richtung und streckte die Hand nach dem nächsten Schatten aus.

Erst jetzt merkte ich, dass ich den Atem anhielt. Meine Schultern waren mir plötzlich zu schwer und ich ließ mich erschöpft gegen die Sprossenwand sinken. Müde rieb ich mir das Gesicht.

Ich hörte, dass Bastian über die Matten auf mich zukam.

Er wirkte viel entspannter als noch vor wenigen Stunden, als er in seine Lederjacke schlüpfte. Esmes Weben schienen ihm zu helfen.

»Du siehst erschöpft aus.« Er klang besorgt. »Aber ich kann dich nicht einfach in dein Zimmer gehen lassen. Das verstehst du doch, oder?«

Ich nickte. Ich wollte gar nicht in mein Zimmer. Ich wollte endlich Antworten. »Passt schon«, winkte ich ab und gähnte. »Bin nur müde. Und gegen einen Burger hätte ich auch nichts einzuwenden.«

Bastian lachte leise. »Ein Schattenspringer zu sein, bringt viele Komplikationen mit sich«, murmelte er und sah mir in die Augen. »Besonders wenn man ein hübsches Mädchen kennenlernt.« Seine Lippen verzogen sich zu einem Lächeln, das mir den Boden unter den Füßen wegzog. »Aber es hat auch Vorteile.« Er griff nach meiner Hand und streckte die andere in Richtung Schatten aus. »Na, was meinst du? Sollen wir was essen gehen?«, fragte er, und obwohl ich all diese unwirklichen Dinge fürchtete, die zu ihm gehörten, schlug mein Herz vor Aufregung und Vorfreude schneller.

Zögernd legte ich meine Finger in seine und erwiderte sein Lächeln. »Bin dabei«, flüsterte ich, und als uns der Schatten diesmal einatmete, war ich auf die Kälte gefasst, die mich in Stücke riss.

Reise in die Vergangenheit

»Du wirkst entspannter als noch heute Mittag«, nuschelte ich und kaute meinen Burger. Er war köstlich und das Ketchup lief mir über die Finger.

Bastian nickte. »Esmes Weben haben das Wüten ein Stück weit eingedämmt.« Er neigte den Kopf und tunkte eine Ofenkartoffel in das Töpfchen mit Sourcream. »Aber da wir unterbrochen wurden, wird mir wohl nur eine kurze Pause vergönnt sein.«

»Ich wollte nicht stören, aber –«

»Schon klar. Es war gut, dass du mir das mit dem Schmied gesagt hast.«

Ich nickte und hob das Brötchen vom Burger, um die Essiggurke zu finden. Der geschmolzene Käse klebte mir an den Fingern, als ich das Gürkchen entfernte und vor mir auf die Serviette legte. Bastian hob fragend die Augenbrauen.

»Ich mag keine warmen Gurken«, erklärte ich und schleckte mir den Käse von den Fingerspitzen. Dann sah ich ihn an. Im Licht dieser schummrigen Burgerbude wirkten seine Lippen so weich, dass ich unwillkürlich an unseren Kuss denken musste. Ich fragte mich, ob er auch daran dachte. Um mich abzulenken, blätterte ich trotz meiner fettigen Finger durch die Zettel aus Cross' Büro, die ausgebreitet vor uns auf dem Tisch lagen. Doch ich nahm nicht wirklich wahr, was ich sah, denn eine Frage brannte mir auf der Seele.

»Esme fand es nicht schlimm, dass du …« Ich zuckte unsicher die Schultern, weil ich nicht wusste, wie ich es beschreiben sollte. »Was du mit ihr gemacht hast, meine ich. Sie fand es nicht schlimm, oder?« Ich sah Bastian neugierig an. Jetzt, wo er seine normale Hautfarbe angenommen hatte, und sich entspannen konnte, stellte ich mal wieder fest, wie gut er aussah. Ich mochte die einzelne dunkle Strähne, die ihm in die Stirn fiel. Mochte die dichten Augenbrauen, die ihm ein geheimnisvolles Äußeres verliehen und die Sprenkel in seinen außergewöhnlichen Augen. Wie immer verspürte ich den Drang, ihn zu zeichnen. Oder ihn zu berühren. Ich räusperte mich und biss in den Burger.

Bastian ließ sich Zeit mit der Antwort. Er schluckte seine Kartoffel hinunter, wischte sich die Hände ab und griff nach seinem Glas. »Sie spürt nicht, was ich tue.« Er stellte das Glas wieder ab, ohne getrunken zu haben. »Wenn ich jemandem die Weben nehme, Abby, dann habe ich nicht das Gefühl, dieser Person etwas … wegzunehmen. Ich fühle mich nicht im Unrecht, weil ich dabei das Leben für diese Person leichter mache.«

»Wie ein Arzt, der … einen von einem Schnupfen befreit, meinst du?«

Ich konnte mir nicht vorstellen, dass es sich so anfühlte. Die wenigen Male, wo Bastian meine Seelenweben berührt, oder genommen hatte, da hatte ich zugleich das Gefühl, mein Leben läge wie ein Puzzle vor mir. Als wären alle Teile durcheinandergeraten und nun käme auch noch jemand und nähme mir einige Teile davon weg. Ich hatte den Drang verspürt, diesen Teilen meines Seins hinterherzujagen. War ihnen gefolgt, bis … bis in Bastians Kopf. Das hatte er selbst gesagt. Und nicht nur er, auch Owen hatte das gespürt.

»So in etwa.« Bastian schmunzelte. »Und abgesehen von dir ist mir noch keiner begegnet, der an seinem Schnupfen hängt.«

Ich schnitt ihm eine Grimasse. Dann lehnte ich mich im Stuhl zurück und schob den leeren Teller von mir weg. Ich musste meine Beine strecken, so viel hatte ich gegessen. »Der Vergleich hinkt aber«, sagte ich und unterdrückte ein Gähnen. »Denn wer keinen Schnupfen haben will, der geht zum Arzt. Aber jeder fände es merkwürdig, die Straße entlangzugehen, und dann kommt so ein dubioser Mann mit Arztkittel und pumpt dir ungefragt Nasenspray in die Nase, weil er meint, dir damit zu helfen.«

Bastian lachte so laut, dass sich die Gäste am Nebentisch nach uns umdrehten, und auch ich konnte mir ein Lachen nicht verkneifen.

»Schon kapiert.« Bastian hob ergeben die Hände. »Ich halte mich von deiner Nase fern, auch wenn du wirklich ein ganz putziges Näschen hast.«

»Sehr witzig!«, brummte ich, denn ich wusste nicht, wie ich mit seinem überraschenden Kompliment umgehen sollte.

»Ich mein das ernst, Abby«, beharrte Bastian und streckte die Hand aus, ohne mich zu berühren. Sein Blick war irgendwie scheu, als er mir in die Augen sah. »Du bist …« Er stockte und schüttelte den Kopf, als wüsste er selbst nicht, was er sagen wollte.

»Jaaa?«

Er lächelte. »Sagen wir so: Ich bin froh, dass ich dich geküsst habe, ehe Tristan dazu Gelegenheit hatte.«

»Denkst du, ich küsse jeden?«, gab ich zurück, während ich innerlich jubilierte. Ich war offensichtlich *nicht* die Einzige, die den Kuss nicht vergessen konnte.

Er lachte. »Das nicht, aber ich kenne meinen Bruder. Er kann … sehr überzeugend sein.«

»Dann fürchtest du, dass er besser küsst als du?«

»Wahrscheinlich«, gab Bastian lachend zurück. »Immerhin hat er mehr Übung.«

Unser Geplänkel ließ mein Herz schneller schlagen. »Vielleicht sollte ich den Vergleich wagen?« Ich tat so, als zöge ich es in Betracht und rieb mir gespielt nachdenklich das Kinn. Dann sah ich ihn wieder an. »Nein, aber mal im Ernst, Bastian. Das … mit dem Kuss. Das … war schon irgendwie … strange, oder nicht?«

Er nickte. »Ich küsse normalerweise keine Mitschülerinnen. Aber ich sehe dich auch nicht als eine von ihnen. Du passt so wenig nach Darkenhall, dass … dass es mir mit dir nicht vorkommt wie mit den anderen Mädchen.«

Ich schmunzelte. »Echt? Ich bin anders? Ist das gut oder schlecht?«

»Mir gefällt es.«

Die Art, wie er mir bei diesen Worten in die Augen sah, verursachte mir eine Gänsehaut. Gott, dieser Kerl ging mir echt unter die Haut. Ich wusste, dass ich vermutlich gerade total dümmlich grinste.

»Du weißt jetzt, wer ich bin, Abby.« Ein Schatten huschte über sein Gesicht und an seinem Hals zeigten sich einige dunkle Weben unter seiner Haut. »Ich habe noch nie jemanden mit durch die Schatten genommen«, erklärte er weiter. »Das sind Dinge, die teilt man nicht mit jedem.« Er zuckte mit den Schultern und drehte seine Hände so, dass ich die schwachen Weben auf seinem Handrücken sehen konnte. »Fürchtest du mich? Oder den Teil von mir, der –«

»Sollte ich dich fürchten?«

Mein Herz schlug so schnell, dass es sich fast wie Angst anfühlte. Aber ich wusste, es war etwas anderes, das meinen Puls in die Höhe trieb.

Bastians Lippen hoben sich leicht zu dem Lächeln, das ich so sehr mochte. »Ich würde dir nie absichtlich wehtun, Abby. Ich möchte dich … beschützen. Darum sollten wir es besser bei dem einen Kuss belassen.«

Na geil. Wenn es etwas gab, das ich nicht hatte hören wollen, dann vermutlich das!

»Ich brauche keinen Aufpasser!«, murrte ich, denn ich kam mir dumm vor, weil ich mir genau das schon den ganzen Abend über ausgemalt hatte.

»Nein. Obwohl …« Er lächelte sanft. »Vielleicht doch. Jemanden, der dich vor mir beschützt, wenn mich deine Weben wieder locken.« Er zwinkerte. »Aber das meine ich nicht. Die Geschichte mit dem Jahrmarkt, dass du dir nur eine Fahrt hattest leisten können. Das hat mich irgendwie getroffen.«

»Armes kleines Mädchen, oder wie? Ich brauche echt kein Mitleid.«

»So meine ich das nicht. Ich habe kein Mitleid mit dir. Ich kenne das nur nicht. Meine Familie hat viel Geld.«

»Wär mir gar nicht aufgefallen, wenn du nicht einen ganzen Jahrmarkt für dich selbst gebucht hättest«, antwortete ich sarkastisch.

»Nicht für mich. Für dich!«

»Ich bin aber nicht käuflich.«

»Ich weiß. Das war auch nie meine Absicht. Ich will nur sagen, dass ich irgendwo tief in mir den Wunsch verspüre, dich glücklich zu sehen.«

Okay … was sollte ich darauf sagen? Dass er dann wohl nicht darum herumkäme, mich noch mal zu küssen, weil ich mir gerade nichts mehr wünschte als das?

Bastian winkte der Kellnerin für die Rechnung. Er senkte die Stimme und beugte sich über den Tisch. »Deine Seelenweben sind so dunkel und dicht, dass ich mich frage, ob du jemals glücklich warst, Abby.«

»Warst du denn schon mal richtig glücklich? Bist du etwa der Experte für Herzensdinge? Ich dachte, dafür wäre deine Skye zuständig?«

Es überraschte mich selbst, wie eifersüchtig ich klang. Und wie schwer mir plötzlich der Burger im Magen lag.

»Warum sagst du das so? *Meine* Skye?«

»Tristan behauptet, ihr wart ein Paar.«

Bastian nickte, aber sein Gesicht hatte sich verfinstert. »Was hat er denn sonst noch erzählt?«

Verdammt, ich kam mir dämlich vor. Warum machte ich denn immer Probleme, wenn es gerade mal anfing, gut zu laufen? Was war so schwer daran, einfach nur seinen Burger zu essen und den Mund zu halten?

»Nichts. Nur das«, gab ich kleinlaut zu. »Und dass deine Gefühle für sie dich geschwächt haben.«

»Richtig.« Bastians Lächeln war verschwunden. »Ich war unerfahren und leichtsinnig. Dabei hätte ich es besser wissen müssen. Ich habe mich zu Gefühlen hinreißen lassen und ... und wäre dabei fast gestorben.« Er legte ausreichend Geld auf den Tisch und stand auf. »Aber ich hatte Glück. Mir geht es heute gut. Im Gegensatz zu Skye.« Er blinzelte, als wollte er die Bilder in seinem Kopf vertreiben.

»Was ist mit ihr?«, fragte ich scheu.

»Das wirst du sehen, wenn du sie kennenlernst.«

Ich hob überrascht die Augenbrauen. »Wenn ich sie kennenlerne?«

Bastian hielt mir die Tür auf und wir traten nebeneinander auf die Straße. »Ihr Ring ist geschützt. Trotzdem müssen wir sie warnen, dass Cross hinter ihr her sein könnte.«

»Ich dachte, wir suchen meinen Vater?«

»Wir machen beides. In erster Linie kann uns Cross zu deinem Vater führen. Und Cross ist hinter dem Herzring her. Also werden wir ihn vermutlich bei Skye abpassen, uns den Seelenring zurückholen und deinen Vater finden, sollte er …«

Ich war mir nicht sicher, ob Bastian den Satz nicht beenden wollte oder ob die hinter uns zufallende Tür seine Worte verschluckte. Fakt war, dass er ganz deutlich daran zweifelte, meinen Vater lebend zu finden.

Ich schluckte meine eigenen Zweifel runter und klammerte mich an dieses kleine bisschen Hoffnung, welches Cross' Worte in mir geweckt hatten.

»Hast du denn eine Idee, wo dein Vater sich versteckt halten könnte?«, fragte Bastian und schlenderte den Gehweg entlang in Richtung Tower.

Hatte ich nicht. Das war ja das Problem.

»Nein, aber ich habe überlegt, ob es wohl in unserem Haus einen Hinweis geben könnte.«

Bastian nickte nachdenklich. »Möglich.«

⌘

Bastian sah, wie sich die dunklen Seelenweben um Abby verdichteten. Die neuerdings recht lebendige Herzwebe wurde überlagert von nachtschwarzen Schlieren.

Er ballte die Fäuste, denn es drängte ihn, ihr zu helfen. Auf die einzige Art, die ihm vertraut war. Und doch wusste er, sie würde seine Einmischung nicht wollen.

»Wir werden herausfinden, was passiert ist, okay? Wir finden deinen Vater, wenn er noch am Leben ist.«

Tränen schwammen in Abbys großen wunderschönen Augen und ihre Lippe zitterte.

»Versprich es mir«, flehte sie und warf sich an seine Brust. Sie schmiegte sich an ihn und schlang ihre Arme um seinen Körper. Ihr Haar kitzelte an seinem Kinn und er hauchte ihr einen zarten Kuss auf den Scheitel.

Die Dunkelheit in ihr streckte sich nach ihm aus und das Wüten in ihm reagierte auf sie. Er spürte ihre Weben unter seinen Fingerspitzen wie kleine Blitze. »Ich verspreche es«, murmelte er in ihr Haar und schloss die Augen. »Wir finden Cross, den Ring und deinen Vater.«

»Könnten wir nicht zuerst nach ihm suchen?« Abbys Stimme war kaum mehr als ein Flüstern.

Bastian biss die Zähne zusammen. Er konnte eigentlich keine Zeit für eine aussichtslose Sache vergeuden. Er musste seinen Ring zurückbekommen. Nicht nur, weil Cross damit großen Schaden anrichten konnte, sondern auch weil er selbst eine Gefahr darstellte – ohne den Ring. Er hatte es bei Esme gemerkt. Das Wüten in ihm hatte die Tür zu Esmes Seele mit aller Gewalt gestürmt. Wären sie nicht unterbrochen worden … er war nicht sicher, ob er von sich aus hätte aufhören können.

Auch jetzt spürte er, dass er die Kontrolle über die Mächte seines Erbes nicht zur Gänze kontrollieren konnte. Alles in ihm verzehrte sich nach Abbys Weben. Er brauchte den Ring, um sie vor ihm selbst zu schützen.

»Bitte, Bastian«, wisperte sie und ihr Atem strich heiß über seinen Hals.

»Natürlich«, versprach er.

»Jetzt sofort?« Sie legte den Kopf in den Nacken und sah ihm in die Augen. All ihre Seelenqual sprach aus ihrem Blick, sodass er nicht einmal die dunklen Weben hätte sehen müssen, um ihr Leid zu erkennen. »Ich bin nicht müde.«

Er sah, dass sie log.

»Wir wissen doch gar nicht, wo wir beginnen sollen«, versuchte er, sie zur Vernunft zu bringen. Sie sah erschöpft aus. Müde und verletzlich.

»Es muss doch einen Hinweis geben. Vielleicht ist er noch mal in unser Haus zurückgekehrt? Vielleicht finden wir dort einen Hinweis?«

»Dann willst du in deinem Elternhaus mit der Suche beginnen?«

Eine saphirblaue Erinnerungswebe kämpfte sich aus dem Dunkel hervor, aber die schwarzen Weben versuchten sofort sie zu erdrücken.

Abby blinzelte. Dann straffte sie die Schultern und das strahlende Blau verschwand. »Es steht seit Jahren leer.«

»Na schön.« Bastian war sich sicher, dass Owen mehr aus ihren Erinnerungsweben würde herauslesen können, doch dazu würde es wohl nie kommen. »Statten wir eurem Haus einen Besuch ab«, gab er sich geschlagen und legte nun seinerseits die Arme um sie. Es war gefährlich, das zu tun, aber der einzige Weg, um sie mitzunehmen. Dann holte er Luft, zog sie an sich und streckte die Hand nach dem nächsten Schatten aus.

⌘

Northfleet lag ein ganzes Stück östlich von London. Alles wirkte fremd auf mich, als ich mich umsah. Die Schattensprünge waren schnell gegangen. Viel schneller als jeder Bus oder jedes andere Verkehrsmittel. Aber sie hatten Bastian sichtlich angestrengt. Er hatte die Fäuste geballt und ich sah, wie er die Weben unter seiner Haut mit aller Macht zurückdrängte.

»Geht es dir gut?«, fragte ich, aber er nickte nur. Ich wusste nicht, ob das stimmte, aber als er sich ebenfalls einmal um die eigene Achse gedreht und die Gegend erkundet hatte, wirkte er wieder gefestigt.

»Hier bist du also aufgewachsen«, stellte er fest und ließ seinen Blick über die kleinen, dicht an dicht stehenden Reihenhäuser schweifen. Einen Vorgarten hatte keiner und die Straßenlaternen waren deutlich dünner gesät als in London selbst. Der Mond war gerade hinter Wolken verschwunden und die Schatten, die uns hierhergeführt hatten, lösten sich auf, sobald eine Wolke das Mondlicht schluckte.

»Welches ist euer Haus gewesen?«, fragte Bastian und musterte mich ernst. Ich wünschte, ich hätte seine Gedanken lesen können. Für ihn musste die Gegend ärmlich wirken, dabei hatte ich hier doch eine recht nette Kindheit gehabt.

»Das dort hinten.« Ich fühlte mich blöd, weil es mit Abstand das heruntergekommenste Haus von allen war. Der Putz war schmutzig von den Abgasen und jemand hatte mit Sprayfarbe die Haustür beschmiert. Das einzelne traurige Blumenbeet vor dem Haus war komplett mit Unkraut überwuchert. Bastian legte den Kopf in den Nacken und betrachtete die schmucklose Front. »Wollen wir reingehen?«, fragte er und nickte in Richtung Tür.

»Ich habe keinen Schlüssel.« Es war eine blöde Idee gewesen, herzukommen, das wurde mir jetzt klar. Was sollte ich hier schon finden? Ich konnte doch nicht mal hinein.

Bastian lächelte und fasste nach meiner Hand. »Dann ist es ja gut, dass die Tür im Schatten liegt, nicht wahr?«

Noch ehe mir klar war, was er damit meinte, atmete uns der

Schatten ein und die Kälte schlug auf mich ein, ehe ich schon im nächsten Moment das vertraute Knarzen der Dielen unter meinen Füßen hörte.

»Wir sind drin«, stellte ich unnötigerweise fest.

»Sind wir. Und jetzt?« Bastian kippte versuchsweise den Lichtschalter, aber es blieb dunkel.

»Die haben wohl schon lange den Strom abgestellt.«

»Wem gehört das Haus?«, fragte er und verschwand den Flur hinunter.

Ich schlang fröstelnd die Arme um mich und folgte seiner Stimme. »Mir. Aber mein Erbe wird treuhänderisch verwaltet.« Ich streckte die Hände aus und ließ meine Finger über die geblümte Tapete streichen. »Ich kann mir nicht vorstellen, je hier zu leben«, gestand ich leise.

Bastian schwieg, aber er nickte.

»Das ist die Küche«, sagte ich, als wir den Raum betraten. Bastian blieb in der Tür stehen. Ich ging weiter. Alles war noch genau wie an diesem einen letzten Tag, an dem ich hier morgens einen Teller mit Cornflakes und Milch gelöffelt hatte, ehe ich in die Schule ging. Ehe ich mich zum letzten Mal von meiner Mom verabschiedet hatte. Meinem Dad hatte ich nicht einmal einen Kuss gegeben. Er war an diesem Tag schon früh aus dem Haus gegangen. Noch bevor ich aufgewacht war. Jetzt lagen meine Hände unsicher auf der Lehne des Stuhls, auf dem ich immer gesessen hatte. Ich fühlte nichts.

»Vielleicht sollten wir wieder gehen«, murmelte ich und ließ den Kopf hängen. Es roch nicht mehr wie früher. Es war kalt. Und ich hatte Angst. Angst, weil es nie wieder anders sein würde.

Bastian kam näher und berührte mich sacht. »Woran erinnerst

du dich?«, fragte er und sein Atem strich dabei über meine Wange. »Sieht irgendetwas anders aus als an deinem letzten Tag? Denkst du, jemand könnte hier gewesen sein? Weißt du noch, was deine Eltern am Tag des Unfalls vorhatten? Wohin waren sie unterwegs, als –«

»Das weiß ich alles nicht. Das hat mich die Polizei auch gefragt. Wohin waren sie unterwegs?« Ich schüttelte den Kopf und legte dabei meine Wange an Bastians Schulter. »Wenn ich das nur wüsste.«

»Kannst du versuchen, dich an den Morgen zu erinnern?«, bat Bastian und streichelte meine Arme. Er hielt mich fest und ich spürte seinen Herzschlag.

»Das habe ich doch schon hundertmal gemacht. Ich weiß einfach nicht, was damals geschehen ist. Ich … war doch noch ein Kind.«

Bastian nickte. »Schon okay. Mach dir keinen Kopf. Wenn es hier einen Hinweis auf das gibt, was damals passiert ist, oder wo dein Vater stecken könnte, dann finden wir ihn, okay?« Ganz vorsichtig legte er seine Hände um mich und die Weben traten auf seine Haut.

Obwohl ich Angst hatte, war ich froh, dass er mich hielt. Ich hatte das Gefühl, ich würde fallen ohne seine starken Arme. Ich lehnte mich sanft gegen ihn und kam auf die Zehenspitzen. »Danke«, flüsterte ich. »Danke, dass du bei mir bist.«

Bastians Hand glitt in meinen Nacken und seine Finger gruben sich in mein Haar. Die Weben wanderten seinen Hals hinauf.

»Ich wäre nirgendwo lieber.« Dann lagen seine Lippen auf meinen. Sein Keuchen zeugte von seinem inneren Kampf, als er mich näher an sich zog und unseren Kuss vertiefte.

Gefährliche Nähe

Es war so ein wundervolles Gefühl, in Bastians Armen zu liegen. Er strahlte eine solche Wärme aus, dass ich nicht anders konnte, als mich noch näher an ihn zu schmiegen. Seine Hände wanderten von meinem Nacken meinen Rücken hinunter und als er meine Taille umfasste, hielt ich den Atem an. Seine Zunge teilte meine Lippen und ich spürte deutlich den Kampf, der in ihm tobte. Kontrollverlust gegen Verlangen. Weben gegen Kuss. Die Weben auf seiner Haut pulsierten, dann drängte er sie zurück.

»Verflucht, Abby«, raunte er gequält, ehe er uns in den nächsten Schatten riss.

Die Kälte traf mich wie ein Schlag und ich krallte mich an Bastians starke Schultern. Das Nichts umgab uns, während sein Kuss meine einzige Verbindung zur Realität war. Für den Moment waren unsere Herzschläge eins, waren unsere Körper eine Einheit und unsere Gedanken trafen sich im Reich der Schatten.

Ich will dich, hallten die Worte aus Bastians Kopf in meinem Innersten. Dann atmete uns der Schatten aus.

Bastian hob mich hoch und ehe ich registrierte, dass wir die Küche verlassen und das kleine, aber ehemals gemütliche Wohnzimmer erreicht hatten, schob Bastian schon das weiße Bettlaken beiseite, das das Sofa vor Staub schützen sollte. Wieder überzogen Weben sein Gesicht und er knurrte, kämpfte, bis er die Beherrschung wiedererlangt hatte. Ich sah, wie er litt. Trotzdem gab er mich nicht frei. Ohne mich loszulassen, setzte er sich und zog mich mit sich auf seinen Schoß.

Ich war noch nie einem Jungen so nahe gewesen. Geschweige denn einem übernatürlichen Wesen. Ich hatte Angst, aber seine Hände auf meiner Taille fühlten sich richtig an. Die leichten Berührungen, die er sich erlaubte, beschleunigten meine Atmung und ich wollte ihn ebenfalls fühlen. Jede Zelle meines Körpers wollte mehr als nur diesen Kuss. Diesen wundervollen, zärtlich hungrigen Kuss, der so viel mehr versprach. Ich streichelte Bastians Nacken, genoss das Gefühl seiner seidigen schwarzen Haare unter meinen Fingern, fühlte den Puls an seiner Kehle viel schneller schlagen, als normal. Der Blick in seine Augen zeigte, wie er mit seinem Verlangen rang. Seine Pupille war ein schmaler Strich in einer nachtschwarzen Iris, dann kamen die goldenen Sprenkel wieder durch und die Iris wurde blau. Er kämpfte gegen seine Dämonen. Um mich zu küssen.

Das war so verrückt und zugleich wunderschön, denn nie hatte mir jemand mehr gezeigt, dass ich ihm etwas bedeutete.

Das Glück übermannte mich und ich schlang ihm die Arme um den Hals und küsste ihn. Ich wollte protestieren, als er seine Lippen von meinen löste, was ihm ein leises Lachen entlockte.

»Was …?«, stammelte ich, aber der Blick aus seinen Augen brachte mich zum Schweigen. Mein Kuss hatte ihn geschwächt. Seine Pupillen waren nicht länger rund, das Weiß seiner Augen komplett mit tanzenden Schlieren überzogen und unter seiner Haut pulsierte es dunkel.

»Langsam«, flüsterte Bastian gepresst und sah mich eindringlich an. »Für mich … ist das nicht so leicht.«

Seine Fingerspitzen strichen zärtlich über meine Wange, ohne dass er unseren Blickkontakt beendete. Ich zitterte, als er von meiner Wange aus über meine Unterlippe, übers Kinn und die Halsbeuge fuhr. Die Weben an seinen Händen drängten wie ein Tattoo an die Oberfläche und doch fühlte ich nicht den Schwindel, der, wie ich inzwischen wusste, ein Anzeichen dafür war, dass er in mein Seelentor eindrang. Er atmete tief ein und aus, bis seine Haut sich normalisierte. Bis seine Augen wieder menschlich wurden.

»Was wir tun … ist gefährlich«, flüsterte er. »Wenn ich die Kontrolle verliere und du dich mir öffnest, dann kann ich für nichts garantieren. Ich will nichts tun, was du nicht willst. Dir nichts nehmen, was du mir nicht geben willst. Und doch … will ich so viel mehr.« Er umfasste meine Hüften, schob die Hände nach oben und unter mein Shirt.

Zitternd holte ich Luft, aber sein Blick hielt mich nach wie vor gefangen, dass ich mich keinen Millimeter rührte. Wie ein Stromschlag durchfuhr mich jede seiner Berührungen. Ich hörte mich selbst leise seufzen, als er über meinen Rippenbogen streichelte, während er zugleich einen inneren Kampf ausfocht.

Die Weben überlagerten inzwischen auch sein Gesicht, und wie von selbst zeichnete ich die Muster nach. Er war so schön.

»Hast du Angst?«, flüsterte er.

»Hab ich nicht«, gestand ich und obwohl mein Herz wie nach einem Marathon hämmerte, war es diesmal die Wahrheit. Ich küsste ihn leicht auf die von Weben überzogenen Lippen, um die Anspannung zu lösen, die plötzlich zwischen uns stand. »Ich habe keine Angst. Ich … ich will … dich sehen.«

»Sehen?«

Ich nickte und rückte etwas von ihm ab. Nur einige Zentimeter. Gerade weit genug, um den unteren Saum seines Shirts fassen zu können. Ich hob es leicht an und stellte wenig überrascht fest, dass auch hier dunkle Weben seine Haut zeichneten. »Ja«, wisperte ich atemlos. »Ich will sehen, was du bist.«

Bastians Lippen verzogen sich zu einem gequälten Lächeln und sein Atem kitzelte mich, als er sich über mich beugte. Sein Lachen war warm und zugleich rau und es hallte in meinem Magen wider. »Du spielst mit dem Feuer«, raunte er und zog mich ganz dicht an sich heran. »Und ich ebenso.«

Seine Hände umfingen mich und unter der ganzen Zärtlichkeit, die er mir schenkte, spürte ich seinen unbändigen Hunger. Ich sah, dass er sich zurückhielt, damit ich bei ihm sicher war.

Ich spürte, dass auch meine Berührungen für ihn ungewohnt waren. Er ballte die Fäuste, als ich ihm das Shirt Stück für Stück höher schob und schließlich über den Kopf zog. Ich kam mir verrückt vor, weil ich so weit ging. Mit einem Jungen, den ich kaum kannte, der sich aber wie durch einen Schattensprung in mein Herz gestohlen hatte.

Der Anblick seiner marmorierten Haut ließ mich nach Luft schnappen.

»Schrecklich?«, fragte er leise und sah mich unsicher an.

»Nein. Überhaupt nicht«, gestand ich und fuhr die dunklen Linien behutsam nach. »Du bist unbeschreiblich schön. Ich wünschte, ich könnte dich zeichnen.«

Wieder bebte sein Lachen bis in meinen Bauch. »Es ist ziemlich dunkel hier drinnen. Und du bist offensichtlich blind.« Er unterstrich seine Worte mit einem knappen Kuss, der seine Haut sogleich noch dunkler färbte, ehe er sich wieder zurücklehnte, damit ich ihn ansehen konnte.

Es war wie Zauberei, aber dort, wo meine Finger ihn berührten, verdichtete sich das dunkle Geflecht unter seiner Haut, als wäre es lebendig. Und auch auf meinem Körper traten schwarze Schlieren hervor. Überall dort, wo seine Haut meine berührte.

»Warum geschieht das?«, fragte ich und malte ein Smiley auf seine Brust.

»Die Kraft in mir lockt deine Weben an. Sie wollen … von mir genommen werden.«

Die Zweideutigkeit seiner Worte trieb mir das Blut in die Wangen, was ihm offenbar nicht entging, denn sein Lächeln wurde verführerischer und als er seine Finger mit meinen verschränkte, spürte ich seine Kraft wie einen Sog.

»Du bist etwas Besonderes, Abby«, murmelte er. »Und ich weiß nicht, wie lange ich dir widerstehen kann.«

⌘

Bastian betete, dass er die Kontrolle behalten würde, denn er war sich keinesfalls mehr sicher, dass er nicht gerade auf dem besten Weg war, gegen das Wüten in sich zu verlieren. Abbys Haut auf seiner war eine Versuchung, der er kaum widerstehen konnte. Ihre Seelenweben umgaben längst nicht nur sie, sondern waberten um sie beide herum in einem Tanz, der schöner kaum sein konnte. Wie flüssiger Onyx wirbelten ihre Weben um ihre Körper, als wollten sie regelrecht von ihm aufgenommen werden. Und das Wüten in ihm spürte das. Es war heiß und drängend und es schmerzte in jeder Zelle seines Seins. Das Atmen fiel ihm schwer, aber noch schwerer fiel es ihm, sich von Abby zu lösen.

Der bewundernde Ausdruck in ihren Augen kam unerwartet, schließlich fand er selbst seinen Körper erschreckend, wenn er wie jetzt nicht menschlich aussah.

Und doch schien er Abby eher zu faszinieren, als zu erschrecken. Sie streichelte gerade die Narbe unter seinem Herzen und leckte sich dabei unsicher über die Lippen. Er wusste, sie hatte Fragen, die sie nicht zu stellen wagte.

»Diese Narbe habe ich Skye zu verdanken«, gestand er. »Sie erinnert mich täglich daran, dass mich Gefühle schwächen.«

»Wie?« Ihre Stimme war so leise, wie ihre Berührungen zart waren. Und sein Körper antwortete darauf mit einem qualvollen Brüllen.

»Ein Ringhüter kann die mächtigsten Weben aufnehmen und … sagen wir … neutralisieren. Doch die Weben wollen das nicht. Sie kämpfen gegen mich an. Mein Körper ist ihr Gefängnis und wenn du wie jetzt die Weben unter meiner Haut siehst, dann … dann ist es das, was sie tun, wenn sie friedlich sind. Aber sie warten nur darauf, dass ich die Kontrolle verliere.«

Er strich ihr eine lila Haarsträhne hinter die Schulter und ließ dann seine Hand über ihren Arm bis auf ihre Hüften gleiten.

»Ohne den Ring kann das ganz schnell passieren. Besonders wenn jemand wie du – mit so starken und verlockenden Weben – in meiner Nähe ist.«

»Dann hast du Skye auch Weben genommen, die dann das hier verursacht haben?«, fragte sie und legte ihre flache Hand auf sein Herz.

»Nein. Mit Skye war das anders.«

»Wie?«

Bastian schwieg einen Moment. Er wollte nicht von Skye sprechen. Nicht jetzt. Nicht mit Abby.

Er fuhr sich durchs Haar und atmete einmal tief durch. Er war längst über den Punkt hinaus, an dem er zu seiner menschlichen Erscheinung hätte zurückkehren können. Er musste wachsam sein.

»Skye und ich wurden beinahe zeitgleich die neuen Ringhüter. Ich übernahm die Verantwortung nach dem Tod meines Vaters und Skye … nun, bei ihr war es ähnlich.«

Abby hörte ihm aufmerksam zu. Dabei malten ihre Fingerspitzen noch immer Muster auf seine Haut. Herzen, wie er beiläufig feststellte. Ob sie sich dessen bewusst war?

»Was ist dann passiert?«

»Wir wurden zu Owen geschickt, denn er hatte schon vor Längerem seinen Ring übernommen. Er konnte uns helfen, mit unserer neuen Macht und Verpflichtung umzugehen. Ein ganzes Jahr waren wir drei unzertrennlich.«

⌘

Ich schluckte. Ich wusste, ich hatte gefragt, aber Bastian jetzt über Skye reden zu hören, war nicht gerade der Bringer. Besonders, da mir die Erinnerung aus Owens Kopf noch deutlich vor Augen stand. Der Kuss zwischen Skye und Bastian.

»Und so hast du dich in sie verliebt«, stellte ich sachlich fest.

»Es verbindet, wenn man zur selben Zeit … die gleichen neuen Erfahrungen macht«, wich Bastian aus. »Es war im Grunde keine Überraschung.«

Ich nickte nur. Was sollte ich schon sagen.

»Aber als wir anfingen, echte Gefühle zu entwickeln, da verloren wir die Kontrolle. Skye verlor die Kontrolle«, murmelte er leise.

Ich sah, dass er mit sich rang. Die Weben unter seiner Haut waren in hellem Aufruhr.

»Wie du von deinem Sturz in der Kirche weißt, öffnen wir unser Innerstes bei starken Gefühlen.«

Ich nickte nur, denn ich mochte mir nicht vorstellen, wie stark die Gefühle zwischen ihm und Skye gewesen sein mussten, wenn er darüber die Kontrolle verloren hatte. Trotz des Rings …

»Skye war nicht vorsichtig. Wir waren … uns nah. Sehr nah, als plötzlich … das Wüten in ihr sich aufgebäumt hat und …« Er schluckte. »Ihr Wüten hat sich mit meinem verbunden und während meine Herzweben aus mir herausströmten, schlugen ihre Seelenweben auf mich ein. Wir nahmen uns gegenseitig, was wir waren. Danach waren wir zu schwach, die neu aufgenommenen Weben in uns zu beherrschen.«

Er legte eine Hand auf meine und presste sie beide auf sein Herz. »Skyes Weben brachen aus mir heraus und brachten mich dabei fast um.« Bastian sah mich an und seine Augen wurden heller. Ich habe überlebt, aber mein Herz …« Er lächelte traurig. »Skyes Übergriff auf mein Herz … all die Herzweben, die ich verloren habe …« Er zuckte mit den Schultern. »… ich war lange Zeit nicht mehr fähig, Gefühle wie Liebe zu empfinden. Ich bin … nicht mehr so offen wie mein Bruder. War lange für niemanden … zugänglich. Auch nicht für Tristan. Er hält mich für einen Eisklotz. Jetzt geht es mir wieder besser, aber ich habe mir geschworen, mich in Zukunft vor Gefühlen zu schützen, weil sie mich schwächen.«

»Bist du böse auf sie?«, fragte ich, denn ich konnte mir nicht vorstellen, wie schrecklich das Erlebte für ihn gewesen sein musste.

»Nein, bin ich nicht. Es war nicht ihre Schuld.« Er sah auf seine Narbe hinab. »Und sie hat den viel höheren Preis bezahlt. Aber dadurch verstehe ich, wenn du nicht willst, dass ich …« Wieder schluckte er und schüttelte den Kopf. »… Ich werde dir nichts nehmen, was du nicht selbst abgeben willst. Ich bin kein Dieb. Ich will nur helfen, während ich versuche, die Kontrolle über mich zu behalten.«

»Wie bei Esme«, flüsterte ich.

»Wie bei Esme«, bestätigte er. Dann nahm er meine Hände in seine und lächelte mich an. »Aber du bist nicht Esme. Und deine Weben locken mich viel mehr. Du siehst selbst, wie sehr ich …« Er fuhr durch die Luft, als könnte er die Weben berühren, die mich umgaben. »… kämpfen muss, denn in deiner Nähe erwachen Gefühle zum Leben, und das macht mir Angst.«

Er zog mich an sich und küsste mich. Diesmal mit weniger Zurückhaltung. Sogleich veränderten sich seine Augen. Ich spürte seine Zerrissenheit und fühlte mich dabei selbst ganz zweigeteilt. Ich wollte nicht, dass dieser Kuss jemals endete, und zugleich wollte ich nicht, dass ihm durch mich Gefahr drohte. Ich strich ein letztes Mal über die Narbe an seiner Brust.

Nein, für so etwas wollte ich nicht verantwortlich sein, auch wenn seine Hände auf meiner Haut das Aufregendste waren, was ich je gefühlt hatte. Wie von selbst drängte ich mich ihm entgegen.

»Du bringst uns um«, flüsterte er und grub seine Zähne in meine Lippe.

Uns …

Es war unbeschreiblich, dieses *Uns*. Als gäbe es plötzlich kein einsames *Ich* mehr, sondern stattdessen dieses neue, wundervolle und aufregende Uns. Glücklich erwiderte ich seinen Kuss.

Bastian keuchte hart und sein Griff wurde fester. Leichter Schwindel erfasste mich. Panisch stemmte ich mich gegen ihn und seine nachtschwarzen Weben erstreckten sich auf meine Haut. Im nächsten Moment war Bastian weg und ich sank atemlos in die Kissen der Couch. Ich fragte mich, wo er hin war. Und ob er zurückkommen würde.

⌘

Bastian lauschte in die Stille. Abbys gleichmäßiger Atem an seinem Hals kitzelte ganz sanft und er streichelte ihr Haar. Er saß auf dem Fußboden neben der Couch, auf der sie schlief. Zur Sicherheit. Er konnte nicht verhindern, dass ein Lächeln sich auf seine Lippen verirrte, als er an die letzten Stunden dachte. An ihre Küsse, ihre Berührungen. An all das, was geschehen war, ehe er die Reißleine gezogen hatte. Er hatte gehen müssen. Sich beruhigen müssen. Als er wiederkam, hatten sie einfach hier gesessen und geredet.

Abby seufzte und schmiegte sich an seine Schulter. Sie schlief seit Stunden. Tief, aber unruhig. Und Bastian wusste warum. Ihre Weben waren in Aufruhr. Blaue Erinnerungsweben versuchten vergeblich, sich aus dem Netz dunkler Seelenweben an die Oberfläche zu graben, doch sie hatten keine Chance.

Er konnte ihr helfen. Das Wüten in ihm verlangte seit Stunden danach, dass er es tat, doch selbst jetzt, wo die dunklen Schlieren auf seiner Haut sich auf Abbys Wange fortsetzten, kämpfte er um Kontrolle. Er war nicht ausgehungert. Nur deshalb konnte er ihr so nahe sein. So nah, wie er seit Skye keinem Mädchen mehr gewesen war.

Bastian atmete tief durch und ballte die Fäuste. Er musste sich selbst daran erinnern, dass es einen guten Grund gab, Distanz zu halten. Sie nicht in sein Herz zu lassen.

Trotzdem hauchte er Abby einen Kuss auf die Schläfe, ehe er sich ganz behutsam von der Couch schob. Sie murmelte protestierend, als er ihren Kopf, anstatt auf seine Schulter auf die Sofalehne bettete. Ihre Hände suchten im Schlaf nach ihm, ehe sie schließlich die Beine anzog und sich zusammenkuschelte wie ein Baby.

Auch Bastian war erschöpft. Die ständige Selbstbeherrschung in ihrer Nähe raubte ihm viel Kraft. Der ständige Kampf gegen das

Wüten war anstrengend und obwohl er am liebsten noch länger bei Abby gesessen hätte, spürte er körperliche Erleichterung, als er durch den Schatten in den nächsten Raum des kleinen Häuschens sprang. Hier war er ihren Weben nicht so nah und sein Verlangen danach kühlte sich ab.

Er ließ seinen Blick über die Familienfotos an den Wänden gleiten. Abby war höchstens drei auf diesen Portraits. Sie hatte dasselbe Lächeln wie ihre Mutter. Und ihr Haar hatte einen satten Braunton, anstatt des rebellischen Lilas. Auch wenn Bastian die auffällige Farbe an ihr mochte. Sie passte gut zu den dunklen Weben ihrer Seele. Sein Blick wanderte weiter zum Familienvater. Jack Woods. Wer war der Mann, dessen Leichnam nie gefunden worden war?

Wer war er, dass er womöglich seine Tochter, seine wunderschöne, und wenn man diesen Aufnahmen glauben durfte, glückliche Tochter, im Stich gelassen hatte?

Bastian rieb sich den Kopf. Die Müdigkeit ließ seine Haut kribbeln und er streckte gähnend die Glieder. »Warum glaubt Cross, dass du noch am Leben bist?«, flüsterte er. »Und wärst du in der Lage, die Ringe wieder zusammenzuschmieden?«

Bastian wandte sich von den Bildern ab und schritt bedächtig durch das winzige Schlafzimmer, dann zurück in die Küche. In den meisten Familien spielte sich dort der Alltag ab. Die Küche war klein, das war ihm schon direkt bei der Ankunft aufgefallen. Die Schränke Eierschalengelb lackiert und die Arbeitsplatte hellbraun gefliest. Alles sehr einfach. Vor allem im Vergleich zu der Küche in seiner Villa. An einem Gitter über dem Herd hingen Schöpfkellen und kleinere Töpfe.

»Hey«, flüsterte Abby hinter ihm. »Was machst du denn?«

Er drehte sich zu ihr um und schenkte ihr ein Lächeln. Sie war zerzaust vom Schlaf und unheimlich süß.

»Ich wollte dich nicht wecken.«

Sie winkte ab und strich sich durch die Haare. »Schon okay. Wir sind ja nicht zum Schlafen hier.«

Bastian nickte. »Ich habe mich etwas umgesehen. Es gibt nichts, das auf etwas Ungewöhnliches hindeutet.«

»Das habe ich mir schon gedacht. Die Polizei hätte es sonst bestimmt längst gefunden.«

»Kann sein«, stimmte er zu und zog wahllos eine Schublade auf.

»Besteck«, bestätigte Abby, was er sah. »Ich wüsste nicht, was wir in der Küche finden sollten. Da ist nur Krempel drin«, überlegte sie und setzte sich. Der Unfallbericht lag auf dem Tisch und gab doch nichts preis. Sie wollte die Papiere gerade noch einmal durchsehen, als das Tablet aufleuchtete.

»Bastian«, stutzte sie und zog es heran. »Hast du das gesehen?«

»Was ist?« Er kam zu ihr und stellte sich hinter sie, um ihr über die Schulter zu blicken.

»Da kam gerade eine Mail.«

⌘

Ich öffnete den Posteingang. Die Mail bestand nur aus einem Foto.

»Dad«, entwich es meinen Lippen und ich beugte mich über das Display. Ich kniff die Augen zusammen, um meinen Blick zu schärfen. »Dad, bist du das?«, flüsterte ich und hielt mir das Tablet dicht vor die Nase. Ich wusste weder, was ich denken sollte, noch was ich fühlte. Meine Welt erzitterte wie bei einem Erdbeben und ich bekam kaum noch Luft.

»Ist das … dein Vater?«, wunderte sich auch Bastian, aber ich ignorierte ihn. Meine Gedanken rasten. Es bestand durchaus eine Ähnlichkeit, doch mein Dad war jünger gewesen.

»*Dein Vater ist nicht tot*«, hallten Cross' im Wahn dahingesagte Worte so laut in meinem Kopf, dass ich mir am liebsten die Ohren zugehalten hätte.

»Abby?« Bastian klang besorgt. »Ist das dein Dad?«, fragte er und berührte mich leicht an der Schulter.

Ich zuckte zusammen. »Er sieht älter aus«, gab ich unsicher zu.

»Je nachdem, von wann diese Aufnahme stammt, würde dein Dad jetzt ja auch älter sein – wenn er nicht gestorben wäre«, stellte Bastian treffend fest.

Der Mann, den die Verkehrsüberwachungskamera eingefangen hatte, wirkte so vertraut und zugleich fremd. Dieser Mann – mein Dad – überquerte eine Straße und blickte direkt in die Kamera. Was war das für eine Kreuzung? Und wo ging er hin? Und wenn er es wirklich war, warum hatte er mich einfach zurückgelassen?

»Denkst du, Cross hält diesen Mann für meinen Vater?«, fragte ich und wischte übers Display, damit es sich nicht ausschaltete.

»Glaubst du, das *ist* dein Vater?«

Ich zuckte mit den Schultern. »Er könnte es sein, aber ich bin mir nicht sicher. Wenn nur die kleinste Möglichkeit besteht, dass er es ist, muss ich ihn finden. Was, wenn er eine Kopfverletzung davongetragen hat? Wenn er das Gedächtnis verloren hat? Nicht wusste, dass er Familie hatte? Dass er mich hatte? Was, wenn er zu mir hätte zurückkehren wollen, aber es einfach nicht konnte?«

»Beruhige dich, Abby«, bat Bastian und nahm mir das Tablet ab.

»Ich kann nicht«, entfuhr es mir und ich stand nervös auf. »Das macht mich fertig!«

»Lass uns mal sehen, wer Cross diese Bild geschickt hat«, murmelte Bastian und schloss das Foto. »Moran-Tec?« Er sah auf. »Moran, wie der Visionär, der Menschen auf den Mars schicken will?«, hörte ich ihn sagen.

»Keine Ahnung. Fragst du mich das gerade? Woher soll ich wissen, wen Cross kennt, und wen nicht?«

Bastian reagierte nicht. Er rieb sich nachdenklich die Stirn. »Margaret-Maud kennt jemanden bei Moran-Tec, wenn ich mich recht erinnere«, überlegte er. »Ich meine, sie war vor einiger Zeit mal auf einer Beerdigung.« Er kniff die Lippen zusammen. »Ich hätte ihr besser zuhören sollen.«

»Ihr steht euch nicht besonders nahe, oder?«

Bastian schüttelte den Kopf. »Nein. Ich habe dir doch erzählt, wie mein Vater starb. Wie die Weben aus ihm herausgebrochen sind, weil er seinen Ring nicht trug«, erklärte er tonlos. »Margaret-Maud hatte ihm den Ring heimlich abgenommen«, fuhr er fort und ballte dabei die Fäuste. »Sie wollte eine liebevolle Gravur anbringen lassen und hat nicht geahnt, was … passieren wird.«

Diesen Teil der Geschichte hatte Bastian mir gestern vorenthalten und als ich ihn jetzt ansah, seine Haut komplett mit Weben überzogen, wusste ich, warum. Die Erinnerung schmerzte ihn. Schwächte ihn. Machte ihn gefährlich – auch für mich.

»Sie hat deinem Dad den Ring abgenommen?«, wiederholte ich und meine Nackenhärchen stellten sich auf. Nicht, weil Bastian mit aller Kraft gegen das Wüten ankämpfte, sondern weil er offenbar etwas Wesentliches übersah.

»Hältst du es für einen Zufall, dass sie ihm den Ring genommen hat und Cross mir jetzt sagt, dass sie in diesen angeblichen Therapie-Ring-Klau eingeweiht war?«

»Cross hat gelogen«, erinnerte mich Bastian, runzelte aber die Stirn. »Du glaubst doch nicht, dass Margaret-Maud mit Cross unter einer Decke steckt?« Er schüttelte den Kopf. »Das kann nicht sein.« Er fing an, auf und ab zu gehen. »Sie hat Cross an die Schule geholt, noch ehe sie Vater geheiratet hat«, überlegte er laut. »Aber wenn sie wirklich absichtlich seinen Ring entwendet hat, dann …«

»… dann hätte sie ihn ja wohl kaum zurückgegeben, oder?«, versuchte ich seinen Standpunkt einzunehmen.

Bastian wurde trotz der Weben, die seine Haut zierten, blass. »Wir haben den Ring bei ihr gefunden.«

»Wart ihr nicht misstrauisch?«

»Nein. Sie wusste ja nichts von der Besonderheit des Rings. Und sie weiß auch nicht, woran Vater gestorben ist. Wir fanden den Ring und sie hatte sofort eine Erklärung dafür, warum sie ihn genommen hatte. Was hätten wir denn denken sollen?«

Ich schnaubte. »Also du und Tristan, ihr behauptet, ihr könntet jede meiner Lügen in meinen Weben sehen. Aber die Verwicklung eurer Stiefmutter in den Tod eures Vaters habt ihr übersehen?«

»Margaret-Maud hat kaum Weben. Sie ist … fad. Ihre Weben sind farblos, fast, als würden ihre Weben jeden Tag aufs Neue ausgedünnt. Ich glaube, das fand Vater reizvoll, weil er nie den Impuls verspürte, in ihr Seelentor einzudringen.«

Ich grinste. »Das finden Tremblay-Männer an einer Frau also reizvoll?«

»Nicht alle.« Er zwinkerte mir zu und obwohl er mehr als nur besorgt wirkte, fasste er nach meiner Hand. »Wenn sie mit Cross unter einer Decke steckt, dann könnte er ihre Weben genommen und so ihre Pläne für unsere Augen verschleiert haben.«

»Dann hätten wir aber ein noch viel größeres Problem, richtig?«

»Richtig.« Unsere Blicke trafen sich und Bastian aktivierte das Display erneut. Er öffnete das Foto. »Weißt du, wo das ist? Erkennst du die Kreuzung? Oder die Straße? Wir müssen wissen, wo das ist. Denn wenn Cross diese Mail ebenfalls erhalten hat, wird er sich genau diese Frage stellen.«

Ich sah die Kreuzung noch einmal genau an, aber das alles sagte mir nichts. »Denkst du, mein Dad ist jetzt dort?«, fragte ich leise und half ihm, die Küche weiter zu durchsuchen.

»Vielleicht. Vielleicht hat er sich auch die letzten Jahre dort aufgehalten. Vielleicht wollte er dort am Unfalltag hin? Alles ist möglich.«

»Es ist aber auch möglich, dass wir im Dunkeln tappen.«

Bastian seufzte. »Ja. Das ist vermutlich sogar am Wahrscheinlichsten.«

Ich zog eine weitere Schublade auf und kippte den Inhalt auf den Tisch. Es waren nur nutzlose Zettel. »Wir vergeuden hier unsere Zeit. Lass uns Margaret-Maud suchen und sie fragen, was es mit ihr, Vater und Cross auf sich hat.«

Ich wollte mich gerade abwenden, da kam Bastian mit gerunzelter Stirn an meine Seite.

⌘

»Was hast du denn da?«, fragte Bastian, als ihm unter den ganzen Kassenzetteln etwas ins Auge fiel.

»Nichts Brauchbares. Quittungen, entwertete Zugtickets, altes Zeug eben.«

Dann hatte er sich nicht getäuscht. »Was für Tickets?«

»Für den Zug«, wiederholte Abby und kramte weiter.

»Nein, ich meine …« Er trat hinter sie und nahm die Zettel in die Hand. Er hielt sie schräg in den blassen Streifen Mondlicht und kniff die Augen zusammen, um besser zu sehen, was er vor sich hatte. »… wo ist er damit hingefahren?«

Auch Abby betrachtete nun das Ticket. Sie stellte sich auf die Zehenspitzen und lehnte sich leicht gegen ihn. »Abfahrt in Waterloo Station nach …«

»… Wymouth«, beendete er ihren Satz und runzelte die Stirn. »Weißt du, was er in Wymouth gemacht hat?«, fragte er.

»Nein.« Abby schüttelte den Kopf. »Aber das Datum … es wurde zwei Tage vor dem Unfall entwertet.«

»Kannst du dich an diesen Tag noch erinnern?«

»Nein.« Sie fuhr sich frustriert durch die Haare. »Ich erinnere mich an fast nichts.«

Das wunderte Bastian nicht. Ihre Seelenweben ließen nichts anderes zu. In ihrem Innersten war kein Raum für Erinnerungen. Abby Woods wurde von Schmerz beherrscht. Von Trauer und Verlorenheit. Da war es ein regelrechtes Wunder, dass die einzelne rote Herzwebe, die sie seit Neuestem umgab, überhaupt an die Oberfläche gefunden hatte. Kurz schweifte sein Blick zu der Herzwebe. Er wünschte sich, sie würde für ihn schlagen, dabei … dabei sollte sie sich keine falschen Hoffnungen machen. Er hatte oft genug gesehen, wie schnell sich das leuchtende Rot einer Liebe in dunkelstes Schwarz verwandelte, wenn am Ende nur Schmerz blieb.

Er schluckte schwer. Er wollte Abby keinen Schmerz zufügen. Doch Gefühle konnte er auch nicht zulassen. Nicht solche, die die Hoffnungen ihrer pulsierenden Herzwebe erfüllen konnten.

Er brauchte die Distanz, um sie und sich selbst zu schützen.

Und doch zog ihn der verlorene Ausdruck in ihren Augen unwillkürlich an. Er legte ihr den Arm von hinten um die Schulter und küsste ihre Halsbeuge, obwohl es das Wüten in ihm weckte.

»Ist nicht schlimm«, erklärte er und verzichtete darauf, ihr anzubieten, ihr etwas von dem Schmerz zu nehmen, um den Erinnerungsweben Raum zu geben. Wenn sie sich nicht erinnern wollte, dann konnte er ihr nicht helfen.

»Denkst du, dein Vater hat dieses Ticket benutzt? Oder eher deine Mom?«

»Meine Mom?«

»Na, es macht ja keinen Sinn, diesem Hinweis zu folgen, wenn er am Ende gar nicht zu deinem Vater führt.« Bastian drängte das aufbegehrende Wüten zurück und genoss ihre Nähe. Vorsichtig legte er die Arme um sie. Er würde sich nicht lange die Freiheit zugestehen, ihre Nähe zu genießen. Nur heute. Nur hier. Nur für diesen Moment. »Weißt du, ob dein Vater in Wymouth jemanden kannte? Hatte er dort Freunde?«

»Freunde? Ich denke nicht.« Abby kniff die Lippen zusammen. »Ich weiß echt gar nichts! Tut mir leid. Das ganze hier bringt null!«

»Das ist nicht wahr«, flüsterte er und drehte sie zu sich um. Tränen schwammen in ihren Augen und er wischte sie ihr zärtlich von der Wange. »Wymouth ist ein Anfang. Wir finden heraus, was er dort gemacht hat. Oder ob er sich noch immer dort aufhalten könnte«, versprach er und beugte sich über sie. »Wenn er dort war, hat ihn jemand gesehen.«

»Aber wenn er dort ist«, presste Abby zitternd hervor und schmiegte sich an ihn. »Warum hat er mich nie …« Die Tränen rannen nun ungehindert über ihr Gesicht. »Warum ist er einfach ohne mich weggegangen?«, weinte sie und presste ihr Gesicht an seine Schulter. »Warum verlassen mich immer alle?«

»Schht«, murmelte er und streichelte ihren vom Weinen bebenden Rücken. Die Weben drängten an die Oberfläche und überzogen seine Hände. »Niemand verlässt dich, Abby«, versprach er. »Wir wissen nicht, was passiert ist, und du musst aufhören, dich selbst so fertigzumachen. Wir haben gerade ziemlich viel herausgefunden.«

Ihre Weben waren dicht wie eine Wand und er spürte regelrecht, wie sie ihr den Atem nahmen. Jede Faser seines Körpers schrie danach, ihr zu helfen. Ihr diese Last zu nehmen, und die schönsten Weben, die er je gesehen hatte, in sich aufzunehmen. Wenn sie nicht aufhörte, ihren Schmerz immer und immer weiter anzustacheln, würde er ihr nicht mehr lange widerstehen können.

Schon jetzt spürte er die Weben, die sich seinen Hals hinauf ausbreiteten und dass sich sein Blickfeld veränderte. »Abby«, bat er und schüttelte sie sanft an den Schultern. »Bitte hör auf.«

Sie schluchzte und als sie ihn ansah, schrak sie vor seinem Anblick nicht einmal zurück. »Alle verlassen mich«, beharrte sie und befreite sich aus seiner Umarmung. »So war es immer. Und so wird es immer sein.«

»Das stimmt doch nicht.«

»Ach nein? Willst *du* etwa bei mir bleiben? Du bist vorhin auch einfach verschwunden«, erinnerte sie ihn an seinen absolut notwendigen Rückzug. »Ich weiß, was das bedeutet.«

»Es bedeutet, dass du mir wichtig bist, Abby.«

»Wichtig.« Die Enttäuschung in ihrer Stimme entging ihm nicht, aber was sollte er schon sagen? Er konnte ihr nichts versprechen, was ihre Herzwebe nährte. Nicht, wenn er doch zugleich wusste, dass jedes Gefühl für sie, jede Zuneigung, ihn schwächen würde. Selbst wenn er den Ring zurückbekäme, wäre eine Beziehung für ihn unmöglich. Und mit weniger würde er sich nicht zufriedengeben. Er war nicht Tristan, dem ein einfacher Kuss oder eine bedeutungslose Nacht reichte.

»Gott, Abby, versteh doch nicht alles falsch! Du bist mir wichtig. Sehr sogar!« Er fuhr sich durchs Haar und suchte nach Worten. »Das zwischen uns ist … kompliziert und …«

»Klar! Und daran bin ich auch noch selbst schuld, denn ich hab dir ja deinen doofen Ring geklaut, was?«

Bastian schnaubte. »Du legst es gerade darauf an, dass ich dir wehtue, richtig? Was willst du denn hören? Dass es für mich leichter wäre, du hättest mir den Ring nicht gestohlen? Dass es leichter wäre, wir hätten uns nicht geküsst? Natürlich ist das so, aber wir können es doch jetzt nicht mehr ändern!«

»Dann würdest du es ändern wollen, wenn du wüsstest, was passiert?«

Bastian verkniff sich einen Fluch. »Ich … ich würde mich mehr anstrengen, den Ring zu schützen«, gab er zu. »Ich würde versuchen, mich nicht … ablenken zu lassen.«

Abby nickte, als hätte sie damit gerechnet. »Dann würden wir uns nicht küssen, wenn du … die Wahl hättest, ja?«

»Das habe ich nicht gesagt!« Bastian trat auf sie zu und griff ihre Hände. Er sah, wie die Herzwebe von unten herauf dunkel überlagert wurde und es schmerzte ihn, das mit anzusehen. »Verdammt, Abby«, murmelte er. »Verdreh mir doch nicht jedes Wort im Mund«, bat er und sah ihr in die Augen.

»Na schön, dann sag es doch ganz direkt: Du hast mich geküsst, ich hab dich geküsst. Noch vor ein paar Stunden habe ich gedacht, das mit uns … Es gäbe ein *Uns*.«

Bastian schwieg. Er spürte, dass sie noch nicht fertig war.

»Also: Gibt es ein Uns? In irgendeiner Form? Auch dann, wenn du deinen Ring zurückhast?«

»Abby, bitte …«

»Sag es, Bastian! Sag es einfach!«

»Du weißt, dass es kein Uns geben kann«, flüsterte er. »Gefühle schwächen einen Ringhüter. Aber das bedeutet nicht, dass –«

»Schon okay!« Abby riss sich los und verschränkte die Arme vor der Brust. »Ich verstehe. Finden wir einfach deinen Ring und meinen Dad. Dann kann ich bei ihm leben, habe endlich wieder eine Familie und dann … gibt es für mich auch keinen Grund mehr, in Darkenhall zu bleiben! Ich passe da eh nicht hin, das hast du selbst gesagt.«

Bastian wollte sie trösten. Ihr versichern, dass am Ende alles gut werden würde, aber das konnte er nicht. Er glaubte noch nicht wirklich daran, ihren Vater lebend zu finden. Und er glaubte auch nicht, dass sie mit Cross leichtes Spiel haben würden. Einfach hinzugehen und den Ring zurückzufordern, schien ihm nicht der richtige Weg. Sie würden den Ring zurückstehlen müssen. Und für dieses Unterfangen brauchte er Abby. Sie war geschickt im Aneignen fremden Eigentums. Er verdrängte den Gedanken an den Kuss in der Geisterbahn und kniff die Lippen zusammen. »Das habe ich so nicht gemeint. Ich habe gesagt, du bist anders als die anderen Mädchen.«

»Klar. Ich bin die Einzige, die sich je für den falschen Tremblay entschieden hat!« Damit ließ sie ihn in der Küche stehen und stürmte aus dem Haus. Der Morgen dämmerte und die Schatten waren lang. Er könnte in einem Wimpernschlag bei ihr sein. Doch er bewegte sich nicht. Stattdessen sah er ihr nach, wie sie ihr Handy aus der Hosentasche nahm und jemanden anrief.

»Tristan?«, hörte er sie sagen. »Kannst du mich abholen?«

Bastians Kiefer zuckte, so fest biss er die Zähne aufeinander. Er drängte den Impuls zurück, ihr zu folgen, und ihr mit seinem Kuss zu beweisen, dass *er* der richtige Tremblay für sie war.

Wymouth

Meine Laune war beschissen. Ich blickte durchs Zugfenster auf die dahinziehende Landschaft. Die Scheibe war verschmiert, aber das war mir egal. Ich sah zwar hinaus, aber ich schaute nicht wirklich hin. Ich war müde, aber zu unruhig, um zu schlafen. Zu unruhig, auch nur die Augen zu schließen.

»Chill mal.« Tristan stupste mich am Ellbogen und zwinkerte mir zu. »Du siehst aus, als sitzt du auf einer tickenden Bombe.«

Ich seufzte. Es fühlte sich an, als wäre die Bombe schon hochgegangen. Und hätte mein Herz dabei in Stücke gerissen. Es war verrückt, wie stark meine Gefühle in den wenigen Tagen für Bastian geworden waren. Ich hatte mich blindlings in diese Sache verrannt und diesen Küssen viel mehr Bedeutung beigemessen als er. Natürlich – für ihn waren das ja auch nicht die ersten Küsse gewesen.

Ich rieb mir übers Gesicht und fasste meine Haare zu einem Pferdeschwanz zusammen. Ich war froh, dass Bastian nicht hier war. Trotzdem ging er mir nicht aus dem Kopf. Ich fragte mich, was er aus seiner Stiefmutter herausbekommen würde, sollte er sie aufspüren. War sie die Antwort auf all ihre Fragen? Oder war das nur ein Zufall? Ich glaubte nicht an Zufälle.

»Du hast kein Wort gesagt, seit wir am Bahnhof angekommen sind«, beschwerte sich Tristan und riss mich aus meinen Gedanken.

»Willst du mir nicht sagen, was los ist?« Er sah mich ehrlich besorgt an. »Hat Bastian wieder deine Weben –«

»Nein, hat er nicht.« Ich funkelte Tristan an. »Und du hältst dich ebenfalls von mir fern, kapiert?«

Sein Grinsen war nicht die Antwort, die ich mir gewünscht hätte. »Ich verspreche mal lieber nichts, das ich eigentlich gar nicht halten will«, gab er ehrlich zu und stupste mich erneut an. »Also, erzähl mal. Was ist denn zwischen dir und Bastian vorgefallen?«

»Nichts«, brummte ich und sah wieder aus dem Fenster. »Und ich will auch gar nicht darüber reden.«

Tristan lachte. »Über nichts zu reden, ist ja auch nicht besonders spannend«, foppte er mich. »Aber gut. Dann sag mal, was wir jetzt eigentlich in Wymouth machen? Nicht, dass ich es nicht schön finde, mit dir zu verreisen, aber wie du dir denken kannst, verpassen wir schon wieder unseren Unterricht.«

Der Unterricht war mir egal. Margaret-Maud war falsch, mein Mathelehrer hinterhältig und die beiden Jungs, die ich mochte, raubten meinen Mitschülern ihre Seele. Wenn es nach mir ging, würde ich keinen Fuß mehr nach Darkenhall setzen.

»Bastian und ich haben ein Zugticket nach Wymouth im Haus meiner Eltern gefunden.«

Tristan nickte. Ich hielt die Frage ohnehin nur für einen Vorwand, ein Gespräch zu beginnen, denn er hatte sich lange mit Bastian unterhalten, ehe wir aufgebrochen waren. Bestimmt wusste er das alles schon.

Tristan schaute mich nachdenklich an. Ich sah, wie er die Weben, die mich offenbar umgaben, betrachtete. »Weißt du, Bastian ist nicht oft so … überfordert mit seinem Erbe.«

»Und jetzt ist er es, weil ich ihm den Ring gestohlen habe?«

Tristan grinste und das leuchtende Blau seiner Augen blendete mich regelrecht. »Nicht nur wegen dem Ring, sondern wegen dir.« Tristan zwinkerte. »Du bist einfach … zu verlockend.«

»Sehr witzig.«

»Im Ernst, Abby. Ich musste mich noch nie mit meinem Bruder um ein Mädchen streiten. Das ist neu.«

»Ihr braucht euch überhaupt nicht um mich streiten«, murrte ich und wusste nicht, wie ich mich bei seinen Worten fühlen sollte. »Bastian ist nicht wirklich interessiert. Und überhaupt, ich –«

Tristan fiel mir ins Wort: »Denk einfach dran: Ich hab dich zuerst gesehen, okay?« Er knuffte mich in die Seite und streckte dann lässig seine Beine auf den gegenüberliegenden Sitz aus. »Und dass du meinen Bruder geküsst hast, ist echt ein herber Schlag und weckt meinen Kampfgeist.«

»Du bist doof!«, beschied ich ihm und tippte mir an die Stirn, um ihm einen Vogel zu zeigen. »Und außerdem hat es sich ausgeküsst! Bastian kann mir gestohlen bleiben!« Ich zückte mein Handy und tippte eine kurze Nachricht an Jasmin. Ich konnte mich ihr nicht anvertrauen, aber die deutliche Sorge, die in ihren Nachrichten mitschwang, gaben mir mehr Halt, als irgendwas sonst, das in den letzten Tagen passiert war.

»Wem schreibst du? Colin?« Tristan zwinkerte mir zu.

»Ich schreibe keinem Jungen«, erklärte ich schlicht und steckte mein Handy weg.

Mit einem selbstgefälligen Grinsen lehnte Tristan den Kopf gegen meine Schulter. »Gut. Dann hab ich wohl freie Fahrt.«

»Du hast höchstens 'nen Knall!«

Er lachte. »Und du hast so schöne Weben, dass … dass ich zum ersten Mal überhaupt im Leben wünschte, Bastians Erbe in mir zu tragen. Denn dann wäre ich stark genug, es mit ihnen aufzunehmen«, flüsterte er ganz dicht an meinem Ohr.

»Keiner von euch wird sich je wieder meinen Weben nähern!«, stellte ich klar und funkelte ihn böse an, was gar nicht so einfach war, denn die dunklen Schlieren an seinem Halsausschnitt lenkten mich ab. An ihm hatte ich die Weben noch nie gesehen, und wie bei Bastian übten sie auf mich ihren Reiz aus. Meine Fingerspitzen kribbelten, als würde ich ihn berühren.

Tristans eisblauer Blick traf meinen und ich sog die Unterlippe zwischen meine Zähne. »In deiner Nähe werde ich nie an etwas anderes denken können, Abby«, flüsterte er und kam näher. »Ich lüge dir nicht vor, dass das anders wäre. Ich will dich kosten, so wie Bastian es getan hat. Ich will dir den Schmerz nehmen, und sehen, wie dein wahres Ich darunter zum Vorschein kommt. Ich will dir in die Augen sehen, wenn du erkennst, wie … sehr du das auch willst.«

»Hör auf«, verlangte ich verlegen. Ich wusste nicht, was ich denken sollte.

Tristan ließ seine Hand in meinen Nacken gleiten und er hob mein Kinn, bis ich ihm schließlich in die Augen sah. »Es macht mich ganz verrückt, dass Bastian deine Weben in sich spürt. Dass er dich auf diese Art kennt, nach der ich mich von dem Moment an verzehre, seit ich dich das erste Mal vor dem Direktorat gesehen habe.«

Seine Worte verursachten mir eine Gänsehaut und ich hielt den Atem an.

»Er hat sie mir gestohlen!«, presste ich heraus, ohne zurückzuweichen. Nur Millimeter trennten uns und ich spürte Tristans Atem auf meinen Lippen. »Gegen meinen Willen.«

»Ich werde dich ebenfalls nicht um Erlaubnis fragen«, versicherte er mir und ich wusste, wenn jetzt der Zug ruckeln würde, wäre ein Kuss unausweichlich. »Aber wenn es so weit kommt, wirst du es dennoch wollen.«

»Das werde ich nicht«, protestierte ich und schluckte das merkwürdige Gefühl hinunter, das er in mir weckte. Jasmin würde ausflippen, wüsste sie hiervon.

Ich schob ihn von mir und befreite mich aus seinem eindringlichen Blick. Um irgendetwas zu tun, löste ich meinen Zopf und band die Haare neu zusammen.

Ich versuchte zu ignorieren, dass Tristan jeder meiner Bewegungen mit den Augen folgte, als wüsste er genau, dass ich innerlich aufgewühlt war. Dass es ihm gelungen war, mich zu verunsichern.

»Wir sind gleich da«, sagte er, als spüre er die Spannung nicht, die sich zwischen uns aufgebaut hatte. »Wymouth also.« Er stand auf und schüttelte seine Beine aus, ehe er sich umsah, in welcher Richtung der nächste Ausstieg lag. »Und was machen wir, wenn wir deinem Vater hier direkt in die Arme laufen?«, fragte er und deutete nach rechts. Ich erhob mich ebenfalls und verfluchte das schwache Gefühl in meinen Knien. Das kam sicher vom langen Sitzen!

»So einfach wird es nicht sein, schätze ich.«

Tristan schmunzelte. »Jemand, dessen Seele nur mit schwarzen Weben verklebt ist, kann ja nur ein Pessimist sein.«

»Haha!«, gab ich spitz zurück, rammte ihm wie zufällig meinen Ellbogen in die Rippen und schob mich an ihm vorbei durch den schmalen Gang. »Ich fände es echt toll, wenn du mal aufhören könntest, über meine Weben zu sprechen!«

Tristan lachte. »Mach ich. Sobald du aufhörst, mit deinen wundervollen Weben direkt vor meiner Nase herumzutanzen.«

Auf dem Weg zum Ausstieg wickelte ich einen Kaugummi aus und steckte ihn in den Mund. Wie immer klärte der Geschmack der frischen Minze meine Gedanken und ich bekam leichter Luft. Der Zug bremste und vor den Fenstern schoben sich die Bahnhofsgebäude vorbei. Die blecherne Stimme aus dem Zuglautsprecher wünschte uns einen angenehmen Aufenthalt in Wymouth und bedankte sich für unsere Reise mit South-West-Trains.

Ich stieg aus dem Zug und fühlte mich leicht überfordert in dem Menschenstrom der zügig den Bahnsteig verlassenden Reisenden. Jeder schien genau zu wissen, wo er hinmusste. Nur ich kam mir verloren vor.

»Dort ist der Ausgang«, kam mir Tristan zu Hilfe und zeigte nach Norden. »Bist du bereit?«

Ich nickte, auch wenn ich fast ahnte, dass er meine Zustimmung als Lüge erkennen würde. Ich war kein bisschen bereit. Aber als ich mich umsah, überkam mich ein merkwürdiges Gefühl. Das flache, schmucklose Bahnhofsgebäude kam mir bekannt vor.

»Warte mal«, rief ich Tristan hinterher, der schon zwei Schritte auf den Ausgang zugegangen war. »Tristan, ich –«

»Du erinnerst dich!«, stellte er fest und ich vermutete, dass er auch das meinen Weben entnahm.

»Ja.« Ich rieb mir die Schläfen und kniff die Augen zusammen, während ich langsam vom Bahnsteig, am Bahnhofsgebäude vorbei, die Stufen hinunter auf den Vorplatz ging, wo die Taxis warteten. »Ich war hier schon mal«, murmelte ich und mein Blick wanderte über die Straße zur Railway Tavern. Ich deutete auf das rote Backsteingebäude mit der Kneipe im Erdgeschoss. Ich erinnerte mich an dunkle Tische, den Geruch von Bier und den Glanz etlicher Pokale, die hinter dem Tresen aufgestellt waren. »Ich war da schon drinnen«, sagte ich und sah Tristan unschlüssig an. »Glaube ich.«

»Wer kommt denn von London her, um ausgerechnet hier ein

Bier zu trinken?«, überlegte Tristan und zuckte mit den Schultern. »Na komm. Finden wir es heraus.« Er fasste meine Hand und zog mich auf die Straße.

»Warte mal!« Ich traute meinen Augen nicht. Konnte das sein? »Warte! Schau doch mal!«, rief ich und zeigte auf die Hausecke vor dem Taxistand. »Siehst du die Verkehrskamera da oben?«

Mit einem Mal hatte ich überall am Körper eine Gänsehaut. Und die kam nicht vom Wetter. Der Sonnenschein in Wymouth war angenehm mild, aber das spürte ich kaum. Ich fühlte mich wie in einem Eisklotz gefangen, als ich vor meinem geistigen Auge das Foto von der Mail mit dem verglich, was ich vor mir sah. »Er war hier«, entfuhr es mir atemlos. »Mein Dad war hier!«

»Du weißt nicht, von wann die Aufnahme ist, Abby«, warf Tristan ein.

Aber mich verunsicherte das nicht. Mein Herz hämmerte wie wild und nie gekannte Freude berauschte mich. Mein Vater war hier gewesen. Irgendwann. Irgendwann nach dem Tag des Unfalls, dessen war ich mir sicher. Die Aufnahme hatte ihn nicht als jungen Mann gezeigt. Er war gealtert. Also lebte er. Ich konnte kaum atmen, so veränderte dieser Gedanke alles. Ich war nicht länger allein. Keine Waise. Es gab jetzt jemanden, dem ich wichtig war. Jemanden, der mich bedingungslos lieben würde.

»Dad«, kam mir das Wort leise über die Lippen. Es schmeckte nach Wehmut und breitete sich doch süß in meinem Mund aus, sodass ich nicht anders konnte, als es noch einmal mit ganzer Kraft hinauszurufen. »DAD!«, schrie ich und drehte mich mitten auf der Straße um mich selbst. Ich beobachtete jedes Fenster, das hierherzeigte, starrte angespannt auf alle Türen, die zur Straße gingen. Irgendwie erwartete ich, dass sich eine davon öffnete und mein Dad und ich uns nach all der Zeit wieder in die Augen sehen würden.

»DAD!«, kreischte ich noch lauter, bis Tristan mich entschieden an den Schultern rüttelte.

»Abby!«, mahnte er. »Das ist doch verrückt! Denk mal nach.« Er zog mich auf die Straßenseite direkt vor die Taverne und baute sich mir gegenüber auf. »Nur weil dein Vater vor vielen Jahren einmal hier war, muss er nicht –«

»Er war nicht nur kurz vor dem Unfall hier!«, unterbrach ich ihn. »Die Aufnahme beweist, dass er auch danach noch einmal hergefahren war. Als er eigentlich schon für tot gehalten wurde. Und das bedeutet, dass er noch lebt!«

Tristan kniff auf die gleiche Art seine Lippen zusammen, wie Bastian es immer tat. »Oder ein Mann, der deinem Vater ähnlich sieht, hat dort irgendwann einmal die Straße überquert«, versuchte er es nüchtern.

»Das habe ich ja auch gedacht – ehe ich die Taverne und den Bahnhof wiedererkannt habe. Ich war hier schon, Tristan. Mit meinem *Dad*. Und doch weiß ich nichts über diesen Ort. Ist das nicht merkwürdig? Ich habe hier keine Verwandten, meine Eltern hatten hier auch keine Freunde. Das wüsste ich doch. Und wie du sagst, das Bier kann ja wohl nicht der Grund dafür sein, fast zwei Stunden mit dem Zug zu fahren.« Ich deutete auf die Tür der Taverne. »Also, was hatte mein Vater – immer wieder – in dieser Stadt verloren?«

Tristan verzog das Gesicht. »Na schön. Du denkst also, wir haben einen Hinweis gefunden?«

Ich zuckte mit den Schultern. »Offensichtlich. Aber ich will wissen, was genau!«

»Na schön. Dann sage ich Bastian kurz Bescheid, dass wir an was dran sind.«

Ich rollte mit den Augen, um zu zeigen, wie egal mir das war. Bei dem Gedanken, er könne vielleicht herkommen und uns bei der Suche helfen, beschleunigte sich mein Puls.

»Mach, was du willst. Ich geh inzwischen schon einmal rein.«

»Bestell mir einen Scotch on the Rocks.«

»Ich denk nicht dran!«, gab ich zurück und zog die Tür auf. Durch die großen Fenster zur Straße hin fiel genug Licht in die Kneipe, dass es nicht wie eine dunkle Spelunke wirkte, aber verglichen mit den schicken Londoner Kneipen konnte sie nur verlieren. Die Tische waren sauber, aber es war eng und der Bodenbelag hatte schon bessere Tage gesehen. Die Decke war vor Langem einmal weiß getüncht worden, und dunkle Balken verliehen dem ganzen Atmosphäre. Der Tresen war nicht lang und nur vier Barhocker hatten daran Platz. Doch dahinter befand sich tatsächlich, genau wie in meiner Erinnerung, eine deckenhohe Vitrine mit Pokalen.

»Vereinslokal«, kam es mir in den Sinn und ich räusperte mich. Kein Mensch hinter dem Zapfhahn. Kein Gast an den Tischen. »Hallo?!«, rief ich schüchtern. Ich hatte keine Ahnung, was ich eigentlich hier wollte. Was sollte ich denn sagen? Hi, habt ihr zufällig meinen verschollenen und für tot erklärten Vater gesehen? Das war doch absurd! In so einer Kneipe wechselte das Personal doch ständig, also selbst wenn mein Dad je hier gewesen wäre, musste sich noch lange niemand an ihn erinnern. Tristan hatte recht. Das Einzige, was wir hier bekommen würden, wäre ein Drink.

»Kann ich helfen?«, riss mich eine tiefe Stimme hinter mir aus meinen Gedanken. Ein Mann mit olivgrüner Schürze um den Wanst, schütterem Haar und einem tätowierten Anker auf dem Bizeps, lehnte in der Schwingtür zu einem Hinterzimmer. Vielleicht auch der Küche, falls es so etwas hier gab. »Wir schenken Alkohol nur an volljährige Gäste aus«, erklärte er.

»Ich …«, stammelte ich. »… ich will nichts bestellen«, stellte ich klar und rieb mir die Hände an der Jeans ab. Ich hatte das Gefühl, als würde mir Bier an den Fingern kleben.

»Wer hier auf seinen Zug warten will, muss was bestellen.«

»Ja, ähh … schon klar. Ich … will mich auch gar nicht setzen.« Ich löste nervös meinen Pferdeschwanz. »Ich bin vielmehr auf der Suche nach … nach jemandem.«

Der Wirt sah mich emotionslos an. »Schätzchen, jeder der hierherkommt, ist auf der Suche nach irgendwas«, gab er zurück und seine Lippen kräuselten sich leicht. »Nach dem Sinn des Lebens, einer verlorenen Liebe, dem nächsten Rausch, oder dem Vergessen.«

»Ich suche meinen Dad!«, unterbrach ich ihn und trat näher an den Tresen. »Ich war vor Jahren mal mit ihm hier.«

Sein sonores Lachen hallte durch den Gastraum. »Er wäre mir sicher aufgefallen, wenn er seit Jahren in meiner Kneipe herumlungern würde.«

»Nein, ich …« Ich ballte die Fäuste. Wollte dieser Kerl mich verarschen? Konnte er mich nicht mal erklären lassen? »Hören Sie«, verlangte ich laut und legte die Hand vor ihn auf den Tresen. »Es ist wirklich wichtig! Vielleicht haben Sie ihn ja irgendwann mal gesehen.« Ich holte mein Handy aus der Tasche und zeigte ihm das Foto, das Bastian mir von Cross' Tablet aus weitergeleitet hatte.

»Das ist vor ihrer Tür entstanden«, erklärte ich und deutete auf die Ecke des Taxistands, den man sowohl von der Taverne aus, als auch auf dem Foto erkennen konnte.

»Das ist Jack«, brummte der Wirt und nahm mir das Handy ab, um das Foto näher zu betrachten.

»Jack!«, rief ich und wäre fast auf den Tresen gesprungen. »Richtig. Das ist Jack. Mein Dad. Jack Woods. Sie kennen ihn?«

»'türlich.« Er rieb sich über den Wanst und knotete dann seine Schürze auf. »Aber ist schon merkwürdig, dass innerhalb eines Tages gleich mehrere Leute nach ihm fragen.«

»Wie bitte?« Meine Knie zitterten und ich war froh, als Tristan die Kneipe betrat. Er steckte gerade sein Handy weg und als er mein besorgtes Gesicht sah, kam er schnell an meine Seite.

»Was ist los, Abby?«, fragte er und musterte den Wirt. »Ist alles okay?«

»Sind Sie etwa auch auf der Suche nach Jack?«, fragte der Wirt und beäugte uns skeptisch.

»Ich gehöre zu ihr«, erklärte Tristan knapp. »Also, was ist los?«

»Heute war noch jemand hier, der meinen Dad gesucht hat«, presste ich heraus.

»Cross!«, bestätigte Tristan meine Vermutung.

Ich nickte und wandte mich an den Wirt. »Also noch mal, Sie kennen meinen Dad? Wissen Sie, wo er ist? Und was haben Sie dem Mann gesagt, der auch nach ihm gesucht hat?«

Der Wirt hängte die Schürze an einen Haken und öffnete die Registrierkasse mit einem altmodischen Seitenhebel und sortierte einige Scheine.

»Ich weiß nicht, wo Jack ist. Hab ihn seit 'ner Ewigkeit nicht gesehen. Und das hab ich dem Typen mit seinem Tweedjackett auch gesagt.«

Tristan sah mich an und hob vielsagend die Augenbrauen. Er dachte, was auch ich dachte: Tweedjackett. Das war definitiv Cross.

»Ewig – sind das für Sie eher drei Monate, drei Jahre oder noch länger?«, hakte Tristan spitzfindig nach.

Der Wirt lehnte sich an den Tresen und runzelte die Stirn. »Schon länger eben. Vielleicht ein paar Monate.«

Ich war froh, dass Tristan hinter mir stand, denn mit einem Mal sackten mir die Knie weg. Ich wäre gefallen, hätte er mich nicht gefangen.

»Shit, Abby!«, murrte er und dirigierte mich auf einen der Hocker. Er streichelte mir den Rücken, um mich zu beruhigen.

»Wissen Sie, dass Jack Woods vor elf Jahren bei einem Unfall ums Leben kam?«, fragte Tristan den Wirt, ohne ihn aus den Augen zu lassen.

Der lachte. »Na, dann hab ich ja Glück, dass er seine Miete trotzdem regelmäßig aus dem Jenseits bezahlt. Und dafür hat er sich recht gut gehalten, wenn ich das so sagen darf.«

»Miete?«, fragten wir beide wie aus einem Mund.

»Klar. Die Miete für die grüne Halle.«

Tristan und ich sahen uns an. Wir kamen meinem Dad immer näher.

»Denkst du, er wohnt in der Halle?«, fragte ich ihn aufgeregt.

»Wohnen?«, der Wirt lachte wieder. »In dem alten Kasten? Da kann man doch nicht drin wohnen.« Er kratzte sich unter der Achsel, dann nahm er einen Schlüssel aus der Registrierkasse. »Jack hat hier immer den Schlüssel abgeholt«, erklärte er und musterte Abby eingehend. »Ist lange her, dass er sein kleines Mädchen dabeihatte.«

Er warf Tristan den Schlüssel zu und schloss geräuschvoll die Kasse. »Schaut euch um. Er wird schon nichts dagegen haben.«

»Wo ist denn die Halle?«

»Die Straße runter, einmal um die Taverne rum und dann den Hof entlang nach hinten. Nicht zu verfehlen.«

Ich konnte es noch immer nicht fassen. Dieser Mann kannte meinen Vater. Meinen tot geglaubten Vater. Er vermietete ihm sogar eine Halle! Wie konnte das sein? Und wenn das alles stimmte, war ich dann meinem Dad näher als gedacht? Würde ich ihn finden? Oder würde mir Cross zuvorkommen?

»Haben Sie Cross auch von der Halle erzählt?«, fragte ich mit einem plötzlich beklemmenden Gefühl in der Brust. Ich war froh, dass Tristan noch immer meinen Rücken streichelte.

»Cross?« Der Wirt sah uns fragend an.

»Dem mit dem Tweedjackett!«, erklärte Tristan ungeduldig. »Weiß der auch von der Halle?«

»Das binde ich doch nicht jedem auf die Nase.« Er winkte ab. »Hätt's auch euch nicht gesagt, wenn die Hübsche hier nicht so eine Ähnlichkeit mit Jacks Mädchen hätte«, antwortete er schulterzuckend. »Und Jack ist tot, sagt ihr?«, grübelte er laut. »Wie ist das möglich?«

»Nein, also … wenn … vielleicht ist er ja doch nicht tot, wenn …«, stammelte ich, aber Tristan unterbrach mich.

»Es gibt da noch einige offene Fragen, wie Sie sehen. Vielleicht hilft uns ein Blick in die Halle, um das Ganze zu verstehen.«

»'türlich«, murmelte der Wirt. »Aber bringt den Schlüssel zurück.«

Wir nickten, aber ich spürte Tristans Eile, als er mir den Arm um die Taille legte, und mich hinausführte.

»Cross war hier!«, platzte es aus ihm heraus, sobald die Tavernentür hinter uns zuschlug.

»Ja. Und mein Dad! Ist das nicht Wahnsinn?!«

»Komm!«, befahl er und riss mich mit sich den Gehweg entlang.

»Beeilen wir uns. Bastian war gerade noch beschäftigt, aber er wird bald hier sein. Und vielleicht ist Cross auch noch in der Nähe. Dann könnten wir –«

»Cross interessiert mich gerade nicht die Bohne!«, rief ich und entwand ihm meinen Arm. »Hast du nicht mitbekommen, was der Wirt gesagt hat? Er kennt meinen Dad! Er hat ihn vor ein paar Monaten zuletzt gesehen! Ist das nicht unglaublich?«

»Hier lang!« Tristan deutete in einen Hinterhof, an dessen Ende tatsächlich eine grüne Halle stand. Der moosfarbene Putz bröckelte vom Mauerwerk ab und das Dach sah nicht so aus, als wäre es noch dicht. Ganz im Gegensatz zu dem ziemlich massiv wirkenden, ebenfalls grün angestrichenen Tor mit Vorhängeschloss.

»Sieh du dich schon mal in der Halle um. Ich texte noch kurz Bastian. Er wird so schnell er kann hier sein. Ich will nicht, dass wir uns verpassen.«

»Warum kommt er überhaupt?« Ich verbot mir, mich darüber zu freuen und erinnerte mich stattdessen daran, wie blöd ich mir bei unserem letzten Gespräch vorgekommen war.

Tristan murmelte eine unverständliche Antwort, während er über den Handymessenger Bastian schrieb, wo er uns finden konnte.

»Tristan?«, sagte ich lauter. »Warum kommt er jetzt doch hierher? Ich dachte, er …« Ich dachte, er hätte genug von meiner Gesellschaft, aber das sagte ich nicht laut.

»Ich hab ihm vorhin am Telefon von der Taverne erzählt, von der Verkehrskamera und davon, dass du dich erinnerst. Das reicht, um anzunehmen, dass Cross ebenfalls in der Nähe ist. Oder hier war – was der Wirt ja jetzt auch bestätigt hat.« Tristan schickte die Nachricht ab und steckte das Handy zurück in seine Hosentasche. »Cross ist ein Schattenspringer«, erklärte er ernst. »Er wird Bastians Ring nicht freiwillig rausrücken. Darum brauchen wir Verstärkung.«

»Hm.« Es gefiel mir nicht, dass seine Worte sogar logisch klangen. »Ist ja auch egal«, murmelte ich und zückte den Schlüssel. »Lass uns meinen Dad finden.«

Es war gar nicht einfach, mit zitternden Fingern den Schlüssel ins Schloss zu stecken, und als ich es endlich geschafft hatte, klemmte es, sodass Tristan übernehmen musste.

»Brech den doofen Schlüssel nicht ab!«, ermahnte ich ihn, als er mit Gewalt in dem Schloss herumstocherte.

»Zu Befehl.«

Ich rollte mit den Augen, denn er machte unbeirrt weiter.

»Können wir nicht …« Ich kam mir doof vor, das vorzuschlagen. »… einfach durch die Schatten gehen?« Ich deutete auf den schwarzen Schatten unter dem Tor.

Tristan grinste. »So, so. Miss *Lass-die-Finger-von-meinen-Weben* will zwar unseren Kräften keine Nahrung geben, aber sie doch gerne für ihren Vorteil nutzen.« Er schüttelte amüsiert den Kopf. »Ist das nicht etwas egoistisch?«

»Idiot!«, fauchte ich und schlug nach seinem Arm. Sein überhebliches Grinsen regte mich auf. »Ich will überhaupt nicht eure … deine … Macht … Ach, vergiss es! Aber du bekommst doch das scheiß Tor auch nicht auf!«

Tristan seufzte. »Ich kann gerne allein einen Blick hineinwerfen, durch einen Schattensprung. Aber ich kann dich nicht mitnehmen.«

»Warum nicht?«

Tristan hob die Augenbrauen. »Tja, ich bin eben nicht mein Bruder.« Ich glaubte, fast so etwas wie Bitterkeit herauszuhören, auch wenn er sich ziemlich lässig gab. Er fuhr sich durchs Haar und zwinkerte mir neckend zu. »In den Schatten regieren die Weben. Es ist ihr Reich. Ich könnte dich nie heil wieder herausführen.« Er zuckte mit den Schultern. »Ich hätte überhaupt nicht gedacht, dass ein normaler Mensch in den Schatten überleben könnte. Es war ein verdammtes Risiko von Bastian, dich dorthin mitzunehmen.«

»Und du willst dieses Risiko nicht eingehen?«

Er lachte kalt. »Ich bin kein Ringhüter, Abby. Ich nehme mir nur Weben, um meinen Hunger zu stillen. Ich sorge damit nicht für das Gleichgewicht zwischen den Welten wie Bastian oder Owen. Ihre Kräfte übersteigen meine bei Weitem.«

»Und Skye? Erwähnst du sie in der Aufzählung nicht, weil … wegen Bastian?«

Ein Schatten zog über Tristans Gesicht. »Skye?« Er schüttelte den Kopf. »Ich nenne sie nicht, denn sie …« Ich sah seinen Kiefer zucken. »… sie tut jetzt nichts zur Sache. Fakt ist, ich kann dich nicht mit durch die Schatten nehmen.«

Na super! Ich strich mir die Haare aus dem Gesicht und rüttelte noch einmal am Schloss. »Vielleicht hat uns der Wirt den falschen Schlüssel gegeben?«, überlegte ich und drehte ihn mehrfach nach links und rechts. »Geh schon auf, du Scheißding!«, fluchte ich und als hätte es mich gehört, sprang schließlich mit einem leisen Klacken das Schloss auf.

»YES!«, jubelte ich und riss triumphierend die Arme nach oben. »Es ist offen!«

Tristan grinste. »Na, geht doch. Dann los. Erkunden wir die grüne Halle.« Er verneigte sich und ließ mir den Vortritt.

Visionär

Margaret-Maud hatte Angst. Die Tiefgarage war dunkel und lange Schatten erstreckten sich über den Beton. Ihr Hände umklammerten das Lenkrad und sie wagte nicht, den Kopf zur Beifahrerseite zu drehen.

»Also, noch mal von vorne«, verlangte das Wesen auf ihrem Beifahrersitz. »Wie war das damals mit Vaters Ring? Wer ist Konstantin Cross und warum hast du ihn an unsere Schule gebracht?« Er beugte sich näher zu ihr. »Ich habe viele Fragen. Und du wirst mir jede einzelne beantworten.«

Bastian Tremblays Stimme klang gepresst. Er hörte sich nicht an wie ein achtzehnjähriger Junge. Und wenn sie ihn ansah, war auch kaum zu glauben, dass er das war. Seine Haut war über und über mit dunklen Schlieren überzogen, seine Iris im Schwarz seines Augapfels nicht auszumachen und er wirkte größer. Stärker. Entschlossen. Er nahm beinahe den ganzen Wagen mit seiner Aura ein und seine Nähe war mehr, als sie ertragen konnte. Sie zitterte, so sehr fürchtete sie ihn. Dabei hatte sie gedacht, Konstantin wäre schon einschüchternd, wenn er sich an ihren Weben bediente. Dann war auch seine Haut marmoriert. Doch das war kein Vergleich zu Bastian Tremblays unmenschlicher Erscheinung.

»Sprich!«, brüllte er sie an und packte ihr Handgelenk. Sofort wuchsen seine Weben über seine Finger ihren Arm hinauf und leichter Schwindel setzte ein. »Sonst hole ich mir meine Antworten in deiner Seele!«

Margaret-Maud saß wie versteinert in ihrem Wagen. Sie hielt ihr Handy in der Hand und wartete. Jeder Atemzug war eine schwierige Aufgabe und sie musste sich konzentrieren, sie zu erfüllen. Sie fühlte sich leer. Nicht leicht oder frei von Schmerz. Nein, sie war vollkommen leer. Sie fühlte nichts. Keine Angst. Keine Schuld. Keine Scham. Auch nicht, als sie die furchtbare Narbe an ihrem Arm betrachtete.

Ein Wagen mit getönten Scheiben fuhr vor und zwei Männer, die sie von Zacs Sicherheitsdienst her kannte, stiegen aus. Sie analysierten das Parkdeck, musterten die Umgebung, ehe sie nickend Entwarnung gaben. Dann öffnete sich die hintere Tür und Zac Moran stieg aus. Er knöpfte sein Jackett zu und bedeutete seinen beiden Gorillas wortlos, auf Position zu bleiben.

Margaret-Maud hätte vielleicht Erleichterung verspürt, nicht länger allein zu sein – wenn sie in der Lage gewesen wäre, etwas zu fühlen. So aber beobachtete sie ausdruckslos den reichen Geschäftsmann, wie er auf ihr Auto zukam und sich auf den Beifahrersitz gleiten ließ. Trotz seiner Größe wirkte er nicht halb so einschüchternd wie das Wesen, das zuletzt hier gesessen hatte.

»Bist du verletzt?«, fragte Zac und drehte ihr Gesicht zu sich. Er betrachtete sie angespannt. »Was ist passiert?«

Margaret-Maud blinzelte. Einmal. Dann noch einmal. Sie musste atmen. Das war es, worauf sie sich konzentrierte. Zacs Fragen … kamen wie aus einer anderen Welt.

»Margaret!« Zacs Finger schlossen sich fest um ihr Kinn. »Sag, was hier passiert ist.«

Margaret-Maud benetzte ihre Lippe. Ihr Schmerz war weg, aber ihre Erinnerung nicht. Sie war darin gefangen.

Seit Bastian ausgestiegen war, seit er sie zurückgelassen hatte, mit geplünderter Seele, war sie gefangen in ihren Erinnerungen. Brutal und kalt, wie eine Messerschneide, schnitt die Erinnerung jede Faser ihres Seins in Stücke.

Sie rieb über die Brandnarben an ihrem Arm, nicht in der Lage, die Bilder zu verdrängen. Es gab nichts in ihr, das die blauen Erinnerungsweben überlagern konnte. Und sie wusste auch, warum. Bastian Tremblay hatte sie für ihre Taten bestraft und sie dazu verdammt, wieder und wieder diese grausamen Bilder zu sehen.

»Sie brennen«, wisperte sie und starrte dabei doch nur blind vor sich hin. »Mein Vater. Er steht in Flammen. Er hat es verdient. Obwohl er brennt, hält er noch immer den Gürtel umklammert«, flüsterte sie in die Stille ihres Wagens.

»Er hat es verdient. Aber meine Schwester nicht. Sie brennt nicht leise wie er. Sie brennt laut. Ihr loderndes Haar bläht sich um ihren Kopf und ihre Schreie gehen mir durch Mark und Bein.«

»Margaret! Margaret-Maud!« Zacs Stimme wurde lauter.

»Sie sieht aus wie ein brennender Engel, wie sie so hinter dem Weihnachtsbaum steht. Sie brennt, der Baum brennt, die Geschenke. Ich will auch ein Engel werden. Ich gehe zu ihr, greife nach ihr. Sie ist so schön und dabei so laut. Ich stelle mir vor, ihr Schrei wäre ein Weihnachtslied und stimme mit ein.«

Ein Schlag in ihr Gesicht ließ die Bilder in Margaret-Mauds Kopf kurzzeitig verblassen. Sie blinzelte und schaute Zac ins Gesicht. »Bastian Tremblay weiß, dass …«, stammelte sie. »Er weiß … alles.«

Zac kniff die Augen zusammen. »Was hast du ihm gesagt?«

»Nichts. Ich habe nichts gesagt. Er hat sich einfach … genommen, was er wissen wollte. Er weiß, dass meine Ehe mit seinem Vater ein Versuch war, an den Seelenring zu gelangen. Er weiß, dass Konstantin ein Schattenspringer ist. Er weiß, dass wir alle auf den Lichtbringer warten. Dass wir die zurückholen wollen, die wir lieben. Die wir verloren haben. Die, die wir niemals loslassen können.« Margaret ließ den Kopf hängen und sah wieder die brennende Hand ihrer Schwester vor sich. Sie sah, wie sie danach griff. Wie sie zurückzuckte, als der heiße Schmerz sie erfasste, wie sie taumelte und losließ, was sie nie hatte verlieren wollen. Sie sah Zac in die Augen und es kam ihr vor, als sähe sie darin das Gesicht seiner toten Tochter.

Er war ein Visionär. Brachte Menschen auf den Mond, vielleicht auf den Mars. Er gestaltete die Zukunft und hatte selbst keine.

Doch anstatt aufzugeben, so wie sie selbst, biss er die Zähne zusammen und ballte die Fäuste. Er packte ihre Schultern und schüttelte sie. »Bastian Tremblay weiß bei Weitem nicht alles, was wir wissen. Er weiß nicht, wie weit wir gehen werden, um zu bekommen, was wir wollen.« Zac ließ sie los und strich sich das Jackett glatt. Dann stieg er aus. »Bastian Tremblay weiß nicht, mit wem er sich anlegt.« Das dumpfe Geräusch der zufallenden Beifahrertür stieß Margaret-Maud zurück in ihre Erinnerungen. Es klang wie ihr Vater, als er endlich fiel.

Angst ist ein starkes Gefühl

Kurze Zeit später nahm Bastian einen Schatten nach dem anderen. Wymouth war weit und die Weben in ihm schon beinahe aufgebraucht. Doch nach dem, was Margaret-Maud ihm nicht so ganz freiwillig gestanden hatte, konnte er nicht in London bleiben und abwarten. Dabei hatte er gerade nach den erschütternden Erkenntnissen, die er eben gewonnen hatte und der Nacht mit Abby, nach der intensiven Nähe zu ihr und ihren Weben, eine Pause dringend nötig. Es kostete ihn mehr Kraft als gedacht, ihr nahe zu sein. Und es verlangte ihn dennoch mit einer Sehnsucht nach ihr, die sich nicht nur allein durch das Wüten in ihm erklären ließ. Er ertappte sich ständig dabei, wie er an ihre leuchtende Herzwebe dachte, die zu erblühen schien, wann immer er Abby nahe kam.

Bastian war froh um die eisige Kälte der Schatten, die – wenn schon nicht seine Gedanken –, so doch zumindest sein Verlangen abkühlten. Er musste einen klaren Kopf bewahren. Besonders jetzt, wo er wusste, was Margaret-Maud …

Er schauderte. Er wollte nicht an sie denken. Er war zu weit gegangen. Doch das war ihre eigene Schuld. Sie hatte mitzuverantworten, dass sein Ring weg war. Dass er die Beherrschung verloren hatte, war demnach auch ihre Schuld. Trotzdem fühlte er sich schlecht. Er hatte ihr alle Seelenweben genommen. Nicht absichtlich. Oder doch? Er hatte nur einen Schatten ihrer Selbst zurückgelassen und das ängstigte ihn. Das passierte also, wenn er die Kontrolle über sich verlor.

Der nächste Schatten war nah und Bastian ging, ohne zu zögern, hinein. Seine Eile entsprang seiner Angst um Abby. Entsprang dem Wissen, dass Konstantin Cross nicht allein handelte. Margaret-Maud hatte geschwiegen. Doch in ihren Weben hatte er gesehen, dass sie zusammen mit Cross und einer Gruppe von Menschen das Unmögliche plante. Und Abby … sie waren noch nicht fertig mit ihr.

Bastian machte einen langen Sprung. Das Wüten in ihm wurde mit jedem Schattensprung lauter. Verlangte drängender nach neuen Weben. Nicht nach irgendwelchen Weben. Sondern nach diesen einen. Diesen onyxfarbenen, schmerzgetränkten Weben, die ihm in dieser Form erst einmal begegnet waren.

Ein verzweifelter Schrei entstieg seiner Kehle und die Weben drängten sich schwarz und dicht unter seiner Haut, mitten im Reich der Schatten, denn je näher er ihr kam, umso weniger Beherrschung brachte er auf.

Er wollte Abby. Ihre Küsse, ihre Nähe, ihre Weben. Er wollte all das, und wusste doch, dass er keines davon bekommen konnte, ohne sie beide in Gefahr zu bringen.

⌘

Das Licht, das durch das geöffnete Tor in die Halle fiel, reichte nicht aus, die Dunkelheit zu erleuchten. Wie eine Lichtbahn erstreckte es sich über den betonierten Boden in den Raum. Vorsichtig setzte ich einen Fuß hinein.

»Wo sind wir hier, Dad?«, hallte es in meinem Kopf.

»Das ist ein geheimer Ort, Abby, mein Herz. Unser Geheimnis. Na, wie findest du das? Du darfst niemandem hiervon erzählen.«

»Was machen wir hier, Dad? Es ist so dunkel?«

»Ist da ein Lichtschalter?«, riss mich Tristan aus meinen Erinnerungen und trat neben mich.

»Ja«, stellte ich erleichtert fest und drückte den Kippschalter neben dem Tor. Das Unbehagen der Erinnerung hingegen ließ sich nicht mit einem Schalter vertreiben. Nach kurzem Flackern erhellten einige Neonröhren an der Decke die alte Halle. Eine der Röhren war kaputt und zuckte durchgehend, was wie ein Stroboskop hinter meinen Lidern wirkte.

Als zögen schwache Blitze über die Hallendecke.

»Was ist denn das alles?«, fragte Tristan und runzelte die Stirn. »Sieht aus wie ein recht rustikaler Pizzaofen.«

»Quatsch«, kicherte ich und trat näher an den Ofen, den Tristan meinte. »Das ist kein Pizzaofen.« Ich strich mit der Fingerspitze über die rußige Öffnung. »Das ist eine Kohlenesse. Zum Schmieden.«

Auch all die anderen Gegenstände hier drinnen waren Schmiedewerkzeuge. Ein massiver Ambos auf einem Schmiedetisch, Fässer zum Abkühlen des glühenden Metalls. Kanister mit Öl und Wasser. Dazu grobe Hämmer und Zangen, ebenso wie feinere Werkzeuge, wie ich sie von meinem Vater aus dem Schmuckhandwerk kannte. Alles war ordentlich an einem Werkzeugbord an der Wand griffbereit untergebracht.

»Das ist eine richtige Schmiede«, stellte ich etwas verwundert fest. Ich suchte verzweifelt in meinen Erinnerungen nach einer Erklärung hierfür. Ich wusste, ich war hier schon mal gewesen. Doch nichts, das ich jetzt sah, kam mir bekannt vor.

»War das die Werkstatt deines Vaters?«, fragte Tristan und betrachtete interessiert die verschiedenen Schmiedehämmer.

»Nein.« Ich schüttelte den Kopf und sah mich um. »Dads Werkstatt gibt es schon lange nicht mehr. Das hier … habe ich glaube ich noch nie gesehen.«

»Du glaubst es?«

»Keine Ahnung. Ich erinnere mich, dass ich hier schon einmal war. Mit Dad. Es sah damals anders aus.« Ich deutete auf die an einer Sauerstoffflasche angeschlossene Esse. »Daran erinnere ich mich überhaupt nicht.«

Tristan kam einen Schritt auf mich zu. »Warum die Gasflasche?«

»Mehr Sauerstoff in der Flamme ergibt mehr Hitze. Das ist der Sinn einer Esse.«

Tristan hob die Augenbrauen. »Du kennst dich gut aus, was?«

»Nicht so sehr. Aber das ist eben hängen geblieben.«

»Kannst du schmieden?«

»Vielleicht in der Theorie«, gab ich lachend zu.

»Und in echt?«

»Woher sollte ich das können?«

Tristan sah mich ernst an. »Na, von deinem Vater.«

»Schon vergessen? Mein Vater ist … Ich war ein Kind, als er verschwand. Ich habe zwar immer mal wieder bei ihm in der Werkstatt zugesehen oder natürlich auch mal selbst ein Eisen ins Feuer gehalten, aber immer nur zum Spaß. Wenn Dad es eben erlaubt hat.« Ich schüttelte den Kopf. »Glühendes Metall ist nicht gerade Kinderspielzeug, weißt du?«

Tristan lachte. »Da hast du recht.« Er sah sich weiter um. »Und trotzdem hat dein Dad dich mit hierhergenommen. Warum?«

»Keine Ahnung.«

»War er damals allein hier? Mit wem hat er sich getroffen? Und warum hat er überhaupt so eine Ausrüstung?«

»Woher soll ich das wissen?«

Tristan zuckte mit den Schultern. »Kannst du dich überhaupt nicht erinnern?«

»Wenn ich es könnte, meinst du nicht, dass ich es dir dann gesagt hätte?«

Tristan schwieg. Er nahm einen der Hämmer in die Hand und wog ihn ab. Ohne mich anzusehen, sagte er: »Du weißt, dass es einen Weg gibt, den Erinnerungen in dir mehr Raum zu geben.«

»Fängst du schon wieder damit an?«, fragte ich zornig und trat vor ihn, damit er aufhörte, mit dem Hammer herumzuschwingen.

Er sah mir in die Augen. »Natürlich. Oder willst du das alles gar nicht wissen?«

»Doch, aber –«

»Was, wenn die Antworten auf unsere Fragen da drinnen stecken?«, fragte er und tippte mir mit dem Zeigefinger gegen die Stirn. »Deine Seelenweben lassen keine Erinnerungen zu. Sie ersticken alles andere in dir.«

»Das ist mir egal! Ich will nicht, dass –«

»Dass ich dir zu nahekomme, das hab ich verstanden, Abby. Aber –«

Das Licht ging aus und mir entfuhr ein erschrockener Schrei. »Tristan?«, kreischte ich, denn ein lautes Rumpeln und ein hartes Keuchen, zusammen mit immer wieder aufblitzenden Bewegungen, zeigten mir, dass hier etwas gewaltig schiefging.

»Tristan!«, wiederholte ich panisch, als ich ihn im Kampf vereint mit einer anderen Person aus dem Schatten poltern sah, ehe der nächste Schatten die beiden wieder verschluckte. Keiner von beiden wirkte menschlich. Beide Kämpfer waren überzogen mit dunklen

Weben, ihre Augen wie die eines Monsters verengt und von übernatürlichem Schwarz. Trotzdem erkannte ich Tristans Gegner auf Anhieb.

»Cross!«, entfuhr es mir zitternd und ich duckte mich hinter den Schmiedetisch, als ein weiterer Schattensprung die zwei ringend zurück in die Halle führte. Werkzeug fiel klappernd zu Boden und ich presste mir automatisch die Hände auf die Ohren, als könnte ich mich so vor irgendwas schützen.

Ich hatte keine Ahnung, was ich tun sollte.

»Gott, bitte!«, flüsterte ich und riss die Augen auf.

Der Kampflärm kam immer näher. Es schien so, als hätten sie ihre Auseinandersetzung in die reale Welt verlagert, denn Cross packte einen der Hämmer an seinem langen Stiel und schwang ihn gefährlich vor sich, direkt auf Tristan zu.

»Pass auf!«, schrie ich. Jeder Treffer mit dieser Waffe würde einen umbringen!

Tristan rettete sich in einen Schatten, aber Cross hatte das vorhergesehen, und als Tristan wieder auftauchte, versetzte er ihm einen gewaltigen Hieb.

»Tristan!«, keuchte ich, als der reglos zu Boden sank und wie ein Stein auf dem Beton aufschlug. Ich sprang aus meiner Deckung und hastete auf ihn zu. »Tristan«, heulte ich und umfasste seinen Kopf. Warm und glitschig lief mir sein Blut über die Finger und verklebte sein helles Haar. Weben überzogen sein Gesicht, wie ich es an ihm noch nie gesehen hatte.

»Sieh an, wenn das kein Zufall ist!«, hörte ich Cross hinter mir, aber ich beachtete ihn nicht. Meine ganze Aufmerksamkeit galt Tristan. Lebte er noch? Ich traute mich nicht, den Puls an seiner Kehle zu fühlen oder nach seinem Herzschlag zu tasten. Ich sah ihm nur in die Augen, deren leuchtendes Blau, von Dunkelheit überlagert, überhaupt nichts zu sehen schienen.

»Steh auf!«, verlangte Cross und riss mich an den Haaren von Tristan weg.

Ich schrie vor Schmerz, als er mich rücksichtslos nach hinten zerrte, bis ich mir den Ellbogen auf dem Beton aufschlug.

»Lass mich!«, kreischte ich und wischte mir die Tränen ab, die meine Sicht trübten. Ich hatte gar nicht gemerkt, dass ich weinte, bis ich die Feuchtigkeit auf meinem Handrücken spürte. Ich keuchte und deutete zitternd auf Tristans reglose Gestalt. »Er braucht Hilfe! Sofort!«

Cross hatte keine Ähnlichkeit mit dem biederen Lehrer, als den ich ihn kannte. Er kam näher und beugte sich drohend über mich. Sein sonst so streng gestriegelter Haarkranz war vom Kampf vollkommen in Unordnung geraten und der Schattenspringer in ihm hatte seine Haut gezeichnet. Seine Augen sahen aus, als wären sie blutunterlaufen und von merkwürdiger Dunkelheit getränkt.

»Er spielt keine Rolle«, gab er achtlos zurück und packte wieder nach meinem Haar. Er wickelte sich die Strähnen um die Faust und riss mich vom Boden hoch, bis ich gegen ihn taumelte. »Er ist nicht wichtig und war es nie. Ich bin der wahre Ringhüter. Nicht er. Nicht Bastian. Nur weil ich unehelich geboren bin, hat niemand das Recht, mich zu übergehen.«

Ich hatte keine Ahnung, wovon er sprach, aber solange er redete, griff er schon nicht an. »Wer hat Sie denn übergangen?«, fragte ich deshalb und rutschte Stück für Stück weiter zurück.

»Bastians Vater war mein Halbbruder«, erklärte er und richtete sich zu seiner vollen Größe auf. »Nach dessen Tod hätte ich den Ring übernehmen müssen, nicht Bastian!«, fauchte er und hob die

Hand. An seinem Finger prangte Bastians Ring und ich hatte den Eindruck, dass das Metall in ständiger Bewegung war. Als wäre es im Kern noch flüssig, bereit, weitergeschmiedet zu werden.

»Dann … dann haben Sie doch jetzt, was Sie wollen«, stammelte ich. »Ich habe Ihnen den Ring gegeben, so wie Sie wollten«, versuchte ich ihn daran zu erinnern, dass ich ihm geholfen hatte. Denn im Moment sah er mich so an, als wäre ich sein Gegner. Und das musste ich ändern.

Tatsächlich hoben sich seine Mundwinkel zu einem Lächeln. »Du warst nützlich«, stimmte er mir zu. »Ich habe schon vorher versucht an den Ring zu kommen. Margaret-Maud hat sich dabei als nicht sehr hilfreich erwiesen, obwohl es ihr gelungen ist, meinen Halbbruder sogar zu heiraten.« Er schüttelte den Kopf. »Das war viel Arbeit – für nichts.«

Meine Gedanken rasten. Die Puzzleteile fügten sich langsam zu einem Bild zusammen, aber es war ein grausames Bild, in dessen Mitte der Tod von Bastians Vater nun nicht mehr wie ein Unfall aussah. Ich schauderte, denn mir stand die Narbe an Bastians Herzen nur zu deutlich vor Augen. Ich mochte mir nicht ausmalen, wie sein Vater gestorben war.

»Doch jetzt wird alles anders«, sagte Cross beinahe erheitert. »Ich habe den Ring, die Gruppe weiß, dass ich der Lichtbringer sein werde, und dein Vater ist in greifbarer Nähe. Diesmal wird er tun, was ich verlange. Noch einmal entkommt er mir nicht.«

Lichtbringer? Ich hatte keine Ahnung, wovon er sprach. Und mir blieb auch keine Zeit das zu hinterfragen, denn er bemerkte meinen stückweisen Rückzug und kam näher. »Ich habe wirklich gedacht, du bist unwissend, ahnungslos, was deinen Vater angeht. Stell dir meine Überraschung vor, als ich dich vorhin am Bahnhof aus dem

Zug steigen sah!«, sagte er in einem Ton, als unterhielten wir uns über das Wetter. »Du weißt, dass dein Vater lebt, richtig?«, fragte er und packte mich am Kragen meines Shirts. »Wo ist er? Wo versteckt er sich?«

»Ich weiß es nicht! Und ich weiß auch nicht, was er mit dieser ganzen Sache zu tun hat!«, log ich, denn so langsam wurde mir einiges klar. Tristan hatte mir von einem Lichtbringer erzählt. Der Priester, der das Amulett aus Vitalinaurum besaß und damit von den Toten zurückgekehrt war, hatte sich Lichtbringer genannt. Offenbar eiferte Cross ihm nach. Um das zu erreichen, würde er alle drei Ringe brauchen. Und einen Schmied, der diese wieder vereinte. Das war mir alles klar. Aber warum mein Vater? Was hatte er mit der ganzen Sache zu tun? Wo war er und warum hatte er sich versteckt?

»Ich habe ihn seit vielen Jahren nicht gesehen. Ich dachte, er wäre tot!«

Cross schürzte die Lippen. »Das ist er nicht. Er versteckt sich. Dabei wollte ich ihn nur für unsere Sache gewinnen. Ich hätte ihn für seine Dienste bezahlt. Doch dein Vater war so dumm, abzulehnen!« Cross lachte, als wäre die Entscheidung meines Vaters für ihn ein Witz. Er drängte mich gegen den Amboss, bis meine Beine nachgaben und ich das Gleichgewicht verlor. Ich trat nach ihm, doch er zwang mich in die Knie. Dann stieß er mich zu Boden. »Aber wer nicht freiwillig mitspielt, wird eben gezwungen. Durch den wirklich bedauerlichen Tod deiner Mutter …« Wieder lachte Cross. »Sagen wir so … vielleicht wäre er jetzt bereit, sich auf unsere Seite zu stellen. Er könnte sich damit selbst zurückholen, was er verloren hat.«

Der Blick in sein Gesicht offenbarte mir eine schreckliche Wahrheit. »Sie haben sie umgebracht!«, kreischte ich, denn die Erkenntnis traf mich wie ein Schlag. Er kam immer näher und versuchte, mich festzuhalten. Dabei riss mein Shirt und entblößte meine Schulter. Ich schlug wild um mich, wollte mich wehren. Meine Fäuste trafen ihr Ziel, aber er schien das kaum zu spüren. Grob packte er meine Arme und die Weben auf seiner Haut verdichteten sich zu einem grauen Geflecht. Ich wusste, was er wollte.

»Nein!«, kreischte ich verzweifelt. Ich trat und schlug um mich, aber Cross drückte mich auf den Boden. Ich tastete herum, auf der Suche nach etwas, das ich als Waffe verwenden konnte. Irgendetwas, um mich zu schützen, als er immer dichter über mich kam. Aber da war nichts. Nichts, was mir helfen würde. Nur der Bleistift und das Spitzmesser in meiner Hosentasche. Doch das Messer war nutzlos. Es steckte in einer Lederscheide. Dennoch tastete ich danach und bekam zumindest den Stift zu fassen.

Cross' Atem schlug mir ins Gesicht, als ich panisch versuchte, den Stift aus der Jeans zu befreien. Ich umschloss ihn so fest ich konnte mit der Faust, und als Cross meine Schulter packte, und die Weben sich auf meine Haut ausbreiteten, stieß ich ihm den Stift mit aller Kraft in die Seite. Cross keuchte. Kurz ließ er von mir ab und schaute entgeistert auf den Bleistift, der aus seinem Fleisch ragte.

»Miststück!«, fauchte er. Dann schlug er mir ins Gesicht. Mein Kopf explodierte. Alle Farben des Regenbogens leuchteten vor meinen Augen auf, ehe gnädige Schwärze sich darüberlegte. Ich sah Sterne und meine Ohren dröhnten von dem Hieb. Ich konnte kaum atmen, so geschockt war ich über den unfassbaren Schmerz. Noch nie hatte mich jemand geschlagen. Ich spürte meine Wange nicht, nur das Blut in meinem Mund machte mir meine aussichtslose Lage deutlich. Ich schrie und verstärkte mein Bemühen, Cross abzuschütteln. Aber meine Gegenwehr richtete nicht das Geringste aus. Er zog den Bleistift aus seinem Fleisch und Blut sickerte aus der Wunde. Er schien es nicht zu spüren. Der Ring an seiner Hand glühte, als er meine Arme erneut mit gnadenloser Brutalität auf den Beton drückte.

Der gierige Ausdruck in seinen unmenschlichen Augen ließ mich erzittern, und ich schrie, als der Schwindel mich packte.

»Nein!«, japste ich und kämpfte gegen ihn an.

»Das passiert nicht zufällig, Abby. Du kannst das kontrollieren. Nicht jede Berührung öffnet die Pforte der Seele. Und wenn du dich mir nicht wenigstens ein Stück weit anvertraust, dich mir öffnest, dann kann ich deine Weben nicht erreichen. Egal wie sehr ich mich nach ihnen verzehre.«

Bastians Worte hallten in meinem Kopf.

»Wann immer man starke Gefühle empfindet, öffnet man sich unweigerlich. Und Angst ist ein sehr starkes Gefühl.«

Trotz meiner Schmerzen, meiner Panik und meiner Hilflosigkeit, zwang ich meine Angst zurück. Versuchte verzweifelt, Cross aus meiner Seele auszusperren, aber ich spürte, wie seine Macht gegen mich ankämpfte. Er schloss seine Finger um meine Kehle, und ob ich wollte oder nicht, als mein Lechzen nach Luft erfolglos blieb, übermannte mich die Angst.

⌘

Bastian stand an der Straßenecke, die Tristan ihm als Adresse geschickt hatte. Eine lange Hofeinfahrt erstreckte sich vor ihm, an deren Ende eine grüne Halle stand. Das Tor war offen und er ging zielstrebig darauf zu. Seine Nackenhärchen kribbelten, als wollten sie ihn warnen. Vermutlich davor, sich gleich wieder der Frau gegenüberzusehen, die das Wüten in ihm anstachelte.

Er hatte nach den vielen Schattensprüngen keine Ahnung, ob er stark genug war, sich zu beherrschen. Selbst jetzt, auf die Distanz, brüllte das Verlangen nach ihr in seinem Kopf so laut wie Donnergrollen. Und dieses Verlangen war es auch, das ihn nun zur Halle zog.

Je näher er kam, umso deutlicher spürte er, dass etwas nicht stimmte. Ohne zu zögern legte er seine menschliche Seite ab und überließ der Kraft in sich das Kommando. Wie eine Welle schwappte das Wüten über ihn hinweg und übernahm die Kontrolle. Seine Haut glomm dunkel auf und sein Blickfeld verengte sich, bis nur noch der Glanz der Weben und die Schatten eine Bedeutung hatten.

Und da sah er es. Er sah nicht das Mädchen, nicht seinen Bruder oder Cross. Er sah nur die freigelassenen Weben, die wie die Tentakel eines Oktopusses aus Abbys Seele herausragten, ohne Ziel, ohne Kontrolle.

Abbys Schrei klang weit entfernt an sein Ohr, wie aus einer anderen Welt, und Cross' verzweifelter Versuch, es mit ihren Weben aufzunehmen, brachte Bastian in Bewegung. Er sprang in den nächsten Schatten, landete neben Cross und noch ehe er den Lehrer von Abby wegzerren konnte, stürzte sich sein eigenes Wüten auf die wild durch die Luft wabernden Schlieren.

Er warf den Kopf in den Nacken, als Abbys Weben wie Peitschenhiebe sowohl auf ihn als auch auf Cross niedergingen. Sie witterten Freiheit. Witterten Cross' Unvermögen, es mit ihnen aufzunehmen. Und auch Bastian schien nicht in der Lage, sie zu beherrschen.

Er war hin und her gerissen zwischen seinen unterschiedlichen Begierden. Das Wüten in ihm schrie nach den Weben. Sein Pflichtgefühl begehrte auf, als er den Ring an Cross' Finger sah, und sein Herz verlangte danach, Abby zu schützen.

Mit einem Knurren, das vermutlich lauter als Abbys Schrei war, warf er sich auf Cross, rollte den Lehrer von Abby herunter und donnerte ihm die Faust ins Gesicht, während das Wüten in ihm sich gegen ihn stellte, und sich nach den nun freigesetzten Weben streckte. Es war, als würde er in zwei Teile gerissen. Er konnte weder Abbys Weben erreichen noch es mit Cross aufnehmen, solange er gegen das Ankämpfen musste, was in ihm tobte.

»Nein!«, keuchte Bastian, denn Cross streckte die Hand mit dem Ring in Richtung der Weben aus. Der Ring glomm auf, Cross' Augen ebenfalls und im nächsten Moment fuhren die onyxschwarzen Schlieren, gelenkt von der Macht des Rings, in dessen Körper.

Von der Kraft von Abbys Weben beflügelt, stieß Cross Bastian durch die Luft. Er sprang auf und lachte wie ein Wahnsinniger. Ballte die Fäuste und hob die Arme wie ein siegreicher Boxer.

»Niemand hält den Lichtbringer auf!«, schrie Cross und reckte Bastian, der sich benommen zurück auf die Beine kämpfte, den Ring triumphierend entgegen. »Niemand hält mich auf! Und die erste Seele, die ich zurück in diese Welt hole, wird meine Frau sein!«

Er floh durch einen Schatten, erreichte in Windeseile das Hallentor. Blut sickerte durch den Stoff seines Hemdes und auch unter seinem Auge platzte die Haut auf. Er japste und krümmte sich vor Schmerz, doch der Wahnsinn in seinem Blick schwand nicht.

»Wir sind noch nicht fertig, Abigail Woods«, schrie er. »Dein Vater hat dich damals verlassen, um dich zu schützen. Wird er auch zurückkehren, um das zu tun?« Sein irres Lachen hallte schrill von den Wänden wider. »Die Karten werden neu gemischt. Alles ist möglich, wenn ich erst die Ringe habe!«

Bastian wollte ihm nach, aber er hatte all die Energie in sich aufgebraucht. Cross hatte recht. Er konnte ihn nicht aufhalten, denn der war im Gegensatz zu ihm beflügelt von Abbys Weben. Sie waren so stark, dass sie ihn trotz des Rings, den er sich angeeignet hatte, verletzten. Das Blut … es kam von den Weben, die in Cross wüteten. Doch obwohl sie ihn bekämpften, verliehen sie ihm zugleich unbändige Kraft. Die Schatten öffneten sich für ihn wie eine Schnellstraße und ihm auf diesem Weg zu folgen, war aussichtslos.

Ihm blieb nichts anderes übrig, als untätig zuzusehen, wie Cross verschwand.

»Bastian!«, keuchte Abby und stemmte sich auf einen Ellbogen. Ihr Arm war aufgeschürft, und ihr Shirt war zerrissen. Sie fuhr sich durchs Haar, das unter dem flackernden Licht der Neonröhren beinahe Pink schimmerte, und das vertraute Bild ihrer dichten Weben war in Unruhe geraten. Grau und fahl umgaben die Weben ihren Körper, als hätten sie ihre ganze Kraft verloren. Sie sahen verletzlich aus … und ungemein reizvoll.

Bastian trat einen großen Schritt zurück, denn der Schmerz seines Hungers fraß sich wie eine Messerklinge in sein Fleisch.

»Komm nicht näher!«, warnte er Abby und ballte die Fäuste. Er konnte nicht atmen, nicht denken, wollte nur … zupacken. Sich nehmen, was er sah, was er dringend brauchte, um Cross und dem Ring folgen zu können.

»Er hat Tristan …« Abby deutete auf den reglosen Körper seines Bruders, aber Bastian spürte, dass es ihm gut ging. Er war verletzt, aber er würde sich erholen. Im Gegensatz zu ihm. Ohne seinen Hunger zu nähren, würde es ihm niemals besser gehen. Wieder zwang ihn der Schmerz fast in die Knie. Seine ganze Aufmerksamkeit war auf Abbys Weben gerichtet. Er spürte ihr Wabern, ihren verlockenden Tanz, der seine Sinne wie durch Hypnose bezirzte.

Abby stand taumelnd auf. Sie rieb sich die Schläfen und blinzelte schwach. »Er hat … meine Weben …«

»Ja«, bestätigte er knapp. »Und meinen Ring. Aber ich kann ihm nicht folgen. Nicht, ohne …« Er deutete auf die Luft, die Abby umgab, und er sah, dass sie verstand.

Sie nickte langsam. »Er hat uns am Bahnhof gesehen, als wir angekommen sind«, erklärte sie und ging neben Tristan in die Knie. Sie strich ihm das Haar aus der Stirn und fühlte seinen Puls. Schwach, aber gleichmäßig pochte der unter ihren Fingerspitzen. »Dann hat er –«

»Bahnhof?« Bastian horchte auf und trat näher, was ihm ein gepeinigtes Stöhnen entlockte. Schnell vergrößerte er die Distanz. »Er ist verletzt«, sagte er aufgeregt. »Der Umgang mit Weben kann ihm nicht so vertraut sein wie mir. Und deine Weben … selbst mit dem Ring kämpfen sie gegen ihn an, denn er hat vermutlich nie gelernt, den Ring für sich zu nutzen. Wie auch?«

»Und was bedeutet das?«

Bastian grinste und rannte zur Tür. »Dass er vielleicht lieber den Zug nimmt als die Schatten!«

⌘

Ich sah ihm nach, wie er aus der Halle stürmte. Dieses Wesen der Dunkelheit mit seiner schwarz gemusterten Haut und den unmenschlichen Augen. Ich fühlte seinen Hunger wie einen Windhauch, der an mir riss. Ich sah, dass er dagegen ankämpfte, doch zurückbleiben konnte ich nicht. Ich folgte meinem Herzen, als ich aufsprang, und Bastian hinterherrannte. Er war schnell. Auch wenn er keinen Schatten nahm. Ich sah, wie sich die Leute am Taxistand verwundert nach ihm umdrehten. Sie schüttelten den Kopf und ich hörte, dass sie *Halloween* murmelten. Sie hielten sein Äußeres für ein Kostüm.

Ich wusste es besser. Ich wusste, dass die Dunkelheit bedeutete, dass er um Selbstbeherrschung rang. Dass sein menschliches Ich, gerade nicht die Oberhand hatte. Trotzdem schlug mein Herz für ihn, als ich ihm den Bahnsteig hinauf folgte.

»Bastian!«, schrie ich, denn am hintersten Ende des Bahnsteigs sprang tatsächlich gerade Cross aus dem Schatten eines Pfeilers. Zum Glück rollte der Zug bereits an. Cross würde uns nicht entkommen. Erleichtert schloss ich zu Bastian auf, aber der stieß mich keuchend beiseite und funkelte mich aus fremd wirkenden Augen an.

»Halt Abstand, sonst … verflucht!«

Ohne ein weiteres Wort ließ Bastian mich stehen. Er rannte los, in Cross' Richtung, denn der hob noch einmal den Ring in die Höhe, grinste, und streckte dann die Hand nach dem Schatten der Waggons aus, die inzwischen in ordentlichem Tempo aus dem Bahnhof ratterten, bevor er verschwand.

»NEIN!«, knurrte Bastian und schlug sich zornig auf den Oberschenkel. Dann fuhr er zu mir herum. Sein animalischer Blick bohrte sich in meinen und instinktiv wich ich vor ihm zurück. Er war über und über mit Weben überzogen.

»Bastian!«, appellierte ich an den Menschen in ihm. »Nicht …«

Er erreichte mich, packte meine Schultern und als ich mich wehrte, drückte er mich hart gegen den Pfeiler der Überdachung, aus dessen Schatten eben Cross gekommen war. »Ich muss ihm folgen!«, keuchte er und in seinem Blick lag ein Flehen um Verständnis. »Ich … muss …«

Das Schwarz seiner Haut breitete sich auf meinen Körper aus und wieder drohte der Schwindel mich mit sich zu reißen.

»Nein!«, keuchte ich und schlug nach Bastian. »Hör auf!«

»Es tut mir leid!«, raunte er, dann riss er mich in seine Arme, umschlang mich mit seinem ganzen Körper und senkte seine Lippen so gierig und heiß auf meine, dass ich glaubte, wir würden miteinander verschmelzen. »Ich brauche dich, Abby. Ich brauche dich *jetzt*!« Seine Stimme klang flehentlich und sein Zittern stürzte mich in die Dunkelheit.

Es war ein Gefühl, als bräche ein Damm in mir. Ein Damm, der Schmerzen und Leid zurückgehalten hatte. Der Schwindel packte mich und riss mich in die Tiefe, diese Staumauer hinab, die nun bröckelnd und berstend auf mich niederprasselte, ehe die Wellen der Qual, der Tränen, der Erinnerungen wie ein übermächtiger Strom auf mich einschlugen. Ich schnappte nach Luft, als meine Weben aus mir hinausströmten.

⌘

Hungrig ließ Bastian seine Zunge zwischen Abbys Lippen gleiten, fühlte ihren Herzschlag an seiner Brust, ihren Atem auf seiner Haut und ihre Weben um ihn herum. Er dachte an das, was er in Margret-Mauds Seele gesehen hatte, und nun wunderte ihn nicht mehr, dass Abby so anders war. Sie war ihm ähnlicher als gedacht. Mit ihm auf eine Art verbunden … Die Macht des Wütens in ihm verdrängte jeden weiteren Gedanken und doch war da dieser Moment, als er ihr Seelentor aufstieß. Dieser Moment, in dem nichts wichtiger erschien, als die einzelne purpurfarbene Herzwebe, die wie ein Wächter vor den dunklen Seelenweben stand, an die er heranmusste. Die er sich holen würde. Sie leuchtete für ihn auf, ehe die nachtschwarzen Weben sie niederrissen, weil das Wüten in ihm sie riefen. Mächtig und wild, ungezügelt und voll mit Schmerz schlugen Abbys Weben auf ihn ein. Sie befriedigten seinen Hunger, stürzten ihn sogleich in einen Rausch, der ihn vergessen ließ, wer oder was er war. Er packte Abby fester, jeder Zoll ihrer Haut berührte ihn und es gab keine Grenzen zwischen ihm und ihr. Sie wurden eins. Er riss ihre Seelenweben an sich, wie ein Dieb. Ohne Reue, aus reinster Gier. Sosehr er sich auch bemühte, zärtlich zu sein, sosehr seine Zunge bei diesem Kuss auch um Vergebung flehte, so wenig zurückhaltend war er dennoch, was ihre Weben anging.

Ihr Widerstand erlosch, als der Schwindel sie wehrlos machte. Als sie wie eine Puppe in seine Arme sank. Die Bilder ihrer Seele schlugen auf ihn ein und alles, was ihr noch bevorstand, jede Entscheidung, die sie womöglich treffen würde, jede Tat, die geschehen konnte, offenbarte sich ihm. Wieder sah er sie rennen. Wieder hielt sie in Händen, was das Ende der Welt, wie wir sie kannten, bedeuten konnte. Die drei Ringe. Bastian sah diesen Bildern hinterher, grub sich tiefer hinein in Abigails Seele und er sah, dass sie genau wusste, was sie tat. Sie war zu allem bereit. Genau wie jetzt, denn anders als bei jedem anderen Menschen, dem er je Weben genommen hatte, war nicht nur ihr Widerstand erloschen, sondern zugleich etwas anderes erwacht. Er spürte, wie sie in seinen Kopf eindrang. Wie ihre Gedanken zu seinen wurden, wie seine Gedanken mit einem Mal ihr gehörten. Sie nahm alles auf, was sie sah. Sie war nicht ängstlich, wie beim ersten Mal, als sie in seinen Kopf eingedrungen war. Nein, sie war wütend. Nur kurz spürte er ihre Kraft schwinden, als sie in seinem Innersten sah, was er von Margaret-Maud erfahren hatte. Als sie sah, was ihr Erbe war. Ihr Geist trat dennoch durch das Seelentor und er hörte ihre innere Stimme: »Das werde ich dir nie vergeben!«, schrie sie und Bastian zitterte. Er riss sich los, kämpfte gegen den Eindringling in seinen Gedanken an und als er mit letzter Kraft das Seelentor schloss, war die rote Herzwebe niedergetrampelt vom Strom des Schmerzes, den er nun an Abbys Stelle in sich trug. Ihr Leid gab ihm Kraft und er stieß sie weg. Er sah sie zu Boden sinken, doch es gab kein Zurück. Er streckte die Hand nach dem Schatten des allerletzten Waggons aus, und hatte doch wie ein Echo noch immer ihre Stimme im Ohr. »Ich werde dir nie vergeben«, hämmerte es in seinem Kopf, als der Bahnhof, und Abby, in immer weitere Ferne rückten.

Verloren

Ich sank zu Boden. Die Welt hatte aufgehört, sich zu drehen. Mein Atem brannte mir in der Lunge und ich fühlte die Tränen heiß auf meiner Wange. Ich zitterte, denn ich wollte verzweifelt festhalten, was ich verloren hatte.

Ich wollte nicht fühlen, was ich fühlte: Leichtigkeit. Glück. Raum für Erinnerungen. Ich schluchzte laut, denn ich fühlte mich unfassbar gut. Und das war so was von verkehrt!

Mein Herz schlug viel zu gleichmäßig in meiner Brust, dafür, dass mir gerade Teile meiner Seele gestohlen worden waren. Ich grub mir die Fingernägel in die Handflächen, so fest ballte ich die Fäuste. Ich schluckte, doch der Kloß in meinem Hals ließ sich nicht entfernen. Das Echo von Bastians Kuss hallte noch auf meinen Lippen wider und ich glaubte, seine Arme noch immer um mich zu spüren. Ich wollte ihn schlagen, ihn anschreien, ihn von mir stoßen, doch er war längst weg. Und er hatte nicht nur alles mitgenommen, was mich ausmachte, sondern auch noch etwas anderes. Mein Herz.

»Ich hasse dich!«, flüsterte ich dem sich immer weiter entfernenden Zug hinterher und presste mir die Hände auf die Brust. Ich wollte ihn hassen, auch wenn ich irgendwo tief in mir mit einem Mal Erleichterung empfand. Erinnerungen, die ich längst vergessen hatte, blitzten vor meinem geistigen Auge auf und ließen ein glückliches Lachen in meiner Brust anwachsen. Ich sah meine Mom, meinen

Dad. Sah uns an den weißen Kreidefelsen von Dover entlangspazieren. Die Liebe zwischen uns dreien war förmlich zu spüren, das Glück des Augenblicks regelrecht greifbar.

Ich schluckte schwer, denn es schmerzte. Ich wollte mich nicht erinnern. Wollte nicht daran denken, dass … ich das nie wieder erleben würde.

Wo war mein Schmerz geblieben? Wo die schrecklichen Gedanken, die furchtbaren Ängste, die mich davor bewahrt hatten?

Laut drang das Schluchzen aus meiner Kehle und ich wusste nicht mehr so genau, warum ich weinte. Vor Erleichterung? Vor Glück? Wegen der unbekannten Gefühle, oder weil ich etwas verloren hatte, das ich nie besessen hatte? Das dunkeläugige Wesen namens Bastian Tremblay. Den Mann, der meine Seele gestohlen hatte.

Hilflos schlug ich die Hände vor mein Gesicht, nicht in der Lage, mein Schluchzen zu unterdrücken. Hemmungslos weinend saß ich noch immer da, als mich jemand an der Schulter berührte.

»Abby?« Tristans Stimme klang verkatert. »Was zum Henker ist denn passiert?«, fragte er und hockte sich neben mich auf den Bahnsteig. Das Blut an seiner Schläfe war getrocknet und hatte sein Haar verklebt. Er war blass um die Nase, als er mich irritiert musterte. Dann sah er mir in die Augen. »Gott, Abby.« Wenn überhaupt möglich, wurde er noch blasser und hob vorsichtig seine Hände, als könne er meine Weben berühren. »Was hat er nur getan?«, murmelte er entsetzt.

Tröstend schloss er mich in seine Arme und ich barg mein Gesicht schluchzend an seiner Schulter. Ich brachte kein Wort heraus. Übermannt von nie gekannten Gefühlen, von Leichtigkeit, gemischt mit Verrat, klammerte ich mich an ihn und überließ mich meinen Tränen.

»Ich war in seinem Kopf«, flüsterte ich und schniefte laut. »In seinem Innersten«, versuchte ich zu erklären, was vollkommen verrückt klingen musste. »Dort habe ich gesehen, warum ich das kann.«

Tristan sah mich verunsichert an und so sprach ich weiter, denn zu reden war immer noch besser, als mein Herz brechen zu hören. »Mein Vorfahr hat das Vitalinaurum geschmiedet«, erklärte ich und Tristan hob die Augenbrauen.

»Jeder, der je mit dem Metall in Kontakt kam, spürt die Kraft des Vitalinaurums. Über Generationen hinweg«, sagte Tristan und sah mich mit neu erwachtem Interesse an. »Daher kommt deine Kraft, Abby«, murmelte er. »Nur deshalb hat dich die Last deiner Weben noch nicht erdrückt.«

»Warum fühle ich mich dann nicht stark?«, wisperte ich mit bebenden Lippen. Ich dachte an Bastian und daran, was er getan hatte. »Er hat mir meinen Schmerz genommen, aber was ich jetzt fühle … ist noch viel schlimmer.«

»Komm her«, flüsterte Tristan und zog mich fest an sich. Denk nicht mehr an ihn. Ich bin ja da.« Es tat so gut, wie er meinen Rücken streichelte, wie er zarte Küsse auf meine Halsbeuge hauchte, um mich zu trösten. Wie er mir ins Ohr flüsterte, dass alles gut werden würde.

Ich habe ihm geglaubt. In diesem Moment.

Habe ihm vertrauen wollen, weil doch mein Glaube an alles andere zerstört worden war.

Dabei hätte ich wohl spüren können, dass dunkle Weben seine Hände überzogen und seine Lippen nach mehr suchten als nur nach einem unschuldigen Kuss.

Ich hielt ihn für den ehrlichen Bruder – und hatte mich nie mehr in etwas getäuscht …

Bold, Emily:
Stolen
Verwoben in Liebe
ISBN 978 3 522 50659 5

Umschlaggestaltung: Johannes Wiebel, punchdesign
Satz und Innentypografie: Kadja Gericke
Druck und Bindung: CPI Books GmbH, Leck
Reproduktion: DIGIZWO GbR, Stuttgart

MIX
Papier aus verantwortungsvollen Quellen
FSC® C083411

2. Auflage 2020